大夏帝国

DA XIA DI GUO

高仲岗 著

陕西新华出版传媒集团

三秦出版社

图书在版编目（CIP）数据

大夏帝国 / 高仲岗著. —西安：三秦出版社，
2019.12

ISBN 978-7-5518-2086-8

Ⅰ.①大… Ⅱ.①高… Ⅲ.①长篇小说 – 中国 – 当代
Ⅳ.①I247.5

中国版本图书馆CIP数据核字（2019）第283264号

大夏帝国

高仲岗　著

出版发行	陕西新华出版传媒集团　三秦出版社
社　　址	西安市雁塔区曲江新区登高路1388号
电　　话	（029）81205236
邮政编码	710061
印　　刷	三河市嵩川印刷有限公司
开　　本	787mm×1092mm　　1/16
成品尺寸	170mm×240mm
印　　张	22.5
字　　数	300千字
版　　次	2019年12月第1版
	2021年7月第2次印刷
标准书号	ISBN 978-7-5518-2086-8
定　　价	78.00元

网　　址	http://www.sqcbs.cn

惊涛骇浪无定河

惊涛骇浪舞苍龙，罡瑟朔风旋九重。
烈马赳赳惊鹤唳，旌旗猎猎卷烟烽。
戈销戟锈沉沙腐，霖雨战尘湮骨融。
乱世沧桑纷扰事，谁识碧血浸沙红。

大漠雄风绕万城

盛悬峭面箅云高，风寇荒城万鬼嚎。
堪叹残垣湮锈戟，笑闻断壁砺明刀。
铁蹄远去沉沙腐，烽焰扶摇荡玉霄。
枯梆难言千古事，大河血泪泛惊涛。

作者：高仲岗

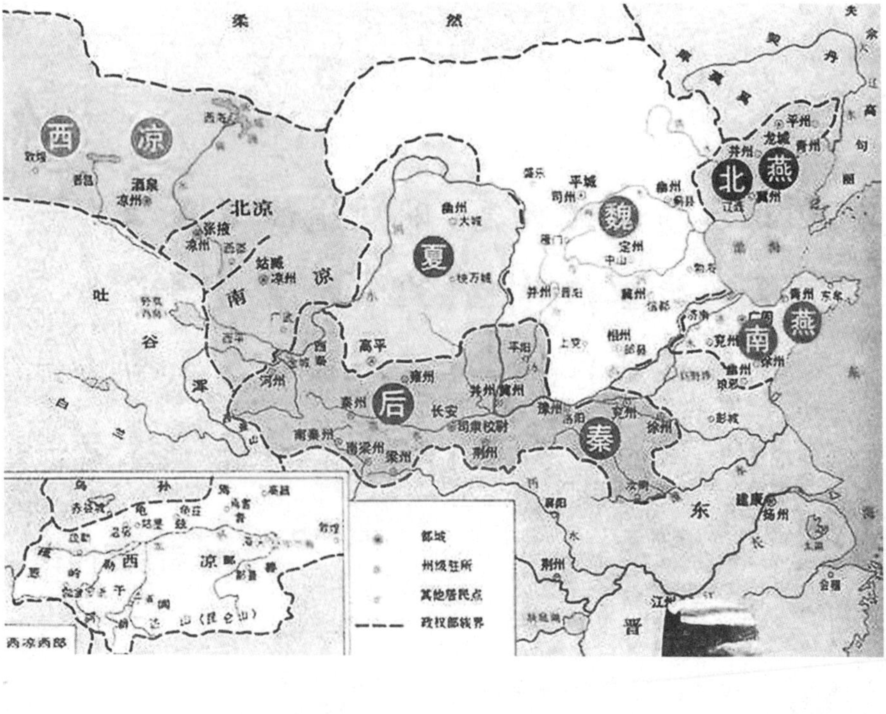

柔
然
西
凉
酒泉
凉州
北凉
张掖
南
凉
吐
谷
浑
夏
统万城
高平
魏
平城
定州
中山
北
燕
龙城
平州
南
燕
青州
后
秦
秦州
长安
雍州
南秦州
南梁州
梁州
司隶校尉
荆州
豫州
兖州
徐州
彭城
东
晋
建康
扬州
都城
州级驻所
其他居民点

序

司马炎于公元 265 年建立了西晋,到了公元 317 年,被匈奴人刘渊建立的汉灭亡,晋宗室司马睿逃到江南重建政权,史称东晋。此时北方的匈奴、鲜卑、羯、氐、羌等少数民族,先后建立了十几个政权,史称五胡十六国。这个时期纷乱复杂,连史籍也少有记载。处在西北部的少数民族互相拉拢、互相攻伐,烽火狼烟,铁马冰河,民不聊生。但是,这同时也促进了南北民族的大融合以及西域贸易的延续与发展。

矗立在塞上大漠南缘无定河畔的大夏国统万城,就是这段时期最好的历史见证。都城统万城像一艘停泊在沙海边缘的诺亚方舟。雄伟沧桑的它,令人们怀着各种好奇的心态远道而来,一睹这距今一千六百年的历史风采,匈奴铁弗部赫连勃勃,在无定河畔筑起的这座大城,是匈奴人遗留下来唯一的一座都城,现今它西北角的残垣还留有三十多米,相当于十层楼的高度,可见其当时的壮观。

坐在统万城西北角的残垣处,望着那如血的残阳,一幅悲壮凄美的历史画卷仿佛在我眼前展开。昔日的统万城"崇台霄峙,秀阙云亭,千榭连隅,万阁接屏",玄栋镂槛,若腾虹之扬眉;飞檐舒愕,似翔鹏之矫翼。可谓是黄河"几"字湾里最辉煌、最繁华的一座都城。

无定河、大理河、榆溪河,沿岸丰茂的水草养肥了他们的马。匈奴人骑着战马,乱蓬蓬的头发下闪现着凶悍的面孔,腰间的酒囊和饭袋随马震颤;背上的箭囊里露出洁白的羽毛,那是他们射向苍穹的箭矢;腰间挂着锋利的弯刀……这些无不彰显这些事畜牧、宿毡帐、食畜肉、衣皮毛、精骑射、善征战的民族粗犷、豪放、彪悍、大气的特点。他们燃起篝火,聚集在一起席地而坐,面对浩瀚星空大口地咀嚼着猎物,酣畅地品呷着醉人的美酒,吟唱着歌颂大漠草原、山川河流、落日长风的歌曲。

一张贴在陕北高原的世界文化遗产的标签、陕北历史名片——统万城里埋藏了多少鲜为人知的历史故事?他们的骨子和血液里有着怎样的理想与期盼?

第一部　代来惊变。二十章,撰写了赫连勃勃父亲刘卫辰在今榆阳区巴拉素西所建代来城被新建立的魏国攻破。匈奴族兵将死伤惨重,政权灭亡,塞上被北魏军占领,赫连勃勃改名屈孑,在塞上流浪,成年后艰苦创业,再建匈奴王国起伏跌宕、波澜壮阔的历史。

第二部　统万雄风。二十章,撰写赫连勃勃壮年得志、雄才大略、巧取柔然献给后秦的战马八千匹,"袭杀"其岳父没弈于,尽收其兵将,称雄塞上,威震河套。他结盟北凉灭南凉,扩张版图,攻略关中,斩获晋南、甘肃、宁夏,发岭北十万民夫,从413年至418年修筑统万城,建立了大夏国。其间与强大的后秦对峙,斗智斗勇、巧取智夺、出奇制胜,又广开财路,开拓了西域贸易之路。

第三部　残阳如血。二十章,诉说了"打江山难,守江山更难"这个亘古不变的真理。赫连勃勃的儿子们为争夺太子之位,互相攻伐拼杀,导致兵疲国衰。425年,赫连勃勃病魔缠身、悲愤交加,在统万城驾鹤西去。大夏国群龙无首,强大的北魏军队渡过黄河攻打统万城,将赫连勃勃诸子的军队各个击破,俘获甚丰。五年后,随着大夏国残余势力的灭亡,匈奴族也消失在了历史的烟尘之中。一个在大漠中崛起又在大漠中消失的民族悲壮故事尽在《大夏帝国》中。

目　录

第一章　迁徙栖居麻黄梁

公元 374 年秋，匈奴王刘卫辰（赫连勃勃之父）受到了其岳父代王——拓跋什翼犍的攻击，屈居塞外黄河北岸。一天，他的密探进了大帐神秘地对他说："单于，大事不好，你小舅子拓跋寔君的妻子被人杀了！"刘卫辰诧异道："关我何事？""杀人的那刀柄上有你的名字！你岳丈代王拓跋什翼犍正召集人马准备对你兴师问罪哩！"刘卫辰愤愤不平道："这肯定是刘库仁嫁祸于我。"随即号令各部连夜拔寨启程，渡过黄河南迁。

他们逃了两三天，累得够呛，来到了榆溪塞麻黄梁最高处的黑疙瘩山安营扎寨。大帐里灯火通明，刘卫辰用小刀在仆人端来的烤羊腿上割下一块，填入口中，大口地咀嚼着。吃了一气，他吼道："咋没有马奶酒？"仆人怯生生地回道："回单于话，这几天路上将带的马奶酒用完了，路过龟兹城（今榆阳古城滩）时买了汉人喝的老缸坊白酒，估计快到了。"过了一阵，一个兵士快马加鞭送来了两篓子缸坊酒，仆人忙卸下来倒在酒具里，刘卫辰疑惑地望着清亮如水的白酒道："这像水一样的酒有劲吗？"仆人殷勤地道："天王单于，你先尝尝。"刘卫辰端起酒具呷了一口，惊叫道："烈！烈！烈！"他高兴地竖起大拇指连连叫好，兴致勃勃地连饮两杯，回味无穷地咂着嘴。

刘卫辰吃饱喝足涨红着脸打了一个嗝，自言自语道："这老缸坊酒真不错，请巫婆进来。"不一阵，一个身上披红挂绿的老妇人进了大帐。刘卫辰问道："你看看，现在还有危险吗？"巫婆掐指一算，答道："回大单于，现在过了黄河都有两天了，也进入了茫茫草原的南部边缘，没有敌人追击,这里是长城,不能再往南走了,长城以南是前秦苻坚的地盘,这麻黄梁居高临下,易守难攻,倒是个休养生息、图谋发展的好地方。"刘卫辰听后道:"嗯嗯,今晚可以睡个安稳觉了。"是夜无话。

第二天一早起来,刘卫辰便令部下整备清点军马车帐,他就站在麻黄梁向下俯瞰。时值金秋八月,凉风习习,高原巍巍,长城逶迤,温柔的阳光抛洒在广袤浩瀚的大草原上,给一丛丛沙柳、沙棘、沙蒿、柠条都染上了赏心悦目的橘红色。登高望远,这种空旷浩渺、无遮无拦的美一览无余。刘卫辰思忖道:这麻黄梁长城以南的沟壑山川是汉人聚居地,我们这点残兵败将,再不宜与汉人争执交战,何况那里就是强大的前秦的地盘。这地方好啊,东、西、北三面有黄河阻挡,西有塞上三城(即榆阳古城滩的龟兹城,榆阳红石桥的古城界,当时为汉双石城,西有奢延县)。目前这是最理想的居住地,日后再作打算。这麻黄梁居高临下,水草丰茂,利于防守,可做我的根据地,日后再在百里之地修座龙庭(皇城)。

刘卫辰派遣部下及巫婆们择吉日良辰带领全体女弟子,披红挂绿,脸涂颜料,一路向西跳着大神舞,终于在榆阳巴拉素西十里选下了第一个城址,即代来城,支起毡帐,开始筑城。

城筑到一人多高时,天已转凉。一日,西北风呼呼地刮了一夜,冷空气带来了雪花,刘卫辰望着纷纷扬扬、晶莹洁白的雪花发起了愁:这一万多残兵败将和家眷仆人、马夫奴隶咋过冬呢?烦闷顿时袭上心头,让他变得焦躁不安。"一醉解千愁,拿缸坊老酒来。"一顿痛饮后,他面红耳赤、头重脚轻,壮起胆子对妻子拓跋雪莲发火道:"都是你爹那个老掉牙的瘸腿狼,将我追得无家可归、衣食无着。你要不是我两个孩子的母亲,我就差人将你遣送回河东!"拓跋雪莲毫不示弱:"哼,真是酒壮怂人胆,遇事就知道喝酒。你敢吗?我生是你刘家的人,死是你刘家的鬼,我身为代王之女,何等尊贵,跟上你东跑西颠,鞍马劳顿,衣食无着,被人追得就像受伤的兔子,都怪你不好,没本事还要和人家较劲,这丧家之犬的日子好过吗？跑到这麻黄梁长城边避难。我不说你，你倒奚落起我来了！"

两个儿子刘地代和刘力鞮望着刘卫辰，等了半天见他没有下文，便嘿嘿地笑着："我父王没话说了！"刘卫辰一挥手："去去去，出去练骑射，大人的事小孩别插嘴！"

不多时，哨卒气喘吁吁地向刘卫辰禀报前秦来人了。刘卫辰听后大吃一惊，酒也醒了几分："本王与前秦素无仇怨也无交情，他们来干什么？有多少人？赶快传令整备兵马，以防不测！"小校道："人不多，是使者，还有五大车的货物，已经过了龟兹城了。"刘卫辰听后长吁一口气："前秦的使者？""是。"唉，不管是福是祸，总得换件像样的新衣袍。但是仆人们找来找去，总是没一件好的，除了粗针大线的皮衣，就是大线粗针的铠甲，他随便穿了一身。率将军、兵长、仆从、仪仗列队出迎。果见一队使者，车骑仪仗整洁，鼓乐随从有序。旌旗招展，礼仪规范。刘卫辰心中暗想：还是人家国大业大。但不管咋想，他都要强装笑脸，迎前秦使者至大帐。

使者一提衣袍，上至厅台，将前秦圣旨展开宣读："刘卫辰接旨，听封。"刘卫辰忙单膝跪地："臣刘卫辰，恭迎圣旨。"这套路他懂，此前封过他好几回呢！

使者慷慨地宣读道：

"欣闻爱将刘卫辰，徙居塞上，劳苦功高。

刘氏卫辰乃匈奴右贤王去卑之后，与前赵光文帝刘渊同宗，其祖父刘虎被封为楼烦公，其父刘务桓被后赵皇帝石虎封为平北将军、丁零单于，血统高贵，系黄金家族，世代显赫。现膺封刘卫辰为西单于，督摄河西各族，统辖三城五部，屯驻代来城。整肃军备，保境安民，岁岁朝贡，年年封赐，鱼来雁往，永续太平。此次赐银币五千两，锦缎绫罗及茶叶两车，御酒十坛。"

我的那个亲娘唉，这才叫雪中送炭。刘卫辰激动得眼泪都差点流出来,跪在红地毯上"砰砰砰"磕了三个响头:"臣领旨,谢主隆恩!"既然接了圣旨,便要招待使臣们的车骑人马。可是,他们也是初来乍到,哪有客栈驿馆?只好将自己的金顶穹庐让给这些使者们,铺上毡毯,盖上羊皮,反正自己尽心了。刘卫辰随即吩咐部下杀牛宰羊,大锅煮肉,盛宴款待。

使臣们席地而坐,刘卫辰给每人盛了一大块肉,用刀割食。别笑话,游牧民族就是这样,如果摆上八仙桌、太师椅、杯盏碟盘的,那就不叫匈奴人了。晚上也是篝火晚会招待,于是麻黄梁的山川上火光映月,载歌载舞,烤肉飘香,管弦笛箫一应上阵,歌伎们跳起了骑马大刀舞和弓箭舞,看得人心痒眼馋。总之一个字:"乐"。对于刘卫辰来说这真是"山重水复疑无路,柳暗花明又一村"。老缸坊酒灌得在场的人们欣喜若狂、纵情欢唱。

刘卫辰成为单于,督摄河西诸部。各城分派常驻将军:呼延将军分驻龟兹城,须卜将军分驻双石城,宇文将军分驻奢延城。形成了草原以南沿长城线上"三点一线"的军事体系。同时,刘卫辰吩咐部众继续筑造代来城,加强军事训练,扩充兵员。

第二年风调雨顺、人畜两旺。到了枣红谷黄的季节,驼马成群,牛羊塞道,一派繁荣景象。各部清点兵员,已有常规军两万多人。

巫婆给刘卫辰提醒说:"天王大单于,别光顾着乐,还有一件大事该筹办了。"刘卫辰问道:"你说甚事?"巫婆道:"今年该向前秦国朝贡了。"刘卫辰忙道:"对对,我记着哩。"于是,他将毡毯皮毛、良驹宝马、风干羊肉、老缸坊酒等中原稀缺的物什也装了几车,差遣贺兰将军押运,不日启程,渡过无定河,向南给前秦皇帝苻坚送去朝贡。说是朝贡,其实历史上中原皇帝为拉拢这些边疆少数民族军事集团,岁赐的金银珠宝、绫罗绸缎、茶叶药材等要比朝贡的物资多几倍,这样做一是要安抚和收买人心,二是要显示大国风范。

公元377年秋,代来城落成,自有一番庆典。住在麻黄梁黑疙瘩山的将士、家眷、仆人都忙着搬家。西单于刘卫辰兴高采烈地吼道:"咱们终于有皇城了,到代来城好好练骑射,有功者赏。"他一回头望见老将军贺兰旭坐在黑疙瘩山的黑龙观前,便上前几步,恭恭敬敬地问道:"贺老将军,你咋不收拾收拾去代来城啊?"贺老将军回道:"回西单于,我贺兰旭从小就跟着你爷爷南征北战,出生入死,后来又在你父亲麾下屡建奇功,又跟你转战草原,来到榆溪塞的麻黄梁,现也已年逾花甲,力衰体弱,再说我还有小孙子贺彪,他爹妈在渡黄河时战亡,我要照顾他。就让我告老吧,就住这黑疙瘩山的黑龙观做个道士,等贺彪长大我再给你送去。"刘卫辰感慨道:"难得贺老将军一片忠心,就请便吧。"

又一年风调雨顺、百业兴旺,单于所到之处万众欢呼,将士敬仰,报上来的控弦之士已有三万八千人,真是兵强马壮,不由得使人惊喜万分。

在一个秋高气爽的日子,刘卫辰巡视到前秦国的边城五原郡,发现街市上百业兴旺、买卖兴隆、人头攒动。几个匈奴兵在交易中与人发生争执,一时失控打伤了人,被扭送至五原郡太守府。

刘卫辰听闻,心想:虽然不是自己管辖的地盘,但自己的兵不能不管。于是一行人进了府衙与太守理论,自然言语不合,矛盾激化。尤其是李太守,骂道:"你们匈奴人与我们汉人从春秋战国时起缠斗了几百年,耗费了多少人力、财力和生命,现今成了丧家之犬,我们皇帝好心将你们安置在榆溪塞,你们还是贼性不改!"听到这番侮辱自己的言论,刘卫辰怒发冲冠,一刀将那前秦国的郡太守砍了。这下可好!今年也不敢去朝贡了。急忙回代来城,令各军将领注意南面前秦国动静,严加防守。但过了几月,也未见有人兴师问罪,他悬着的心才放了下来。

忽一日,刘卫辰得到河东密探谍报,拓跋什翼犍被其子拓跋寔君所杀。代国境内大乱。经历了拓跋什翼犍从岳父到仇人的血腥阶段,刘卫辰五味杂陈,喜忧参半。夫人拓跋雪莲又哭闹着要回河东吊丧送葬。刘卫辰道:"要去你去,我不能去!"拓跋雪莲道:"那两个孩子我得带上。"

刘卫辰道:"去吧去吧。"便差人送拓跋雪莲和两个孩子从麻黄梁顺川道奔葭州,过黄河回河东为其父拓跋什翼犍吊丧送葬。

刘卫辰正与大将刘雄喝着老缸坊酒,忽然恍然大悟:岳父是代王啊!这老东西一死,谁来主持代国国政?代国不是群龙无首、各自为政嘛,何不趁火打劫一下,出出这口憋屈了两代人的恶气,一雪前耻!机不可失,时不再来。于是立即召集各部将领商议,并让巫婆占卜一卦,卦象是上上大吉。将现在三万八千多将士分出一半守家,另一半渡过黄河去。

经过几天的准备,刘卫辰亲率一万八千大军从麻黄梁下葭州渡过黄河去攻代国,却被代国大将刘库仁击败,损失了不少兵马,从原路仓皇返回河西。

这真是偷鸡不成反蚀把米,他十分懊恼。

一日行至麻黄梁顶,探子忽然来报,大批前秦军越过长城与无定河,将塞上三城的留守军也控制了。刘卫辰一惊,差点跌下马来,忙问道:"那代来城咋样?""也被前秦军控制了!""苍天啊!你这是要灭我刘氏吗?"一语说完便跌落马下,牙关紧咬,不省人事。周围的兵长侍从急忙下马,掐人中、捶背、呼唤,忙成了一团,刘卫辰终于缓过一口气来。他们这时所处的位置正好是麻黄梁的顶端,显然是不能回去了。前秦兵们一定是布了一个大口袋,等着他往里钻呢!看来一切都完了。那逃向哪里呢?龟兹城的前秦兵要是出动,半个时辰就能赶来。东面山陡沟深,不宜兵马行动。西面龟兹城已成了秦军的天下,去不得。北面下了山是金鸡滩大草原,到了草原就能任凭驰骋,可是天色尚早,万一下了山,这一万多兵马遇到追击围攻咋办,那也会玩儿完的。正在他一筹莫展之际,传报说前秦军使者到来,使者传令刘卫辰部必须缴械投降。刘卫辰这时才想到他砍掉的五原郡太守那颗血淋淋的脑袋,心中不禁打了个寒战,立即想到了自己的脑袋,也会同样血淋淋地滚落在地吧。便强打精神回道:"我是大单于,你们说封就封、说降就降,这样不好吧!我总得和各部将帅商议一下吧！明天早上给你们回话。"前秦使者应允回去复命。刘卫辰随即召来各部将领商议，可谁也没有好办法。最后商议从北面的野狼沟下到草原，各自突围，将来在契吴山会合。此时已是傍晚，又是冬季，夕阳无光，冷风萧萧，雪花飘舞，将士们饥肠辘辘，都是一副悲惨无奈的样子。没办法，保命要紧，只能挨着等天黑再说吧。将士们抱着兵器冷得蜷缩在一起，也不敢点燃篝火，马也冷得呼哧哧打着响鼻。

刚过子时，刘卫辰便召来巫婆问道："打一卦，看看是否能开拔？这次好好算，每次都是大吉，大吉却成这个样子了？再要算错，我扒了你的衣袍，剥了你的皮做马鞍用！"

巫婆不慌不忙道："算过了，还是大吉。"刘卫辰一声令下，从野狼沟突围。等到兵将都进入沟谷，沟谷两岸火把通明，呐喊震天，伏兵四起，果然被前秦军包了饺子。一切希望与幻想都成了泡影。

他们七位将领被反剪了双手，押向了麻黄梁的华龙镇。华龙镇的练兵场上，前秦兵士军阵严整，手执戈矛戟枪，盔甲锃亮，戒备森严，令人胆寒。中间点将台上，已摆放了刘卫辰金顶大帐里的所谓"龙椅"。台下场地上，放着七个烤全羊的烤架。这烤架其实很简单，支两根树枝，中间横一根铁棒，将羊全穿了，下面生一堆大火，大烟放过便在上面翻烤。旁边还有几口冒着热气的大军锅。刘卫辰暗想：奇怪了，这明明是法场，可是没有断头台和刽子手，这咋回事？真让人琢磨不透。这时一个大人物登台亮相，好像皇帝临朝，稳稳当当坐在了龙椅上。这人声若洪钟："刘卫辰抬起头来"。刘卫辰抬头相看，此人果然是前秦皇帝苻坚。苻坚道："刘卫辰，你可知罪？""知罪。""那你何罪之有？"刘卫辰不假思索道："我不该杀了五原郡太守。""你自己说，该当何罪？""斩首示众。"苻坚不紧不慢地说："那不便宜了你们。"刘卫辰心想：是福不是祸，是祸躲不过，反正横竖都是一死，脑袋掉了不过碗大一个疤。好歹咱是称过单于的人，不能丢了大将风度啊！便大声吼道："那还想怎样？莫非要将我们穿了烤了,或撂大锅里煮了不成!再说,秦国有这样的律法吗?我们这七条命还抵不过你的一个太守吗?咋不见刽子手呢?"苻坚笑道:"秦国没有这样的律法。要刽子手干吗?我没有说要斩你们呀!"

第二章　勃勃出生代来城

刘卫辰疑惑道："那你架这烤架、这大锅何用？"苻坚皇帝笑着道："噢，都怪朕没给你提前说，这是烤全羊，锅是煮羊肉用的。"于是，兵士们提来七只杀好的全羊架上烤架，将剁好的大块羊肉倒入锅中。兵士给他们松了绑，赐了座。刘卫辰擦着额头冒出的虚汗心想：不斩我们了，这莫非是在做梦？还是真的去了所谓的极乐世界。便狠狠地在胳膊上拧了一下：疼，是还活着。要是还有大块的煮羊肉和烤得焦黄鲜嫩、油汪汪的羊肉下肚，再饮上几口老缸坊酒，那多美啊！苻坚又发话了："俗话说'滴水之恩，当以涌泉相报'。前年你落难于此，朕助你渡过了难关，封你为西单于，让你操练军马，扩编军队，保境安民，你干得很好，怎么能稍有点功绩便骄横自负，翘起了尾巴？告诉你，你才有三万八千控弦之士，你就是有十万、二十万也是牛蹄窝的水，翻不起大浪，就目下这周边形势，没有个五六十万军士，就别做为皇图帝的美梦了。我不多说了，你还是整肃军纪，扩充军队，努力发展畜牧，保境安民，抵御外敌吧。至于你杀五原郡太守的事，朕给你记着，可以将功折罪。不过，朕还有一件大事今天要在此宣布：朕决定，将朕的小女苻红英赐婚给你。"

刘卫辰一听，如五雷轰顶，呆在那里，在众位看官看来，这真是天上掉馅饼、掉珠宝、掉烤羊的美事，可人家刘卫辰清楚得很：这不是给我这匹野马装上了马嚼子吗？这个苦，他在那位河东狮吼的拓跋雪莲那儿已经领教够了，又被身为代王的老丈人追打得像丧家犬一样。这又是一个皇帝的娇女，惹得起谁呢？他心里那个苦呀，无人能理解。正郁闷着，巫婆忙提醒他："赶快谢恩啊！"没法儿，刘卫辰只好强装笑脸，在地上磕响头,悄声对巫婆说:"你这个乌鸦嘴,看我不剥了你的皮。"老巫婆道:"干吗剥我的皮,我算得准啊!吉!因祸得福。你还得给我赏赐呢!""好,那就赏你十个男人!"巫婆小声道:"真的吗?金口玉言,单于一言,驷马难追。"巫婆乐得差点没晕倒,心想再也无须偷偷摸摸与男人私会。这些男女情爱之事且按下不表。

刘卫辰对这个赐婚感到莫大的恐惧,心想:这不是给我再戴一个紧箍咒,在我身边安了个密探吗?不就是想让我叫你老丈人吗?你才比我大两岁,本可称兄道弟,这下可好,你成了长辈,我矮了一截,成了你的女婿。刘卫辰正在思考着如何应对,苻坚又发了话:"贤婿你在想什么?咋愁容满面?""啊啊!我的发妻拓跋雪莲和两个孩子还被扣在河东刘库仁那里。""这事好办,我修书一封替你要回便是。他河东不会不给我面子的。"刘卫辰又找一借口接着道:"她回来谁为大,谁为小?"苻坚道:"当然是人家为大,我的爱女苻红英为小,这点礼数我还是懂的。不过你现在是单于,只能称王,不能称帝。也就不能封后,只好封为大妃、二妃。"刘卫辰再也找不到推辞的理由,只能硬着头皮认下这门婚事。于是,龟兹城的唢呐班吹了好几天,老缸坊酒也用了十几车。

列位看官,你可不要以为这苻皇帝的女儿是通晓琴棋书画、莲步轻移、肤如羊脂、涂脂抹粉的娇娇公主。她这盏灯可不省油。她是五胡中氐族皇帝苻坚的公主,驰马挽弓、舞枪弄棒、追捕围猎是她的嗜好,手下那些女侍男仆个个精通骑射,自然将这个区区几万兵马的匈奴王刘卫辰没放在眼里。

苻坚是怎样离开塞上,车骑滚滚、旌旗招摇地回归都城长安,暂且不提。

俗话说,人生最得意的莫过于金榜题名时、洞房花烛夜。刘卫辰却认为这只是用政治联姻来控制自己的"喜事",让他在苻坚面前低了一辈,苦不堪言。

晚上,苻红英隔着盖头望着这个胡须满面、蓬头散发的半老头子,默默无语。这是皇帝赐的婚，谁也无法抗拒，只好服从。炽热的、美好的、令人陶醉的、急不可耐的爱情已大打折扣。符红英年轻沉不住气，首先发话道："你倒是揭盖头啊！"刘卫辰随即醉醺醺地答道："啊啊！我把这事都忘了。"大红的盖头被揭开，新娘子确是如花似玉、杏眼樱唇。符红英上下打量着新房："看看你这毡帐，铺羊皮、盖羊皮，一股酸膻腥骚味。"刘卫辰道："今天晚了，明天让给你换成毯子。"符红英道："不用，我喜欢。"刘卫辰道："那你们中原人住什么？""我们住宫殿，用木料砖瓦石条盖的，装饰得金碧辉煌、一尘不染。"刘卫辰道："那老百姓住什么？""住砖瓦或土坯房。""地盘大吗？""大啊！东至洛阳，西接秦陇，北至塞上，南及秦岭。"刘卫辰唏嘘了两声道："那有多少兵马？"符红英道："怎么，你想刺探军情呀！不过给你说了也无妨。你过来靠近些。"她照着刘卫辰的右脸轻轻一巴掌："甲士就这么多。"又照左脸轻轻一巴掌："骑士这么多。"

刘卫辰将符红英一把搂进怀里："噢，明白了。五万加五万，是十万。"符红英傲慢地道："再加上个零吧！"刘卫辰大吃一惊："啊！一百万啊！乖乖，一百万。"他心想，怪不得人家说话做事底气十足，自己要是有一百万军队，非打到东海，西平昆仑，马踏岭南，箭射塞北。可就是将河套地区，上至老弱下至孩童全部集合起来，也没有百万人口啊！

看官，你知道这符红英是谁吗？她就是本书的主角——后来的大夏国的皇帝、统万城的缔造者赫连勃勃的母亲。

代来城所处的塞上向西、向北几面便是浩瀚无际的鄂尔多斯大草原，符红英的嗜好是游猎，这里就是游猎者的天堂，什么狼狐鹿兔、鹰隼鸿雁的，多了去了，故她乐此不疲。刘卫辰也懒得去管，其实也不敢管，人家的父亲是前秦皇帝符坚，拥有雄兵百万哩，光无定河和长城南驻兵都比自己多。惹不起啊！随人家的便，爱干啥干啥去。唉，混了半辈子竟混成了这样，屈居塞上，老家河东是代国，让他吃了不少苦头，西北面有兵强马壮的柔然,西面有南凉与北凉,南面有前秦国,自己只戴着一顶西单于的桂冠,就这还是别人给的,想想怪可怜的,一切的原因都是实力不如人家。于是他大力发展生产,繁衍人口,畜牧的、炼铁的、铸造的、制革的,都定了任务,展开了劳动大竞赛。一两年的时间里也真见了成效。

再说符红英这几日觉得身体异样,见食物就反胃,便叫来御医诊脉。御医诊过后对刘卫辰道:"禀大单于,圣妃娘娘有喜了!""好啊!好啊,说不定还是个勃牛犊子哩。"临产了,刘卫辰号令所有能歌善舞者在练兵场载歌载舞,用以助兴。巫婆也带领众弟子们跪地对天祈祷。伴随着一声炸雷,一声响亮的啼哭,一个男婴来到了人世间。刘卫辰一惊,忙问巫婆道:"这雷声主何征兆?"巫婆不假思索道:"主吉,有黑龙降世。"刘卫辰道:"黑龙是何物?"巫婆答道:"龙就是汉人所称的皇帝。"果然仆人向刘卫辰报告说圣妃娘娘生了个男孩。刘卫辰心想:管他是龙是虫,这小母羊给我生了个勃牛犊子。他心中一乐,大摆宴席,连贺三天。兵士们余兴未衰,悄声道:"但愿明年再生一个,咱们又能喝老缸坊酒。"

这孩子生下来就体格健壮,哭声洪亮,十分惹人喜爱。俗话说:母以子贵。此后符红英更加肆无忌惮、放纵不羁、目空一切。一天,巫婆与刘卫辰谈事,符红英瞅着巫婆道:"哟!都半老徐娘了,看那眼贼勾勾得像个老色鬼一样。"刘卫辰道:"爱妃,休得无理,我们在谈正事。"巫婆受辱,噎在喉咙里的话却一个字也没敢吐出,但心里给符红英记了一笔黑账。

符红英才不管这些呢,根本就没把他们放在眼里,事也不放在心里,身体康复后,她照样是纵马挽弓,驰骋草原,射狼追狐。

转眼间,刘勃勃已经五六岁了,符红英出去狩猎也会带上他,教他骑射追捕。这勃勃不但身体发育超出常人,智力也超群。

一天,符红英狩猎回来,乐不可支地清点着猎物。刘卫辰道:"哎呀!你别成天捣鼓这些没用的。大事不好了!"符红英瞪大了惊愕的眼睛。

刘卫辰道:"你父皇吃饱了没事干,发兵八十万去攻打东晋,被人家八万精兵打得落花流水、狼狈逃跑,全军死伤惨重(淝水之战)。这还不算,居住在秦陇一带的姚苌、姚兴父子乘虚东进,发虎狼之威,一举拿下了长安,你父皇也出逃于渭北山区。唉!"符红英一听,如五雷轰顶:"那怎么办,你赶快发兵救前秦国啊!""已经晚了,再说就我那点兵,倾巢出动也不够人家塞牙缝的。只有严密防守,静观其变。我差人再打探你父皇的情况,你就安分守己地待着。哪也别去,看好孩子。"

这段时间,不断有前秦的残兵败将投奔,其中也夹杂着一些皇亲国戚、宗室贵胄,就是没有皇帝苻坚的消息。这对刘卫辰来说倒是好事,补充了兵员,壮大了实力。他担心的是姚苌、姚兴父子平定了中原后,会挥师北上,再将自己灭掉。

有一天,后秦姚苌的使者终于来了,又是"皇帝诏曰"。这次刘卫辰又多了一顶桂冠——"朔方牧"。刘卫辰回到寝宫,符红英揪住他的山羊胡,刘卫辰痛得直叫唤:"哎呀呀!爱妃啊!这是干甚?"符红英毫不客气道:"是不是又做了后秦鹰犬?我和后秦姚苌有杀父之仇、灭国之恨,你不知道吗?"刘卫辰道:"我的小姑奶奶,说话声音小点,后秦使者还没走呢!让他们听见,咱们可没有好果子吃,你以为我稀罕当那西单于、朔方牧吗?甘愿做他们的鹰犬吗?现在咱们弱小,就区区几万人马,你愿意看到塞上狼烟烽火、白骨蔽野、民不聊生吗?现在要韬光养晦,你懂吗?等兵强马壮时再报仇雪恨。再说我们上几代口耳相传说我们是大禹的后代,是夏后裔,都期盼着建立自己的大夏国,如果没有侵略和战争,国泰民安,那多好。我这一代实现不了,还有我的儿子、孙子哩!"这番话说得在理,符红英心气平和了许多,当然已记事的勃勃也记住了。

这几年塞上确无大事,已是牛羊塞道,驼马成群,人口兴旺,丰衣足食。周边那几个国家有战败逃亡者,不断来归附刘卫辰,刘卫辰都给予了很好的安置,将败卒降兵清点后,插入自己的兵营。可是后秦国还是不得安宁,苻坚在新平郡战败身亡之后,他侄子苻登领导的前秦残余势力在渭北山区与后秦打游击战,有败流的便来塞上投奔刘卫辰。

时日一久,后秦知道了,便来告知刘卫辰:"如有残兵败将来投诚可以收留,如有前秦皇亲国戚,必须引渡回后秦。听说你的苻家坑(巴拉素苻家坑)就有姓苻的。你要将他们查出遣送给后秦国。切记切记。"刘卫辰头上冒着冷汗,心想:这如何是好!送吧,就是害亲戚的命;不送吧,又惹不起后秦使者。他没法儿,只好唤来校尉命令道:"带些兵卒将苻家坑姓苻的都抓来交给秦使。"随即又使了个眼色。

校尉走后,刘卫辰忙令仆人为后秦使者摆酒设宴:"来来来,咱们先品尝咱们塞上的老缸坊酒,过一阵儿,他们将人押解来,再看看是否是你们要的人。"过了一个时辰,校尉胳膊带着伤回来复命:"回禀大单于,这些人好像早有准备,我们一去便和我们打了起来,最后都逃向了大漠,锅也砸了,帐也烧了,估计再也不会回来了!"

刘卫辰骂道:"都是些不中用的酒囊饭袋,滚!"后秦使者也听清了,沙海茫茫,草原浩瀚,要追上这些人如同大海捞针。后秦使者只好话别,回去复命。

后秦使者走后,刘卫辰更加不安:要是姚苌这条老狗知道了我爱妃是苻坚的女儿如何是好?不行,我得将她安排在其他地方,这代来城不是久留之地。于是对苻红英道:"你想住在哪个城由你自己选。代来城是不安全了。""哪个城我也不住,就喜欢龟兹城东的麻黄梁。那里狼狐鹿兔出没无常,正好狩猎。"就这样,苻红英带着儿子刘勃勃和五十几个仆从,来到了麻黄梁。他们整天不是在山上追狼逐鹿,就是下到北面金鸡滩草原追野马野驴,有时候追得万马奔腾、天摇地动、黄尘蔽天,场面甚是壮观。刘勃勃也渐渐长大,练得一身骑射本领。

经过几年的努力,刘卫辰已是家大业大、人丁兴旺、兵强马壮。在一个秋高气爽、万里晴空的日子,他向西边边界巡游,到了边界野狐岭,忽然对面闪出一队人马,为首的一拱手:"对面莫非是西单于朔方牧刘兄?"刘卫辰急忙答话:"贵处莫非是后秦高平守将没弈兄的宝地。""正是正是。"于是两人下马,席地而坐。随即铺设案几,茶点果蔬、肉块奶酒一应摆上。刘卫辰心想:人家的情报工作搞得好,都知道我什么时辰到这儿,不管咋说,人家盛情款待,那就以兄弟相称。于是两个人对饮起来。没弈于道:"刘兄,这几年塞上风调雨顺,驼马成群,牛羊塞道,军备肃整,战将如云。你可有什么打算?是雄鹰就该翱翔蓝天,不飞永远不叫鹰!"刘卫辰忙道:"哪里,哪里。"又是一番互相谦恭的礼让,推杯换盏,称兄道弟,最后准备分手,刘卫辰一拱手道:"没弈兄有空来榆溪塞做客,我用老缸坊酒招待你。"

分手后,那"战将如云""不飞永远不是鹰"之言在刘卫辰的脑海中挥之不去。他晚上辗转反侧,难以入睡:莫非在别人的眼里,我已成了气候?是啊,两个儿子刘地代和刘力鞬也已领兵挂帅,该是成事的时候了。再迟,恐怕我这雄心壮志也会大打折扣喽。

第三章　烈焰熊熊雄石峡

　　刘卫辰将文武大臣、将帅兵长、宗长巫婆召来代来城大帐,商讨建国的事。这些人一听,好啊,将来建了国,都有封赐官衔职务,自然极力拥护。巫婆心想要是建了国自己就是国师,于是也极力推进。可是怎样建呢?无非是立国名、年号,与邻边各国划清边界线,设立文臣武将,订立管理制度,制定法律条文等。这些都好办,可是周边的国家认同吗?要是开战咋办?经商议,决定先给周边各国发告知文书,内容是:这几年塞上有老天保佑,风调雨顺,牛马成群,驼羊塞道,人口兴旺,需要建立官府机构管理等。周边其他几国看后反应不大,可是隔河相望的河东新建的魏国国君拓跋珪却出言不逊。

　　拓跋珪看后将公函撂在一边,一拍案几怒道:"一个丧家之犬,兵不过数万,民不过十万,大部分都是前秦国败亡士卒、柔然叛将,这些五胡杂夷的乌合之众,也敢提建国,好不叫人笑掉大牙!"

　　刘卫辰听到使者禀报后,半天没缓过气来,脸色铁青,钢牙紧咬,心里骂:"拓跋珪,你个乳臭未干的杂种儿,竟敢如此羞辱老夫,总有一天叫你知道老夫的厉害。"于是建国的事先搁置一边,刘卫辰随即整点兵马,让二子刘力鞮统领五万大军向北越过黄河,去现在的包头一带,打击魏国。可是这刘力鞮虽身为主帅,但少不更事,并不会排兵布阵,被北魏的小股兵袭扰得疲惫不堪,难以应对,也管制不了兵马。于是兵士们死伤的、逃跑的、投降的越来越多。这场征战最终以失败告终,最后刘力鞮单枪匹马出逃,在木根山被北魏擒获。

　　同时,北魏从津子渡渡过黄河,向龟兹城和代来城袭来。北魏先头部队渡河并未遇到阻击,这一路从北到南每隔十几里就有一个施放烟火、通报敌情的烽火台,每个烽火台都住着十来个匈奴兵士。

一队娶亲的队伍过来了,花轿车辇,旗牌仪仗,媒婆侍从,鼓乐吹手一应俱全。长期寂寞的兵士们一看这阵势,不免离开哨台下来观看:啧啧,大户有钱人家,不知新娘长得咋样。刚一近前就被迎亲的人割了喉管,尸体摞进沟壑之中。魏军就这样一路过了几十个关卡烽火台。

还是一个扮作樵夫的匈奴密探发现了此事,他钻树林抄小路,上气不接下气地跑进了龟兹城的将军府时,呼延将军还正在和部将们宴饮。密探上气不接下气道:"呼延将军,魏兵、魏兵来了。"呼延将军怒道:"你倒是说清楚啊。""魏军从津子渡渡过黄河,扮作娶亲的,一路拔卡袭哨,奔龟兹城来了。"这突如其来的消息如晴天霹雳,惊得众将士酒都醒了。将士们操戈取戟,上马列阵,准备应战。龟兹城中百姓看见了都人心惶惶的。

魏军已在离龟兹城不远的地方安营扎寨,埋锅造饭,整备军马。第二天,双方在龟兹城外的场地上对骂一番,开始交战。先是双方将官在中间的开阔场地上如表演一样拼杀一番,再是挥军掩杀。几天下来,各有伤亡。魏军越来越多,呼延将军看难有胜算,便差人于晚上将家眷与子弟们秘密送往黄河岸边的石城,自己带着残部向北逃进了大草原。

魏军进入龟兹城后,军纪严整,秋毫无犯,并张贴出了安民告示。

龟兹城所有官将居民:

我北魏雄师已克龟兹,马踏榆溪,不日即克代来城,扫平三城,平定塞上。凡愿归降之将士,待遇从优,凡原文官,官复原职。凡抵抗者,格杀勿论。

这龟兹城俨然成了北魏的城池。

北魏之兵也源源不断地集结,只是不见攻打西边百里之遥的代来城,每天就是在土崖练登云梯的战术。

　　真是无巧不成书。说来事巧,这龟兹城西有一石峡名为雄石峡,两岸红崖相峙,溪水潺潺。溪岸边是平坦的沙滩,背风向阳处,冬暖夏凉,崖畔上还有几个佛窟。魏军将领决定在雄石峡驻两千兵将,帐篷搭在下面背风向阳处,草料就堆在峡谷两岸,吃风不易霉沤。有小校道:"将军,这样敌人如果在上面用火攻咋办? 岂不是要全军……"话还没说完,将军用马鞭敲着他的脑袋道:"这脑袋是猪的还是装了浆子。你看这一带还有刘卫辰的匈奴兵吗?"小校道:"那倒也是。"将军又道:"不过为了安全起见,在草料场每隔十丈设一帐,住三至五人看守,这样总万无一失了吧!"小校"诺"了一声。于是两千多铁骑住进了雄石峡谷,草料堆在峡谷两岸,搭了七八个帐篷看守。

　　却说苻红英与五十多个仆从住在麻黄梁的山坳里,谁也不知道他们的具体住所。一天,派出去的密探回来报告说雄石峡里有北魏的两千铁骑,峡谷两岸还堆满了草料,有十几个毡帐,每帐三五个魏兵。苻红英想了一阵忽然道:"这可是个好机会,我要送这些魏兵到极乐世界去。"仆从们不解地问:"人家有人看守草料,怎样收拾?"苻红英道:"我有办法。"

　　苻红英手下的这些人成天骑射追猎,可都是能征善战的主儿。下午天气阴沉,好像要下雪的样子。苻红英吩咐手下将野猪肉都煮了,大家吃饱喝足,穿着精干,收拾利索,带上短兵器要向雄石峡出发。刘勃勃也争着要去。苻红英道:"小孩子家别掺和大人的事,在家待着。"刘勃勃道:"我都十二岁了,该行成人礼了。再说你将我丢在家放心吗?"苻红英没法儿,只好带着他。苻红英问道:"老缸坊酒还有多少?"仆人道:"还有两篓。"苻红英道:"都带上。"

　　带上酒肉,一行人不消一个时辰便到了目的地雄石峡的上端。黑灯瞎火的,苻红英让人将酒打开,站在上风口,魏兵们准备睡觉,忽然用鼻子嗅了嗅:"好像有酒味……""有个女人才美呢,想酒想疯了,睡吧,我咋闻不见?"一串黑影向毡帐靠近。魏兵发现了,问是谁,只听一个甜丝丝的嗓音道:"军爷小声点,别让下面的人听到,我们是怡红院的姐妹,揽下这差事。将军见今儿个天不好,怕你们住在上面受风寒,让送些酒菜暖暖身子。"魏军一听那声音,嫩丝丝似莺歌燕呢,娇哆哆如雀鸣凤婉,又闻见酒香,早已忘乎所以。领进帐篷一看,果真是几个婀娜多姿、披红挂绿的女子,这些魏军见了女子,早已神魂颠倒,六神无主,自然毫无防备。几个女人突然从背后拔出利剑,只见寒光闪过,那几个魏军连哼都没哼一声,喉管就被割断了,像倒在地上的粮食口袋。这时,后面的女仆已将干草推下石崖堵塞南峡的出口,这峡谷北端是一个几丈高的瀑布,只有这南峡口能出去。她们如法炮制,又收拾了第二个、第三个帐篷的守军。当第九个帐篷收拾完,魏兵倒下时将头盔带下来砸在刀剑上弄出了很大的声响,最后一个帐篷还没睡着的魏兵立马反应过来:"不好,有情况。"于是他们赶紧穿衣服。不多时,几个魏兵都拿着兵器,朝第九个帐篷走来,并轻声叫着第九个帐篷魏兵的名字。显然已无人能够回答。在这危急关头,一个女仆轻声呻吟道:"哎哟哟,军爷你轻点,压死我了。"魏兵们一听,原来有这等好事。便撂下兵器,屏住呼吸,蹑手蹑脚地向帐篷靠来,准备享受一番精神抚慰呢!女仆道:"哟,军爷还听门呢,我们来了七八个姐妹呢,包你们管够,陪一晚给多少钱?"随即从帐篷里走出六七个女仆,一个包揽一个,魏兵刚一拥抱,便被锋利的短剑毙了命。

再说下面的魏兵,半夜起来撒尿,看见那干草垛成捆地往下掉,根本没有考虑是人为的,尿完嘴里还嘟囔道:"这塞上的风可真大!"此时又飘起了雪花,符红英道:"将酒都浇在火把上,点火。"几十具火把冒着烈焰一齐抛向了谷口下的草垛,刘勃勃与众女仆们不断地向下推干草,推下去的干草瞬间被点燃。许多人光身子奔出毡帐,但为时已晚,谷口已烈焰熊熊。雄石峡里已是人喊马叫,惨不忍睹,如同魔鬼的老窝被捅了。峡谷中的草越堆越多,火势越来越大,衰草树木、毡帐器具都陷入火海之中,这真是火借风势,风助火威,烈焰翻卷,两岸的石块被烤得不断崩裂坍塌。符红英道:"将野猪肉都撂下去让他们吃饱喝足到西方极乐世界去吧!"随后,她清点己方人数,无一伤亡,便急速地退回麻黄梁。

魏帝拓跋珪得到他的两千铁骑在雄石峡被活活烧死的消息,大吃一惊,急忙奔赴河西,来到龟兹城军师大帐里。魏军将军被背绑着,跪在地上。拓跋珪气急败坏地道:"两千铁骑,没有交战却葬身于火海,死于非命。你是怎样带兵打仗的?还损失了那么多的草料,你该当何罪啊?"一怒之下就让推出斩首。随后,拓跋珪又道:"查了吗?是谁干的。"部下回道:"禀陛下,查了,但无结果,附近没有匈奴兵,不过听一个半死不活的兵士说半夜好像草料场上有女人声音说她们是怡红院的。"拓跋珪道:"那就赶快查啊!"

这查案子的事是地方官的事,接到命令便派捕头领人到怡红院将老鸨、妓女、打手、仆人二十多人,一并带到衙门。主审官一拍惊堂木,人们吓一跳。主审官问道:"是谁在雄石峡放的火,将大军的草料烧了?还死了那么多人,从实招来,免得皮肉受苦。"说得这些妓女们莫名其妙,丈二和尚——摸不着头脑。一个胆大的妓女问:"什么时间?"主审官道:"先前天晚上。""哟,我说大人啊,先前天晚上,我不是服侍了你一晚上,谁去雄石峡放火了?"主审官一摆手:"没你的事,站一边去。"妓女们一听,炸开了锅:那晚上谁陪谁一晚,谁陪哪个公子哥了,谁陪哪个将军了,乱作一团。主审官一拍惊堂木:"别说了。"一时鸦雀无声。主审官望着这些披红挂绿、涂脂抹粉的妓女,心想绝不是这些卖弄风骚、妖艳妩媚之人干的,但也不能轻易放了,于是一声:"先关起来,退堂。"

从古至今,无论是战争年代还是和平盛世,官府或民间都有一种职业叫"说客",衙门里一有诉讼,说客便会粉墨登场,去求见主审官,先奉上银两,这样好搭话。在龟兹城做了半辈子牲畜经纪人的黄四也是一位说客。黄四说:"主审官大人你看雄石峡这事咋办?"主审官望着黄四道："你有什么好主意？"黄四低声道："既然不是她们干的，就该敲她们一笔。给她弄个用钱担保，这样方方面面都好交代。你先将老鸨放了，我去和她说。"主审官便放回了老鸨。

老鸨回到平时热闹非凡、张灯结彩、人来客往的怡红院，可眼下冷清得除了自己连个出气的活物也没有，便茶饭不思、愁容满面的。忽然间门口有人喊她："三嫂，我三哥呢？多日不见，今儿个过来串串门，哎，别的人哪里去了？"老鸨没好气地道："去去去，油嘴鬼，我正烦着呢！"黄四道："别别别，嫂子，我有个朋友是个大皮货商，要和我三哥做一笔大买卖呢。""哎，你三哥在魏军没来以前就去了代来城做皮货生意。到这会儿还没回来，也没个音信。"黄四假惺惺地道："那你还不赶快派人去找啊！"老鸨长叹一声："唉，你看看，现在又出了这事，有人竟说雄石峡那把火是我们怡红院的人放的，人都叫关起来了。""她们招了吗？"老鸨没好气地道："没有的事，招个屁。"黄四思索片刻道："不过，此事非同小可。这事我可能有一点办法，就是得破费点银子。我先试试。明天下午见话。"两人话毕，黄四哼着小曲而去。

第二天，黄四也没去衙门，下午便又去见老鸨："三嫂啊，我可是费了不少口舌，总算将这事说妥了，咱交钱，他放人。"黄四伸出一个指头。

老鸨一看："一百两啊！"黄四道："打发乞丐啊？一千两。"老鸨一听，差点背过气去：一千两，这是让我倾家荡产啊，这可是十几年的血汗钱啊！黄四盘算，看来还是有一千两的，便道："你莫急我给你算算账，交了这笔钱就是倾家荡产也值啊！不久你就可以张灯结彩热热闹闹地再开你的怡红院，如果拖得时间长了，姑娘们饿瘦了，破相了，放回来一个个病歪歪的，还能赚到银子吗？再者如果再抓不到人，这盆屎还不得硬扣在你怡红院的头上。到那时，人财两空啊！"老鸨想了一阵儿，觉得黄四说得在理，就赶紧筹集了一千两银子救人。这些将校衙役、班头捕快怎样分银暂且撂在一边。

且说刘勃勃住在麻黄梁的老林里,这里人迹罕至,倒也清静。毕竟是孩子家,对军国大事也不是十分牵挂。他们驻地上方就是黑疙瘩山的黑龙观,贺兰旭老将军做了道长,每年二月二有庙会,香客上庙布施,祈求黑龙爷爷保佑。再就是平时谁家生了孩子,添丁进口,来上香还愿,也算清静。道长也种几畦菜打发时光,于事无心,于心无事。刘勃勃常去黑龙观,道长对勃勃自是疼爱有加,还经常给他讲些故事,这麻黄梁的故事几天几夜也讲不完:

"相传秦始皇派大将蒙恬带领三十万大军驻无定河,开始修长城时,蒙恬派他的侄子蒙天霸监修麻黄梁段长城。这蒙天霸年轻气盛,性情暴戾,为了如期完工,强迫兵士不分昼夜地劳动。不知累死了多少人,死了便将尸体筑入长城。美丽善良的孟姜女从关中动身,不远千里来咱塞上寻夫。路过榆林庄时摘了一篮鲜桃,来到这高原茫茫、白云苍苍的塞上,终于打听到了她夫君的下落,可是她的夫君已死,被筑入了麻黄梁上边的一段长城里。得知如此噩耗,她对天一声悲号,那段长城便轰然倒塌,果然看到了她夫君的骨骸。蒙天霸听说长城倒塌,忙来察看,一见美艳如玉、貌若天仙的孟姜女,便淫心顿起。孟姜女急忙往回返,走到常乐堡,看见一个水潭边的山坡土地肥沃,便将桃子洒向山坡,自己也幻化成了一尊石雕,以供关中将士瞻仰思乡。以后工余戍边将士和工匠们来得多了,就形成了一个堡寨,取名常乐堡。再说那段倒塌的长城筑起即塌,反复多次。后来人们只好叫它断桥。

"那被孟姜女撒了桃子的地方,不几年长成了一片偌大的桃林,葱郁茂盛。每到春天,桃花盛开,姹紫嫣红,灿若云霞,加之潭水碧绿,云雾缭绕,人们置身其中,如幻如梦,心旷神怡。每遇春风徐徐,花影摇曳,鸟雀啁啾,花瓣儿如天女散花般飘落潭中,酝酿着这潭碧水。

"日月如梭,光阴似箭,到了汉朝,忽然有一天发生了地震,将桃林全部翻入水潭中,那水从缝隙中又穿行到了榆林庄。榆阳这地方才有人依泉而居,后来住的人多了,便取名榆林庄,这泉就叫普惠泉,又叫桃花水。此水甜美,养的女子皮肤细嫩透红、美白如玉……"

　　刘勃勃听得津津有味。

第四章　魏军攻克代来城

刘勃勃正听得入迷，忽然道长道："不好，魏军搜山了。赶快躲起来!"他启动机关，将刘勃勃藏在神龛下。这时魏军已将符红英她们全部包围了。魏军问道："你们是干什么的?""打猎的。""男人都哪去了?""本来就没男人。""都绑了带走。"魏军又到黑龙观转了一圈，问道长道："这些人是干甚的?"道长回答："打猎的。"魏兵又问道："观里再无闲杂人等?""没有。"魏兵们押着符红英等几十人下了山，从华龙镇朝葭芦川走去，显然是要从渡口送到黄河东岸去。

再说刘勃勃被道长关进了神龛下的地道，上面发生的事他一概不知，他摸着黑走了好长一段路，前面出现了亮光。原来是一个偌大的殿堂，神龛下的供桌上摆放着诸多供品，其中还有九头牛和两只老虎，都是用面做的，形神兼备、栩栩如生。他好奇地拿起观看，不料一只牛腿掉下来，他忙用嘴去舔，想用唾沫粘住，没想到面牛还是甜的，勃勃索性吃了，一连将九头牛和两只虎都吃掉了。他顿时觉得浑身燥热、天旋地转，不知置身何处，那些神将神兵们大吼着向他讨要牛、虎。刘勃勃没法儿，只好奋力与之大战。他边战边逃，等逃出洞口，已是满身汗水。

道长道："你咋了?"勃勃答道："道长爷爷，我也不知道，我妈呢?"道长回答说："孩子，你妈被魏军抓走了，可能向东朝葭芦川方向去了。孩子，你暂时就住这儿。兵荒马乱的，哪也别去。"刘勃勃一听便道："我去救她们。"说着飞身上马。老道长忙道："孩子别去，你救不了她们的。唉!"

刘勃勃跟着足迹向前追去，远远地就瞧见了押送妈妈和仆人的那队人马,走走停停,停停走走。第二天傍晚,他们到了葭州黄河渡口,这黄河渡口是魏军用来向河西输送兵员、粮草的,同时也向东运送捉来的河西人,去给他们打铁喂马等,也就是做奴仆。

天晚了,只好第二天再过河,魏军将苻红英她们一行赶进一个窑洞里,一群人席地而坐。到了半夜,巡哨的睡了,窑门口的哨兵也抱着长矛睡着了,这渡口远离匈奴兵和占领区,从来没出过事,所以哨兵也十分大意。刘勃勃估摸时间差不多了,便摸到哨兵跟前,用石头砸向了他的头,哨兵应声倒地。刘勃勃不由分说拔出魏兵的腰刀,将门弄开,给妈妈和仆人们解开捆手的绳子。一行人迅速出了窑洞向魏兵的营地摸去。哨兵看见人影,刚准备问是谁,只听"嗖"的一声,便应声而倒,于是,他身上的箭矢和短剑长矛都到了苻红英的手里。他们进入营房,魏兵们睡梦正酣。他们从墙上卸下刀剑,大吼一声:"都起来。""干什么呀! 深更半夜的。"只见刀光剑影闪过,一片血腥。出得门来,又将魏军运至河西的草料点燃,骑着魏军的马匹,连夜原路返回。麻黄梁自然是待不成了,只能向草原深处转移。帐篷也不够用,好在众人游猎惯了,个个身手矫健,体格强壮,再说有羊皮大衣在,不论冬夏、白天晚上、阴雨晴天都可以勉强度日。苻红英道:"现在兵荒马乱的,我看你们这几十号家仆以后就以兵相称,有了功劳也好赏赐,如果嫌吃苦受累,就回中原去,我也不拦。"谁都知道中原已被后秦灭了,谁也不知道家还有没有,只好异口同声道:"我们跟定主人了,就是上刀山、下火海也万死不辞。"她们围坐在篝火旁大口地啃着烤好的鹿肉、野猪肉和飞禽肉,好在她们习惯了这种草原生活。

一日,刘勃勃又提出了去代来城看望父亲刘卫辰的要求,苻红英同意了:"儿呀,估计这阵子魏军还没有攻城,快去快回。路上小心,就由青霞护送你去。"于是两人箭囊里插满箭矢,佩戴着长刀短剑向南奔去。约莫行了一百多里,遭遇了游荡在草原边缘地带的魏军,青霞对刘勃勃道:"小主人,我不能陪你一起去代来城了。只有我将他们引开,你才能脱险。"于是一曲动人心弦的草原情歌在辽阔的草原响起，两个人向反方向跑去。刘勃勃在马屁股上狠抽一鞭，马旋起四蹄，向南飞驰而去。魏军们只好去追女的，青霞向北驰去。她与魏军们兜着圈子，让魏军们迷失方向，她跑着跑着，跑进了一个沙坬中，被风移来的沙堆挡住了去路，只好听天由命了。

这时魏军追来，人口中喘着粗气，马口中吐着白沫。魏军道："你，你跑啊！再跑啊！爷爷不要你的命，跑啥呀？"青霞调转马头挥刀与魏军相战，但毕竟单枪匹马，又困乏不堪，她的刀被打飞，她又挥舞着马鞭劈向魏军，魏军用胳膊挽了鞭梢，将她拽离了马鞍。她顺势用双脚踹向魏兵。她跌落马背，被强壮的魏兵按倒在地。魏兵撕开她的衣袍，她挣扎着、反抗着，从背后抽出了那把锋利的匕首，朝上刺进了魏兵的心窝，魏兵一声惨叫从她身上翻倒在一边。她还没来得及站起，其他从马背上跳下来的魏兵拔出刀剑，在她身上乱戳乱扎，直至将她戳得面目全非、体无完肤。就这样，这位不足二十岁的前秦宫女为了完成她的使命，悲壮地长眠在荒无人烟的大沙漠中，没有人知道她家住何处，她的鲜血浇灌和滋润着那片干涸的沙土。一切都恢复了平静，只有她的红肚兜挂在瑟瑟发抖的沙柳枝上，被北来的凄风撕扯得吱吱怪叫，好像是在为她悲泣哀嚎，还有盘旋在天空中的草原苍鹰，它们是要为她来收殓已经支离破碎的尸体。

刘勃勃侥幸逃脱，在草原上向代来城奔去。这草原并不都是草原，有的地方有水潭湖泊，水位浅的地方植被茂盛，缺水的地方植物无法生长，寸草不生，形成明晃晃的沙丘、沙梁。刘勃勃在经过一片明沙时，马蹄陷得很深，走起来十分吃力，越走越不对劲，连马腿也陷进去半截，难以拔出。他感觉还往下陷，都快将马的大腿全部埋没了。不好，这就是人们说的流沙！马向上挣扎一次就向下陷一截。眼看着马快陷没了，刘勃勃急中生智，一个就地十八滚逃出了流沙，回头再看时，马已只剩下了耳朵。好悬啊！

刘勃勃经过两天跋涉，终于回到了代来城。刘卫辰一见小儿子长这么大了,又是惊喜又是嗔怨:"我的嫩老子,你咋一个人到处乱跑呢?马上要打仗了,兵荒马乱的,多危险。你母亲他们咋样了?""我妈他们好着哩,原来在麻黄梁住,这段时间下草原了。"刘卫辰又道:"魏军在龟兹城一带驻扎,听说在雄石峡被烧死了两千铁骑,不知谁干的?"刘勃勃将口附在刘卫辰的耳朵处,小声道:"是我妈和我烧的雄石峡。"刘卫辰一听,张开的嘴巴半天没有合拢,反应过来后长长地出了一口气:"好小子,有种,以后肯定比我有出息。不过我估计敌军也快攻代来城了。到那时你就不好走了。打起仗来刀箭无眼!"刘勃勃道:"父王,刚一来就让人家走。我要留下来和你们一起守城。"刘卫辰严肃道:"不行,你以为这城能守住?抵抗上几天,消耗他们些兵力,我们也准备撤进草原。""我要看打仗嘛,将军们骑马拼杀多带劲。再说了,魏军军纪严明,不杀老百姓和小孩。代来城现在没几个人认识我,就让我留下吧!"小孩子家幼稚地将战场当成了游戏的地方。

不一日,几万魏军果然包围了代来城。先是魏军将领来到阵前,将大帅椅一摆,大声叫道:"丧家之犬刘卫辰你听着,我魏军十万铁骑已渡过黄河,快快出城受降,这小小代来城能挡住十万大军吗?"这边刘卫辰的大将刘雄站在帅旗下,也叫骂一通:"拓跋勇义你听着,我以为你这条老狗卧床不起了,你却做了乳臭未干的拓跋珪的走狗。还跑来河西咬我们。"

古代作战是很讲究程序的,出征前都要择吉日,拜祭天地神鬼、杀牲祭旗等,开战前都要乐队伴奏。只见拓跋勇义手一挥,军阵前鼓声骤起,号角齐鸣。刘雄一听不对劲,咋不像冲锋的鼓角声,而是一曲美妙的舞曲,瞧瞧人家不失大国风范,还带了歌舞伎呢,音乐悦耳,歌舞迷人。刘雄想:咱是东道主,也不能寒酸了。于是他也调来一队歌伎舞女,站在城墙上,鼓乐齐鸣,载歌载舞。为了显示风度,他还将烤架支在城头,悠闲自得地吃烤全羊,喝老缸坊酒。两家谁也不紧张,好像是在进行歌舞大赛。

过了一阵儿，鼓角声变得有些急促，刘雄令乐队舞女下城，果然魏军像潮水一样涌来。前面的到城下架起了云梯，准备攀爬，看见城下聚集的人多了，城上的刘雄一声令下，檑木炮石纷纷落下，又将热羊油浇下，点着了火把往下扔，下面一片火海，没死的也鬼哭狼嚎。这些兵是第一次攻城，一看这惨状，哪有心思攀爬云梯，扭头就跑。刘雄下令射箭，这些匈奴兵射的箭既准又狠。刘勃勃也在挽弓射箭。魏军尸体遍布，只好收兵回营，当晚无事。

晚上，刘勃勃对刘卫辰道："父王，只要咱们的控弦之士手中有箭，我看这城是能守住的。"刘卫辰道："今天他们吃了亏，谁知道明天他们再玩什么新花样？"

其实到了晚上，刘勃勃又上了城头，与将士共同守城，士卒问他是谁，他只说新来的小兵。忽然，他灵机一动，下面那么多箭矢何不捡回来再用，于是让人用绳子将自己绑牢，放到城墙外，捡了好多箭矢吊上了城墙。

第二天早上，魏军对城上喊话，要求双方停战，魏军要将撂在城墙底的尸体运回，匈奴兵也很讲信用，只是站在城头监视着。

到了午时，尸体清理完毕，双方又开战了。这次魏军前方也配备了弓弩手方阵，先是一排箭矢射向了代来城头，紧接着又架云梯登城，双方奋力激战。一支箭矢射穿了刘勃勃的羊皮袄，但已是强弩之末，毫无杀伤力。

晚上，刘卫辰见到刘勃勃，问道："一天跑哪去了？""我去看打仗了！"刘卫辰看见被箭射了个窟窿的羊皮袄问："这咋了？肯定是被箭矢射的，再差一点就射中你了。你今晚吃饱了我就派人送你出去。找你妈去，这里不是久留之地。"刘勃勃这次没了话说，看来是非走不可了。烤全羊吃饱，又饮了几口老缸坊酒，背好箭矢，拿了袋干肉末，这就要走。刘卫辰道："过一阵儿，我让人将你送出城去，也不知何时咱爷俩能再在一起饮老缸坊酒！"刘勃勃道："不用管，我自己能出去，也能找见我妈。"刘卫辰道："噢，有件大事我差点忘了，你今年十二岁了，也到了独立的年龄，你两个哥哥又不在这儿，这东西只好交给你了。""它是甚？""是咱家的传家宝,你老爷爷手上的虎头金牌,它是权力的象征,铁弗、屠格两部的人,不论官职大小,见到它都要顶礼膜拜、臣服听命。一定要保管好,以后不论你们兄弟谁做王,一定记住咱们是夏的后代。"刘勃勃将东西收藏好,上至城头,找到了相识的哥们。"怎么这次又要下去捡兵器?""不是,这次是要出去当密探。""看把你美的,小小年纪就当密探了。"几个兵士将他放下了城。黑夜中他摸进了敌军的营地,在马棚里挑了一匹好马,解了缰绳备好鞍子,又将跟前魏军帐篷的固定绳割断,将绳子一头拽住,跳上马背一拍马屁股,那马朝前一跃,帐篷被拉倒了。这时一个准备出外撒尿的魏军刚好被倒塌的帐篷拖趴下:"哎哟哟,这塞上的风就是大,连帐篷也刮倒了。"被帐篷拖倒的魏兵终于挣扎起来一看:奇怪了,风清月明、万籁俱寂,别的帐篷咋都安然无恙,而我们的咋就这个样子……

刘勃勃一路向东,必须先到龟兹城,再到麻黄梁,再向北才能找到妈妈符红英的驻地。可是找了两天怎么也找不到。他只好又到麻黄梁的黑龙观去见道长:"爷爷,我找不见我妈了。"道长道:"孩子别急,以后慢慢会找到的,你暂且先住下再说。"就这样,他住在了黑龙观。

再说代来城天天战火不断,喊杀连天已有月余,双方皆有死伤。但魏军伤亡比匈奴兵多五倍,代来城久攻不下。魏帝拓跋珪闻报,决定御驾亲征。他到代来城查看地形后道:"这城无须再攻,不伤一兵一卒月余即可破城。"于是命令将士围而不攻。原来这拓跋珪在沙圪塄撒尿时,发现在尿水的冲击下地崩塌了一小块,他受到了启发:正好代来城的东面是一个高出来的大沙梁,目测距离也不过百步之遥,他要移沙平城。于是号令三军每人一个皮囊到硬地梁河川背水,用水拉沙的办法漫外城墙,人多了,倒下去的水也如同一条河流,水流裹着沙粒向城下漫去。一天积厚半尺,用不了多长时间,沙子就和城头平了,魏军的马也可以冲上城头。匈奴各部已是人心惶惶,一天晚上,刘卫辰召集各部首领将军议事,最后决定突围,向东北方的地斤泽转移。一切笨重器械毡帐等一律抛弃,轻装简从。是夜,匈奴兵将城门轻轻打开,前队由刘伏领兵,出了北门，后面的人紧跟其后，前锋已和魏兵交上了手，由于魏兵毫无防备，被打得惨败。可是其他几面的魏兵却围拢过来，参加战斗。只听人喊马嘶，天又黑，不知谁在砍谁，有的突出重围，向沙漠奔去，就这样匈奴兵突围出去不少，但死伤的也不少。

再说刘勃勃在麻黄梁住的时日长了，经常思念妈妈苻红英。他又经常混迹于龟兹城，也已混入乞丐中方便打探妈妈和代来城的情况。一天几个老者在老缸坊酒坊门口一起闲聊道："听说代来城被攻陷了，刘卫辰带着部下逃进了草原，双方都死伤了不少人呢！"刘勃勃一听：我的天，现在我父王不知咋样了。便回到麻黄梁黑龙观："爷爷，我要去代来城看个究竟。也不知我父王是生是死，现在在哪。"道长道："于心无事，于事无心，一切顺其自然，去吧！"

于是，刘勃勃单枪匹马直奔代来城。代来城已成了魏军的天下。刘勃勃第一次看到这场景，流下了眼泪。走出西门看到硬地梁河川旁有一个茅草屋，便不由自主地走了进去，原来是巫婆，她呼唤道："黑龙你进来吧！我知道你来了！"刘勃勃心中一惊：她咋叫我黑龙呢？巫婆又道："你就是黑龙，草原未来的霸主。我知道你想问什么？你父王已逃出去了，但凶多吉少啊。"刘勃勃道："我找不见妈妈了。""你会找到的，她寿长着呢不会有事。"刘勃勃道："你老人家不搬到别的地方去住？""唉！我哪儿也不去了，就守在这，每年给这些死去的人们烧纸钱、填土。还要等你回来用我。唉，这是神的旨意。"刘勃勃不明白忙问："等我干啥？"巫婆道："帮你做草原霸主，做皇帝啊！"刘勃勃想：我现在是一个无家可归、无人疼爱的流浪儿，人家都叫我屈子，我能做草原霸主？能做皇帝？亏你们这些巫婆就靠嘴皮子吃饭。随后，便撂下一句话："那你就在这里慢慢等着吧！"

第五章　勃勃大闹怡红院

勃勃辞别老巫婆后便翻身上马,可是上哪儿去呢?代来城没有了,父王下落不明,生死未卜,又找不见妈妈,只好又回到麻黄梁道长爷爷那里去。刘勃勃给道长说:"巫婆说我是黑龙!"道长道:"她说是就是吧!你现在哪也别去了,就在这黑龙观练功吧!"他只好跟道长学习骑马征战,擒拿格斗,长攻短打,挽弓射箭。这刘勃勃不仅聪慧过人,更是勤学苦练。时日一长,他和道长两人感情益深。一天勃勃练完功,二人上至山巅,道长指点着麻黄梁的各处道:"孩子,这麻黄梁森林茂盛,草木萋萋,飞禽群至,走兽成群,地气旺盛,俯视群山,乃龙兴之地矣。吾行多地,东西黄河之滨,唯斯地堪称宝地。"刘勃勃疑惑地问道:"什么是龙兴之地?"道长道:"要是将祖茔安葬此处,日后便可当大官或王或皇。你往下看,就是那片柏树林下的七里山。你看那地气、山形别具一格,与众不同。"刘勃勃一一记下。

又是一年秋去春来,刘勃勃又想起了妈妈,心中盘算:我得去找她。他便偷跑到龟兹城,混迹于丐帮之中。他有时行侠仗义,有时也免不了偷鸡摸狗。慢慢地,刘勃勃有了名气,手下还聚集了一帮小乞丐。过了很久,还是没有妈妈的消息,他游走在塞下塞上的各个堡寨和城池,也有了一帮好哥们。

一天,他在无定河与榆溪河的交汇处古上郡流浪,无意中听到几个老者的闲聊。"听说刘卫辰的兵马还不少呢,隐身在大漠的地斤泽,魏军围剿了几次,损兵折将,无功而返,招降也无济于事。"另一个老者道:"你只知其一不知其二,那刘卫辰是假的,他是龟兹城的黄三,真的刘卫辰已被他杀害在马刨泉了。"刘勃勃听后大吃一惊:原来是这样! 刘勃勃便凑上前去问:"老爷爷,马刨泉在哪?"老爷爷道:"我也没去过,听说离这里一二百里,顺着榆溪河一直上走到河尽头便是。"刘勃勃悲喜交加,喜的是总算得到了父王的一点消息;悲的是父王叫人杀害了,但不知是真是假,得一探究竟。

于是他背着弓箭骑着快马,顺榆溪河一路北上。到了一个地方,水流分开,出现了两股水源,他不知该走哪条,又没有人可以问路,最后他决定沿左手溯河而上。终于赶黄昏到了一个大寨子,只见毡帐林立,周边水草丰茂,牛肥马壮,也到了水的源头,真是别有一番天地。

他走进一顶大帐,一位七十多岁的老者接待了他,并且十分热情,晚上还用篝火晚会招待他。刘勃勃问:"爷爷,这是马刨泉吗?"老者道:"不是,孩子,你走错了,这里叫打腊石,马刨泉在榆溪河的另一个源头。你就别走了,今天就住这儿。"可是篝火晚会上清一色的女人,十几岁的男性只有几个。刘勃勃问:"爷爷,为甚你们部落都是女人,只有几个男娃和老头?"老者长叹一声道:"唉,我也为这事发愁呢,我是这部族的酋长。现在青黄不接啊,再这样下去,十年二十年后部落非绝种断根不可。十几年前,十五岁以上的男人都被刘单于点集了。那时每年还让回来一回,该娶妻该生子的照常,还可维持正常生活。这几年魏军来攻,战死的、被俘的、伤残的、做了官的、逃亡隐居的,反正没男丁了,都剩些妇孺老幼,孤儿寡母的。说句不好听的话,连个男人也没有,后生我看你不错,你还不如留在我们部落,等我百年之后你就可做酋长。"刘勃勃道:"爷爷,我不行啊,我还要找我的父母呢! 还有大事要办!"刘勃勃望着老头那渴望他留下来的神情,心中五味杂陈。

酋长又道:"我们是羯族,按照族规,客人来了必须住够三天才能离开,每天要用大块牛羊肉和马奶酒招待你。"刘勃勃也只好接受这盛情的款待。老酋长对着神龛祷告:"天啊,你能留住这孩子吗? 要不然再这样下去，我的部族真的后继无人了，我们真的要亡祖断根吗？我是想让他做我的孙女婿，传位给他呀！"

晚上，全部落人都出帐参加了篝火晚会，都打扮得光鲜亮丽、花枝招展的，像过节一样，人们围坐在一起，用小刀割着牛肉吃，喝着马奶酒，跳够了、唱够了、喝足了，都有些醉意了，便各自回毡帐就寝。勃勃半夜醒来，闻见一股扑鼻的馨香之气，跟前竟然有个妙龄少女！勃勃急忙背对少女，心里突突直跳。心想：我不能啊，父王和妈妈还生死不明。现在这阵势就像一条分界线一样，如果过了线，将会有一条无形的绳索，将我捆绑在这里，这一生就要和这群女人度过。他不断地在心里告诫自己要忍住，这一夜才安然度过。

吃过饭，勃勃给马备鞍子。酋长望着勃勃，眼含泪水道："孩子，你想甚时间再回来就回来，这里永远是你的家啊！"老酋长给他的皮囊里装满干肉，装好马奶酒，目送勃勃离去。勃勃顺流又回到三岔河口，再拐向右手边的河流逆河而上。没多久，他来到一个小沟岔，里面水流不大，但杨柳成荫，土地肥沃，似乎还有几间柳笆庵子。他正向柳笆庵子走去，不料草丛中出来几条军汉将他围住，厉声喝道："干什么的？恐怕是魏军的密探。""我不是密探，是来找我大的。我大原是代来城里一个老军卒。城破以后，听说逃到了这一带。""噢，原来是这样。你大叫什么？"刘勃勃随口答道："刘大。""噢，是有个刘大，不在我们这里，可能跟上大队进地斤泽了。"这才接上了话茬。这些军汉围着他问长问短，了解了外面的情况，刘勃勃大概数了下人数有三十多个，便心想：何不将这些军汉配给羯部十八寨呢？这样羯部十八寨不是又能繁衍下去了嘛。刘勃勃便道："哎，大哥们，有一个好去处，泉水淙淙，毡帐林立，牛肥马壮，群羊满圈，你们愿意去吗？说不上去了你们都成了主人呢！""有这等好事？""有啊。""这真是天上掉下了猪肘子，该大口吃肉了。"第二天，刘勃勃带着这队人，去了羯寨，太阳底下，他老远看见老酋长便喊："石九爷我回来了。"说着，他领着这队人马到了跟前。老酋长一看，大吃一惊，这队人蓬头垢面，衣服破烂，简直就是一群野人。酋长有些疑惑地问："这是……""噢，石九爷别怕，他们都是散落的军卒，由于缺吃少穿才这样的，他们可都是二三十岁的壮后生哩。"老酋长盘算一阵，手一挥："今天各帐都将驼马牛羊些早些圈了，狗归窝，鸡上架，杀牛宰羊！"于是篝火通红，星光闪耀，月亮含羞，人们互相牵手，围着火堆转啊跳啊。人们奏响了胡笳、羌笛、箜篌、琵琶，音韵缠绵，歌声醉人，老酋长乐不可支，大口地吃着烤肉，大口喝着马奶酒，跳着唱着，人就渐渐地少了，到后来没有几个了。老酋长也醉了，被篝火映红的脸颊，落下几颗硕大的老泪，感慨道："感谢老天，但愿明年他们的小崽比圈里的羊羔还多，哈哈，屈子，我羯胡寨的月亮神，咱们也该回去睡觉了。"

第二天送别勃勃，场面甚是壮观，男女老少都出动了，这感谢、那感谢的，好像刘勃勃是他们的领袖一样，荣耀得令人羡慕。刘勃勃道："石九爷，你还不如骑上马到塞上的各处走走，说不上有合适的，将他们撮合在一起，用不了几年，你就是整个塞上的月亮神。"

勃勃快马加鞭向马刨泉驰去。约莫奔了一天，到了马刨泉，一片土丘上长满了树，丘下有一股清泉突突地往出冒水，树林旁有一个小柳笆庵子，里面有个头发齐腰、蓬头垢面的老妇人正在火堆旁烤山雀肉。那妇人撩起长发打量着勃勃，似乎认出了他："你是勃勃，你是……我是你大妈拓跋雪莲。""大妈你咋在这儿？""勃勃，孩子，五年了，今天才第一次见咱们家人，呜呜……"那妇人激动得悲喜交加，热泪横流："我还以为这一辈子再见不到你们了，你妈可好？"勃勃道："我现在还没找见我妈呢。你先给我说说这里的情况，我父王现在在哪？"拓跋雪莲用手背擦掉眼泪："唉，代来城快被沙填平时我们准备突围，你父王瞅见一个羊皮贩子，叫黄三，这黄三长相和你父王几乎一模一样，他俩互换了衣服，让黄三率军突围，我们紧随其后，突是突出来了。头天跑了一天，晚上休息了半夜,后半夜说怕有追兵,又起来赶路。走着走着,你父王突然大叫一声跌落马下,不省人事,当时天很黑,我一看,急忙喊'大单于跃落马下了',可是有人却喊'大单于在前面呢! 继续前行,不准停留'。我一看情况不妙,到一处草茂的地方,假装下马撒尿。等兵过完了,我便摸黑往回返。当我找到你父王时,他已在路旁断了气,身上冰凉,我抱着他到天亮,他的后脖颈上有一道紫黑的伤痕,好像是用马刀背打的。没法儿,他去了,他去了西天极乐世界,撂下了我一个人孤苦伶仃。我拣了一处风景秀美的地方草草安葬了他,就在此盖了个柳笆庵子,以打猎为生,至今已经五年了。附近有个小沟岔还住着几十个兵,也靠打猎为生,有富余的东西也会送点过来。就这样,我守了五年啊,你都长大了,我见到你高兴啊勃儿。"勃勃道:"大妈,两个哥哥也没下落,以后我养活你,走,咱们回家!"可是家在哪里啊? 勃勃想了想,还是去麻黄梁吧,先住在道长爷爷那里再作打算。于是勃勃与拓跋雪莲商量好,刨出刘卫辰的尸骨,装在一个袋子里,驮在马背上。他回到了麻黄梁,在道长的指挥下安葬了刘卫辰,并暂时将拓跋雪莲安顿在黑龙观。办妥了这些事,刘勃勃似乎长大了,无论是身体方面还是思想方面都像一个成年人了。刘勃勃问拓跋雪莲道:"大妈,你说的那个黄三是哪里人?""听说是龟兹城人。""龟兹城我熟得很,一打听便知道。"

　　一天中午,刘勃勃来到龟兹城,见到了他的那些丐兄丐弟们,什么呼延虎、呼延豹、呼延狼、宇文花狗、宇文牛等,无比的亲切。"兄弟们,问你们一件事,你们知道龟兹城的黄三家在哪里吗? 他是一个羊皮贩子。"呼延狼道:"这事好办,半个时辰后,我给你回话。"说着他便飞身而去。这呼延狼果真不多时便返回:"屈子哥,这黄三就是南关那家开怡红院的掌柜的,他婆姨就是老鸨。黄三几年没回来,现在这老鸨和她弟黄四鬼混在一起。"勃勃手一挥:"走,弟兄们,找她要银子去。"到了门口,勃勃将其他人安顿在门外等着,他要单枪匹马闯怡红院。勃勃吩咐道:"如果我挨打了,你们再动手。"他径直进入怡红院,立即便围上来几个妓女,用帕巾甩打着,扭动腰肢,卖弄风骚。"哟,小丐爷,有银子吗? 今天陪我吧! 我将你伺候得好好的,让你常想我!"勃勃道:"我找你们老板娘。"老板娘听见便亮着老鸡婆嗓子道:"谁呀! 听起来是生人,找我甚事?"她看见勃勃的行头,便是一副不屑一顾的面孔。刘勃勃道:"有大事,只能给你一个人说。""那好,进来吧。"进到房间,勃勃道:"这是黄三家吗,他在吗?"老鸨道:"在,你是谁,找我何事?"勃勃不紧不慢地道:"听说黄四尿到黄三婆姨的壶里了!"老鸨没好气地说:"他尿我的壶里咋了? 老娘愿意他白天尿、晚上尿,谁管得了。管天管地也管不了老娘脱裤子放屁。刘单于的律条上规定夫若不归,二年当亡,弟可妻嫂,现在黄三消失都五年了,不可以吗?"这老鸨伶牙俐齿,涉世未深的刘勃勃哪是她的对手。但勃勃也聪慧过人,急忙改变话题。"这些事我倒不管,我知道他还活着,在地斤泽领了几千刘单于的残兵败将,欠了我的钱,让我来向你讨要。""你见他了,他欠了你什么钱?""他欠了我一柄宝剑、一副盔甲、一匹骏马、一条人命、一座江山的钱。""你这个疯丐胡言乱语什么呀,早点给我滚!"刘勃勃道:"你不还是吧,以后你挣的所有银子都是我的,你信不?""来人呐,给我把这个小疯丐打发出去,气死老娘了。"打手们早已闲得手痒,今儿个老板娘发话了,都憋足了劲,来撕扯捶打,刘勃勃假意无抵抗能力,到处抱头鼠窜,故意将屏风花盆撞翻。外面听见一帮乞丐都闯了进来,互相追打,妓女们吱哇乱叫,有的衣裳还没穿好,便从楼上房间出来观看,砸坏了不少东西。锅碗瓢盆勺把子、尿盆尿罐尿刷子、长袍短褂裤衩子到处乱飞。阔佬款爷连衣袍也没顾上穿,抱着衣袍乱窜,妓女们吱哇乱叫,真是热闹非凡。老鸨气急败坏地吼叫:"快报官,快报官。"等捕快来了,这些人早已逃得无影无踪。

第六章 西去寻母遇丽玛

一天晚上,这黄四说他要出去办事,其实是去城西关的老缸坊去喝酒,回来时醉醺醺的,被人蒙了头抬着撂进了臭水沟。老鸨一看见黄四便骂道:"你这死不了的跑哪去了,有人用鸡蛋、烂菜叶子砸客人呢!"黄四道:"我也被人抬着撂进了臭水沟。"老鸨道:"快去报官呀!""我去了,人家问我谁干的,我说不上来,人家说那我让他捉谁去? 末了还说,净是些屁事、烦人事,都是我们家的事。"

过了几天,勃勃又大大方方地去找老鸨。"你又来了?""对,我又来了,和你谈正事。""你不怕我报官。"勃勃道:"不怕,我又没杀人、没放火、没抢劫、没偷盗。"老鸨道:"那你不怕我叫家丁揍你?"勃勃镇定自若:"不怕,论打的话,你那几个家丁捏在一起都不够我收拾的。"老鸨恶狠狠地说:"我叫人杀了你。"勃勃怒道:"好呀! 你们家已经欠了我家那么多,杀了我,你们家这几十口子,赶明天都在火堆里炼油了。你知道塞上三城有多少乞丐吗? 是谁干的,能查出来吗? 你也在火堆里炼油了,谁报官去?"老鸨听后不禁毛骨悚然,换了一副嘴脸:"哟,小丐爷,我是和你说着玩的。你看这样行吗,你每次来我都让头牌阿芳陪你过夜,吃喝玩乐随便你,你觉得咋样?"刘勃勃心想:"哈哈,都是别人抓挖过千百次的残品,啃剩的骨头。含苞欲放的美人睡在身边我都没动心呢!"当时勃勃道:"不行啊,我还有几百个同甘苦、共患难的弟兄,他们咋办?"老鸨感到十分的无奈,便道:"哎哟小丐爷,你到底要我咋样?"勃勃慷慨激昂道:"我说过你们欠了我一座江山,还是还不清的,不过还多少算多少,这辈子还不完下辈子再还。如果不还,用不了多长时间,叫你们倾家荡产、生不如死!"

老鸨思索了片刻道:"要不坐下来,我给你摆上老缸坊酒,咱们慢慢谈。你说每个月还多少银两?"刘勃勃想到父王被杀,就斩钉截铁道:"一百两,一两不少!""啊,我一个月有时还挣不下一百两。""这我不管,你想办法,我明天派人来取。"刘勃勃起身一拱手:"告辞了。"老鸨急忙道:"哎哎,小丐爷,这有二十两先拿上。"勃勃头也不回地走了。

第二天中午,呼延虎和宇文狗去了,老鸨战战兢兢地将银两如数交给了他们。他俩走时还特意叮嘱道:"老鸨子赶快准备下一个月的吧!"老鸨哭丧着脸骂道:"死老头子,你还不回来,咋能欠下人家那么多债呢!一座江山,那能还完吗?还有一条人命!再说你要是真回来,黄三、黄四,这槽上能拴下这两头叫驴吗?真是倒了八辈子血霉了。"

有了钱,吃的穿的都不愁了,弟兄们冬天也不受冻了。刘勃勃给黑龙观购置了许多生活物品,给道长爷爷和大妈都换了新衣袍。拓跋雪莲疑惑道:"勃儿,你这银两是哪来的?大妈担心你。"勃勃回答道:"道长爷爷、大妈,你们放心,这是前几年人家欠咱家的,每月都还会一些,你们放心地用,放心地吃喝,我不干伤天害理的事。以后每月都有给你们送银子、送东西的,给黑龙观布施,你们照例收下。对了,咱们家的亲戚都在哪,我去问问他们。看有无我妈的消息!"拓跋雪莲思索片刻道:"哎,对了,你是有个姑母,她在叱干城。你姑父是个土豪,叫叱干他斗伏,再有就是你父王在世时,有一个好友叫没弈于,他在高平城做后秦的镇守。你可找找,打问些情况。"刘勃勃记住了。

勃勃临走时又安顿呼延虎、呼延豹、贺彪道:"要勤来,照顾好道长爷爷和我大妈,还有那些弟兄们,一个也不能让冻死、饿死。宇文狗、宇文牛,你们去找羯部十八寨的石九爷,让他们到塞上的各族部落和各寨子去给那些单身男女,尤其是散落的兵卒找对象,并且在熟好的羊皮上绘制地形、水系、各寨的位置人数等,日后必有用场。"

这年勃勃已十八岁,出落得膀大腰圆、高大魁梧、英勇过人。刘勃勃单人轻骑,只一日的时间便到了塞上的双石城,这古城界算是塞上三城中间的一个城,地处硬地梁河川,城墙都是用石头砌的,向北行二十里便是代来城。他在双石城盘桓两日,又结识了许多乞丐,顺便到代来城祭奠了一番死难者。出了城,必然要看看老巫婆,多年来她还苦守着被战火焦灼的那片黄土。看见了勃勃,巫婆道:"黑龙你来了,是鹰就要在蓝天翱翔,做你该做的事!"勃勃无语,丢下十两银子,打马而去。

勃勃来到了奢延城,这奢延城地处无定河畔,周边地势平坦开阔,水草丰美,宜耕宜牧,物产富饶,人口稠密,街上万头攒动,车水马龙,旅馆客栈,商铺林立,一派繁华景象。但这些商家大部分都是北魏鲜卑拓跋人,匈奴铁弗和屠格部人都成了贫民,有些已沦为奴隶和长工,出卖苦力,衣衫褴褛,动不动就受到喝斥与毒打。看到这些,刘勃勃心酸难耐,一种强烈的反抗意识在心灵深处觉醒。但只靠自己单枪匹马是无济于事的,要把其他各部族都团结起来一起反抗才能奏效。勃勃正在街上骑着马思索,忽然听到一片嘈杂之声,一个匈奴乞丐被众人扭着,低着头,十分的狼狈,众人嚷嚷着要到街市口砍头。随着手起刀落,那颗匈奴乞丐的头颅瞬间被砍,血淋淋地滚落在沙地上。只是为了那一口救命的吃食便送了性命,勃勃心中一阵酸楚,禁不住流下了眼泪。

勃勃擦干泪水问好路,策马西驰,黄尘故道,夕阳如血。忽然西面来了一队骆驼商,似乎被几个劫匪追着,临近时,一个貌似为首的外国人用半生不熟的当地话说道:"小英雄,我叫默哈罗波,我们是贸易商队,遇上了土匪,帮帮我们!"说话间,劫匪已到跟前围住了驼队,驼队镖师们与劫匪交上了手,打得难分难解,勃勃只是坐在地上观看,劫匪的头儿颇有几分像勃勃,只是岁数大些。渐渐地劫匪占了上风,默哈罗波急道:"小英雄出手啊,别见死不救!"劫匪头儿道:"他一个刚出道的雏儿,借他个胆他也不敢插手。敢在这儿看我杀人就算他有胆。"这句话激怒了勃勃,他夺了一杆大枪,混入战阵,几个回合便打得劫匪连连后退。劫匪头儿一看,皮笑肉不笑地说:"哟呵,我黑野牛入道几年还未失手过,今天太阳从西边出来了?"他喝退手下便要与勃勃单挑。于是众人退场,两人亮开场子大战起来。两人战了好长时间,难分难解,不分胜负。这时又来了一位,手里也不拿兵器,口气强硬地命令他们住手,两人战兴正浓,谁也不听。那人脱离马背飞身骑在了黑野牛的马屁股后面,将双手插进黑野牛的双肋下抓挠,黑野牛一时无以招架,兵器也滑落在地。接着来人又跳到勃勃的马背上,用同样方法制服了勃勃。人们都惊叹此人轻功超人。勃勃与黑野牛也心中盘算,两个拿兵器的被一个赤手空拳的人制服,真是人外有人,天外有天,便都像泄了气的皮球似的坐在地上。于是默哈罗波令手下拿出食品,大家都围拢来享用。

来人道:"各位,我叫沙里飞,游走江湖,你们呢?"黑野牛道:"我叫黑野牛,自从代来城被北魏攻破,带了两个弟兄在西域商贸之路上劫小商队谋生。"勃勃道:"我叫屈孑,北塞乞丐。"最后默哈罗波道:"我叫默哈罗波,西亚客商,你们这儿有句古话叫'不打不相识',我看几位身手不凡,若能给我护镖,我就建个大商队到西域去做贸易,这样赚到的金币更多,也少不了你们的。"沙里飞道:"我现在还不行,另有活干。"勃勃道:"我要找我妈,也不行。"只有黑野牛不说话,勃勃道:"其实野牛大哥可以护镖。"沙里飞也道:"是啊是啊!"

默哈罗波道:"他不抢我就算老天保佑了!"勃勃道:"野牛大哥一看就是一条仗义汉子,做了一定会干好的。"黑野牛道:"多年没人说我仗义了,今天屈孑兄弟说我仗义,我就是拼死也要护好商队。"默哈罗波道:"来,喝酒,以后我们好好合作,到外国去,赚更多的金币!"大家碰酒,脖子一仰,一饮而尽。

第二天傍晚,勃勃跑了一天了,人困马乏,腹中饥饿,但连个歇脚吃饭的客栈也看不见。忽然一头金黄色麋鹿闯入视线,这不是天赐的一顿美餐吗？勃勃两腿一磕马肚，提缰俯身，于是鹿奔马驰，黄尘弥道，但马已困乏，速度一般，这让勃勃一直无法拉弓射箭。前面出现了一个一人多高的栅栏，麋鹿一头闯了上去，马也追兴正浓，临近栅栏奋力一跃腾空而起，飞越而过，平稳着地。继续追了十里多，突然麋鹿一个趔趄，速度放缓，勃勃急取了弓箭，一箭射中其脖颈，那鹿一跃而起又重重地摔下，滚入草丛，四蹄朝上，奋力蹬弹。勃勃翻身下马，抽出短剑断其喉管，结果了挣扎的麋鹿，十分麻利地剥皮开膛，卸下两条后腿，拾捡来干沙柳枝，架起野火，用沙柳棍子穿了鹿腿在火上翻烤。水汽和油"滋滋"地往外冒着，不一阵儿，一股肉香弥漫开来。他估计差不多熟了，用刀割下一块，填入口中，津津有味地咀嚼吞咽。

　　勃勃将一条腿吃完了，准备烤另一条鹿腿时，忽然觉得背后草丛中有异常响动，他虽不动声色但已警觉，静观其变。忽然感觉头顶有东西飞来，原来是一具套马索，欲套住他，他一个前滚翻，越过火堆，一个鲤鱼打挺站了起来。套马索的那头拽出一个人来，那人一个趔趄差点趴下，瞬间那人又一跃而起挥刀向他砍来，刀下带风，招招夺命。勃勃一看不好，对方也是一条彪形大汉。勃勃的右手只有那条吃剩的鹿腿骨，左手抓住绳子猛一拽，那人趁势扑到跟前，勃勃只一脚又将那人送了回去，刚好掉进了火堆，砸得火星乱冒。急忙又一拽，像耍猴戏一样，那人挺了刀直戳而来，勃勃侧身闪过，照住后脖颈用吃剩的鹿腿骨敲了一下，大汉直直地向前扑倒，再也挣扎不起。

　　勃勃卸下绳套，收拾行囊，准备离开，只听一个少女叫道："真神勇！好漂亮的战法，哟！还是个美男子呢。"有个兵卒叫道："小姐，他杀死了百夫长。"被称作小姐的女孩厉声说道："那还不给我拿下。"这时几个兵卒挥舞着刀剑从四面围来，勃勃急忙拔出腰间短剑迎敌，只见人影晃动，刀剑飞舞，"乒乒乓乓"战了一气，难分胜负。女孩又叫道："用套马索。"声音刚落，头顶便飞来几具套马索，勃勃急取短剑在空中挥舞，套马索一一被斩断。这时又飞来一个更大的套马索将勃勃连人带马一起套住。几个士卒一起用力,发一声吼,将勃勃与马一起拽倒,腾起一片沙尘。几个士卒一拥而上,夺下短剑将勃勃擒获。勃勃心想:"坏菜了,天不怕地不怕,就怕塞上女人讲了话。如果都是男的,我一定挣脱绳索畅畅快快地与他们大战一场,对付女人真还没有经验。"他也不知道这小姐是何角色。这时一个兵卒发话道:"小姐,一刀宰了算了。"小姐训斥道:"哼,大胆,先给我带回去好生看管。"于是勃勃被蒙上眼睛,架上驼背,向西驰去。他的马也被牵着跟在后面。

赶天黑,他被带到了葫芦谷。这葫芦谷是葫芦河中的一个峡谷,像个葫芦。监牢门是一个厚重的木栅门,里面是一个天然溶洞,溶洞很深,像一口斜着的枯井,急促地回荡着"滴滴答答"的滴水声,给人一种阴森恐怖、不寒而栗的感觉。就这样,他在里面待了一夜。第二天,那个被称作小姐的又领了几个丫鬟进来,给他送来了酒菜且一一摆好。勃勃想:噢,对了,听人说砍头的时候就给喝断头酒,莫非这就是断头酒?转念一想:管他呢,吃饱喝足再说。他吃完了便问道:"什么时间砍头?"小姐回道:"早着哩,等父王回来再说,你下午想吃什么尽管说。"勃勃不假思索道:"有什么好的尽管拿来。飞禽走兽、鸡鸭鱼我都吃。"勃勃有些疑惑道:"怎么还不砍头?"小姐调皮地道:"哎,我们这里的规矩是吃够了才砍头呢。"勃勃道:"要砍就直接砍吧!多麻烦。"

第三天,他被带到了大殿,这大殿像皇帝的朝堂一样富丽堂皇,高平王没弈于往那龙椅上一坐,两班人马齐立,侍女陪伴,威风八面,勃勃瞅着这个不穿羊皮袄,而是绫罗绸缎、絮絮连挂的人,像是一个大人物。正想着,没弈于开腔道:"后生是何方人氏?姓甚名谁?"这勃勃倒是能听懂:"姓刘,生在代来城,长在麻黄梁。现在流浪四方,乞讨为生。"没弈于道:"代来城的刘卫辰可知道?""知道。""你到此何为?""找我妈。""噢,知道了,可你闯进我的猎园,杀了我的百夫长,该当何罪?"刘勃勃大义凛然道:"砍头啊,砍头酒也吃了?咋还不见动静?"老爷子捋着胡须笑吟吟地道:"你可知道你杀死的是我的车都尉,你得赔啊!"勃勃道:"人都死了咋赔?大不了一命抵一命完事!"没弈于不慌不忙道:"倒是一条汉子,你要是做我的带刀车辇都尉,以后前途无量。"勃勃一想:哎哟老爷子你别夸我,我受不了,我还得找我妈呢!便道:"我不做什么车都尉。"

老爷子一看他驳了自己的面子,便道:"不愿意,那就等着砍头吧!押下去!"

当天晚上,公主进来了,坐在他身旁,柔声细语地道:"你惹怒了父王,他真的要砍你的头,你还是走吧!我想知道你叫什么名字,多大了?""我叫刘勃勃,十八岁了,生在代来城,长在麻黄梁。""噢,我也十八,我们是同年,我叫没弈丽玛,我父是高平王没弈于。""啊呀!我正要找他打听我妈的下落。""唉,你别打听了,他肯定不知道。你还准备到哪处去找?"勃勃道:"再就是到叱干城他斗伏那里去找。"没弈丽玛道:"那里可是被北魏军控制着,你要小心。今晚我就放你走,看你自己的造化了,那出口可是出不去的。只要你能从葫芦谷逃出去,就没人追你了。哎,我再问你,你咋长在麻黄梁呢?"勃勃答道:"我妈喜欢打猎,我们就住在麻黄梁打猎。"没弈丽玛道:"噢,你也喜欢打猎。"没弈丽玛心想:老姐跟定你了,死也要死在你怀里,你找你妈,我也去找,你走哪我跟哪。

没弈丽玛依偎在勃勃怀里,呢喃道:"你杀死的是我的未婚夫,这几天我也想通了,人死不能复生,我再杀了你也没啥意思,既然相遇就是有缘,你得弥补我的感情。"说着说着,手在勃勃身上温柔地抚摸着。勃勃浑身燥热,呼吸急促,不能自已……

事后,没弈丽玛偷偷打开了牢门……

且说刘勃勃逃出了葫芦谷,来到叱干城,勃勃进了叱干城便直奔叱干王府,门卫盘问了一阵,最后回去禀报。叱干王他斗伏捻动着胡须自言自语道:"这代来城遭劫都好几年了,大舅哥刘卫辰早已战亡,两个妻子下落不明,能有谁呢? 先让进来再说。"随即刘勃勃进来,便"姑父姑母"地称呼着,他斗伏问:"莫非你是勃勃?""正是。""好好,快坐下,都长这么大了!"叱干王他斗伏小声道:"你父王和母亲现在咋样了?"勃勃答道:"我父王殁了,又一时找不到我妈,所以我便来此看我妈是否投亲靠友。"他斗伏道:"唉,你妈根本就没来过。"勃勃一听,心凉了半截,这次算是白来了。这几天正好他斗伏哥哥的大儿子叱干阿利从大洛川回叱干城,听说来亲戚了,一进门就嚷着来看一看,他也才十九岁,便已是军中之将,戍守大洛川。两人一见十分亲切。正应了那句话:姑舅亲,砸断骨头连着筋。叱干阿利道:"兄弟别走了,跟哥去大洛川,到军中给你谋个事,你肯定比我强,过上几年比我的官还大呢!"勃勃道:"不行啊,阿利哥,我在这儿也不敢久留,还得回塞上找我妈哩。"

第七章　群雄大战麻黄梁

　　第二天傍晚，一个魏军军官进了叱干府。他斗伏战战兢兢、小心翼翼地招待着。"叱干王最近可好？"他斗伏忙道："好好，一切还好！"魏军军官道："听说最近贵府来了一位贵客。可否一见？"他斗伏一听倒吸了一口凉气，一时语塞："这，这，只是个远路来的乞丐。"魏军军官正色道："哼，直说了吧，我就不绕弯子了，他是刘卫辰的三崽子，名叫刘勃勃，可值钱着呢。叱干王，可别大意放跑了，跑了他可得你几十口子人的性命来赔。咱俩关系好，我给你知会一声，将军要直接来带人，我阻挡了，不管咋说得给你个面子，你说是也不是？我不多说了，明天早上你将人押解来，这样既不破坏咱们的关系，也不伤和气，你看咋样？"那人说着便要起身告辞，他斗伏忙吩咐手下人端来五十两银子，军官瞅了瞅，轻蔑地道："哎，叱干王，这是干什么，有了小王子，我升官发财都有了，这点银子你还是留着养老吧！谁叫咱们是朋友呢！"说罢扬长而去。他斗伏用袖口揩着头上渗出的汗珠，急得像热锅上的蚂蚁，来回踱着步。妻子问道："你这是咋了？像是得了疯癫病。"他斗伏道："唉，倒霉了，魏军知道了勃勃在这儿，明天一早让我交人，你说我能不着急吗？"勃勃的姑姑一听："啊！"瘫坐在椅子上，张着的口像个圆形，一时缓不过神来。过了一阵子才道："想我刘家遭难，死伤惨重，有的音信全无生死不明，我哥就这根苗了，再交给魏军，说不上就绝门断根了。呜……呜……"她鼻涕眼泪一大把地带着哭腔道："你就不能打点打点，或者晚上让他逃走？"他斗伏道："唉，不行啊！就是把全叱干城都打点了也无济于事。你想魏军早有戒备，能让勃勃轻易逃走？还不是自投罗网。再说咱们这一家子上到白发苍苍,下至开裆孩提的命系子还不在人家手上提着。没法,这两天让娃吃好些,听天由命,看他的造化了。"

叱干阿利也得到了这一消息,便急忙来找他斗伏道:"二叔,俗话说:鸟雀受伤投入人的怀抱,应帮其免于祸难。何况勃勃是咱们的亲戚,再说勃勃现在国破家亡,走投无路,帮不了也应该让他投奔别处,现在送给魏军是不仁之举!"他斗伏道:"阿利,你还年轻,不谙世事,这如狼似虎的魏军咱能惹得起吗?何况魏军走时撂下话,不然咱这几十口子人就没命了。"叱干阿利倔强地道:"那我是秦将,他们咋不敢抓我呢?""因为后秦强大,魏国还不敢惹,所以才不敢动你。""罢罢罢,你尽管交人,我想办法。"他斗伏叮咛道:"你可不敢在叱干城附近造次惹事,会祸及咱全家的!"叱干阿利道:"这个我知道。"

第二天,众人泪眼蒙眬地看着自己的骨肉至亲被魏军带走,想着勃勃肯定凶多吉少,九死一生。

叱干阿利回到兵营,暗中选拔了几名勇猛士兵,又在江湖上找了几名高手,都是一身江湖打扮。他吩咐道:"不要在此动手,等他们走上几天离叱干城远点再动手,事成之后都有重赏。"众好汉都威风十足地回了一声"诺"。

二十多个魏军都骑着马,短刀长枪,弓箭在背,军装崭新。勃勃被重枷锁牢,站在囚车中。笨重的囚车在沙道上向东行走。第二天中午,后面也奔来一队人马,沙尘飘荡。魏军头领道:"哥几个警醒些,后面有人来了。"到了近前一看,为首的是一名女子,头上一个英雄结,胸前一个蝴蝶扣,红色披风随风招展,板带缠腰,既有大家闺秀的秀美,又有江湖女侠的风韵,这女子便是没弈丽玛。她手下的二十几名随从个个精干强悍,刀枪剑器一应俱全。她到了跟前,十分有礼,双手一打拱道:"军爷请让个道,小女子这厢有礼了!"兵士们一见这漂亮姐:"哟,应该应该。"没弈丽玛又道:"军爷们辛苦,这大热的天押个蟊贼盗寇够辛苦了,还不如一刀砍了,这荒郊野外没人知道,也免得受这份苦吃这个罪。"魏军头目道:"看这姑娘说的,他可不是蟊贼盗寇,金贵着呢! 他是代来城匈奴王刘卫辰的三太子,这还不值钱吗?"刘勃勃心想:没弈丽玛,你好狠心,逼婚不成反成仇,让一刀砍了爷的头。这时没弈丽玛又道:"他脸上又没刻字,无法证明他就是三太子。路途遥远,风寒雨露,晒黑了、饿瘦了、受伤了,回去后,你们的拓跋珪皇帝能相信吗? 还以为你们弄了个乞丐忽悠他哩,到那时,不但领不到赏,朝臣中的多事者再添油加醋地搬弄是非,再弄个欺君之罪,你们可得吃不了兜着走。"为首的魏军眨着小眼睛道:"哎,这女子年龄不大,说的可都在理。前面有棵大树,歇歇脚,给松松枷,让躺着别站了,再弄些树叶子遮荫,别让晒着。到镇子再给买个羊皮褥子被子,好的让吃着,他能瘦了、黑了?"没弈丽玛听了才道:"是啊,这样你们回去才好表功说话。军爷,你们是叱干城的吧,咱们住得不远,以后回来还能见面。我们准备去狩猎。"魏军头目道:"那是,那是! 不忙的话就相跟着做个伴。"没弈丽玛吩咐手下扔给魏军十两银子:"军爷,谢谢你们,你们辛苦了,给你们点茶水钱。"魏军头目忙道:"谢谢,大户人家的千金教养就是不一样。"没弈丽玛道:"军爷,我们先走了。"于是她便策马扬鞭,奔驰而去。

　　魏军到了大树下,头目忙道:"张三,将枷锁松些。李四上树,折些树条子叶子将囚车盖严。到镇子上看有什么好的客栈饭店,让吃好喝好,再买些马奶子。"刘勃勃心想:没弈丽玛还真有心计,这下一步是否是劫囚车呢? 但愿她成功,别伤着老子,我还没找见我妈哩,我那帮弟兄还没安排好哩,老子还不想死。一连几天,魏军们像孝敬亲爹一样,伺候着刘勃勃,晚上派人值守嘘寒问暖,饭时酒肉招待,问是否可口。勃勃也拿起了架子,不是这咸就是那甜地挑剔着。魏兵们笑脸相陪,"三爷,三爷"地喊着。每天也只走一百多里,到像样的镇子上就休息。勃勃也不愁,深信没弈丽玛一定会劫囚车的。她手下的二十几个人,加上自己,足以对付这些魏军,所以他吃得可口、睡得舒服,养得精神倍增,红光满面。每到山关隘口,魏军就倍加小心,谨慎行走,观察前后动静,武器在手,勃勃躺在车上也时刻做着准备。可是除了鸟叫狐鸣,什么动静也没有。勃勃心想:"哎哟,我的丽玛,你在哪儿呀,明天可要到龟兹城了,龟兹城有魏军驻军,别说你二十人,就是二百人也无济于事,你这不是坑了我吗?还让我吃得白白胖胖的。快到麻黄梁了,你要不救我,过了麻黄梁再有两天过了黄河,谁也没法了。"

果真到了龟兹城,街上魏兵林立,戒备森严,呼延虎、呼延豹看见囚车中的刘勃勃心中一惊:哎哟,这不是我义兄刘勃勃吗?这可如何是好?呼延豹道:"咱们晚上劫狱救人。"呼延虎思索了一阵道:"不行,就咱们这些人,手无寸铁救不了。只有赶快连夜到打腊石找老酋长石九爷帮忙。"呼延豹骑一匹快马连夜到羯部十八寨去找石九爷。老酋长一听,二话不说,吹响了牛角号,骆驼马匹、弓箭长矛、铁锨羊铲齐备,各寨将士酒囊和饭袋备好,连夜出寨往麻黄梁赶来。还有龟兹城丐帮一百多人,没有武器,只好准备了棍棒砖块,赶天亮都上了麻黄梁。再说还有叱干阿利派的那些江湖高手,还有没弈丽玛的那些精英干将都到了龟兹城,也各自吃饭安歇。大家不约而同地选在了麻黄梁的野猪岭动手。

第二天,魏兵和勃勃吃饱喝好准备上路。押送囚车的头目道:"将军,我总感觉这两天龟兹城多了些人,总感到有些不对劲。"将军毫不在意:"别疑神疑鬼,龟兹城驻军一千多,谁敢在此惹是生非,除非吃了熊心豹子胆。"押解勃勃的头目道:"将军,我倒不担心龟兹城,而是担心麻黄梁和葭芦川。麻黄梁林密树大,葭芦川山川相连,多险道关隘,怕二十个人势单力薄,难以应付,将军你看……"将军不耐烦地道:"好了,好了,那就再派一名副千夫长、二百名士兵护送你们到黄河渡口。"头目道:"多谢将军。"就这样,他们出了龟兹城,向东走了十几里上了麻黄梁,山道崎岖,盘绕而上。这时,没弈丽玛带着她的几十个人追来,见了押囚车的,便道:"军爷,你们好,这山路险要,我们人少怕出意外,让我们跟着你们吧。"押车的魏军头目道:"原来是老熟人了,如果同路就跟着,有我们在,就是有山贼也平安无事。"按常理,人们都害怕在山险关隘之处出错,可这一路每个险要之处都平安无事。

到了一处缓山梁上,前面突然出现了几个壮汉,大吼一声:"呔,此山是我开,此树是我栽,要想打此过,留下买路财。"魏军头目一看,笑道:"唉,你这劫道的是瞎眼了还是抽筋了,没看是几百官军吗?还不快快跪在路旁,护送你爷爷过去,我们都懒得和你动手,怕坏了我们的名声。"那人阴阳怪气道:"嗨,你们要是不服一齐上来,就我一个对付。"于是噼里啪啦练了一顿拳脚,一看就是练家子。魏军头目道:"先上去二十个。"对方道:"上来三十个最好,你们退后我一个人对付。"这二十个魏兵出列,连武器也不带,准备用拳脚教训这狂魔,到得跟前,先是转了两圈,各施拳脚,对方竟是身轻如燕,灵活多变,战法奇特。忽然江湖汉子闭了眼睛开始施法,在空中飞来荡去,抛撒辣椒面,那些兵还不知咋回事,眼中就都进了辣椒面,疼痛难忍,都揉着眼睛,但都不好意思退出战斗,趷蹴在路旁。魏军头领一看,感到有些奇怪,也不免有三分胆怯。这是什么战法?三十个人不战而退?正在犹豫时,拦腰里又冲出两队人马,一面是丐帮,一面是石九爷的驼队,他们披着长发,男女不分,号叫着冲了过来。魏军们便挺了长矛准备迎战这些毛野人,可是未到跟前,两面的野蛮人就开战了。一面闪出一排弓箭手,弓矢"嗖嗖"地飞着,穿倒了一大片魏军;另一面的丐帮人员们手上没有武器,可是每人身上有十几块砖头,一百多人,一次就有一百多块砖头飞过来,砸得魏军们头破血流,难以招架,整个麻黄梁上像开了锅。没弈丽玛一看前面乱起来了,便一挥手,随从们一齐拉弓放箭,射倒一片。接着,魏军被四面包围了:前有叱干阿利的江湖高手,后面是没弈丽玛的精干高手,两侧是石九爷和丐帮。不一阵儿,魏军死伤过半。这几天,苻红英的人马也正好到了麻黄梁寻找刘勃勃。听到半山腰人喊马叫的,急忙策马驰来,一看这阵势也加入了战斗。手下问:"射谁?""射魏军啊。"于是这五十多名高手急忙挽弓射箭,魏军又倒下一大片。魏军头领一看,大事不好,忙喊道:"保护囚车,别让劫了。"魏军们将囚车围住,没弈丽玛却大喊:"杀了囚车里的人。"魏军急忙都去护囚车。苻红英一声令下:"射。"囚车周围又倒下一大片。勃勃一看:好啊,你们打吧,我要睡觉。他将羊皮一扯,把身子和头盖了,箭射不到,刀砍不上,还有这么多魏军替他挡箭,免得自己动手。叱干阿利派的二十几名高手一看机会不多了,便冲入敌阵一阵乱砍,将魏军杀得所剩无几。石九爷的人也很快到来了,铁锹羊铲挥舞着给弄了个干净,众人都围拢到囚车旁。

破开囚车,揭开羊皮,刘勃勃才起身解了枷锁。苻红英一看勃勃毫发无损,激动得喊:"勃儿。"勃勃看见妈妈,激动万分地道:"阿妈,你咋在这儿,我到处找你!""我们就在草原上游猎,现在好了,我能带你走了。"刘勃勃跳下车,"扑通"跪在了地上说:"妈,我给你叩头。"这时一旁的没弈丽玛也到近前,"扑通"一下跪在地上说:"妈!儿媳没弈丽玛给你叩头。"惊得苻红英一时喜出望外:"快快请起。"刘勃勃站起一拱手举过头顶大声道:"感谢各路英雄豪杰、大侠壮士奋力相救。这荒郊野岭无以招待,来日方长,后会有期,大恩不言谢!"这时,叱干阿利的人说:"我们走时,主人交代一定将人安全带回,你还是跟我们走吧。"石九爷急了:"还是跟我们走吧。我们部落牛肥马壮,群羊塞道,三屯十八寨,几千人口,就是缺酋长。前年就给他说好了。"没弈丽玛道:"他是我的夫君,我父王已封他为驸马了,还是得跟我回去。"最后道长爷爷也来了,发话道:"现在你们杀死这么多魏军,又劫走了人,魏军肯定要在塞上大肆搜捕,还是远走高飞的好。再者丐帮在龟兹城也不能待了,得想个办法。"石九爷道:"我那里正需要男人,这些娃娃都是好后生,都到我那里去。"刘勃勃道:"石九爷,你需要多少?""有几百要几百。""那好,呼延虎,可以将双石城、奢延城的弟兄们都招去羯部十八寨,繁衍生息,日后必有用场。"石九爷乐得眼睛都眯成了一条缝儿。勃勃道:"妈,你咋办?"苻红英道:"我好办,你先跟上石九爷和没弈姑娘去吧!我们继续在草原上游猎,到时候我会找你去的。噢,对了,将你大妈也带去十八寨。"道长爷爷道:"各路大侠壮士,此地不可久留,请速速返回,不要走官道,免得与魏军相遇,请从草原大漠走,刮一阵风就没了踪迹。愿上苍保佑你们平安归去!"众人们发一声喊,丐帮成员们将魏军的刀枪剑矛尽数缴获。

呼延豹骑了一匹快马向西驰去,到了双石城和奢延城,通知所有丐帮兄弟向西北进发,并入羯胡部十八寨,乐得个石九爷不知如何是好,这一下就增加了几百男丁,姑娘们有了汉,羯族的香火又要旺起来了。

第八章　时来运转做酋长

魏军得到消息,上至麻黄梁一看,兵将死伤殆尽,马匹无踪,刀枪无影,几百将士被杀得干干净净,魏军将领大吃一惊,愁眉不展,苦不堪言,急得像热锅上的蚂蚁似的来回踱步。最后,他心生一计,将这些兵士的尸体及囚车全部埋掉,毁灭了一切痕迹,就当没有此事;又派心腹携带银两急忙赶往葭州渡口,去找一水手,重金买通,将渡船底凿穿再用胶补上;这边再在军中找一与刘勃勃相似之人假扮刘勃勃装上囚车,派二十多名兵士押解着,去了葭州渡口。这次顺利地将囚车押到了渡口,吃过饭,这二十名兵士将假刘勃勃押上船,向对岸驶去。船划出十来丈远,到了深水区。艄公脚下用力,补的那片木块脱落舱中进水,便喊:"船漏了,船漏了!"碗口粗的水柱往船中喷涌,众人惊慌无措,一个兵士脱下衣服堵漏,也无济于事。不一阵,船便沉没了,那些兵士都沉入了黄河,只有艄公拽下船舷上的羊皮筏子侥幸逃生。

晚上,艄公关紧了大门,将白花花的银子倒在炕上,抚摸着、清点着。艄公婆姨道:"这银子可是二十几条人命啊,昧良心的事,你也敢做,会遭报应的。"艄公嘴一咧:"嗨,管他呢,这年头,有奶便是娘,那些人坏事做绝,吃香的喝辣的,也不见报应。"这时门开了,给他银子的那个人就站在门口,夫妻俩吓一跳。来人道:"别怕,银子是你挣的。不过这事非同小可,毕竟是二十几条人命。如果有人追查,也不太好交代。还是跟我走吧!"艄公问:"到哪去?我这地方不要了?"来人道:"有了银子还要这破地方干啥,走到哪都是过日子,马上跟我走。"艄公夫妻俩急忙装好银子,跟着来人出门,来人走到黄河边,忽然道:"你看那黄河漂着啥?"艄公疑惑地望着黄河,突然就被来人一脚踢了下去。婆姨大叫一声"不好",但为时已晚,也被踢了下去。来人捡起银袋,回龟兹城复命去了。

再说勃勃与没弈丽玛跟随石九爷去了羯胡部。部落里自是杀猪宰羊,盛情款待。酒至半酣,刘勃勃道:"石九爷,你是牧羊狩猎的头领,没想到你打仗像个将军。"石九爷呷了口酒,捋着长长的胡须道:"唉,说来话长,爷爷年轻时本是后赵皇帝石虎的大将哩,手下几万兵卒,在燕赵大地上威名赫赫,后来后赵被冉闵篡权,杀了石虎。冉闵迫害羯人,杀戮无数。我便趁机带领部族和家眷从邢台钻进太行山,向西而去,冉闵觉察,派兵追杀,我们且战且走,兵无粮草,屡战屡败。大部兵将战死,我率残部从晋中平原穿过,渡过黄河来到朔方郡,最后找了这块水草丰茂的地方。可是,男丁大部分都战死了,剩下的都是女人、孩子。为了自保,我下令部族里男人可娶五房妻室,部族里各帐的女人也和男人一样要练习骑马射箭。可现在都几十年了,还是男丁稀缺。哎,我说战阵中还有一个黑衣蒙面人,那轻功可是少有。"勃勃道:"那身形好像是我在高平结识的朋友沙里飞。"

石九爷说着,眼泪涌了出来,从花白的胡须上滚落而下。"我现在老了,酋长没有合适人选,那天我一见你,便知你是个非凡人物、栋梁之材。我本想将孙女石云梅许配给你,可是你要找你妈,孝感天地啊,我也不能强留,今天找见妈了,你也该答应了吧!"没弈丽玛一听急了:"不行不行,他是我的。"勃勃道:"别激动嘛,我是人家石九爷带人救的,打仗时咋没见你呢?"没弈丽玛道:"自从你进了叱干城,我就派高手随时掌握你的情况,你哪顿饭吃什么,吃了多少我都知道,一路上前前后后都有我的人,让你吃好喝好睡好,还怕你晒着,你都忘啦?到了麻黄梁,阿利的人在前面截,我在后面堵,我大喊'杀了囚车里的人'。魏军忙去护囚车,替你做了挡箭牌。哼,功劳不大吗?"勃勃道:"就算你说得是真的,现在给你二百头骆驼,二百匹马,报答你的恩情,咋样?"没弈丽玛道:"哎哟,我的傻哥,你一无所有,哪来骆驼和马呀,即使有,我也不要。"勃勃笑道："你没听石九爷刚说了我是酋长，连这点家资也没有吗？俗话说，宁做鸡头不做凤尾，我到了高平，做个驸马，还不是替人卖力的鹰犬？我和石云梅都已经睡了。石爷爷你说是也不是。"石九爷忙道："是是，给多少骆驼马匹由你决定。"没弈丽玛一急道："我什么也不要，只要人，我也让石云梅和你成亲，那谁为大？"勃勃道："可以你为大，可是人家的陪嫁是羯胡部十八寨，你陪什么？""我陪白银两千两。"勃勃道："那好，过几天送来，我的这些弟兄还破衣烂衫着呢！"没弈丽玛道："没问题，过几天你跟我回高平，我派人送来，说话算话。"勃勃道："这我知道，你大是高平王，那椅子的扶手也是金的呢！"在场的人皆哈哈大笑。说到这时，符红英发话了："这两门亲事我同意了，还有一个我的娘家侄女叫符俊莲也说给你，我现在就差人回去接她，两天便到。"勃勃道："妈，人家还没见胖瘦俊丑呢！"符红英道："胖瘦俊丑你都得要，她是我娘家侄女，儿的婚事娘说了算！"

没过几天，人就送来了。前面说过，这符红英是前秦皇帝符坚的女儿，符家又被后秦姚兴灭掉，逃到塞上被刘卫辰安排在巴拉素的符家坑。刘卫辰被迫做了后秦的鹰犬，怕后秦继续追杀符家的人，又让他们逃到了现在的红碱淖以北，伊旗红庆河、四十里梁一带。

再说勃勃与这三个女子成婚，如虎添翼。这三个女子，代表三个家族的势力。没弈丽玛：鲜卑族，其父高平王没弈于，把持现在宁夏南部和甘肃、六盘山一带。虽臣服后秦，但山高皇帝远，不称皇，也可称王。石云梅：羯族酋长石九爷之孙女，十八寨之王，把持鄂尔多斯草原中南部。符俊莲：氐族，前秦符坚孙女，虽父辈惨败，尽失家园，但现确属皇族后裔嫡亲，在符红英支撑下把持鄂尔多斯草原中北部。再加上匈奴后代那些丐爷们，有了这几股势力，勃勃足以控制整个鄂尔多斯草原。只不过时机还不成熟，没有将这些实力整合在一起。眼下的情形是魏军占领着神府、葭州、榆阳、靖边的长城一线，长城南部是后秦的地盘。

几天过去，这些丐帮兄弟都有了各自的家，那些破衣烂衫都换成崭新的皮衣皮裤。当时年满十六岁即可成婚,他们大部分已过了十六岁,自然不成问题,羯胡部缺的就是男丁,在篝火晚会时有的就对上了眼,自然就领回了家里,结合成了一家人,这些乞丐大部分是匈奴的后代,他们的父亲大部分是匈奴的兵将,在魏兵来攻时不是战死,便是逃到了别处,有的被魏军俘走,送往了河东,所以刘勃勃对他们十分关心。这下好了,他们都有了家。

石九爷道:"我看得择良辰吉日,为你们举行婚礼吧!"刘勃勃也同意。于是,十八寨沸腾了,各毡帐张灯结彩,杀牛宰羊,披红挂绿,各种乐器齐上,叼羊赛马,摔跤竞驼,歌声不断。包括刘勃勃,几百对新人到各寨庆贺行礼,真是盛况空前。庆典完毕,石九爷将刘勃勃和呼延虎叫到一个隐秘的地方道:"我看你还是去高平比较稳妥,一来那里安全,二来没弈于封你为驸马,你趁势可以拉拢些自己的实力。你妈那儿不用安顿。我这里将这些男女抓紧训练,作战套路我都懂得,再说这些人骨子里都是精骑射、善征战的好料。用不了两年,就是一支冲锋陷阵的军队。到那时他们都有了后代,咱们的后援力量不存在问题,只要将这几股势力整合在一起,扫平塞上不存在任何问题,魏军也得乖乖退回河东。咱们再向南扩展,以控制延绥一带。"刘勃勃道:"石九爷说得是。哎,我记起了,代来城附近还住着老巫婆,将来让人接来,别饿死了,再者,黄河畔的石城可能还有咱们的人,将来让人也接来。呼延虎你将来派两个人,塞上塞下要不停地搜索流浪人,都把他们集中到羯胡部。壮大咱们的势力。"呼延虎表示将一一照办。

过了几日,勃勃与没弈丽玛要起程回高平向没弈于复命。勃勃道:"我的两位妻妾咋办?"没弈丽玛道:"带上啊!免得你到高平魂不守舍的,老放心不下,我还和你咋做夫妻?"于是这石彩梅、苻俊莲都带了二十个仆人,也算是陪嫁的丫鬟,鼓乐开道,十里相送,向西而去,不一日便到了高平。没弈丽玛去见没弈于。没弈于道:"我的宝贝女儿这段时间跑哪里去了,咋连个音讯也没有?""我带着侍卫们去塞上游玩了几天,追刘勃勃去了。"没弈于急道："情况咋样？""追上了，他不是流浪汉，而是塞上羯胡部十八寨的酋长。"没弈于道："我没看错人，此人身形魁梧，聪慧过人，日后必有一番大作为。你和他的事咋样了？""成啦，他答应了，不过他问陪嫁多少。""那你说陪嫁多少。你总不能将老大的椅子也陪了吧。"没弈丽玛道："父王，只要两千两银子。"没弈于道："好好，两千两银子，不多啊。哎，我听说，他还有两个妻妾，将来谁为大？"没弈丽玛道："我为大啊！"没弈于道："好好！"没弈丽玛又道："他还给你带来了一件塞上名贵的金沙狐皮大衣和塞上有名的老缸坊酒呢。""好，很好！"

于是，高平城里又是一番黄土垫道、清水洒街、张灯结彩、鼓乐奏鸣的大庆典。勃勃做了没弈于的驸马，大商客默哈罗波与黑野牛也闻讯赶来行礼贺喜。弟兄们开怀畅饮，无所不谈，十分投缘。默哈罗波道："别的没有，用钱说话。"

做了驸马，便有了荣华富贵。勃勃无所事事，便领着三个老婆及几十个仆人在猎场游猎，狼狐鹿兔、雄鹰大雁都射，练出了一手好箭法。但这没弈丽玛不练弓箭，只练她的飞弹溜石。

第九章　虎落平阳被犬戏

在龟兹城,魏军守军将领拓跋峰与参军秘议着麻黄梁的事。拓跋峰呷了口老缸坊酒道:"咱们住在这龟兹城,老缸坊酒就在跟前,想甚时间喝就甚时间喝,酒好喝,事难办啊!刘勃勃泛进黄河这盆屎虽然扣在了守河校尉的头上,可真的刘勃勃竟然被救走,还杀死二百多兵士,这事非同小可,让上峰知道了,咱俩吃饭的家伙也难保。能杀死二百多士兵至少也得三五百训练有素的精兵呢。"参军忙恭敬地附和道:"是啊是啊!"

将军怒道:"什么是啊是啊,你们这些文人就会溜须拍马、倚门卖笑、阿谀奉承,管用吗?眼下最急的是先将这二百兵士补上。"参军思索片刻,说:"不行就这样,将龟兹城流浪的乞丐和揽工汉补进来。"拓跋峰无可奈何地摇着头说:"这不是长久之计,这样人数是够了,可这些人大都是匈奴的后代,他们手中有了武器,待在军中危险性也是很大的。一旦闹起事来不好收拾。"参军又附和道:"老家河东现在又要和柔然开战,不断往回撤兵,河西的龟兹城、悦跋城、双石城、奢延城、叱干城,还有葭芦渡、子津渡合在一起兵力还不过万,又住得这么分散,一旦有事,首尾不能相顾,又没有战斗力,愁人啊。"拓跋峰道:"代来城虽然为咱们控制好几年了,但刘卫辰不知所终,引残部龟缩于地斤泽,这几年也不见动静。可是这火烧雄石峡、截道麻黄梁是谁干的?根据情况看这战斗力还不小哩,就像一个游荡在塞上的幽灵,来无影去无踪,时间又算得那么准,真是令人后怕。难道是这些流浪的乞丐揽工汉们干的?不会啊,他们还是些孩子,又手无寸铁。再一方面就是长城南塞内的人干的?也不会啊,有长城阻隔,多年来与咱们井水不犯河水。羯胡十八寨的人倒是不少,可都是些老幼妇孺,他们好像只是事畜牧、衣皮毛之人,真是奇怪了。越想越怕。"

这时有部下来报,龟兹城的乞丐们都不见了,拓跋峰倒吸一口冷气:"这又如何解释,实在太令人费解了。"参军思索片刻,附在将军拓跋峰耳朵上道:"要不先派几个密探出去到各堡寨探查一下情况再做定夺。"拓跋峰道:"那就这样吧。"

于是两个魏兵化装成收羊皮的进了羯胡十八寨,转悠了好几天,看见多了许多男人,心中暗想终于查到了丐帮的下落了,这下可要立大功、受大奖了。

一天,两个探子正在一个毡帐里吃饭,忽然进来几个女人,问他俩是干甚的,探子忙说收羊皮的,为首的女人厉声道:"你俩转悠好几天了,收的羊皮呢? 我看不是好人,给我绑了!"随即几个女人一起动手将两人反绑了双手押出毡帐,走向另一个地方。走了一段,将两人分开走向各自的帐中。其中一个进入毡帐,帐里并无他人,魏兵密探环顾四周道:"就你一个人?"那女人道:"就我一个,不要怕,我问,你如实回话。你是做什么的,今年多大了?"魏军密探上下打量着这个三十来岁的女人道:"你先解开我的双手,我给你说。"女人道:"解开双手不难,你先说你是做什么的。""我是收羊皮的。"女人道:"不对,我看你像魏军,跑我们这干甚来了? 不说实话就绑你三天,饿你三天。"说着便出了毡帐。魏兵密探忙道:"哎,哎,你先解开双手。我再给你说。"那女人头也不回,走到羊圈前打开栅栏门放出羊群,又走到马厩解开马缰,跳上马背唱着歌儿牧羊去了。

过了好一阵儿,魏兵密探估计那女的走远了,便偷偷走到毡帐门帘处用头挑开门帘,四处张望了一阵,见四下无人,便又回到毡帐里,拣一处有棱角的地方背转过去磨绑手的绳子。费了好大的时间终于磨断了,他揉搓着麻木的手腕,走出毡帐,看四下无人,便撒开步子向南急走。走了好一阵儿,只见天苍苍、野茫茫,他似乎也辨不清方向了,日已西斜,腹中饥饿，困乏无力，便坐在一蓬大沙柳下休息。

忽然，只听远处隐约传来女人的一声口哨声，头顶上一只苍鹰俯冲而下，两只大黄狗朝他疾驰而来。天哪，这阵势实在不好招架，当那女人骑着马到来时，魏兵密探的裤子已被两只大黄狗撕扯得稀巴烂了。女人骑在马上笑得前俯后仰，眼泪直淌。"哈哈，你跑啊！这茫茫草原你没有马能跑出去？天也快黑了，你是跟上我回去呢，还是要跑？你自己看着办。"魏军密探只好说道："我暂时还是跟上你回去，只是这裤子也没了，咋走？"女人笑着道："这是草原十里少人烟，百里无城郭，你一天不穿裤子也没人管你。"女人又道："不妨事，你骑在马后面不得了，这样我就看不见你了。"说着，她一伸马鞭将魏军密探拽上了马背。

这时天已黄昏，他们默默无语地向毡帐走去。不多时到了帐处，女人跳下马背叮嘱道："你先别下来，等我将狗拴好了再说，省得狗再咬你！"女人将狗拴好，又进到毡帐里，不多时撩起帐帘将一条羊皮裤扔在了马上道："下来吧，老大人了还害羞哩，穿上裤子就没事了！"魏兵密探跳下马很麻利地穿上了裤子。

女人又进毡帐，点着了挂在毡帐骨架上的油灯，忙取来了一条风干羊腿，剁了几下撂在锅里，添上水，在灶膛里塞上沙柳柴，点着火煮肉，不一阵儿，肉熟了，便捞在一个瓦盆里端在炕桌上。魏兵也已腹中饥饿，顾不了许多，在膘肥肉厚处割下一块狼吞虎咽地吃了起来。

这魏兵吃饱了，又饮了几口马奶酒，觉得精神也恢复了，瞅着女人道："你们家就你一个？""嗯，就我一个，七年前我刚成亲，男人在代来城当兵，每月还能回来一次，魏兵破了代来城后就没有了音信。"魏兵在油灯下仔细打量着眼前这个漂亮的少妇，心中五味杂陈，女人一边收拾一边唠叨："你看我们这榆溪塞，水草茂盛，天广地阔，骤马成队，牛羊塞道，不愁吃穿，干吗要打打杀杀的，弄得大家不得安生，天各一方，家破人亡的？"她眼中噙满了泪花，又道："我们原本是河东羯族人，几十年前，后赵冉闵篡权屠杀我们，那时我刚出生，我母亲将我背在身上跟上大将军石九爷翻过太行山，渡过黄河，千辛万苦来到榆溪塞，盘算日子安稳了，谁知又来了刘卫辰，说他是朔方牧、西单于，又是点集（征兵）又是要马、要羊，这也倒罢了，没过几年魏兵又渡过黄河，与刘卫辰打得狼烟烽火、尸横遍野的！让人不得安生！"

魏兵听得心酸便道："我就是魏军。"女人揩擦着眼泪道："你不说我也知道。"魏兵又道："我也是身不由己，只是一个十夫长，我也不愿意打打杀杀的，也想过安稳日子。"说着也掉下了眼泪。两人久久地对望着，默默无语，胸中那团撩人的烈焰在不断升腾，终于像火山一样迸发出来，两人紧紧地拥抱在一起，火辣地热吻着。灯还没熄，石九爷正好路过。两人的衣服滑落在地，滚在沙毡上，欲火熊熊，雄鹰展翅，鲤鱼翻浪，鸳鸯戏水，好一番久旱逢雨的云雨大战。石九爷乐得唱着小曲回去了，心想：我的部族有望了。

话分两头，各说一方。且说前七年刘卫辰的二少爷刘力鞮领着七八万大军在黄河北岸，与北魏交战失败。大部分兵将流散逃回了榆溪塞，一部分被俘。他自己带着不足百人的残部逃向木根山。最后还是被北魏俘获，押向平城，关进了大牢。虽说是坐牢，但那些个牢头衙役们哪个敢怠慢。这倒并不是他当过大将军的缘故，而是当今北魏皇帝拓跋珪，就是刘力鞮的姑舅兄弟。这些衙役们送饭、放风时都"二少爷"地叫着。

过了几个月，一个老头领着他出了监牢，来到一个僻静的酒楼雅间，早已有位风度翩翩的年轻人端坐，见了刘力鞮便起身道："我的好哥哥，请坐。"刘力鞮莫名其妙地上下打量了那人一番。此人英俊洒脱、年轻气盛，三十岁左右。似乎比刘力鞮还年轻，并称刘力鞮为哥哥。刘力鞮问道："你是谁，竟称我为哥哥？我的外公是拓跋什翼犍，我的舅舅是拓跋寔君。"那人面露微笑道："这不对了。拓跋寔君是我的父亲，我是拓跋珪。是当今北魏皇帝。"刘力鞮惊诧道："啊！原来挑拨离间、篡权夺位、狼心狗肺、心狠手辣的那个人就是你，你封皇帝建立北魏，行天下大逆。天底下最无耻的就是你。"拓跋珪并无怒色，笑呵呵地道："继续骂呀，这些都是从你父亲刘卫辰那里学到的。对了,不光这些。你知道你舅母是被谁杀的吗?那也是我指使人干的,不过那刀柄上有你父亲刘卫辰的名字。不然的话,我爷爷是不会发大军消灭你父亲的。这不是一石二鸟吗?我好从中谋利呀,也能早点登基做皇帝。"刘力鞬愤然道:"你真是个人渣,竟然对你的庶母下狠手。""那你父亲就是人渣的师父。前些年你父亲杀了匈奴铁弗部首领刘悉勿祈的大儿子,自己当了铁弗王,这不就是篡位吗?他就像一条夹着尾巴的狗,一会舔代国脚趾,一会擦前秦的屁股,一会拍后秦的马屁。最后狼狈逃窜,屈居在河西的榆溪塞麻黄梁。还有塞上三城,区区弹丸之地还要建国,做做鹰犬还可以,只能饮马榆溪河、屈居麻黄梁。连塞下的古上郡也不敢涉足,兵不过几万,就想黄袍加身称帝,还不叫人笑掉大牙吗?"刘力鞬一时语塞,想了一阵便道:"不对,还有代来城。"拓跋珪戏谑道:"你不提我都忘了,你父王在逃,不知所终。那代来城已改称'悦跋城'了,那是一座让拓跋氏永远骄傲的城池,可我一个月不到,兵不血刃就让它灰飞烟灭。知道吗?那是我偶然间一泡尿浇在沙圪塄畔,沙子被冲垮了,启发了我。硬地梁的河水、巴拉素大草原的羊皮帮了我的忙,几万将士每人一个羊皮囊到河中背水,向下水拉沙,不到半个月,那沙就快漫到城顶了。你父亲连夜收拾细软,落荒而逃,塞上早已成了北魏的地盘。"刘力鞬想到塞上被北魏占领,政权灭亡,一切希望都成了泡影,万念俱灰,便斩钉截铁地道:"你杀了我吧!"

拓跋珪道:"不不,我是你弟弟,哪有杀你的道理,杀了你还不被天下人耻笑。我准备在平城为你购置一处房产,娶房妻室。你没事可以养养鸟、遛遛狗、种种菜、养养花,何乐而不为呢?"刘力鞬道:"这么说,你这个弟弟要放了我这个哥哥?""当然,也不能老关着你啊。"刘力鞬道:"那好,我要回榆溪塞麻黄梁。"拓跋珪犹豫片刻道:"这事让我考虑一下。""怎么,你还怕我卷土重来,与你为敌?"拓跋珪道:"那倒不是,谅你也是牛蹄窝的水,不会翻起什么大浪,只是我是新任皇帝,遇事总得与那些文臣武将商议,私下放了你不太好。这样吧,我给你找个替身,你只能像乞丐一样偷偷渡过黄河回你的榆溪塞去。"刘力鞮道:"你不怕我回到榆溪塞招兵买马,重整旗鼓?"

拓跋珪轻蔑地道:"随你的便吧。噢,对了,你还有一个同父异母的弟弟叫刘勃勃,我给他起了个绰号叫屈子,现在也十大几岁了,混迹于丐帮之中,堂堂的铁弗王、西单于刘卫辰的三少爷竟然沦为了在塞上行乞的丐帮小头目,上次他也在叱干城被捉住了。"拓跋珪话还未说完,刘力鞮急切地问道:"他现在在哪?"拓跋珪慢条斯理地道:"少安毋躁,据报在押解他回来的路上,船透了水,泛进了黄河,不过据说有人逃脱,说不上他又回到了榆溪塞,被哪位好心的寡妇老娘们收留,正撩起衣袍喂奶呢。所以说,我不怕你回榆溪塞。你地无一寸,兵无一卒,用什么与我抗衡?回去找个好人家上门入赘,榆溪塞水草丰美,多养些牲畜,过不了几年骡马衔尾,牛羊塞道,鸡鸣狗叫的,何乐而不为呢?"刘力鞮也是个血性汉子,听到这些,眼中充满了仇恨的火光。

第十章 力鞮返回代来城

过了几日,一个与刘力鞮长相相似的人被牢头领进了监牢。两人互换了衣服,刘力鞮出了监牢,在平城也不敢久留,打问了去河西的路线,知晓北面黄河的渡口都被魏军占着,怕出意外,就向南行去。出城已有好几里地,忽然后面一匹快马急奔而来,到得跟前。那汉子跳下马来,双手抱拳单膝跪地,一个大礼行过口中喊道:"小的见过二少爷。"刘力鞮惊诧道:"你是哪位?"那汉子道:"回二少爷话,我原是令尊手下的一名百夫长,名刘得胜,是龟兹城南榆林庄人。""那你咋在这儿?"刘得胜道:"我知道你要回河西,特来送脚力和盘费。我是那年战败被俘的,现在在魏国大牢担任小吏。"刘力鞮问道:"和我一起走吗?"刘得胜道:"不,你先回去重整旗鼓,我们这还有几千弟兄,等时机成熟,我们联系,渡过黄河一起回塞上。"

刘力鞮道:"你将马给了我,回去如何交差?"刘得胜道:"这马是我刚从市上买的,你尽管放心用。"说着又掏出二十两纹银道:"这是盘费。足够二爷回到河西。如果有剩余,到榆林庄看一下我的妻儿老小。万一我回不去,日后烦你差人招呼一下他们。拜托二少爷了。"说毕又是一个大礼。刘力鞮忙道:"快快请起。"

两人分别后,刘力鞮跳上马背,快马加鞭,不一日到了黄河岸边,对面就是石城。可是官渡都有魏兵把守,他便逆流而上走到了一个临河的偏僻的小村庄,打问渡河的情况,可人们都说无法过河。有一个村汉对他小声道:"你这客官好不晓事,从官渡过都要查验身份。这岸边村庄也有私渡,但都是晚上才敢偷渡。你不要问了,到晚上来找我,连人带马一两银子。"原来是这样。

好不容易等到天黑,那人领着刘力鞬到了一处河湾处,安顿刘力鞬道:"你在这儿等我一会儿。"那人向沟里走去,不多时划出了一条小船,停在塄坎下,便招呼刘力鞬上船。这时另一个人冒了出来:"三叔,三更半夜黑灯瞎火的,你干甚哩?"两人都吓了一跳。定了定神,那船夫道:"是二狗,你这无赖又敲我的竹杠。好好好,我分你二钱银子总可以了吧。"那被称作二狗的说到:"三叔,我不是有意的。只是路过,碰巧。"船夫道:"怪了,每次都碰巧。"二狗道:"三叔甭说了,稳住船,我在后面赶马,你帮客官上船就是了。"就这样,刘力鞬在前面拽马,二狗在后面用柳条子抽马屁股,终于将马赶上了船。刘力鞬终于在晚上渡过黄河,赶天明到达了石城。

刘力鞬又困又饿时看见一家酒楼,到达楼前,早有小二接了马缰绳恭敬地道:"客官楼上请!"刘力鞬上楼坐定,点了几个菜,刚准备动筷子,忽然围上来七八个小乞丐将菜一抢而光,搞得杯盘狼藉、一塌糊涂。这时,肥胖的店老板腆着个大肚子气急败坏地跑出来,手里挥舞着一根擀面杖,嘴里骂道:"这些死不下的害人精,我打死你们,把你们都撂进黄河喂鱼去。"冲到跟前时刘力鞬一伸胳膊挡住了店老板,店老板感到就像一根棍子横在面前,感觉力道极大。"客官你这是?"老板问道。刘力鞬道:"不碍事,再多上些,让他们吃饱就不抢了。"店老板道:"这银子你出?"刘力鞬道:"当然。"

店老板又吩咐手下将桌子收拾干净,重做了几盘菜。刘力鞬招呼乞丐们都入座坐定。刘力鞬道:"你们是哪里人?"乞丐们七嘴八舌地道:"我们是龟兹城人。那年魏军入塞,我们被送到这石城,说是不久便来接我们,几年了,钱都花没了,也不见人来接。"刘力鞬听后,再看看这些骨瘦如柴、蓬头垢面、衣衫褴褛的小乞丐,这是他的子民,现在沦落街头,都是由于自己指挥不当导致失败而让魏军入塞的缘故。他羞愧难当,眼中的泪水在打转。这时店小二把两颗冒着热气的羊头放在桌子上,乞丐们你撕我扯,只顾往嘴里填,吃得手上嘴上都油汪汪的,有的还舔着手上的肉渣。吃饱后有的乞丐道:"叔叔你是谁,带我们走吧。"刘力鞮道:"这个你别问。等我回塞上将有些事情办妥再来接你们,用不了多长时间。"

末了,刘力鞮结算了饭钱,唤来店老板叮嘱道:"你耳朵拉长了听着,这些人我都交给你了,让他们吃着喝着住着,过段时日我来接他们,自然付你费用,要是哪个少了根毫毛,当心我将你从这石城上撂进黄河喂了老鲤鱼!"店老板点头哈腰道:"是是是,大爷,赶你回来时我将他们养得肥肥胖胖的。"

小乞丐们望着刘力鞮道:"你不会哄我们吧?"刘力鞮坚定地说:"不会的,要不了多长时间我一定会来接你们的,我一定给你们每人一匹好马,让你们驰骋在辽阔的大草原上,像雄鹰一样翱翔在蔚蓝的天空中,吃羊腿喝马奶酒。"说罢,他跳上马背,双手一打拱,催马下了石城,问了路径,奔榆溪塞而去。

第二日,他便到了榆林庄,打问到了住在榆林庄的刘得胜的家,庄民给他指了:"那不是,门口有个打铁的老头就是刘得胜他大。"刘力鞮下马步行,到得跟前道:"请问老伯,这是刘得胜家吗?"老头停下手里的活计,上下打量了一番道:"咋有些面生,你认识得胜?"老头便请客官将马拴在榆树上,回家吃茶。

回到家中坐定,老头吩咐家人烧水沏茶,忙问道:"得胜现在在哪?"刘力鞮道:"在河东平城,做　狱头小吏,这是他捎的银两。"刘力鞮将剩余银两悉数交给刘老伯。老头激动地说:"他还活着,七年了啊,一直杳无音信,我还以为他战死了,老天保佑啊!"说着,老头用帕巾揩擦着将要掉下的眼泪,继续道:"请问你是何方人氏?"刘力鞮道:"不远,我原是塞外代来城人,和他一起当兵吃粮。"老头道:"噢,原来是这样,这么说,你还得过长城到塞外去。这里最近只能从北面的榆塞关过,让我打问一下看这两天有没有收皮货的人,你跟他们一起走,这样保险。"

过了两天,收皮货的驼队要出发了,刘老伯与皮货商的头儿已商量好了。"这是我外甥,在塞外住,你将他带出榆塞关,这是五两纹银,请笑纳。"那被称作李爷的人毫不客气地接过银两,在手里掂了掂,装进兜里道:"好吧,好吧,有你刘老伯搭话,这事好说。"

驼队上路向北而去,不一阵走出十几里地,便到了榆塞关,长城上有个砖砌的圆洞门,可供车辆和行人通行,领班的关卡人员一见榆林庄的大皮货商,很是高兴:"哟,李爷又出关收皮货啊!"李爷也招呼一声,报上关税便可通行了。领班清点着人数,指着刘力鞮道:"我说李爷,这人咋面生得很?"李爷忙道:"这是新来的伙计,当然面生。"说着,李爷又给领班塞了几两纹银,领班爽朗地道:"那是,那是,李爷生意兴隆,财源滚滚。"

他们出了榆溪塞,又沿着长城线向西走了一段,才进入去代来城的路径,这地方刘力鞮十分熟悉。看到曾经属于自己的土地,他悲喜交加:要是不被北魏占领,自己现在肯定是这片塞上蓝天和辽阔草原的主人了。

百里的路程也不算远,半天便到了代来城,可是城门洞上竟赫然写着"悦跋城"。刘力鞮不由得掉了下了眼泪,这是他们唯一的皇城,七年前自己领兵出征,那场面多么壮观,而现在自己孑然一身、单枪匹马、狼狈不堪地回到此处,物是人非,一切都成了北魏的。奇耻大辱啊!他暗暗告诫自己一定要重整旗鼓,夺回这一切,将北魏的兵赶回河东,重建匈奴王国的辉煌。

进城后李爷道:"你到家了,可以回了,我们住客栈去。"刘力鞮忙道:"你们不到家坐坐了?"李爷道:"不了,今天晚了,我们这么多人,先到客栈打尖儿,你自便吧!"刘力鞮辞别李爷,牵着马向街心走去,瞅见一家饭馆便拴了马,走进后要了一份饭食,正吃着,一个掌柜模样的人在桌子对面坐下,盯了他好一阵,但不言传。他吃完饭要结账,账台先生道:"客官,你的账有人结了。"刘力鞮莫名其妙道:"谁结的?""就是坐在你对面的人。"刘力鞮又坐回原位,两人又互相对望了好一阵。店掌柜用手在茶杯中蘸了水，在桌上写了一个"刘"字，刘力鞮起身跟那人进了里屋。一进屋，那人让刘力鞮坐定，一个大礼行过道："大将军在上，受我一拜。"刘力鞮忙道："免礼，你是？"那店掌柜道："我是你的部下百夫长宇文俊，那年战败，我逃了回来，改了汉名，在此开店谋生，不知大将军是如何死里逃生的？"刘力鞮道："那年我战败被俘，关了七年后，拓跋珪不知出于何意又放了我。"宇文俊思索片刻道："他这是别有用心，现在塞上虽然被北魏占着，但只是占着城池，广袤草原他无法控制，并且各城的驻军不多，时常遭到袭击，这说明咱们还有势力，茫茫草原浩瀚无垠，他们又不敢轻举妄动，又摸不着头脑，是否会故意放掉你，跟踪你掌握情况。"刘力鞮道："你这一说倒是提醒了我，现在你知道些啥情况？"

掌柜的道："听说你弟弟刘勃勃，做了羯胡十八寨的酋长，再就是老巫婆还在，在城北的硬地梁河川岸边住着，她知道的事情多，你不妨到她那里走一趟。"刘力鞮起身就要告辞，掌柜的拿出几十两银子道："这个拿上。"又从褥子下抽出一把上好的弯刀道："这个带上，我随时听候大将军召唤。"刘力鞮接过便出了城。

行不多远，刘力鞮便望见了搭建在硬地梁河川岸边的茅草屋。进了茅草屋，老巫婆瞥了一眼刘力鞮道："二少爷你回来了，我知道你恨我，不过你不会杀我，我这里有你要问的事。"刘力鞮只是望着老巫婆，她继续道："你母亲还在羯胡十八寨，好着哩。你妻子也在，破城时是我帮她们逃出来的，我将她们母子送到塞里的喜鹊沟。你还有一个弟弟刘勃勃，他将是草原霸主。"刘力鞮只是静静地听，默默地记。这时老巫婆道："外面有两个人在偷听。"刘力鞮抽出弯刀，出得门来果见两条汉子站在门口偷听，刘力鞮怒从心起道："有劳两位，不辞辛苦，跟着我干啥，你们的使命完成了，现在就送二位去西天。"两位先是一愣，继而装作听不懂的样子："我们是经商之人，你说的我们听不懂，我们是来找老巫婆算卦的。"刘力鞮道："猪鼻子上插葱，装什么蒜，说说你们两个怎么个死法？""爷们也不是吃素的，牛皮吹大了吧！"说罢两人也亮出了兵器，一场恶战开始。打来斗去，闪展腾挪、鹰进猿击、快如闪电，兵器相撞，火花飞溅。刘力鞮游刃有余，招式行云流水，势如蛟龙，两个江湖高手都不是他的对手，打了一气，有几次杀死对手的机会，但他没有下手。对方又一刀刺来，刘力鞮悬空跃起，用脚后跟踢了对方一个前趴，又一个筋斗将对方踩在脚下，将弯刀放到他脖颈处道："还打吗？我要杀你俩的话，不费吹灰之力。但这不是战场，只是路遇，你俩可以走了。"那两人又道："你不杀我们，我们就跟定你了，我们这命是你给留的，就一辈子拜你为大哥。"

　　说着两人便一个大礼，又喊道："大哥在上，受小弟一拜。我俩将终生为你鞍前马后，万死不辞。"刘力鞮道："不瞒两位说，我现在孑然一身，无家可归，又无所事事，难以对两位负责啊。"那两位又道："我们不用你养活，我是十八寨的贺彪，他是呼延豹。凭你的身手，在这塞上干一番事业不成问题。我们也想跟上大哥轰轰烈烈地干点大事哩。"刘力鞮犹豫片刻道："那好，我们先回代来城。"于是三人辞别了老巫婆，返回了代来城，拣一处酒家坐了。酒足饭饱之后，刘力鞮道："两位贤弟请便，我有些私事要办，等需要两位的时候，我自然会去十八寨找你们。"

第十一章 兄弟相遇十八寨

刘力鞬辞别两位兄弟,按照老巫婆提供的地址,越过长城,去南部的横山山脉一带寻找妻儿。经过一番打问,他找见了喜鹊沟,便进沟寻探一番,看有没有孤儿寡母的人家。还真的有,他便顺着别人手指的方向盘山而上,沿着羊肠小道,蜿蜒曲折,终于来到半坡一家土院墙边,两孔破土窑洞,院中拴着的两条大狗看见有陌生人来便直吠。女主人出来查看,一眼便认出了自己的丈夫,但一时难以置信,毕竟七年来一直杳无音信。女人愣愣地站在原地,毫无反应。他喊着女人的名字,喊了几声,女人才有了反应:"你是力鞬? 我以为你早就离开人世了,我还给你设了灵堂,早晚祭拜。真的是你吗,力鞬?"刘力鞬丢掉马缰,直扑院中,喊道:"琼花,是我,是我。"两人泪如雨下,紧紧地抱在一起。这时两个十来岁的孩子闻声从窑中奔出,见有生人抱着自己的妈妈,便从柴垛中抽出棍子,在刘力鞬的腿上乱打一顿。琼花忙道:"孩子别打,他是你大。"两个孩子愣愣地站在那里。刘力鞬放开琼花,抚摸着孩子的头,在孩子的脸上亲吻着。

家,温馨愉悦的家,充满了团圆的喜悦和劫后余生的庆幸。欢叫的喜鹊,绽放的花朵,含羞带笑的月光下树影婆娑,凉爽惬意的春风,都使两人激动不已。

刘力鞬道:"琼花,这几年你受了不少苦,都是我不好,弄得你带着两个孩子躲进这南老山的山圪垯,孤苦度日,为我抚养着两个孩子,老刘家感谢你呀!"琼花呢喃道:"我住不惯这山沟,出门爬山下洼,还是草原好,天高地阔,咱们别闹腾了,拣一处水草好的地方,养群羊,安安稳稳地过日子,抚养两个孩子,让他们娶妻生子,平淡度日。"刘力鞮连声道:"是啊是啊!可是现在还不行,塞上还是魏军霸占着,不赶走魏军,草原上就不得安宁。我刚回来,还不了解情况,我先回塞上,摸清情况再说。你和孩子暂且就住在这喜鹊沟。这里山高沟深,地势险要,闭塞安稳。等时机成熟、形势好转后,我再接你们回塞上过好日子!"

在家住了几天,刘力鞮又奔塞上十八寨,找到了石九爷,要见拓跋雪莲。石九爷犹豫了好长时间,回道:"客官,你说的这个人,我们从来没见过。你说你是刘力鞮大将军,可我们谁也没见过。再说,我们对塞上刘家、河东拓跋家的事一概不闻不问,我们只是事畜牧、衣皮毛、舍毡帐、食畜肉的民族,只想安安稳稳地过日子,不掺和别的事。我也不问你是谁,来了就是客。我们都会以上宾之礼招待。你要是觉得这地方好,就别走了,找个好人家入赘,日后也可添丁进口,延续香火,也清闲自得。"刘力鞮无奈又将自己的祖辈父辈的历史一一罗列了一番,但石九爷假装听不懂,道:"你说的这些即便都是真的,也没人证明,你说刘卫辰是你父亲,拓跋雪莲是你母亲,我们也信,可是我这十八寨方圆百里,就没听说过一个叫拓跋雪莲的人。不行了你自己再去打问吧。"刘力鞮急了:"这是老巫婆说的,说她就在十八寨,我求求你了,让我见见,她真是我母亲。"石九爷道:"老巫婆的话你也信?要不这样吧,你先在各寨走走打问着,我通知各寨寨主帮你查查,看有没有这个人,三天后你再来此。我告诉你查的结果。"刘力鞮虽无奈,也只好答应。

三天后,刘力鞮又如约来到石九爷这儿,两人交谈时,来了一群女人,各自都有些琐碎小事告诉石九爷,诸如羊跑得不见了,猪下了几个崽儿等,这其中就有拓跋雪莲。拓跋雪莲瞅了一阵刘力鞮,确认无疑才走过去喊道:"力鞮儿,七年了,娘都以为你战死了。"刘力鞮大吼一声"妈啊"!两人抱头痛哭,倾诉着生离死别之苦。众人你一言我一语地劝慰着,这下好了,母子团圆。石九爷忙解释道:"你初来时我以为你是魏军密探呢,不敢轻易走漏半点风声,这些时日魏军密探不断来此,看来麻黄梁的事怀疑到这儿了，所以只能小心行事，否则你妈和十八寨都要遭殃。"女人们七嘴八舌地吵开了："来就来嘛，他们来了还不得乖乖地趴在衣袍下吃奶，给我们拦羊割草接牲畜，来多少男人这十八寨也能消化了。"另一个女人道："你想男人想疯了，我见你常站在沙梁上向南瞭，看有没有男人上门。"石九爷道："好了，好了，都回去吧，将牲口看管好，将你们自己洗漱打扮得漂亮些，我估计还会有魏军密探来，看你们的本事了。"众人嘻嘻哈哈地说笑着骑上马各自回帐篷去了。

　　毡帐里只剩下了石九爷、拓跋雪莲和刘力鞮。石九爷抽着烟，不紧不慢地道："孩子，你做过大将军，又是大单于的二子，现在嫡长子不在，你就是挑大梁的，今后你如何打算？你有一个同父异母的弟弟，现在在高平，哎，对了，我得差人先将你回来的消息报于你二妈苻红英，让她来，咱们一起议事，还有你弟刘勃勃，我这就差精干之人骑快马去高平，叫勃勃回来，再说我也想见孙女石云梅了。还要请麻黄梁黑疙瘩的老道长回来，再将老巫婆也请来。"刘力鞮与拓跋雪莲也都异口同声地说："好！"

　　没过几日，这些当年塞上的大神们都陆续聚到了十八寨老酋长的毡帐里。

　　且说刘勃勃带着他的三位妻子风风光光地回到十八寨，他的手下衣冠整洁，刀枪锃亮，一个个精神抖擞，骑的马都膘肥体壮。他也已经身高八尺、腰带十围、身强体壮，颇有王者风范，骑在高头大红马上，令人望而生畏。众人在大帐前迎着，勃勃在没弈于处也学到了许多礼数，见到几位长者，便早早地跳下马来，亲切地打着招呼，爷爷长、大妈短地嘘寒问暖，最后让几位长辈坐定，唤来几位妻子一一拜过。几位长者乐得心花怒放、热泪盈眶。苻红英道："我的儿出息了，快拜你二哥。"

　　刘勃勃道："他是我二哥不假，他咋还有脸回塞上？咋不跳进黄河里呢？七年前领了几万大军，威风八面地北行出征，没一个月，几万大军惨败，让人家渡过黄河，占领了龟兹城攻破代来城，政权灭亡，死伤惨重，多少人流离失所，多少孤儿寡母在啼哭，以泪洗面。还有，那代来城是咋选址的,一面高一面低,人家用羊皮囊背水,用水拉沙,不到一个月沙就快漫到城顶了,不伤一兵一卒就破了城……"刘力鞮道:"住口,你说我那时年轻领兵无方也就罢了,不准辱没父王与巫婆,建城时,总是要考虑到风水地气,谁能想到北魏来攻?谁又能想他们会到用水拉沙漫城?那时我是小孩子,能管了这事吗?再看看你现在这个样,大仇未报,大业未创,塞上还有多少人流离失所,不敢回家,四处躲藏,你倒好,一次就娶了三个妻子,声色犬马,耀武扬威得倒像个花花少爷,咱们吃的苦受的罪都忘了?"

两人话不投机,胸中又憋着一团怒气,实在无处发泄,便拳来脚去地干开了,兄弟俩时而马下时而马上,只打得众人喝彩,黄尘满天。二人都武功高强,手脚利索,尤其马术技艺娴熟,时而镫里藏身,时而腾空翻飞,真是精彩绝伦。

石九爷端着马奶酒对捋胡须的道长道:"嘿嘿,真是两条龙啊,你我都没看错人。"道长自豪地道:"勃勃一开始就是在我那儿学的功夫,这两年没见,看来长进不小啊,没有辜负我。"石九爷道:"想当年我在河东为将,一把大刀也是军中蛟龙,唉,现在老了,好汉不提当年勇。"道长面带微笑道:"彼此彼此,我年轻时是刘务桓的上将军,刘卫辰的武功就是我教的,他们都不知晓,自从来到塞上,我也觉着年迈,看破红尘,建代来城时,我便向刘卫辰请辞,归隐山林,在麻黄梁黑疙瘩遁入道门,可是天命难违。有一天晚上做梦,梦见一孩子跪在我膝下,我便收他为徒,第二天遇见了勃勃,竟与我梦中之人毫无差别,我只好收他为徒了。"

这时女人们端来了几大盆冒着热气的大块羊肉,一字儿摆开。石九爷提高嗓门道:"开饭了,有事明天再说,有气明天再出,吃饭要紧。"每人跟前都放一个皮囊,里面装满了诱人的老缸坊酒。刘勃勃对刘力鞮道:"二哥,不打了,打的时间也不小了,走,先吃饭去。"于是两人手挽手肩并肩,走到肉盆前,在大块肉上割着吃了起来,品着飘香的老缸坊酒。符红英含着眼泪对拓跋雪莲道:"姐,两个孩子既勇敢又懂事,咱们老刘家复兴有望了。"拓跋雪莲揩着眼泪道:"是啊!是啊!我们刘家遭尽磨难,几乎灭门,老天有眼,孩子们出息了,恢复祖业有望喽。"人们都兴高采烈地吃着喝着,拉着话唱着歌谣。尤其令人欣慰的是,陆续来了许多有男人的家庭,女人们腆着大肚子,让人们看到了部落的希望与未来。石九爷乐呵呵地道:"但愿上天保佑,明年下的崽比羊羔子还多。我的部族有救了。"人们一直闹腾到月上树梢才停息。

第二天,主要人物开始议事,刘勃勃将他的想法告诉了大家:"魏军已是强弩之末。他们与柔然开战,已无法再向塞上增兵,停战已有七年,他们也已觉得太平无事,只是闲驻,各城共计有五六千人,不足为患。"刘力鞮道:"看他们驻扎分散,每个城只有一千多人,不如各个击破,恢复咱们的天下。"石九爷道:"人数估计够,红英那里能参战的估计一两千人吧,十八寨能参战的五六千人,勃勃那里估计也能拉起一千人吧!估计攻个城不成问题。"刘勃勃道:"石九爷,攻城没必要,攻城是两败俱伤的事,咱不用攻城便可轻易拿下几座城池,再说我还舍不得那些魏兵伤亡,那将来都是我的兵力与部下,若要取他们,有我和几位妻子就够了。大家只是配合着像看戏一样,便可让他们投降,我要干更大的事。"众人皆惊愕不已。勃勃又道:"过两年你们就知道了,现在只做这么几件事,每家养五条狗。再就是将储备的钱分给穷户一部分,让他们尽快富足起来,无后顾之忧。多驯战马,多增加各寨的人口,积蓄力量。"众人还有些疑惑不解,说道:"养狗干啥?"勃勃道:"狗可以当兵用,到时候你们就知道了。"刘力鞮道:"好了,不说这些无用的东西了,我是从石城回来的,我在石城还有几个朋友,塞南也有些认识的人,可以从河东再发展些人力。"石九爷道:"这样也好,不行了让他们移居到十八寨,我给他们发放安家费用,我这里现在给你们储备了五六千两银子,你们可随用随取。"众人道:"石九爷,你哪来的这么多银两?该不是哄人吧!"石九爷慷慨道:"唉,这都有来头的,我那时从河东过来,带来两千两,没弈丽玛的陪嫁两千两,龟兹城怡红院每月一百多两,也一年多了,她还得继续给,她黄家的账一直得还。我老了,要钱没啥用,云梅跟了勃勃,这钱自然是勃勃的,凡为勃勃干事的都可以用,力鞮在塞南活动,有需要也尽管来拿,眼下给穷苦户先发一部分,让他们多购置牲畜,明年你们再看咱们十八寨的景象。"刘勃勃道:"二哥你在塞南活动,再给你配备上两三个帮手,这样好办事。"刘力鞮道:"谢弟弟关心,不用了,我代来城还有两个帮手,只是要些银两,我还想将河东被俘的人都救回塞上,所以还得派人到河东去。"石九爷道:"要银两你尽管拿,需要多少取多少。救人困难大吗?"刘力鞮道:"我看问题不大。平城有五六千咱们的人,一个个归心似箭,只要沟通好了,趁城中空虚,一声令下,便可暴动,且战且退,只是在路上要给他们备足食物。至于武器,可以在路上就地取材,马匹、骡子、毛驴都可以抢,只要集结在一起,有几千人就问题不大。魏军要一时集结一两千人十分不易,咱们行动迅速,赶他三汇报再请示,咱们都从渡口过了黄河了,他就没法了。"刘勃勃道:"好,估计得多长时间?"刘力鞮道:"半年时间足矣。"刘勃勃激动地道:"只要能回来三四千人,我便立即收复塞上三城,魏军也得听我的安排,他们都会成为我们的部下。好,就这么定了!"

第十二章　里应外合劫财宝

众亲人各自归去,不分男女,都积极训练。石九爷已将刀法、战法传授给了呼延虎的这几位骨干,除过拦羊,再就是骑马射箭、耍刀弄枪。

刘力鞡到代来城找到两位同伴,便一起奔石城而去。到客栈见到原来的乞丐们,他们也已调养得面色红润,都换上了新衣袍。店掌柜一见到大官人到来,忙毕恭毕敬道:"按你的吩咐,我每天给他们好吃好喝,又都给换了新衣服。你看满意吗?"刘力鞡道:"劳你费心,这是五十两纹银,你看够吗?""够了够了!"刘力鞡又与同伴们大吃一顿,酒足饭饱,便将这十多人领着下了石城,来到黄河岸边。等到对面的船过来,就全部运到对岸,向平城进发,他们渗入平城的各处,见了有塞上口音的官军衙役,便差人交朋友套近乎,传递消息,等着起义的那一天。其实在平城投降的官兵们本来都有一官半职,可被俘后,大都做着挑水、打铁、喂马的苦力。他们整天盼望着这一天,想起塞上的家和那大块的羊肉,辽阔的草原,自由的世界,老羊皮袄下温暖、泼辣的女人,醉人飘香的马奶酒,个个归心似箭。

"啥时候啊? 早点啊!""你们耐心等着,到时有人来告诉你们起事的时间和汇合地点。"

刘力鞡往返于平城与府州渡之间,计算着距离,查看撤退路线:四百多里,骑马也只是一天一夜的路程。府州渡的船有二十只,每只每次能渡五十人,一次一千人,渡一次往返一个时辰,五千人得一天时间。路途中再安排两个吃饭点,这匈奴兵有时可以生吃羊肉,所以在路上放两群羊就是饭食。刘力鞡又预算着战力:渡口只有百十人,有些虽穿着魏军军服,但都是水手船夫,不会有阻拦力量的,平城虽有五六千护卫军,但还得加强守卫,剩两三千人,这个计划可行。刘力鞬将这一切筹划好,单等时机成熟,便又返回塞上,留下那些帮手继续秘密打探活动。

再说刘勃勃辞别各位长辈,带了两缸老缸坊酒,风风光光、八面威风地回到高平,去拜见岳父高平王没弈于。没弈于乐呵呵地道:"成婚也这么长时间了,吃喝玩乐也够了。"没弈于又语重心长地道:"世事艰难,风云变幻,眼下又群雄并起、互相争霸、尔虞我诈的,这清福不是一辈子都能享的。"刘勃勃道:"回岳父话,我一个孩子家,又有三个妻子,能想什么,幸亏有你老人家收留我,有口饭吃,我就烧高香了,其他的也没想过。"没弈于道:"想没想过我不知道,你也知道我膝下无子,只有掌上明珠没弈丽玛,你将来要善待她,这就是说将来这片土地的主人就是你。"刘勃勃惊讶道:"啊,不不,我没有这个能力啊,你手下兵强马壮,战将如云,哪个能服我这个毛头小孩。"没弈于道:"所以说从现在起要给你在军中挂一职务,以后才能名正言顺,不然难免大权旁落,我没弈家也会衰败无疑。现在塞上长城一线被北魏霸占着,与咱们紧邻。再往西进,西面是南凉秃发辱檀,也对咱们虎视眈眈。南面的大片土地被后秦占着,我只是后秦的一个边将,懂吗?说白了只是后秦的一颗棋子,那姚苌、姚兴父子贼着哩,他们本是前秦苻坚的部下,苻坚战败,乘国内混乱推翻政权建立后秦,说不上哪天翻脸也会向我下手,你说这饭你能美美地吃下去?所以我要赶快封你为骁骑将军,一两年间你要掌控整个兵权,必要时扫清塞上北魏,西灭南凉,扩大地盘,将塞上河套与南凉连成一片。"刘勃勃道:"我不行啊,一武功不佳,二没有战功,年龄又太小,能胜任吗?"没弈于道:"不行也得行,眼下就有一个立功的机会:派你去长安给现任皇帝姚兴押送贺礼,他母亲七十大寿,咱也得表示祝贺,将金银财宝、玉器古玩、皮毛珍品装上两车,带上四五十个兵士,押送至长安交差后返回。"勃勃道:"路上安全吗,我能胜任?什么时间走?"没弈于道:"都在后秦地盘上,安全,大概这个月底动身。"

晚上刘勃勃找来一片熟好的羊皮,在上面画了一张图,写了日期,又在平凉南画了一个炸点、两个车,写了人数,秘密差人加急送给石九爷,九爷一看便明白了,找来刘力鞭道:"你看看这个。"刘力鞭一看,一拍大腿道:"事不宜迟,石九爷,挑选百十个能征善战的,每人两匹快马,明日启程。"这些挑选出来的个个都是骑马高手,身上除了战斗的武器就是酒囊和饭袋,那饭袋装的都是风干羊肉,够七八天食用。高手们星夜启程,向西而去,除了刘力鞭谁也不知道去干什么。他们一晚上可奔出三百多里,白天便在沙柳林里睡觉,晚上开始赶路,一千多里路三天便赶到了。他仍按照刘勃勃的地图找到了一个叫鹞子崖的地方,这里山路崎岖险要,离村镇又远,分散隐蔽在附近的山林里,单等刘勃勃押送的两车货物一来,这些高手便照计划行事。

没过两天,勃勃骑着马押着两车贵重货物上路了,行至鹞子崖,一群乌鸦在空中盘旋,发出凄厉的叫声,令人不寒而栗、毛骨悚然。

离下一个镇点还有三十里,刘勃勃骑在马上道:"大家注意点,这地方危险。"一个老兵油子道:"朗朗乾坤能有甚事,几声乌鸦叫就怕了?这地方本来就荒无人烟,有甚好怕的,放心大胆地走吧!天也快黑了,我走过这条路,再前行三十里便有镇子,就完成今天的路程了。"正说着,只见前面出现了一队人马,拦住了去路,为首的喊道:"哒,此路是我开,此树是我栽,要想打此过,留下买路财。"勃勃吼道:"大家抄家伙,别怕。"这时一声呼哨,后面黑压压围上来几十人,对方喊道:"别费心了,我们二百多人,你那几十人岂能有胜算,放下刀剑,留你们一条生路。"老兵油子道:"刘将军,咱们放下兵器投降吧,要命也没了。""胡说,作为军人不战而降是耻辱,回去也是死,我先砍了你这惑乱军心的废物。"勃勃手起刀落结果了兵油子的性命,刘勃勃命令士兵开战,可是士兵们知道双方力量悬殊,无心恋战,象征性地抵抗一下,便假装倒在地上,勃勃骂道:"都是一群废物,便挥刀杀入敌阵,只听刀剑相撞,叮叮当当的,但双方却没伤到一人。最后,勃勃被一根套马索套住脖子,拖倒在地,几个劫匪一拥而上,夺下刀,踩在他的脸上。有人在喊:"宰了这小子。"为首的道:"算了,这小子还年轻,留着吧!咱们只取银两,这些都是搜刮的塞上百姓的血汗。"于是他们撬开车上的箱子,将皮毛撂得满地,只将金银财宝劫掠一空,分散给各个骑手驮在马上,趁着夜色向南而去。

失了货物的兵士对刘勃勃道:"刘将军,现在如何是好?"刘勃勃道:"是福不是祸,是祸躲不过,装车继续向长安赶。"他又派一兵卒原路返回,将此事报与没弈于。没弈于一听大怒道:"怎么搞的!那么多兵卒连两车货物都送不到,竟被几个蟊贼给劫了?"兵卒跪地道:"不是蟊贼,几百号人呢,趁天黑两面夹击,我们奋力拼杀,都被他们打倒在地,刘将军奋力拼杀多时,最后也被套住按倒在地,兵器都被对方夺走了。"没弈于道:"有伤亡吗?车队在哪?"兵卒回道:"没有伤人,车队收拾好后继续南行。"没弈于道:"噢!我知道了,原来如此。下去吧!"

第二天,没弈于带领几百人从高平向平凉方向进发,行至鹞子崖,到了出事地点,四周看了一阵道:"我就怕在这儿出事,偏偏就在这儿出事。"随后,众人又向南行了二十里,看见路边的马蹄印向东而去,自言自语道:"明明是西边人干的还想卖路,你以为我是三岁孩子?哼,这笔账迟早要你来还。"

再说刘力鞮领着十八寨的好汉们与刘勃勃配合,"劫"了这么多金银财宝,夜行昼宿,不走大路专走沙漠,大风一刮也没了踪迹。经过三夜的行程,便到了榆溪塞,将财宝集中起来,只留十几个可靠之人,其他人让趁着天黑神不知鬼不觉地回了十八寨,刘力鞮带着这十几人驮着财宝上了麻黄梁,进了黑疙瘩道院,将财宝都放进了神龛下的密道里,出来对那十几人道:"莫贪心,这地方只有你们知道,若走漏了风声,当心满门抄斩。"众人道:"我们誓死追随刘大将军,绝不透半点口风。"刘力鞮道:"每人二十两是对你们的奖赏,回去好好练骑射,以后会有大用场的。"

再说刘勃勃押运着已成空壳的两辆货车,按照原定的行程往长安进发。不一日到了长安,守卫查验了公文后将他们放进城去,引至接管货物的礼务府,值守的拿着清单查验货物,惊诧道:“这货物和清单上差远了,哪去了?”刘勃勃答道:“路上被劫了。”领班的一听惊叫道:“被劫了你还敢来,你知道这是给皇太后的生辰礼贡啊!我说你这塞夷小爷啊,傻啊!你咋不弃车逃跑亡命天涯啊?这可是要命的事。”刘勃勃道:“大丈夫做事顶天立地,岂能落荒而逃?”领班忙道:“哟哟哟,吃饭的家伙都没了拿什么顶天立地哩?这事非同小可,我得赶快报与总管,不然我也得受牵连。”于是层层上报,最后到了皇帝姚兴那里,姚兴龙颜大怒:“太平盛世,竟有这等事发生?事有蹊跷,将他们押入大牢待后发落。”于是御林军将这些手无寸铁的兵士押入了大牢。

吃了几天蒸馍面条后,刘勃勃问道:“牢头爷,咋不给我们吃肉呢?”牢头道:“唉,你这瓜屁娃,这是天字号大牢,平时吃这就不错了,这里关的都是重犯、钦犯,只有砍头的时候才给喝酒吃肉哩,所以说你别盼着吃肉,肉吃完就没命了,也就上西天报到去了。”

时日长了,他们也和送饭的老头混熟了。刘勃勃问道:“爷爷你在这多少年了?”牢头长叹一声:“唉,三十多年了,前秦时就到了这,送走了一拨又一拨的人,他们刚混熟了,就被拉出去砍了。后秦接管至今也七年多了,寒来暑往,送走了多少人我也记不清了,反正进了这天字牢能浑全出去的没几个,娃呀,安安心心地坐着吧!别胡思乱想,听天由命吧!”

再说没弈于也正为此事一筹莫展,没弈丽玛虚张声势闹着要派些高手潜入长安劫牢救人。没弈于道:“少安毋躁,容我好好想想,你这一闹腾说不上恰恰害了他,再说那天字牢戒备森严,庭院深重,大内高手云集,岂是尔等涉足之地?”没弈丽玛知道了此事,难免苻俊莲和石云梅也就知道了,便各自秘密派人告诉了苻红英和石九爷,石九爷派人找了刘力鞮商议此事,刘力鞮道:“弟与我虽同父异母,但手足情深,我拼死也要救他。”最后俩人决定先让刘力鞮去见没弈于。

刘力鞮带了几篓老缸坊酒,见到了没弈于,告知了来意:“我想召集整个塞上能战者,都化装混进长安城劫法场,其余的人四下放火制造混乱,再挑出几十名精干的去劫法场。"没弈于思索片刻道:"不妥,长安城岂是你想的那么简单?城大墙高,戒备森严,一下混进那么多人,早被人家的密探发现了。再说劫了又如何退得出来?即便出了城,路途遥远又如何回得来?再说回来了,这就等于让我与姚兴撕破了脸皮,咱这区区几万人马,屈居边塞之地,人家物庶粮丰,兵强马壮,还不一举剿了我这把老骨头。现在的后秦皇帝姚兴继位不久,他的父亲姚苌在前秦时与我同为边将,他守陇塞,我守高平。前秦在与东晋淝水战败后国内大乱,各路将领互相争霸,姚苌、姚兴父子起兵于秦陇,一举拿下都城长安,平定四方。那时我也跃跃欲试准备夺取长安,但没有亲信大将可用,膝下无子,打虎还得亲兄弟,上阵还需父子兵,要是那时有你和勃勃,说不上长安城现在就是咱家的天下了。唉,不说了,都是梦啊!现在你在塞上能调动的兵力有多少?"刘力鞮答道:"若男女都算我看近万。""噢,甚好,这就是说能够自保,不怕魏军。这次西邻南凉这个蕞尔小国劫了我的财宝,惹起祸端,我也不能装聋作哑,也得给他点颜色看看,一来让姚兴知道财宝是西凉劫的;二来惹起后秦与南凉的战争,勃勃的事他姚兴就会放下;三来嘛,我再修书一封,恳求姚兴放过勃勃,他会考虑我这个西北边陲的重要性。因为我如果反戈与南凉及塞上其他各部联手,西部、北部都向他发难,他也不得安宁,这些后果他也得掂量掂量。"刘力鞮道:"这样甚好!我看此计可行,还是前辈谋划到位,我们年轻人只知生吃硬干。"没弈于也松了口气,暗自为他的这个良计上策感到骄傲。

第十三章　勃勃陷囚天字牢

没弈于即日下令,整备军马,开进南凉边界大动干戈,与南凉不宣而战。这些军阀之间尔虞我诈,短兵相接,互相夺地抢财是常态,受害的是军士与百姓。军阀们哪管这些,只要有战争就有血与火,劫掠与被劫掠,他们的欲望是权力的膨胀,财物的积累,地盘的扩张。

没弈于给后秦皇帝姚兴的信是这样写的:

皇帝陛下:

近期南凉不守契约,狂妄至极,劫我财宝,杀我边民,我只得先行后奏。已与南凉开战,望陛下供给粮草屯兵边陲,防止南凉孤注一掷狗急跳墙,残兵流入中原祸害人民。

平北将军没弈于

皇帝收到信后,看了一遍也没太在意,心想远隔千里,你们要打就打吧! 无论谁胜谁败,都伤不了我的筋骨。我眼下还是筹办老娘的寿宴吧! 这封信没有起到应有的作用,也没有达到没弈于预期的效果,皇帝也根本不记得刘勃勃的事。

一天牢头又来送饭,刘勃勃道:"爷爷,都关了几个月了,咋还不砍头?"牢头又心酸又气愤地骂道:"你这瓜娃,咋就不怕死呢? 还盼着吃肉砍头,我真服了你了,说我们关中愣娃,死都不怕,我看你这瓜娃才真是不怕死哩。这段时间都忙着准备给皇太后祝寿哩,说不上皇帝将你的事都忘了。要不你就慢慢坐着,等新皇登基大赦天下或改朝换代再出去吧。"说罢自知失口,忙用手捂了口。牢头看看四下无人,又对勃勃道:"我可什么也没说。"勃勃爽朗地笑着道:"我坐在牢里都不怕,看把你吓的!"牢头又压低声音道:"瓜娃啊,我得时时提防,处处小心,刻刻注意,不然我早就没机会给你送饭了。"临走时勃勃道:"爷爷我一天闲着没事,闷得慌,你能找点诗文给我看吗?"牢头道:"行啊,几十年了,没遇到过你这样镇定的人,是条好汉,是条好汉,少见的好汉,若要能出去必成大器。"

再说这身居草原的苻红英一众,此时经过几年的发展也已兵强马壮、钱财充裕,得到勃勃被囚长安的消息,她谁也没商量,便带着两位贴身女随从赛月红和赛霞红姐妹俩,带足银两,星夜起程,进塞里过延绥,抄近道直奔长安。听着容易,但那时国家四分五裂,军阀混战、盗贼出没、地痞流氓横行是常态,她们一路也是经历了千难万险。

从红庆寨动身,经过一夜的奔波,天明到了榆塞关。过关时只听守护兵抱怨道:"这么早就要过关是奔丧啊,搅得爷连觉也睡不好。"这兵卒听到了来人的声音,嘴里嘟囔着不情愿地起来穿衣,一看是三个女的,忙吊起栅门,伸手要通关文牒,苻红英掏出三两银子放在兵卒手上:"这文牒全着吗?"兵卒忙道:"合适合适。"这样便过了榆塞关,一路马不停蹄,赶中午到了古上郡,此为后秦最北边的一个军事重镇。这镇子地处奢延水与帝源水的交汇之处,街上人头攒动,商铺林立,好一派盛世繁华的景象……

又几日的行程,到了长安城,这里的一切她都比较熟悉,虽然物是人非,但仍有一种十分亲切的感觉,可惜的是江山易主,找谁打探情况呢?苻红英一时还没主意。三人先进了饭馆,打算吃完饭再说,吃饭时也注意着别人的闲聊,希望能得到一点线索。几天下来,苻红英终于打听到了一个叫胡文贤的人,他可能帮到自己。苻红英听这个名字好耳熟,胡文贤……噢,记起了,他在苻坚时代是御前史官,专门记录皇帝的一言一行,怪不得这么耳熟。于是打问了两天,终于打问到了胡府,便让门子通报情况。胡文贤疑惑道:"一个女人,四十岁左右,还说是故人,这究竟是谁?先让进来再说。"苻红英被领进客厅,便施礼道:"胡叔叔在上,请受侄女一拜。"胡文贤忙道："请问你是?"符红英瞅了瞅左右,胡文贤命令左右人退下,符红英压低声音道："我是符红英。"胡文贤闻声惊道："你是符红英,先皇的爱女,你不是远嫁塞上了吗,咋又敢回来了? 你不知道这几年当今皇上还在追杀符家人吗?"符红英道："知道,但事关重大,我不得不冒险进城,况且时日久远,那时我又深居宫中,出行狩猎都蒙着面,没有几个人能认得我。"胡文贤道："说的也是,不知你为何事而来?"符红英将事情如实告诉了胡文贤,胡文贤听后道："我已辞官隐退,不知朝中是非。噢! 对了,我儿胡义周现为御前史官,等我唤来他让他打问此事。"符红英听后说："劳胡叔费心,我这便去,等你的消息。"

这一天,胡文贤唤来胡义周道："你可知天字牢关了一个胡人叫刘勃勃的?"胡义周答道："我不知道,你问这干啥,莫非沾亲带故,再说关进天字牢的人有几个人能生还,就是沾亲带故也无能为力,只要不受牵连就是万幸,你蹚这混水干啥?"胡文贤道："虽然咱们不是叱咤风云的英雄,但也是顶天立地的男人,先皇符家有恩于咱家,咱不能忘恩负义,他虽已归天,但他女儿今天求咱办事,咱得尽力而为吧!"胡义周又反驳说:"再说这几天宫中又是练乐唱歌,又是清扫太庙,准备给皇太后祝寿哩,谁还顾上管这事……"听到"太庙"二字,胡文贤茅塞顿开,仿佛成竹在胸："好啦,你甭操心了,也不要东打问西探询的,只是将知道的情况及时给我报来。"胡义周只好答应。胡义周走后,胡文贤的脑海里分析着各种场面,想象着各个环节,他的计划中若任何一个环节失误都会前功尽弃。

过了两日,符红英又登门求见,并拿来了厚重礼物,让上下打点疏通关系。胡文贤摇着头,摆着手道："不用,这事不在钱财,只在一首诗上。"符红英惊疑道："一首诗能办事?""只能这样,钱能通神,但这件事还得这么办,你就静静地在客栈住着,千万别轻举妄动,记住了。"符红英心中还是不踏实,但也没法,只好听胡文贤安排。

姚兴母亲皇太后寿辰盛典为期三天,各个衙门口除值守的,其余皆放假。各处庙宇香火旺盛,拥挤不堪,皇宫大摆寿宴,鼓乐相闻,歌舞连台。当然，寿辰庆典的首要仪式是姚氏的孝子贤孙们到太庙去化表焚香，拜天祭祖，拜完祖宗免不了随意抽签打卦。老太太抽得一上上大吉签，老尼一声"阿弥陀佛"，那写在黄绢上的签文从空中飘然而下，老尼帮皇太后叠好，恭敬地递到皇太后手上，皇太后看后让解签。老尼道："恭喜皇太后，自有解签之人，我们只是抽签。"皇太后便满面春风地在众人的恭维和簇拥下起身回宫，去享用寿宴。第二日，皇太后唤来皇帝道："我昨日祭祖，抽得一上上大吉签，你找个文呆子来给我解解。"皇帝姚兴道："这几天都放假了，等复班再找人。"太后道："普天之下都是你的，说放说复不是你一句话，我记得京城中文才高的就这韦家与胡家，将那个胡文什么找来解解，这是关系到咱们天下兴运昌隆的大事哩。"于是皇帝下令派侍卫去赶着轿车请胡文贤。

胡文贤先给皇太后祝过寿，请过安问过好。太后道："今儿个叫你来给我解解签。"胡文贤毕恭毕敬地道："是！"接过黄绢，看了一遍道："恭喜皇太后，上上大吉。"那绢上写的是：

天降紫云是瑞祥，牢固边地皇恩荡。

放眼四野皆翠微，人心思定敬朝堂。

国运昌隆势青上，泰然盛世稳四方。

民欢祈福烟霞柳，安定中原抚边疆。

胡文贤念了一遍绢上的诗，皇太后听完喜形于色，连声道："好！好！哈哈，只要四夷安定，国泰民安就好！"这时胡文贤不失时机地附和着："皇太后吉言！必定国运昌隆，民富安泰。等等，这是一首藏头诗：'天牢放人，国泰民安。'敢问太后，天牢里是否关了不该关的人？""你说得对，朗朗乾坤，皇恩浩荡，慈悲为怀；我罢了问问皇帝，只要不是叛逆，让他早些将人放了，也好增福添寿。"胡文贤忙道："皇太后，微臣没有劝谏之意！这是皇家自己的事，微臣不敢多言。""不要怕，你是忠臣，又有学问，人又正直，又是两朝元老，有事就来找我。"胡文贤连声道："谢皇太后恩典，臣铭记不忘。"说罢太后又给了赏赐，胡文贤跪谢后离去。

再说这寿诞也庆贺完了，戏歌也听了，舞也看了。过了几天，皇太后唤来皇帝姚兴道：“咱这大秦平定四夷、收复中原也有七八年了，你登基也有三年多了。那些前朝文官武将该斩的该用的都已安排妥帖？”皇帝姚兴谦恭地说：“您咋忽然问起这些事了，您只管吃喝享福，甭关心朝政，我也是三十多岁的人了，十九岁就跟上父亲出征上阵，又有这些文臣武将辅佐朝政之事，不劳您费心。”“这我晓得，可是这次祭祖抽的签上说天字牢关了什么人，还说放了人就国泰民安，这是老先人的意思。你去看看，只要不是反贼，给他网开一面。”姚兴道：“是，皇太后，您不说我都忘记了，好像前几个月关了一批丢了寿诞贺礼的人，我抽空去看一看。”

过了两天，皇帝姚兴秘密去了天字牢，还没走到刘勃勃的牢房前，便隐约地听到朗诵声：“朗朗乾坤，四海升平，八方来贺，秦汉礼仪，定国兴邦，关中平原，物庶粮丰，杨柳映霞，烟雾井然，抚平四夷，国泰民安。”姚兴听完，走到牢门前，看见勃勃身材魁梧，相貌堂堂，身高八尺，体态端庄，英气逼人，乃人中之杰。“你就是丢了寿诞贺礼的首领？”“是的。”姚兴道：“这段时间你都想了些啥？”“我啥也没想，吃肉惯了，只想吃羊腿猪肘什么的。”惹得姚兴也面带笑容道：“好，好，吩咐下去，明天酒肉管够。”而后便转身离去。

第二天饭时，牢头带的食盒里果真装着羊腿猪肘，他哭丧着脸来送饭：“唉，我说瓜娃呀，昨个你咋敢给皇帝说要吃肉哩，这不都给你提来了，说不上吃了这顿就没下顿喽。”“我又不知道他是皇帝，再说了，谋事在人成事在天，吃一天算一天吧！”刘勃勃大口吃着羊腿喝着酒。老牢头揩着溢出眼眶的眼泪：“唉，慢点吃，有的是。不瞒你说，我的年岁够给你当爷爷。相处这段时日，还真的舍不得你走，你家又在塞上，无人管你，万一你要是被砍了，爷爷给你收尸。我要买副棺材，好好入殓你，让你安安稳稳地去，雇个毛驴车，爷爷亲自赶车安葬你，将你安葬在山清水秀的秦岭山下。唉……”“嗯嗯，谢谢爷爷。”勃勃吃完了揩了手道：“爷爷，你坐好，受孙儿一拜。”这时外面狂风四起，乌云翻滚，一声惊雷在头顶炸开,一道电光闪向秦岭顶端,似乎整个城池都在震动。牢头忙收拾了食盒,说道:"下雨了,爷爷该走了,打雷闪电的,估计你今天不会有事。"

晚上,皇帝姚兴满脑子都是刘勃勃魁梧伟岸的身影,翻来覆去难以入睡,刚睡了一阵,又做了个与战争有关的梦。他被敌军包围,奋力拼杀,部下死伤殆尽。正在危急关头,勃勃骑匹枣红大马,金盔银甲,杀将过来,挥舞一杆大枪杀退敌军,大声道:"陛下快上马!"姚兴跨上马背,勃勃一提马缰,飞上了天空……

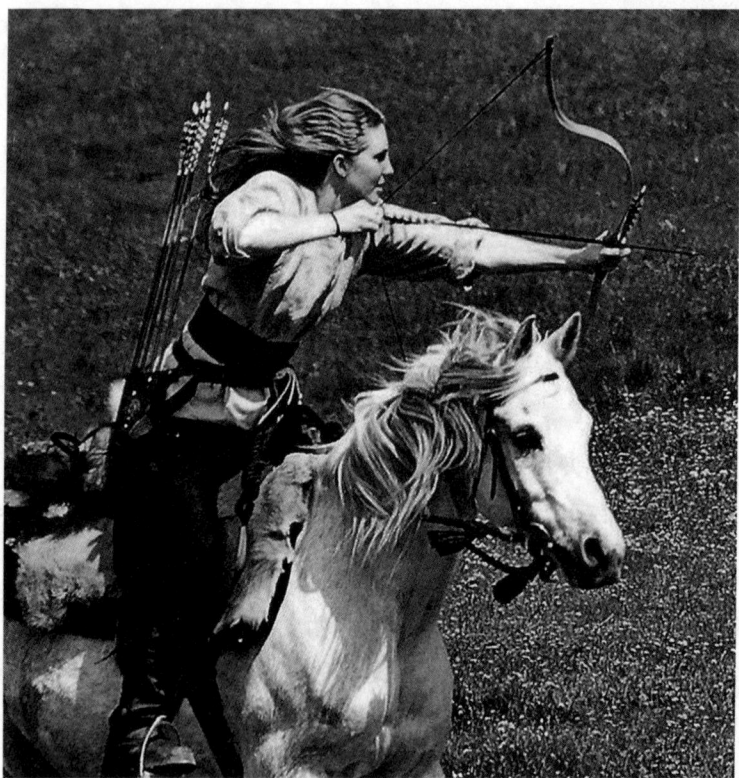

第十四章　御林军里显神威

第二天牢头又来送饭,还是羊腿猪肘,说道:"唉,瓜娃吃吧,昨天下雨了,我看你今天吃了这顿不知还有下顿没,吃吧吃吧!"勃勃也不在乎,照样大吃大喝起来。刚吃完,有人来提勃勃。勃勃擦净手,对牢头道:"谢谢爷爷厚爱。"牢头掉着眼泪道:"瓜娃一路走好,爷爷今天当值,明天休班,爷爷给你收尸。"两个来人回头瞅着牢头道:"李老汉,你胡说啥哩,砍谁的头啊,上面下令将他编入宫廷御林军,军服还在外面哩。""啊!"牢头张大了嘴,一时合不拢,半天才缓过劲来。

没弈于为这事也没有闲着,正在发愁,有小校来报,一个叫默哈罗波的大商客与一个叫黑野牛的镖师求见。没弈于道:"快快有请。"默哈罗波与没弈于客套过直奔主题:"听说我的救命恩人丢了财宝,被打入死囚牢,我已筹集财宝准备救他。"没弈于道:"这是我们自己家的事,怎好让你破费?"默哈罗波道:"那你们自己筹些,不够我再补。"没弈于答应道:"好吧,你以后在高平贸易不必交纳税费。一切由我们保护。"

没弈于又筹了两车财宝,亲自押运去长安。皇帝姚兴倒是给足了他面子,亲自接见了他。皇帝道:"没干大一向可好?看来塞上还养肥了你和你的战马。"没弈于忙道:"托陛下洪福,还算过得去,只是边塞苦寒,种族繁杂,风野民刁,常有匪盗出没滋事,这不前段时间就被劫了皇太后的寿诞贺礼,微臣失职,不知那些在押者现怎样发落? 这回我又补了两车财宝,还有几篓我们塞上有名的老缸坊酒。""呵呵,我听说那个押头就是你的女婿,不过我知道得有些迟。""陛下杀了他?"姚兴道:"这怎么可能呢,我怎能杀你的爱婿呢,别说区区两车财宝,就是再大的事,我也得给你面子不是？这不你又补来两车,还有这塞上美酒老缸坊,足见忠心。和气生财嘛,不和气了,要财何用,是不是这个理?"没弈于忙奉承道:"是是,陛下所言极是!"可是他心里十分懊悔又带了这两车财宝,还有老缸坊酒:这不白白送了人家么。我就是不来,修书一封,就说勃勃是我的女婿,恐怕他连根汗毛都不敢动,动了不等于逼我造反吗?我掌控着他大西北方圆几百里的地盘,铁骑数万,兵强马壮的,西北又是乾位,这是他的命门……

正想着,姚兴问道:"没干大,你在想什么呢?""啊,我是想家里的事,现在我们还在和南凉交战哩。"这时有长安军师来汇报,说这段时间有许多蒙面女人在城里到处乱放火,制造混乱。皇帝姚兴问:"有捉到的吗?"长安军师道:"回陛下话,还没有。""都有些啥损失?"军师道:"烧了老孙家的泡馍馆,还有悦来客栈,还有御林军的马厩。""好啦,知道啦,你先下去吧!"军师走后,姚兴笑着用手指点着没弈于道:"没干大,这都是你的功劳。"没弈于听后倒吸一口冷气,疑惑道:"咋是我的功劳?莫非陛下认为这火是我放的?"姚兴笑道:"没干大误解了,你想你与南凉交战,现在南凉的地盘就是秦汉时西凉的地盘,你离它很近,没听说过西凉女儿国吗?这么说吧,汉朝末年,董卓一次从西凉带出八万子弟兵进入京城洛阳,这就男女比例失调了,女人多男人少,就成了女儿国,所以秃发辱檀的得力部下都得用女人,逼得她们来长安报复。这两车财宝你运回去,等于我收了,也等于是我拨给你的军资,给我狠狠地打,秃发这老匹夫,派女人到京城要流氓来了,还烧了御林军的马厩,有本事来烧我的皇宫大殿啊!"没弈于口上应承着,心里却想:你当我是三岁小孩玩尿泥呢,狠狠地打,打得尸横遍野,民不聊生,我们两败俱伤的,你坐收渔利,到时候我们都苟延残喘,你像捏死个蚂蚁一样将我们都捏死,边塞的将军军师都会姓姚了。嗨,小子,爷吃的盐比你吃的饭都多哩,还想诓我?

没弈于实在忍不住便直奔主题:"陛下,勃勃是否让我领回去?"姚兴道:"是这样,勃勃现在好着哩。我看是块好料,我先将他安排在御林军里,好好培养。将来拿下南凉后,让他去镇守,这样就解除了你的后顾之忧。再将塞上长城沿线的北魏击败,即可平定河套,这样西面北面巩固了,再对付东晋,即可平定天下。"没弈于忙附和道:"陛下英明神武,一定能荡平北魏,扫除东晋,一统华夏。"

再说那些放火之人,她们并不是北凉的人,而是刘勃勃的那几位胆大的妻子。一听说自己的新婚丈夫被后秦的皇帝姚兴打入天牢,早已失去理智,没弈于前脚刚走,她们便借口游猎,骑上快马,日夜兼程,潜入长安。苻俊莲也是在皇宫长大的,熟门熟路,很快找到了皇宫与天字牢。这伙娘们翻墙越脊的功夫也不错,胆子也大。她们侦查好了,便于半夜时分动手,石云梅在离皇宫不远的老孙家泡馍馆放了把火,没弈丽玛在悦来客栈放了把火。她们想,这火"噼里啪啦"烧红了半边天,大内高手与御林军都会去救火了,牢房值守薄弱,再由苻俊莲潜入天字牢,救出刘勃勃。苻俊莲刚将马厩里的草点着,由于草没干透,死蔫蔫的也烧不旺,又找不到油,便趴在地上吹火,火苗一明一暗,映着她红扑扑的脸蛋。

其实这已是刘勃勃出了天字牢的第三天了。他晚上起夜,看见有人趴在御林军马厩下吹火,便悄无声息来到那人背后,火苗一红,便一眼认出了是苻俊莲,又怕惊吓着她,便小声咳嗽了两声。苻俊莲猛一抬头,见是勃勃身影,惊诧道:"勃勃啊,你是人是鬼?"勃勃不悦道:"我这不好好的嘛,我说你们几个臭八婆,早点给我滚回塞上去,要是不听话,我回去将你们几个八婆都休了。"苻俊莲道:"你做了御林军?你也不告知我们,害得我们白忙活,瞎操心。你跟我们回去不?不回去我们几个就天天晚上在这长安城放火。"刘勃勃道:"好好好,你们先回去,过一段时间我就回塞上,要走也要光明正大地走,晚上偷偷跑了,放火这盆屎就扣我头上了。我还怎么干事?快走!"这时又出来一位御林军撒尿的,看见马厩里有火苗,跟前还有一男一女说话,急忙来到跟前道:"嗷,新来的,没吃三天素,就想上西天,倒和宫女好上了。"勃勃道:"你想咋样?"御林军道:"呦,还放火哩。"因为这是在宫廷里,不论是谁,遇到天大的事也不能大呼小叫，只能压低嗓门说话，遇到这种事，也只能自己处理。刘勃勃一把捏住那人脖子，没让他出气，用力一推，那人便倒在墙根下没气了。苻俊莲几步上前，在那人脖子上又撸了一刀。刘勃勃小声道："快滚！"苻俊莲跃上墙头越脊而去。刘勃勃又回屋睡觉了。过了一阵，有人发现起火了，进屋低声吼道："快起来救火！"刘勃勃便起来跟着众人救火。有一个兵士将马勺掉在了地上，为首的道："轻点，不要命啦。"没有人敢大呼小叫，也就那堆草和马棚，也烧不到哪去。一兵士道："咦，还死了个人，是被刺客杀死的。"为首的道："抬下去吧！活该，连自己都保护不了，还当御林军！"

总管将这些事都整理好，一一呈报给皇上，皇上听后不耐烦地道："别一套一套，一道一道，朕生在秦陇，小时狼烟烽火见惯了，死个人，放两把小火，别小题大做了。我十几岁就随父出征，上阵厮杀，这些鸡毛蒜皮的事你们处理便罢了。"

退朝后便去御林军看勃勃，走进院子，只见勃勃站在院中央，几个御林军有的爬，有的滚，有的坐在地上抱着头。勃勃看见姚皇帝也不施礼下跪，也不拱手相拜，便直嚷嚷："你是皇帝，给我评评理，他们见我新来的欺负我，让我给他们盛饭洗衣。尤其是昨夜说我勾引宫女放火，还要扭送我去受审，我才和他们动的手！"姚兴差点笑出声，不紧不慢地拍着巴掌道："唉，朕迟来一步，要不然还能看一场精彩的格斗哩，难怪人说天下是打出来的。"他又对着地上的御林军道："要吃这碗饭，就要有吃这碗饭的本事，躺在地上，哼哼唧唧，这也叫本事？勃勃，既然他们不想让你吃这碗饭，我给你碗饭吃，跟上我走吧！"就这样，勃勃成了皇帝姚兴的近身护卫、大内高手，离皇帝姚兴更近了。

俗话说，"三个女人一台戏"。没弈丽玛、石云梅、苻俊莲，这三个女人可都是硬茬，哪盏灯也不省油。苻俊莲逃出皇宫，找见没弈丽玛和石云梅，催促两人赶快离开长安城。没弈丽玛道："人还没救出就回去？"苻俊莲道："出事了，赶快走，到路上我再说。"于是三人向城门奔去，可是深更半夜城门早关了,值守的坐在岗亭打瞌睡。符俊莲是长安皇宫长大的,会说本地话,便上前喊道:"快开城门,我们是大内密探,有公事要办。"兵卒一惊,半信半疑道:"三个女的还大内密探,有令牌吗?"符俊莲道:"有啊,在这儿呢。"兵卒刚出岗亭,符俊莲一把掐住脖子:"这就是令牌。"兵卒也很识相,忙不迭地道:"我开,我开。"那兵卒乖乖地打开城门,放走了几位,也不敢声张,又锁好了门,悄悄钻进岗亭。

　　三个女人出了城,跑了十几里,找到她们寄放马匹的那一家,跳进篱笆院,也不给主人打招呼,便牵出自己的马,跳上马背往回赶。这时没弈丽玛开了口:"咱们这就回去,将他一人撂在长安?你刚说出事了,是咋回事?"符俊莲道:"我好不容易快到天字牢了,盘算着御林军的马棚里有草,放上一把火,趁人救火的时间救他,结果那草不干,半天着不起来,我便吹火,谁知他就不言不语地站在我背后。火刚旺了,他说我没事干了,从塞上跑长安城放火来了。吓我一跳。""那你们都没亲热一下,没问我们两个好着吗?"符俊莲道:"哪能顾上,还问你们好,说是让咱们滚回塞上去,还要休了咱们几个臭八婆。"石云梅急忙接过话茬:"就咱们三个,咋就叫臭八婆,那五个臭婆在哪,等他回来再说。"没弈丽玛道:"他回来不能你一个人说,你一个人说着说着灯就灭了。我们也得说。"符俊莲道:"我的功劳大,路我熟,不是我引路你俩敢进长安城?甚也没干,等他回来我先说。"没弈丽玛道:"我在外面烧了老孙家的泡馍馆,那火着得大,我吃饭时嫌放的肉少说了句,那店小二也牛气十足道:'爱吃不吃。'你知道那老板是谁吗?大内总管的小舅子!我晚上就专拣他下了手。"石云梅道:"我烧了悦来客栈,店掌柜说我一个女人家住下不方便,怕招惹是非,我晚上到他的后院,将柴火堆在一起点着了。我便也进了皇宫,看见你从房脊上退回来,我也退了回来。他要是回来你们两个能说,我不能说吗?哎,俊莲,他没说甚时间回来?"符俊莲道:"我问了,他说让咱们先回去,他就回来,我说你不回去,我们也不回去,天天在长安城放火,正说着又出来个御林军,说他勾引宫女,还放火。他一把掐死了那人，撂出一丈多远。我又在喉管处补了一刀。""这一刀补得好，证明了人不是他杀的，你还真行。"苻俊莲："姐，我饿了。"没弈丽玛道："饿了就说话么，咱们马褡子的风干肉还不少哩。"于是掏出吃了起来。这些天，净吃些馍呀面呀的，连条羊腿也没吃上。石云梅道："他要是再不回来，我住在高平也没意思，我就回十八寨去，我们每天骑马射箭，叼羊赛马，赛驼摔跤的，赶他回来我给他训练一支女兵队。"苻俊莲道："你要是回十八寨，我也回红庆河去，也训练一支女兵。"没弈丽玛道："咱们一天在一起争风吃醋，吵架闹事，真要分开还舍不得呢，再说你们要走了，不管家里的事，小心勃勃回来休了你们两个八婆。""啊，两个也是八婆?"于是三人笑了起来，一拍马屁股，路上荡起几缕烟尘。

再说苻红英从胡文贤处得到勃勃没事的消息，喜出望外，谢过胡文贤，在长安逗留了两天，便回到了寨上。苻红英进了十八寨，给石九爷与刘力鞮说了勃勃的情况，石九爷长叹一声："都怪没弈于这老不死的，咋就派勃勃去了，好悬啊，命算是保住了，可是当御林军这不等于软禁了勃勃嘛。眼看我一天天老了，大事未定，这十八寨还得靠他撑着哩！再说这十八寨最近又勾来了不少魏军。"刘力鞮道："你是怕他们闹事?"石九爷道："那倒不是，他们来了吃得好，穿得暖，又有了女人，我想是不会闹事的，可魏军军营、代来城、龟兹城少了那么多兵，当官的发觉了，必定来兴师问罪，到那时咱们又不能明着开火，要是开火就要一直打下去，咱们人数多倒不怕他，只要一声令下，这些女人们个个能骑马射箭。可就是攻下龟兹城和代来城，后事又怎么办呢? 万一北魏开战，我们不一定占上风，所以还是比较为难。"

刘力鞮想了一阵道："勃勃原来说让养狗，我猜测，养狗就是为了对付魏军。他们来了咱们就放狗咬，一家五条，十家五十条，一百家五百条，那他们可没说的。就是人住得分散，一时赶不到。要不是这样，你周围的这十几家，不要养羊了，拨出些钱财专门养活他们，专门听你支配。再给你盖一顶大帐，更威严些，他们哪一家敢不听调遣。一有事让他们拿上箭,各家各户都赶快奔来,这样就不怕敌人了。"符红英道:"我也同意,再就是放话说逃来的魏军要是被捉回去就得砍头。真的闹起来,他们会拼死抵抗的。"石九爷道:"尽量先不要翻脸,不要开战。"刘力鞮道:"石九爷,还有一件大事,就是河东的暴动之事,也都通知到了,时机也成熟了。北魏将强兵猛将都调去打柔然了。平城空虚,沿线我也查看过了,没有什么驻军。平城只有几千护卫军,一乱起来肯定先要保护皇宫,也没啥战斗力。只是这些人回来后是编成一支队伍呢还是解散哩?"符红英道:"成熟了就干,将来我派人在黄河各个渡口接应。沿途吃的喝的我准备,约好时间,我们好夺取渡口。渡口上大部分都是船夫水手,兵又不多,割上一两颗脑袋,谁敢不听话,乖乖地给我摇船摆渡吧!你算算,从平城到渡口得多长时间?路上要准备多少吃的?最好是能抢到马、骡、驴,这样行动就快,赶魏兵追来时,咱们都过河了。再就是能抢到兵器就更不怕了,这样就有了战力。沿途有老百姓的牲口用具抢上也能当兵器用。"刘力鞮道:"这些我想到了,只是这些人回来咋安排?"石九爷道:"别说几千,上万也不怕,这十八寨及塞上有成千上万的孤寡户还安排不了,再说万一不行,给他们水草地,用那些钱买牛羊给他们让发展。这你莫愁,只要这几千人回来,勃勃回来,这塞上几个魏军占的城就又是咱们的了。"商量完毕,大家举起洒碗将老缸酒一饮而尽。

此事谈定后,几人便各自行动。符红英组织人马准备夺取黄河上的各个渡口,石九爷准备迎接这些战俘的归来。

刘力鞮骑了快马,引着随从,扮作富商,在黄河岸边的府州渡过黄河,打问去平城的路线。他在渡口查看了守河人数量,船只的大小,又给随从吩咐道:"你们在路上买两群羊备着,等他们过来时杀掉,割成大块,放在路边,任他们拿用。"

第十五章　平城俘虏大暴动

　　那一晚正是中秋佳节，月明风清，人月共圆，北魏皇帝拓跋珪正在与后宫嫔妃们赏月，忽听得人喊马嘶，到处起了火，惨叫声、吼骂声传入宫中。平城如开了的锅，人声嘈杂，火焰熊熊。刘得胜早已将他的十几个手下集合在身边，看见火起，走到守卫跟前，夺下大刀，一刀将守卫结果了，吼道："动手啊!"于是众人各找守卫夺取兵器，将没反应过来的守卫杀死，打开牢门，将所押人犯全部放出。这些人出来就像洪水猛兽一样，有的到伙房抢吃的，有的放火烧监牢，一时乱纷纷的。刘得胜吼道："愿意回河西吃大块肉喝老缸坊酒、骑马拦羊唱情歌的，跟我去抢兵器库。"众人就都从监牢向兵营跑去。沿路那些打铁的、喂马的、替人干苦力的，有的抢起铁锨，有的烧了东家的房子，呐喊着汇集到刘得胜的队伍中。人越聚越多，烧杀掠夺，一片混乱，浩浩荡荡，势不可挡。

　　到了兵器库，看守兵器的都是些老兵卒，毫无抵抗能力。撞开大门，人马一拥而入，大部分都捡到了兵器，有些还抢到了马匹。刘得胜挥舞着大刀喊道："向西杀出城门去，跟我走，路上给大家准备了香喷喷的羊肉。"于是这队人马又跟着刘得胜向西杀去。城里也混乱不堪，那些近卫军在各个巷口和街道堵截。为了减少伤亡，刘得胜又喊道："快推倒院墙。"将那些墙砸烂成砖块，砖块像雹子一样飞向魏军。魏军的兵器使不上劲，被砸死砸伤的不计其数。有些魏军看见这些暴民，只是应付一下便撤退。刘得胜他们便顺利出了城，等得人数差不多了便一路前去，队伍越走越大。刘力鞬一声令下，领着这些人向黄河奔去。沿途路过村庄，牵走骡马，将猪羊都一刀砍了，不多时便肢解完，他们生吃起来，嘴上沾着殷红的鲜血。"爽啊，真香，好鲜啊！"

可有一部分人犯还没有跟出来，也找不到方向，十个一伙，五个一拨，还在城里兴风作浪。

拓跋珪得到消息后，吩咐底下人道："穷寇莫追，收缩近卫军，保卫皇宫。"

苻红英挑选了几十个精干男女，衣着亮丽，短刀随身，从草原直奔府州渡口。这几年塞上无战事，渡口盘查也不紧。这天他们二十几人声称要渡河去河东探亲，就顺利过去了，但并未走远，隐藏在山上。第二天河西又有一拨人要渡河。这时苻红英便又带着人返回渡口，说是要回河西去。这样渡口河东河西都有了自己人，两面同时走进渡口守军的兵营，把门的问做甚，苻红英道："找你们的头儿，给他捎来了东西。"便进到院里。听说有人捎来了东西，那个头儿便走了过来，于是苻红英立刻上前将刀架在他脖子上道："让你的人都出来，交出武器，别耍花招，不然你就没命了。"其他守河的都是些老兵卒，根本就没有战斗力，为首便对他的部下吩咐："你们都听着，将兵器都拿出来，放在地上。"老兵卒们便都乖乖地放下了武器。为首的道："我说大侄女，咱们往日无怨，近日无仇的，这是干啥，我们这些老兵守河也只是混口饭吃，靠给客人渡河收俩小钱，勉强糊口，惹谁了，你要过河你就过呗，没钱就算了。干吗为难我这老头子！"苻红英道："少啰唆，我们要借渡口一用，就委屈你们两天。"苻红英将这些像绵羊一样的老兵关进了一间房子，派人日夜看守。河西河东互发信号，都按原计划搞定，只等平城的暴动者到来。苻红英一伙看好船只，进得伙房拣好的做给大伙吃。

再说刘力鞮和刘得胜带领那队人马顺路向渡口奔来，每到一处都有杀好的几十只羊放在路边供给。吃食不存在问题，吃饱了大家都有精神赶路。刘力鞮对刘得胜道："你将有马的、能战的组成一队殿后，防止魏军追来时混乱不堪。"刘得胜迅速喊话："我是千夫长刘得胜，现在听我的指挥，有马的、有兵器的、能战的都停下，防止魏兵追来，让没马的先走。"于是他们迅速组起了一支骑兵护卫队，保护着这些人向渡口前进，也有以前当过千夫长、百夫长的喊道："快些走啊，再一两天就可以回塞上了，吃炖羊肉，喝老缸坊酒，穿羊皮袄，抱着老婆美美地睡上几天。"大家被压抑了七年的愤怒爆发了出来，呼喊着、咆哮着，向前奔跑，"只为回塞上吃大块羊肉去"。

北魏皇帝拓跋珪终于知道了是俘虏暴乱，又得到了这些人已向西逃窜的消息，先平定了城里，急忙拨出一千近卫军去追。刘得胜挺枪相迎，魏军千夫长喊道："你们快回去，不然我杀光你们。"刘得胜骂道："我的孙子，快下马受死，你还想回去？"于是他挥枪与魏军将领相战。这时撤退的马队一看有人迎战，便个个血脉偾张，斗志昂扬，都呐喊着返了回来。刘力鞮早已杀得眼红，国仇家恨集于一身，身形前倾，快马驰来。几个漂亮的回合，一枪将魏军将领打于马下，又一枪刺死，魏军顿时乱了阵脚，那些步行的也举着铁锨木棒像潮水一样返了回来，只打得魏军狼狈不堪，四顾奔逃，但哪能逃了？刘得胜喊道："往后穿插，截住他们，一个也不能放跑。"于是骑兵们向魏兵后队冲去，混杀在一起。这些骑兵都是上过战场的，所以都有战斗经验，不到一个时辰，便歼灭了魏军的一千多人，兵器马匹被悉数缴获。这样刘得胜他们有了两千多铁骑，再也不怕魏军了，士气也十分高涨，继续向渡口赶去。

两天过去了，终于到了渡口，人们看见河对面的山川田地，都激动得热泪盈眶，码头两岸都备好了吃食，人们吃着喝着，有的甚至跪在沙滩上呐喊："娘，我回来了。"刘力鞮和刘得胜指挥着："不要乱，先让老弱病残过河，马队护卫。"几十条船在黄河中来回穿梭，运送着兵士。人群中，有的高兴地拥抱着，因为马上要回塞上与亲人团聚；有的悲喜交加，热泪横流，因为马上就要踏上阔别了七年的黄土地了。第一拨兵士顺利地渡过了黄河。渡过半数后，魏兵又追来。这些压抑了多年的塞上汉子，血脉偾张，斗志昂扬，无一人贪生怕死，都不渡河了，返身操起兵器与魏兵交战。刘力鞮、刘得胜指挥着，与追来的魏兵在黄河岸边的沙滩上，痛快淋漓地厮杀,终于将魏兵打败。魏军的残兵败将们落荒而逃。所有人员最终全部渡过黄河。

符红英解开那些老兵卒的手。老兵卒们道:"你带我们走吧! 出了这么大的乱子,我们也活不成了,我们也过河西去。我们渡口失守,上峰肯定会杀了我们,还要连累家人。我们走了,他们也不知我们抵抗没有,或者还认为我们战死,家属还能得到抚恤,我们也能活命。"符红英看着这些可怜巴巴的老兵卒道:"那好吧,跟上我们走吧! 到草原上生活。碰到合适的还能有个家,放羊牧马,安享晚年。""谢谢了!"于是这几十个守河兵卒都上了船,渡到了河西。

刘力鞴与刘得胜将这些人都带到了麻黄梁黑疙瘩山的黑龙观,让他们都吃饱喝好。每人都发了新衣服,另外每人发十两银子作为安家费,让他们各自成家。如果一时找不到家或者家里没人,让他们再到十八寨找石九爷安排。人们千恩万谢,承诺只要有事召唤一声,这支队伍便可重新组合起来。他们的骨子里就有着好战的基因,从小时就骑羊射狐兔,大时骑马射狼虎,也是很讲义气,塞上一下子回来了几千人,草原上也活跃了起来。

过了段时间,驻守在龟兹城的守将拓跋峰收到了河东的谍报,说平城发生了暴乱,这些暴乱者都回到了塞上。但他们根本搞不清外面的情况,派出去的密探都没有回来,是让人杀了,还是被狼吃了,还是逃跑了,他仍不得而知。拓跋峰道:"你说这十八寨有问题吗? 为什么派出去的人都没有回来,我看咱们得亲自去一趟,一探究竟。"参军道:"十八寨离这百十来里,只能找那个酋长石老头一探究竟,为了防止吃亏,我看得带上三五百兵丁。"拓跋峰道:"就这样。"

于是不一日,这几百兵丁在拓跋峰的带领下进了十八寨,找见了石九爷。石九爷一见拓跋峰,笑脸相迎:"拓跋将军,今日光临寒舍,有失远迎,恕罪恕罪。"拓跋峰道:"石酋长,客气了,最近可有我们的兵士来过?"石九爷道:"没有啊,每年的草料、马匹、肉羊我们都如数如期上缴,只有你们的兵士来这儿运粮草、赶羊的才来,平时没有见。"拓跋峰将脸一沉道:"你是装傻,我明明派了几拨人到你这儿来,你能没见?"石九爷道:"哎,拓跋将军,我们这些人比较单纯,也没多少想法,只是盼着水丰草茂、六畜兴旺、衣食无忧,对别的事不感兴趣。再说你的人也许半路陷流沙了,被黑沙风卷跑了,被狼吃了,或者被人杀了,反正没到我这里来。要不你在我们十八寨走走,打问一下看是否有你的兵卒。"拓跋峰一时无话可答,心里却想着这十八寨肯定有问题,但一时理不出头绪来。石九爷也揣测着对方的心事,但很平静地道:"要不让你们的兵士到十八寨里看看,咱们在这儿弄些肉和几篓老缸坊酒享用。"拓跋峰道:"难得石九爷招待我,这样也好。"于是石九爷着人摆好酒肉,众人痛饮一番。住在石九爷周边的住户,早已骑着快马通知各家各户,将狗都放开,马都放开,男人们藏好。女人们一听,这还了得,好不容易弄到个男人,要是被魏军再捉了回去,她们又得守活寡。于是放开马群,放开狗,身背弓矢,腰挎弯刀,一声口哨,互相串联,群情激愤地向石九爷的毡帐涌来,场面十分壮观,万马奔腾,黄尘蔽天。

狗除了互相撕咬打斗之外,看见魏军,也纷纷扑上来咬,惊得魏军四散奔逃躲避。拓跋峰看到这场面感到十分震撼,十八寨女人的马队还继续汇聚,骑马的人越来越多。拓跋峰在想:要是惹翻了,咱那几百兵哪是对手?女人们咆哮着,赶着马群在周边乱窜。拓跋峰道:"石老酋长,时间不早了,我们也该回龟兹城兵营了。再迟了赶回去就黑了,今天就不再打搅了,改日再会。"石九爷道:"拓跋将军既然军务在身,老夫就不挽留了,改日再会。"拓跋峰出帐收拢他的部队,狼狈不堪地走了。

拓跋峰回到龟兹城就立马与参军又商议了一番:"我看这十八寨肯定有问题,派去的密探都失踪了,咱们去了,遇到了这事。那些女人故意放马放狗来示威捣乱,说不定那个脱逃的刘勃勃就隐藏在十八寨里,咱们再想想办法。最近朝廷又发来谍报,说有几千暴乱的人又回到了塞上。无论他们分散了还是还聚在一起,也都是个隐患。万一哪天来攻打龟兹城就麻烦了。"参军道："这几年没有战事，咱们只是驻守，兵士们立不了功，受不了奖，军纪松散，筋骨松软，战力减退，思念家乡，又减员了这么多，实在是不堪一击啊！要不就地在河西再招募些兵卒?"拓跋峰道："这倒是个好办法，只是粮饷军需如何解决?"参军道："可以给各寨各滩多加些码，谁敢不听，砍上几个，杀鸡儆猴，这些夷蛮就是山里的核桃，要砸着吃哩。"

再说刘勃勃被安排成大内侍卫，经常可以见到皇帝姚兴。有一次姚兴单独会了刘勃勃，上下左右，仔细打量了一番，自言自语道："身高八尺，腰带十围，不错不错，救你的那几个女人回去了?"勃勃随口答道："回去了。"姚兴又道："你现在想些什么?""回到塞上，纵马驰骋于蓝天白云之下，几个老婆，一大堆孩子，一起拦羊射猎，唱着歌儿，快乐地生活。"姚兴道："很好，自由浪漫，无拘无束，逍遥自在，但你就没想过为相封将之类的事?""没有!"勃勃看似漫不经心地回答。姚兴道："人才难得啊！千里挑一，天助我也，竟遇到了你！看看我这朝中，不，哪个朝代都一样，满朝文武为了权、钱、色，互相攻伐、尔虞我诈、瞒上欺下、唯唯诺诺、拉帮结派、阿谀奉承、溜须拍马，我想听句直率的真话也没有。只有你敢说真话，是条顶天立地的汉子。"勃勃道："陛下，我没说什么啊!"姚兴道："你说了，我刚问你的妻子们回去了，你没有否认，而是应答了，这就是真话。因为我关了你，她们三个到长安城救你，理所应当的，劫个大牢，放个小火都是可以理解的。你看三个起火点，不是三个人放的吗?再说你丢了寿诞贺礼，离高平又比到长安近，一般人的想法肯定是先回高平，而不可能继续奔长安而来。这说明你心底无私，是条汉子。被打入天字牢，你镇定自若，将生死置之度外，还在朗诵文章，常人非能比矣。那天晚上你妻子，噢，你们叫婆姨，来救你，你却选择了留下，让她们先回去，乃大丈夫矣。如果你不辞而别，势必造成我与没公的冲突，进而兵戎相见，生灵涂炭，白骨蔽野，血雨四溅。"刘勃勃道："这些我都没多想。"姚兴笑道："好好，没想就好，朕就缺你这样的人才。"说着他拿下了挂在墙上的地图,让勃勃看。勃勃看了一阵,姚兴试探道:"你给朕讲解一下。"刘勃勃看了一阵道:"东面东南方向所居为东晋,苟延残喘;北面河东为魏,但与其北面高原的柔然纠缠不清,精疲力竭,又侵吞了河西,占据长城一线,兵不过万,只能自保,难得再发展;河套平原为五胡杂夷,败流亡卒,很难一统;河套里的这几条河流,大理河、无定河(奢延水)、榆溪河(帝原水)、秃尾河、窟野河、皇甫河,上部为平原草滩,下游为山涧沟壑,土地贫瘠;而我大秦南部有秦岭阻隔,无以可惧怕;西为北凉、南凉等蕞尔小国,不足挂齿,我中原富庶,烟雾井然,国泰民安,用不了几年,这些蕞尔小国便会归附。河套草原,一役而定,到时,再啃下北魏,这样中原与西北尽归大秦,粮丰草茂,兵强马壮,投鞭断流,东晋何敢不俯首帖耳,唯陛下之命是从矣!"姚兴听后喜形于色:"实乃少年俊杰,文武兼备,雄才大略,卿之所言,正如朕意,若能留在京都助我大秦一臂之力,何愁天下不定。"

姚兴皇帝兴致很好,道:"勃勃,咱们到后花园转转。"于是二人相随来到后花园。姚兴望着秦岭道:"你到此有几个月了,不想家吗?""想啊,可是想又能怎样呢?""我准你一段假,回去两月,将塞上的事安顿好再回来,我们共谋大事。你要多少银两,尽管开口。"勃勃道:"我要这些东西做甚,无功不受禄,我非官非吏,一匹马足矣。"姚兴笑道:"按道家之说,大德无形,大道至简,不贪财色,不慕权贵,古今稀有,但愿你再回来重新聚首。"姚兴又令部下道:"取金丝御蟒腰带。"不一阵,丫鬟用托盘端来一条华丽的镶金嵌玉的金丝御蟒腰带,姚兴将这腰带系在勃勃腰上。有了这条腰带,勃勃显得更加威武雄壮。

第十六章　勃勃回探十八寨

　　刘勃勃骑了快马出了长安城,一路向西驰去。由于装束华丽,腰佩宝剑,又骑着高头大马,驿站一看便知来头不小,哪个敢怠慢。不一日回到高平城,先到将军府拜见没弈于。没弈于见到打扮奢华的刘勃勃,惊喜不已,但考虑到不能失了长辈的尊严与将军的风范,便平静地道:"勃勃回来了啊,这段时间委屈你了,就算丢了财宝,先返回来再说,而你却偏偏去冒险,看多危险。那天字牢进去有几个人能全身而出的,你去长安不是羊入虎口?那姚苌、姚兴父子俩是何等人物,他们本是前秦苻坚手下偏将,雄踞耀州,积蓄力量,虎视中原,趁苻坚战败,又在后院放火,雄霸关中,燃起战火,杀人无数,劫得天下,追杀苻姓后裔。你这次是侥幸逃脱,我一听说你有危险便上下打点,托人求情,最后又补了两车财宝,亲自押运,求见姚兴,才使你全身而出。你啊,长点脑子,长点记性。"刘勃勃道:"感谢岳父大人救命之恩。"

　　没弈于又道:"孩子啊,自汉室江山衰亡,到三国鼎立,再后来西晋南迁,群雄并起,五胡争霸,先后形成了后汉、前赵、后赵、前凉、前燕、前秦、后秦、南凉、北凉等国,互相争霸,烽火不断,难得有短暂的太平。现北魏、后秦这两个大国,都窥视着塞上这片土地,迟早会来争夺,那时恐怕没有咱们的立锥之地了。"刘勃勃不解地道:"我咋听不明白,现在北魏占据塞上长城一线,南有后秦,北面是自由世界,草原上生活井然有序,你和叱干阿利同为后秦边将,西面虽有南凉,但也相安无事,有何可忧?"没弈于深沉地道:"你说的也不假,北魏现在与柔然交战,腾不出手,后秦这几年与前秦残党较量,清剿余党,也百废待兴。一旦稳定了国内,用不了两年便会将爪子向四周伸展,这高平城恐怕就得改姓姚了。我膝下无子,军中又无可用之帅,迟早也是人家砧上之鱼,任人砍剁。这次姚兴让我去攻南凉,这就是个信号,我们两家打得两败俱伤,他便可坐收渔利,到时候,让姚家的人来主政挂帅,我们只好靠边站,稍有不慎便会人头落地。"

涉世未深的刘勃勃根本没有想到事情有这么严重,想到姚兴对自己的态度,脱口道:"姚兴对我挺和善的,还让我做他的贴身侍卫,还赐我金丝御带,不计较那些恩怨情仇。知道我婆姨在长安放火,制造混乱也不追究,我也感觉奇怪。可是他就这么做了,也真令人不解。"

没弈于道:"这也不奇怪,他要用你为他打天下、平四夷,等你功高盖主之日,也就是兔死狗烹之时。姚兴虽只有三十多岁,城府却很深啊!看来我们得提早准备,免得将来后悔。这就叫'树欲静而风不止',你想在塞上安分守己,吃你的手抓肉,唱你的歌,而他们想的是怎样开疆拓土,让你不得安生。我已年迈体衰,辉煌不再,这副重担眼看就要压到你的肩头,你得成熟起来啊!"勃勃应承着:"嗯,我记住了,只是我离开榆溪塞已久,想回去看一看,转一转。"没弈于沉思了一阵道:"这样也好,回去将榆溪塞的情况摸一下。对了,你去时拐道大洛川,将你那个姑舅哥叱干阿利看一下,带些礼物,既可报救命之恩,又可加深感情,再带去我的问候,让他闲了来高平玩。"

于是刘勃勃取道叱干城,又到大洛川,见到了叱干阿利,两人一见无话不说。叱干阿利道:"我那时一见你,便知你是少年英才,果不其然,看看现在,没弈将军选来选去就选中了你做女婿,姚皇帝对你如此器重,你必将有一番惊天地泣鬼神的大作为哩,到时别忘了我这个哥哥曾给你鞍前马后地跑着。""我能有甚大作为,兵无一卒,将无一个,无官无衔,无阶无品,岂能翻江倒海?""我估计火候快到了,过不了几年你就是威震塞上的大英雄了。反正到时候别忘了我就行。"两人又密谈了两天,才难分难舍地离别。

勃勃带着他的几位妻子及随从，风光无限地回到榆溪塞十八寨。石九爷见到自己的孙女婿——未来十八寨的少寨主这么风光地回来，十分高兴，忙道："快杀牛宰羊，摆老缸坊酒，设宴款待。"石九爷对勃勃说了寨上的近况："咱们也得防着点，魏军将领拓跋峰这几天好像盯上了十八寨，不时来这儿。一有情况你们就跑，不要管我们。"刘勃勃道："爷爷您放宽心，十年了，我受的屈辱与磨难也该完了。他要是再来了，不但不敢动任何人一根汗毛，还得乖乖回去听我的安排。""听你的安排？真是世事变了，也许我老糊涂了，如狼似虎的魏军能听你的安排？"刘勃勃道："爷爷您不用管这些，只管吃肉喝酒乐呵，过两天，我还要去拜访我妈和麻黄梁黑疙瘩山的道长爷爷哩。"石九爷道："拜访你妈和道长是理所应当的，可是那麻黄梁离龟兹城又近，万一走漏了消息，你就这点随从如何对付魏军？""我自有应对之法，您且放心。现在要取龟兹城易如反掌，犹如探囊取物。"石九爷道："你带了多少兵马？攻打龟兹城有把握吗？"刘勃勃道："没有兵马，就我们这几十个人。"石九爷气急道："没有兵马，你也敢打龟兹城的主意？要不我动员十八寨的男女，先围上一两个月，等他粮草断绝，再行攻城，这样可一举拿下，再收拾其他几个城，代来城、双石城、奢延城守军估计都不上千人，也可一举攻下。"勃勃笑道："爷爷，咱不攻城，就能让他们投降，攻城又要死伤那么多人，算不过账来。再说那些魏军我还舍不得杀他们，留着他们以后替咱们去打仗。好了，以后就看我的，您只管按我的吩咐去做，我视塞上三城的魏军为我军，只是现在秦军强大，我们无法抗衡，只好屈居其下。这样吧，您差人找来我哥哥刘力鞮，我去请道长爷爷和我妈一起来商讨大事。"

石九爷自言自语道："我就不知道你这葫芦里卖的什么药，我见的阵仗也多了，还不知道你无一兵一卒能拿下龟兹城？真是世事颠倒了，老婆打老汉了！""爷爷您只管大块吃肉，喝您的老缸坊酒，教他们练骑射，管人家老婆打老汉的事做甚?"

刘勃勃在十八寨住了两日,便启程到麻黄梁祭拜了父亲刘卫辰,又到黑疙瘩山黑龙观拜见了道长爷爷。道长一见勃勃出落得英俊魁梧,身高八尺,英气逼人,便喜从心来,欣慰地说:"这一天终于来了,恢复塞上指日可待。"勃勃给道长讲述了他有惊无险的逃生经历,以及如何得到后秦皇帝姚兴的器重等事。道长道:"勃儿吉人天相,我塞上有主了,正应了老巫婆的那句话,你是条黑龙,犹如猛虎归山、游鱼入海,天高任鸟飞,海阔凭鱼跃,势不可当。"勃勃辞别了道长,又去北草地红庆河找妈妈。

苻红英所驻之地水草丰茂,生活物资富足,又刚刚从河东带回来那么多原刘卫辰的兵卒,真是人强马壮,现有两千多帐(家)。尤其是又组建了二百多人的专职女兵铁骑,黑马黑衣黑头巾,兵器齐全,威风无限,训练有素,冲杀起来,黄尘荡天,如一股黑旋风席卷而过,势不可当,让敌人望而生畏。勃勃看见母亲,跳下马来,急忙下跪,几个儿媳也忙跟着下跪。苻红英忙扶起几位笑道:"免了免了,我不想别的,只想着早些抱上孙子,将来你们都到我这住,给我养一大堆孙子,我教他们骑射,你们只管放心做你们的事。"几个儿媳表示,每人至少养五个,甚事也不误,只要勃勃去哪带着她们就没问题。这些人狂野惯了,有时临产了还骑马奔驰哩。

苻红英又领着勃勃观看了其他的铁骑战队,也是威风八面,战法独特,震人胆魄。刘勃勃观赏完苻红英的战队道:"妈,就是这几千人的战队,上万人也难以敌过,真是太好了。"苻红英又道:"我还联系了周边部落,打成一片,等到一定时候,将是一支强大的队伍,到那时就可以恢复中原,重建前秦国,将那些叛逆者的头割下来当酒具,将他们的尸体拉出去喂狼,为你父亲报仇,为你外公、你舅舅一家报仇了。"勃勃道:"妈,我去地多矣,那老一套的族规也要改一改了。再说,咱们的族人也所剩无几,要干大事,还得靠塞上这些羯、氐、羌、柔然、鲜卑等民族,也得尊重他们的习俗,顺应民意。再说我过段时间还得回长安,也得学学中原的先进文化，不然的话，也不好统治。您说是不？”“我儿长大了，说得是，娘听你的，不过你在姚兴手下干，可得留个心眼，他毕竟是我的敌人，和我有着杀父之仇、灭国之恨，你一定不能被他收买了。等到你功高盖主之时，就是他对你下手之日。在那学上几年，乘机回来，我们到那时也战力强大了，你一声令下，塞上就是咱们的天下。”“妈妈您说得极是，我这次来就是请妈妈去十八寨议事的。请您移驾十八寨一叙。”苻红英道：“呵呵，在长安吃了几天泡馍，长见识了，还‘移驾’呢！”

说走就走，苻红英只带了黑马战队的二百多女兵出发，与勃勃一路南下，从红庆河到十八寨，只一日的路程。大家都见了面，彼此打了招呼，十分亲热。谈论中，刘力鞮谈到北魏皇帝拓跋珪说刘勃勃渡河时被泛进黄河的事。勃勃思索了一阵道：“等等，我在麻黄梁被救了，咋又能泛进黄河，一定是弄了个替身，故意让泛进黄河，给上面好交代，怕上峰追究罪责，一定是龟兹城的拓跋峰出的主意。好啊，这是他自己往脖子上套绞索，怪不得别人。”

话说世上没有不透风的墙，拓跋峰突然得到刘勃勃回到榆溪塞的消息，惊喜不已：“他胆子也是够肥的，竟然只带着几十人招摇过市地回到榆溪塞来了。这不是蛇头上的苍蝇，来送死的吗？”他立即点集了二百多精兵，吃饱喝足，骑着马，威风八面地来到十八寨，看见石九爷，老远就喊：“石酋长，你是奉公守法的人，竟敢劫走了反贼之子刘勃勃，快将他交出来，将功赎罪，不然的话我就踏平十八寨，所有人格杀勿论，鸡犬不留。”刘勃勃出了毡帐，跳上马背便道：“拓跋峰，你不是千夫长吗，咋带了这么点兵马就敢在十八寨大呼小叫的，念在我大妈拓跋雪莲是你拓跋家的人，我哥刘力鞮是你家外甥，今天我放你一马，就你这点兵马，在我眼里是不堪一击。”“你是谁，竟敢口出狂言？”“不狂不狂，这是在我家门口，你没听过强龙压不住地头蛇吗，我就是十八寨未来寨主刘勃勃。”拓跋峰道：“啊，你就是刘勃勃？还不下马受缚，你想连累十八寨无辜遭殃吗?"刘勃勃道:"遭什么殃,想战的话就战上几回合,不想战就让将士们下马吃饱喝足回龟兹城去。"拓跋峰道:"就凭你那几十号人还想和我战,何况大部分还是女的。"话音刚落,符红英一个口哨,那黑马队从毡帐后面奔涌而出,黑人黑马黑头巾,呼喊着咆哮着,手中挥舞着套马索,将魏军包围了起来。

第十七章　轻松智取龟兹城

　　石九爷一个呼哨,右翼又冲出一列红马队,都是女人,红袍红面红纱巾,脸涂红彩,咆哮着、呼喊着,像一条红龙包围了拓跋峰的右翼,虽然都是女人,可那速度那阵势都令人望而生畏,荡起的沙尘如一团团黄云,在空中翻腾。拓跋峰一看后路被包抄,已胆寒了几分。刘勃勃道:"拓跋峰,你莫要害怕,今天你不动,我就不伤你一兵一卒,你若要动一下,就让你葬身沙海,你的那些兵卒几年不经战事,兵疲将惰,毫无战力,草原上的女人可以以一当十,不消一顿饭的工夫,你们都得趴在地上吃草啃沙,末了将你们都拖进流沙滩,一切都会消失。"拓跋峰道:"即便我们战死了,北魏也会发大军踏平你们十八寨的,到那时后悔就晚了。"刘勃勃道:"彼一时此一时,前十年是因为前秦国里大乱,后秦新建,无力顾及。现在北面柔然与你们在死磕,南面后秦壮大,就站在你们的南大门,哪有大军可发?再说发来大军与谁作战?你看看那些红马队黑马队,都是游牧民,你杀一个试试看,这塞上十八寨,一百八十寨的游牧民不得将你北魏的大军撕得吃了。再说你平城的驻军还号称近卫军,连几千俘虏都看不住,让暴动了,就两天时间几千人过了黄河,回到了塞上,丢人吧!所以说,别在这咋呼了,还是回龟兹城守你的城吧!别打十八寨的主意,真的交起手来,在这草原上,你那几百战骑都对付不了几十个女人。"这时,苻红英见天空中一群大雁飞过,张弓射箭,只一箭射下一只大雁,正好跌落在拓跋峰的马前,与刘勃勃站在一起的没弈丽玛大喊:"杀了这些入侵者!"人们群情激愤,都喊道:"杀了他,杀了他。"呐喊声撼天动地,震耳欲聋,拓跋峰惊出一身冷汗。他是真的感觉到危险了。刘勃勃道:"拓跋峰，我要是一声令下，你们顷刻间便会被剁成肉泥，不过还得你守龟兹城，今天放你一马，要是再打十八寨的主意，不，任何一个堡寨村舍的安全都要你负责，要伤一个人，你试试看，看我怎样收拾你；至于我么，我改天会登门拜访的。今天我放了你，快滚，迟了当心我反悔。"

拓跋峰灰溜溜地带着他的兵离开了十八寨，回龟兹城去了，心有余悸地想着："唉，真的是三十年河东三十年河西，这当年流浪在龟兹城的小混混竟然能如此英气逼人，雄霸一方，威风八面。那天幸亏没动手，要不然早到西天报到去了。尤其是十八寨的女人，个个彪悍，那黑马队、红马队更是厉害，我这几百兵可不是对手啊！"

夕阳的余晖泼洒在十八寨，毡帐、草原都被染上了橘红色，榆溪河源头的水在夕阳下熠熠发光，波光粼粼。人们欢呼雀跃、载歌载舞，篝火映红了天空，歌声回荡在草原上，各种乐器声音交织在一起。从此再也不用受北魏兵的欺凌了。胜利的喜悦鼓舞着人们、激励着人们。老缸坊酒香伴着甜美的歌声飘散在草原上方。

大帐里各路首领汇聚一堂，商议着今后的大事，刘力鞬有些怨气道："那天就该灭了拓跋峰的铁骑，可你怎忍心放跑了他。你忘了代来城是咋灭的？死伤了那么多军民，政权灭亡，几乎灭族，你流浪塞上，吃尽苦头，都忘啦？"也有几人跟着附和。勃勃解释道："咱现在灭了他有何用？如果那天动手，拓跋峰那二百多人势必会拼死抵抗，咱们又要损失多少人马，流多少血，再说塞上其他城联合起来一起来攻咱们，十八寨又如何应对，所以只要咱们强大了，他们会自然归顺。目前咱们还不强大，只要他们不危害咱们，让他们闲驻着，不要打破这个平衡，一旦没了魏军，后秦军便会乘虚而入，还不是一样吗？有魏军驻塞上四城，秦军就不敢入驻塞上。如果干掉魏军，就等于杀了一只狼，又来一只虎。但一旦引起魏军与秦军的冲突，咱们就可以坐收渔利。等到塞上都万众归心，兵强马壮时，咱将魏军与秦军的边缘都收了，就敢与他们翻脸。"

这番话说得有道理，大家都信服了，对勃勃赞不绝口。勃勃道："你们别光顾着赞我,我还有一件大事未办,说不上还真的可能会发生争斗呢!"众人道:"甚事,你说说看,咱们大伙都在,可以出主意想办法。"勃勃道:"九年前代来城陷时,父王的一万多兵被那个羊皮贩子带入了地斤泽,可为何这几年没动静,究竟咋个情况,咱们也不得而知。"石九爷道:"唉,十八寨好像有几个回来的,我问了,都说是那些人以你父亲刘卫辰为首,人们都称他为朔方牧。他住在地斤泽的湖心岛,多次的失败已使他心灰意冷,与世无争,已如夕阳西沉,只是靠一部分将士畜牧狩猎度日,兵士们也流散了不少,如今可能只剩下了几千人。"石九爷唤来那几位逃回来的人,他们回话:"前几年我们在地斤泽中,每天除了操练就是轮流畜牧,称主子为西单于,朔方牧我们也没见过,上面订了严格的管理制度,若是逃跑被捉就要剁手挖眼削鼻。所以人们还是比较怕的,胆小的都不敢造次。"刘勃勃问道:"他们就没有出来和魏军较量一下?""出来过两次,但都各有损伤,也没得到什么。""那你们是怎么样逃出来的?"那人战战兢兢道:"我是杀羊的,偷偷将一张羊皮埋在沙中,正好第二天刮大风,风向是往西刮。我便吹起羊皮做筏子,风将我吹到了岸边,才逃了出来,真是九死一生啊!"说着掉下几滴泪珠。刘勃勃道:"回去吧,好好过日子。"那人毕恭毕敬地道:"谢寨主不杀之恩。"刘勃勃对众人笑道:"我甚时间杀过人?"大家都笑了起来。刘勃勃又道:"我就是十一岁那年跟着妈妈火烧雄石峡时动过手,再就是在葭芦渡杀过人,还有就是在高平杀过一个百夫长,我不随便杀人,谁若犯了错就让他们改。"

刘勃勃道:"我看该闯闯地斤泽一探究竟了,我不能随便杀人,看看那个被称作西单于的是我父亲,还是那个龟兹城的羊皮贩子黄三。"石九爷将了将胡须道:"是时候了,但如果真是黄三,他和咱们动起手来,龟兹城若再来偷袭,咱们就会受到两面夹击,处于被动地位。"刘勃勃道:"我明天就收了龟兹城,让他归顺咱们,听咱们调度。"石九爷道:"明天?还没准备呢,刀还没磨呢,也得两三天准备不是?"刘勃勃道:"不用兴师动众的,我和几个妻子带上三五个随从即可,你们都在家正常营务。"石九爷道："不行，你是十八寨少寨主，我们有义务保护你，决不能让你羊入虎口，要不让你妈的黑红马队在外围接应，这样一旦有事，四百多铁骑冲进去也能砍杀一阵子。我们这儿得到消息，大队人马出动，再一举拿下龟兹城。"刘勃勃道："谢石九爷，真的不用，如果你不嫌劳累就按你的办，不过只能在外围转悠，不可进城，没有我的命令，绝对不准杀人放火，也不准杀魏兵，因为明天下午那就是我的兵了，杀了多可惜，他们将来会为我冲锋陷阵的。"

第二天阳光灿烂，微风吹拂，刘勃勃一行向龟兹城街北头去了，到了赛红楼下，跳下战马，早有小二出堂相迎，几人径直上了二楼，拣了两张干净桌子落座。小二忙来问："几位客官，吃点啥？"勃勃道："有好酒好肉尽管上了。"小二应酬着去传菜。

邻桌有几位达官显贵、富豪阔佬在吃饭，酒足饭饱之后摆起了龙门阵："咱们这龟兹城自建起算来已有五百多年了，从汉朝将西域人都安置在这里，一直都没消停过，北方民族一开战，受害的就是龟兹城。后来曹操统一了北方，觉着西域人没用了，便停止了供给，有些扛不住了，便拖家带口地离去了，到南老山开荒种地；有的去北草地牧马拦羊；有的成立了唢呐班，每遇红白喜事，替人吹吹打打，也能混口饭吃；有的开酒坊；有的开酒楼；有的贩卖马匹骆驼；有的开红楼，日子倒也过得去。前些年又来了刘卫辰的驻军，没过几年，北魏又来占领，北方一开战，龟兹城就受害。唉，遭罪啊！"一个干瘪清瘦的绅士，用手指捋了捋那很不成气候的一小撮山羊胡道："听说这段时间刘卫辰的三少爷回来了，正闹腾着哩，在十八寨兴风作浪，杀了不少人呢，拓跋将军领着几百铁骑也没捉住他。他现在兵强马壮的，说不上还会攻打龟兹城给他大报仇呢，唉，世事多变，说不定又要战火纷飞了，该吃就吃，该喝就喝，别攒的金银满贯，到时都成了别人的了。"一个戴着瓜皮帽的老头道："你们知道他是谁吗，据说是原来在龟兹城流浪的那个痞子，还砸过怡红院哩，听说烧雄石峡也是那个痞子干的。"这时没弈丽玛听得牙根发痒，想起身制止和理论。勃勃示意她不要动,继续听他们讲。这时另一个老头道:"我听说他泛进黄河死了,又有人说他在麻黄梁被劫走了,不过前七八年我见过他好几回哩。有一天晚上,他就在我家后院的柴草堆里过夜,我看他可怜,还给过他半个羊腿哩。"这勃勃听到这,忙走到那人跟前道:"你是白老伯,还认识屈子吗?你仔细看看我是谁?"白老伯看了几眼道:"我不认识你。"刘勃勃道:"我就是当年的屈子啊。"语惊四座,人们都不知该如何是好。白老伯道:"我这老眼昏花,也许我是瞎编的,要是让拓跋峰知道我给过屈子半条羊腿,那麻烦可就大了。"刘勃勃笑道:"白老伯莫怕,我这里有个立功的机会,他还会赏你的,你就说屈子在赛红楼吃饭,让他带人来抓我。"白老伯忙摆手摇头道:"不敢不敢,小老儿没那个肥胆。"这时几个人已头上冒汗,端着酒碗的手抖个不停。刘勃勃看到这些老者的窘相道:"我不为难你们,你们想回家的话就去吧!今天的酒饭钱我开了,也算是还当年施舍的回报,不过别忘了到将军府告诉拓跋峰,说我在这儿吃饭,让他来抓我哦。"几个老者战战兢兢地起身离座,揩擦着头顶的汗珠,悄悄地溜下楼去了。

却说那黄家老鸨已早到了将军府的门口,说是她看见屈子了,要见将军,站岗的却不让进:"你这老鸨婆,是吃错了药还是疯了,屈子就十几个人敢进龟兹城?还让你来报信,不是白日做梦吗?"正在纠缠之际,几个老者也来说屈子在赛红楼吃饭,岗哨觉得事情重大,不得不给将军通传。拓跋峰传令让这些人进来说话。众人描述的口径一样,拓跋峰赏过钱下令道:"不管是真是假,全军集合,开赴赛红楼。"

于是不多时,赛红楼前人喊马嘶的,聚集了龟兹城的大部分兵士,熙熙攘攘的,远处站满了看热闹的人们。勃勃在窗口向下一瞧,那人就像赶会一样密密麻麻的,为首的正是龟兹守将千夫长拓跋峰。拓跋峰耀武扬威地骑在高头大马上,嗓门洪亮地大喊:"前后左右,都给我围了,一个苍蝇也别给我放跑了,把紧城之四门,谁要放跑了人,我杀了他全家。上面的人听着,谅你们今天插翅也难逃出龟兹城。"刘勃勃站在窗前让将窗子打开,向下喊道:"哎,这不是拓跋将军吗,我在这儿领着几位婆姨吃个饭,你真给我面子,带来这么多兵丁护卫我。你这大呼小叫的要干啥?""我们是要捉拿刘卫辰的三子屈子,快快自己下来受缚,免得我动手。"刘勃勃道:"噢,原来是这事,怪不得你摆出一副难看的样子,这楼上没有屈子,我是刘勃勃,现后秦姚兴皇帝的座上宾,高平王没弈于将军的女婿,这是我的大妻没弈丽玛,敢捉吗?你连根汗毛都不敢动!还有我的二妻石云梅,十八寨石九爷的孙女,你敢捉吗?还有红庆寨的苻俊莲,那黑旋风红旋风马队就是她家的,你敢捉吗?你的胆够肥的,要动一动,红黑马队、十八寨的几千马队、塞下后秦的两万驻军不消一顿饭的工夫便会踏平龟兹城,将你们杀得一个也不留。不信你试一下,我这腰带是后秦姚兴皇帝御赐的,要是动了它,就是你北魏向后秦宣战,你塞上占的这几个城今天就姓秦了,也别想逃回河东的事,后秦正找你们的岔子哩,这个'功劳'就落在你头上了。"拓跋峰没了词儿,便义道:"我们是捉屈子,又不是捉你。"刘勃勃笑道:"我说拓跋将军,屈子不是在麻黄梁被救走了吗,还死了二百多兵将。不知是否记得?"拓跋峰道:"你胡说,没有的事。"刘勃勃又道:"那屈子不是让你们送到河东了吗?"拓跋峰随口答道:"他泛进了黄河。"

刘勃勃道:"拓跋峰,你作为千夫长,已犯了三条欺君大罪:其一,别人将屈子从叱干城押解到龟兹城毫无差错,你却在麻黄梁让人劫走,杀头之罪。其二,死伤了二百多名将士却隐瞒不报,连带六亲之罪。其三,事发后又弄了个假屈子,送至葭芦渡,嫁祸于守河太尉,株连九族之罪。这事十八寨、红庆寨的人都知道,现在你的兵也都知道了,任何一个人杀了你都可以得到北魏皇帝的奖赏。你要不识抬举,走漏了风声,用不了三五天,有人将信送到河东,你的六亲、九族便会被打入死囚牢,被大刑伺候得血肉模糊、皮开肉绽,秋后都会被推上断头台,尸体拉在荒郊野外,最后被野狼游狗吃得一点也不剩。那百十口子的骨架就亮在那被人唾弃,你也会遗臭万年的。"

拓跋峰听得真切，面色发黑，脑门渗汗，两腿打战，不禁眼前一黑，跌落马下，不省人事。

左右侍从忙抹胸捶背、掐人中，终于使他缓过气来。刘勃勃不失时机道："这事么，只有我能救你，你别无选择。"拓跋峰坐在地上，有气无力地说道："你说有甚好办法能救我的家人？"刘勃勃道："这事么，不能在这里说，只有到你的将军府才能面授机宜。"拓跋峰道："那好，有请将军到舍下一叙。"刘勃勃道："有请就这样请吗，你得黄土垫道、清水洒街、鼓乐相迎，从这北门口搭个彩门，再在南门口搭个彩门，美酒鲜肉、八仙供桌摆好。还有一条，你得亲自给我牵马坠镫，从街北走到南门口，再到将军府，鼓乐相随，仪仗队开道。"拓跋峰为难地道："这恐怕不妥吧，我毕竟是守将千夫长，这样让我日后咋管理士兵呢？"

第十八章　好汉齐聚十八寨

刘勃勃道："给我牵马坠镫这可是荣耀无比的事。就石九爷那拦羊老头也算是万夫长哩，虽然没有军队建制，打起仗来可都是兵，我这里每一个人的职位都在千夫长以上，何况你还是为了救你和你家人的命，这是尽孝道，你能说丢人吗？再说咱两个往日无冤、近日无仇，我在龟兹城流浪时你也没欺负过我，火烧雄石峡、打砸怡红院你也没追究我的责任，我是为了报恩才救你的家人，你说是吗？"

拓跋峰思考了一阵只好重新上马命令道："兵士回营，换礼服，鼓乐仪仗准备，北门口、南门口搭建彩门，厨房杀牛宰羊，备老缸坊酒，迎接大秦国殿前御史。"于是兵士们像潮水一样退去，各司其事。许多百姓也参与进来，垫道洒水、搭建彩门，但也纷纷议论着："我以前也见过屈子，小时候就是个非凡人物。""那时还偷吃过我家的鸡哩。""你小声点，当心扭下你的头当酒具使唤。""哎，你们错了，人家大人不记小人过。"

拓跋峰回到将军府，参军献着殷勤道："将军，现在咋办？"拓跋峰没好气地道："咋办，就这么办！""要不要四下埋伏？"拓跋峰道："埋伏你的个头，你想塞上的人都知道咱们干过的事，说不上塞下鱼河的人也都知道，这能控制吗？两三天信就能送到河东，你想看到我那一百多口子家人受尽牢狱之灾，被满门斩首？你真是猪脑子。"

不多时，鼓乐仪仗、家丁侍女、亲信随从跟着拓跋峰来到赛红楼下，他们喊道："请将军下楼上马！到将军府做客畅叙。"刘勃勃领着他的三位妻子及随从，下得楼来到账台放了十几两银子，老板忙不迭地道："爷，我咋敢收你的饭钱，再说这也太多了。"

给刘勃勃备的马早已恭候在门口，其他人的马都有男侍女仆牵着，几人都上了马。刘勃勃道："我看先出北门，再进到彩门时奏乐。"拓跋峰牵着勃勃的马道："好好。"于是众人出了北门。

出了北门，好家伙，红旋风马队和黑旋风马队都齐聚在北门外的大道和柳树滩上，红的耀眼，黑的威风，一律都是女兵。刘勃勃道："妈，你们咋来了？"符红英道："你是妈身上掉下的肉，儿子单枪匹马深入龙潭虎穴，哪个当妈的能放心？"勃勃只好道："好好好，既然来了就到龟兹城看看，跟在我们后面。"

当勃勃行至彩门时，鼓乐响起，拓跋峰给他牵着马，刘勃勃觉得荣耀无比，精神十足，威风八面。后面红马队与黑马队更是威风，从北门到南门整整摆了一条大街，两面那些魏军盔甲崭新、刀枪锃亮，五步一个兵士，维持着秩序。人们都伸长了脖子看，也不知道咋回事，也不知道队伍是谁的。街游完了，勃勃道："妈，我去将军府，你带着马队转转就回去吧！"符红英道："好的，谅他们也不敢动你一根汗毛。"

勃勃被迎进了将军府，享受着贵客待遇：珍馐佳肴和老缸坊酒摆上桌。酒足饭饱后，拓跋峰与刘勃勃密谈。拓跋峰恭敬地道："不知将军有何良策能救我的家人？"勃勃道："十八寨红庆寨的人没有我的命令是不会到河东送信告发你的，而你的军中肯定有人想升官发财，今天他们都知道了此事，难免不会有人心动，你今天就赶快派心腹精干之人潜回河东，秘密将亲人接至河西，但不要进龟兹城，要将他们送到十八寨或红庆寨。""这不等于造反了吗？"刘勃勃道："哎，这不叫造反，只是逃条活命，以后的事以后再说，这十天之内你必须封锁渡口，任何人都不准到河东去，一旦走漏风声你全家性命难保。"拓跋峰沉思片刻："也只能这样。"

刘勃勃道："这就对了，大事小事一跑就了，等你家人过到河西，你就再也不回河东去了，你的上峰也无从查清此事，即便查清了能奈你何？如若不走这一步，此事会连累好多人，你手下的参军、副将、百夫长哪个能脱了干系？"拓跋峰道："你咋对此事了解得这么详细？"勃勃笑着道：

"我就是屈孑,也是刘勃勃,我就是当事人。在麻黄梁我被救走,你们死伤了二百多兵将,又听说你们在黄河翻了我的船,那肯定是假的。"

拓跋峰道:"那红马队黑马队都是将军的军队?"勃勃道:"我没有一兵一卒。红马队黑马队那是我妈的,我是十八寨万骑未来的寨主,高平王没弈于的女儿是我妻子,调一两万兵也不在话下,从塞下的鱼河、米脂一带调一两万兵也估计没问题。"拓跋峰听后倒吸了一口冷气,庆幸今天没动手,不然的话这会儿龟兹城说不定就是别人的了,说不定人家正在榆溪河畔挖坑埋自己和部下的尸体哩,真是好悬啊,看来今天这马是牵对了。拓跋峰奉承道:"将军的兵马真是不少。"勃勃笑道:"我给你说过,我没一兵一卒,我也养活不起,别人给我养活着或自养,我只是用时借一下,办完事就还他们,黑马队红马队我没借她们都来了,办完事也不用发粮草,她们就自己回去了。"拓跋峰不禁心生敬意,又道:"那你将我们咋安排?"刘勃勃道:"咋安排?我也不知道,我都不知道我是哪国人,我的代来城你们魏国占着,我却住在高平,高平也没我的户籍;在后秦的皇帝身边却没个名头;说是十八寨少寨主却认不得十八寨的人;我也不知道我是哪的人,能调动部队却没军衔,我自己也觉着奇奇怪怪的。你的事以后还是问石九爷吧!但有一点,没有我的命令,你们还是魏军,只要你的家眷到了河西,拓跋珪就拿你没办法了。"

事实上现在龟兹城的魏军已经让刘勃勃牵着鼻子走了,但表面上还是魏军。勃勃走后,拓跋峰即刻按照他俩密议的计划行事,派了得力之人去河东接他的家眷。心想:这下再也不敢回河东了,若回去必死无疑,以后只好跟着勃勃干了。这勃勃岁数不大却玩得风生水起,不过才二十来岁却这么老练,既能用别人的军队,还不用养活人家,奇才啊奇才,日后必可成大器。

勃勃回到十八寨,石九爷急切地问:"情况咋样了?急死我了,生怕你出什么差错。"勃勃道:"能出什么差错,他已成了您的兵,让他们驻哪、打谁、吃什么饭都您说了算,不信过一段时间您就知道了。"石九爷惊喜地道："这么说龟兹城的魏军以后不会再欺负咱了,还听咱们的命令?咱们到龟兹城卖羊皮、绒毛再也不怕他们了?我就不知你用了什么招数,能让那么多如狼似虎的魏军都听咱们的话,神啊神啊!这下可好了,跑进十八寨的魏军也不怕他们来搜了,可以安安稳稳地过日子、生娃娃了。我这十八寨可要兴旺起来了!来咱爷孙俩碰一杯。"一碗老缸酒下肚后石九爷满意地捋着胡须。勃勃道："还有哩,您等我再收拾了代来城、双石城、奢延城的魏军,将塞上与叱干城连成一片,这方圆六七百里的河套草原都归您管,别说十八寨,八百寨也归您管;到时候您就是这河套的皇上,跺一跺脚塞上也要抖三抖呢。"石九爷道："你个龟孙子,我都六十几的人了还让我挑重担,你领着几个妻子一会儿高平一会儿长安去享清福,花前月下地去调情。爷爷才不当皇帝哩,早已当够了。"刘勃勃迟疑道："爷爷您当过皇帝?"石九爷用手示意勃勃道："你近前些我给你说。"刘勃勃移到近前,石九爷附在他的耳边细语道："我就是后赵的石遵皇帝,不过几十年过去了,也不怕了。那时我也刚二十岁,便做了皇帝,可是冉闵不服,他是我父的养孙,便煽动兵士叛乱,农民造反,我只当了半年皇帝,见形势复杂,便退位了。""勃勃道："不是说石遵皇帝前些年就被害了?"石九爷道："那是他们收买民心,说我死了,其实我逃到邢台,知道冉闵不会放过我们石家,便说服我的族里人石方,他是将军,手下有一两万人,一起向塞上转移。且战且退,然而石方战死,为了保住羯族血脉,我便自称石方将军,带着这些人翻山越岭,渡过黄河,来到了榆溪塞。"刘勃勃道："石爷爷,等再过几年我出息了,一定为您在塞上盖座小皇宫,这地方就叫打腊石。"

话说拓跋峰派出的人乔装打扮接来了他河东的家眷,也按勃勃说的将他们带到了十八寨。见到了石九爷,拓跋峰十分客气地道："石九爷,这是我的家眷,由河东来,按照勃勃的吩咐,就安顿在十八寨吧,还劳烦你老人家多多照应才是。"石九爷道："好好,来了就好,我们这里的人淳朴厚道,不会欺客,给他们划拨一片水草地,搭些毡帐,买上些羊马、骆驼,生活会过好的。"拓跋峰道:"这是一百两银子,不够的话我再来送。不过,尽量不要让人知道这是我的家眷,以免生出事端。勃勃还说龟兹城的驻军由你老调配哩。"石九爷道:"那好,我知道他的意思了,我这十八寨单身女人多。让他们与龟兹城的兵士相互结合,成立家庭。"拓跋峰道:"这些兵都到寨子里成了家,军队不是就散了?"石九爷想了想道:"那就将寨子里的青年再补进去训练,换一茬新的。这样不是两全其美,始终保持足够的人数,也不会引起河东的怀疑,反正也回不去了,还不如让他们扎根塞上生儿育女。"那些龟兹城的兵也已都到了成婚的年龄,早已对女人想入非非,那不要彩礼的女人和现成的驼马牛羊往草原上一放,还可以天天吃肉喝酒,那些魏军一听有这等好事,早已按捺不住了。于是在篝火晚会上,跳着喝着老缸坊酒,便被女人引入了自己的毡帐,成了十八寨女人的汉。十八寨经过几次外界男人的融入,已是人口众多,乐得个石九爷感天谢地的,那些匈奴的子弟,那些从河东回来的战俘,这次魏军的融入,成全了几千个家庭,明年要有多少个新生儿啊!等再过几年,那些光着屁股的半大小子在沙梁上成群结队,羯胡十八寨又要威震塞上了。

在一次头目聚会时,有人提出"建国"这个提议,尤其是刘力鞭最为急切:"现在咱们人口众多,兵源充足,应该树起大旗,一举荡平塞上三城,报仇雪耻,建立国家,雄霸草原。"刘勃勃道:"建国的事,三五年里也不会成熟,这塞上都没有统一,兵源有限,就是全部集结起来也不过十万。一建国,魏国、后秦国要么又封咱个虚衔,要么找个借口对咱们宣战,到时又是烽火狼烟,生灵涂炭。咱们这几年的主要任务是休养生息,多养牲口,加强训练,积蓄力量。我还得回长安,一方面要学中原的先进文化与治国之道,若不去,姚兴就要借口向我岳父发难,不是白葬送了我岳父的身家性命和那七八万兵,咱现在根本就不是人家的对手,只能等待时机。对了,兵器也不足,也得几年积蓄才敢建国。"

建国的事暂且搁置了,苻红英又提出了地斤泽的事。"现在龟兹城的问题解决了,也不怕腹背受敌了,该解决地斤泽的事了。地斤泽为首的究竟是你父皇还是黄三,咱们不得而知,咱们也没有船只,不行用羊皮浑脱做成皮筏子,捆上木板,人站在上面划得靠近他们时问话。要不咱们去些女的,也不要带兵器什么的,就不会刺激他们,这样他们肯定不会对我们有敌意。"勃勃忽然道:"这事也简单。到龟兹城将黄三婆姨和黄四请来,让和我大妈都一起站在船头向里划,快到时高喊是拓跋雪莲找西单于来了,再让黄三婆姨喊找黄三来了,不就解决问题了?如果他们听到喊声肯定去报告,我们下一步就再看他们如何反应。"

第十九章　单于命归麻黄梁

话说这地斤泽是鄂尔多斯草原中心的一个淡水湖,方圆几十里,碧波荡漾,倒映蓝天,群鸥翔集。湖中心有个岛,可住人生活,北方人水性差,因此是一个易守难攻的所在,但同时也容易与外面隔绝。刘卫辰领了他的残兵败将隐退到了中心岛,架起毡帐,靠畜牧和渔狩艰难度日。有的兵士不堪忍受清苦,试图以各种办法逃跑,但成功率非常小,让捉住了不是被打得皮开肉绽,就是被打得一命呜呼。时间长了人们也麻木了,日复一日过着这种简单的生活。由于生活条件差,病死的也甚多,一万多人就剩了几千人,这些人蓬头垢面,衣衫褴褛,活生生一群野人的模样。

勃勃让呼延豹到龟兹城请来怡红院的老板娘,老板娘见到刘勃勃先是一惊,心中如十五个吊桶打水——七上八下的。刘勃勃道:"老板娘不要怕,我是让你到地斤泽喊话将黄三召回的。""噢,原来是这样,我去我去。"

一切准备就绪,几十条羊皮浑脱上面绑着木板,在顺风的地方下水,向地斤泽中心岛划去。剩一箭之地时,人们便喊话,老板娘喊道:"黄三,快回来,快回龟兹城,有人要买羊皮哩。"岛上也无人应答,反而出来一队兵士张弓搭箭不让他们靠近。拓跋雪莲忙喊道:"刘卫辰西单于,我是雪莲,你快出来。"可是也无人应答,有个为首的粗声大气地道:"没有你们要的人,请你们速速离去,不然的话我们就不客气了,都让你们下水喂鱼。"刘力鞮大声喊道:"我是刘力鞮,让我大刘卫辰出来答话。"对方道:"不认识什么刘力鞮。"

岛上还是张弓搭箭地虎视眈眈,生怕这些人上了岸,勃勃没法只好让大家退了出来，这事也将众人弄糊涂了。

这些人长时间生活在湖心岛上，与世隔绝，有的失忆，有的变态，对外界一无所知。一时也真没好办法与他们接近，真是针扎不进，水泼不透，该如何是好？大家都没好主意。刘勃勃来回踱着步沉思："咱们来个声东击西，在岛的一面让女人们穿得花红柳绿地唱歌跳舞，击鼓奏乐；另一面大部人马接近湖心岛，上岸后，即刻点着草料场，这样他们就会去救火，就减弱了防守力量，再见机行事。"

这天风和日丽，人们将几个羊皮筏子连在一起，每个大筏上站了十来个女人，穿得花红柳绿地唱歌跳舞，鼓乐齐鸣，向湖心岛划去，在离岸一箭之地停住了。这时岛中心又涌出大队人马，张弓搭箭严阵以待，羊皮筏都不敢近前。女人们跳完舞便大喊："让你们回家吃羊肉，抱着女人睡觉、生孩子、拦牲口哩。毡帐里冬天暖和，不受冻。"

这些人看见只是一群没有武器的女人，这才放松了警惕。有的站着，有的撂下武器坐在地上，傻傻地望着女人们发呆，嘴里还喊着"女人、孩子、牲口、毡帐"。这时呼延豹、宇文杰已从另一面登上岸，到了草料场点着了火，烟雾腾空，女人们又大喊"大寨着火了，快去救火"。这些人便撂下兵器忙去救火，女人们将羊皮筏划着靠了岸，捡起兵器包围过去。

这时刘勃勃也趁机上了岸，看见一顶大帐便闯了过去，两个侍卫想要拦着勃勃，并挺枪来刺勃勃，勃勃眼疾手快闪过，两个侍卫回身还要挺矛相搏，没弈丽玛与石云梅后面赶来，将两颗飞弹打在侍卫手腕上，侍卫手中的长枪顿时跌落在地，石云梅一个扫堂腿将他们打翻，后面来的几个人将两名侍卫按倒在地。勃勃看见忙道："难得一片忠心，别伤着他们，先绑了双手。"说完进到帐里，床上躺着一个长胡须的老头，蓬头垢面的，缓过一阵等勃勃适应了光线便稍微看清了，接着喊道："大，我是勃勃。"老头反应迟钝，随口念道："力鞮，勃勃，你们不是都死了吗？我的国没有了，人都被杀了，人都被杀了。"勃勃断定这就是自己的父亲刘卫辰，但他已气息奄奄。勃勃忙唤来外面自己的随从，命令道："快将床抬到外面去。"有人细心地用黑纱将刘卫辰的眼蒙上,怕外面的光线一时让他难以适应。就这样众人将他抬出去放在大柳树下,先让他适应外面的阳光。

其他的人只顾撂下兵器救火,忙活了一个时辰,锅碗瓢盆齐上,脸上被烟火熏得更黑了,有的胡子头发被燎焦,衣服也都破破烂烂的,十分狼狈。救完火都找不到兵器,口中骂骂咧咧的,这时只听大柳树下有敲盆子的声音,说吃饭了,便向大柳树下涌来。见几口大锅大盆里放的尽是大块的羊肉牛肉,不由分说,每人拿起一块坐在地上就吃。刘卫辰有气无力地对大家道:"不要忙,他们都是咱们的家人,外面安稳了,今天是接你们回家的。"

众人的情绪这才稳定下来。这时拓跋雪莲来了,扑倒在刘卫辰跟前:"老头子,你还活着,那被砍死在路上的人是谁? 我守了他五年了。"刘卫辰道:"那是黄三,换了我的衣袍,替我死的。不知人家家里还有甚人,要好好谢谢人家。人家舍了命救了我这个无用之人。"这怡红院老板娘站在那听得真切,不由得掉下眼泪,贴赔了自己的丈夫还被人敲诈,火烧红石峡的事也差点被扣在头上,真的受尽了委屈。勃勃觉得冤枉了人家,也挺过意不去,走到老板娘跟前深深鞠了一躬:"黄干娘,让你受委屈了,以后我会加倍偿还你的,也会照顾好你。"老板娘忙道:"唉,我可受不起。偿还就不要了,好在这些年有黄四照顾也习惯了,以后别让街上那些地痞无赖欺负我就行了。"勃勃道:"这个自然,你是我的黄干娘,谁也不会欺负你的。"

于是大家将兵器、用品、用具都收拾了退出地斤泽,光清理出的兵器就有万余件。将回来的兵士们都分散安置在十八寨和红庆寨,换了衣服理了发,待他们慢慢适应了外面的生活,有的记起了家的地址后便被送了回去,没家的便被那些寡妇们领去了。

当年的西单于、朔方牧、铁弗王,与人争霸一生的刘卫辰真的已是日薄西山,回来后便卧床不起,食量减少,眼看将不久于人世了,刘勃勃将他安排在石九爷的十八寨调养。一天刘卫辰精神稍佳，坐起来道："勃勃，我知道自己将不久于人世了，有些事情想对你交代。"勃勃示意其他人退下，刘卫辰有气无力地道："勃勃你长大了，也出息了，我很高兴，在代来城将破时我与你相遇，已知你是有胆有识的主儿，我当时给了你什么，还记得吗？"刘勃勃道："记得，是虎头金牌。"刘卫辰又道："它现在何处？拿来一观。"刘勃勃想起了，那东西还放在麻黄梁黑疙瘩山黑龙观道长爷爷那里，便对刘卫辰道："大，你坚持几天，我去取来，让你一观。"勃勃辞别众人，领着几个妻子直奔麻黄梁黑龙观，见了道长爷爷，拿到了那件传家之宝。他临别时对道长道："爷爷我大他不行了，恐怕撑不了几天。"道长道："想刘单于戎马一生，枕戈待旦，风餐露宿，久经战阵，迁徙多地，备受煎熬，又有多妻添累，也是天数已尽之年，我这几天就给他瞅块风水宝地，你赶快回去看他吧。"

刘勃勃拿了东西，抄近道快马加鞭直奔十八寨，跳下马来直奔刘卫辰所住的毡帐，这时的他更加虚弱了。勃勃拿出传家宝让父亲看，刘卫辰看了几眼，脸上有了一丝笑意道："你真是勃勃，我的好儿子。"他示意让其他人退出帐外。刘卫辰道："地斤泽金顶大帐里床下有东西，日后你亲自去取，只要拿到，可建大夏之国，雄霸河套，恢复祖业，全靠你了。你哥力鞮不行，带领七万大军一败涂地，导致国破家亡。但他毕竟是你同父异母的胞兄，遇事你也得让他几分。日后要是成就大业，要孝敬你妈和你大妈，让她们安度晚年……"说完便一口气没上来，蹬了腿。

叱咤风云、雄霸塞上十几年的一代枭雄上西天报到去了。可是，他的家人及仆人没有号啕大哭，似乎一切都显得那么平淡。

拓跋雪莲想：你虽是我的夫君，可不是自己做主的婚姻，只是你向我父求婚，为了攀龙附凤，谋求高官厚禄，我父才将我许配给你。从前十天半月也不来我的寝帐，喜新厌旧，转徙无常，鞍马劳顿。尤其是代来城破了之后，你搞了个替身让部下打死，我误认为是你，在马刨泉疾风苦雨，茅草为芦，生活无着，为你苦守了五年，你也不派人来找我。我怨你，恨你。

符红英想:那时你四十多,我二十多,父王苻坚为了开疆拓土给你封了西单于,我以为你是叱咤风云、雄霸草原的大英雄,且我喜欢打猎才留在塞上,而你却龟缩在地斤泽等着日落西山。你唯一的功劳就是给了我勃勃,他才是将来草原的霸主,才是叱咤风云的塞上英雄。你老了,我和你也没啥感情可言。

刘力鞮想:你确实是我的亲生父亲。十年前,你的兵将如云,驼肥马壮,你私心太重,咋敢将几万大军交给一个不谙世事的孩子,与初建的北魏大战,导致损兵折将,政权灭亡,部族几近灭绝。五千多人被杀,我被囚平城七年,受尽屈辱,妻离子散,我的妻儿现在还隐居在塞下的喜鹊沟呢。

刘勃勃想:你是我的亲生父亲,但你的领导能力太差劲,舌辩也不行,前秦封你为西单于,你干吗要杀五原太守,动不动就用刀说话,又抱着匈奴的那些旧法律和习俗不放。人犯点错就得砍头,人杀光了谁给你养马打仗?再说,几万兵马就敢耀武扬威还渡河作战,不败才怪呢。败了不积极收拢军队,退缩在地斤泽让那么多将士变态、失忆,你做错的事不少啊!

石九爷想:我就是后赵最后一位皇帝石遵,几十年前,我父亲赵国皇帝石虎将刘卫辰你父刘务桓封为平北将军、左贤王丁零单于时,我就见过你,那时咱俩都是小孩。我当皇帝时,你早已投奔了代王拓跋氏,无怪乎人家说你反复无常,朝秦暮楚,你确实只会见风使舵、倚门卖笑、溜须拍马。不过长生天给我送来了你的儿子,做了我的孙女婿,他英雄年少,雄才大略,兵不血刃,吃顿饭的工夫便让龟兹城的兵将尽归麾下,是奇才、天才。他比你强百倍哩,也许你说我偏激了。那再看看没弈于将军,将掌上明珠也嫁给他,将来那片河山、兵马都会给勃勃。后秦的姚皇帝对他如此青睐,我还真的有些担心,怀疑会发生什么。勃勃善用奇谋、聪慧过人,除了火烧雄石峡,夜袭葭芦渡,再就是在高平杀了个百夫长,除非迫不得已很少杀人。兄弟你去吧,一路走好,以后会有大戏看的。

道长想:我本是你爷爷刘虎手上的小兵,到你父时也战功赫赫,做了将军,到你来塞上修筑代来城时也算三朝老将了。你却大事小事都听巫婆的。你轻老贵壮,修代来城时,我已瞅下麻黄梁黑疙瘩山黑龙观是个好去处,我就隐退了。多少年来,你被你小舅子拓跋寔君与拓跋珪挑拨离间耍得团团转,害得我们打了多少冤枉仗,吃了多少苦。他们杀了自己的妻子却嫁祸于你,致使你老丈人拓跋什翼犍对你恨得咬牙切齿,挥戈相向,把你追得像丧家之犬,一会儿塞外,一会儿河套。这些年我也学会了阴阳之术,给你看块风水宝地,你就安心地睡吧!勃勃的功夫就是我教的,加上他的天性,可谓以一当十,将会成就一番大业,足慰你的在天之灵。

道长道:"诸位,按照草原民族的丧葬风俗,要将尸体用白绫裹了,拉在牛车上在山坡地转悠,等甚时间掉在地上,那处就是他的葬身之地,再牵一对子母驼,杀掉老驼,让小驼闻老驼的血,小驼会终生记住这地方,不挖冢。因为刘卫辰一生吃肉,宰杀无数,所以要将他自己也奉献给草原,让飞禽走兽尽噬其肉为安。我先回麻黄梁为他看风水,三日后你们起丧来安葬。贫道告辞了。"

人们都等待着,准备好了子母驼、牛车等丧葬用品。刘卫辰的两位妻子和老妇们为他净了身,用白绫包裹好,单等起丧日期。

到那天,众人将刘卫辰装上牛车,缓缓地向麻黄梁进发,灵车后是孝子亲属马队,后面是苻红英的红黑马队,再是十八寨的老少爷们,路过龟兹城时,拓跋峰与许多兵士也穿着孝服加入了送葬队伍。勃勃道:"拓跋峰你这是做甚?"拓跋峰道:"刘将军是拓跋家的女婿,我们是拓跋氏人,论辈分,我叫他姑父,这里面还有叫老姑父的,岂能不送葬去?"

在世时父子反目,兄弟相残,皆因贪欲。古时候如此,现今亦然。老道长手摇响铃,摔打拂尘,口中念念有词,早已恭候在那里。牛车在山坡上转悠,刘卫辰的尸体终于掉了下来,于是众人都下马面朝一处跪在地上,老道长在刘卫辰尸体旁转着圈摇着铃,念着词超度亡灵……

一代风云人物就这样走了,事毕,各路人马回营归寨。

第二十章　取宝巧遇沙里飞

众位头领都回了十八寨。勃勃吩咐道："我返回长安的日期也快到了,目前也无后顾之忧了,你们记住两点:一不能急于将其他几城的魏军消灭,不然拓跋珪就会发大军来攻打你们,到那时玉石俱焚、得不偿失,让他们先养着。第二,将来要取代来城、双石城、奢延城时也由我向后秦姚兴借兵,借了就不给他还,这样,咱们不费一兵一卒即可收复三城。到时咱们势大,别放跑了魏军,可以收复他们编入咱们的队伍。现下不可轻言建国的事,一旦走漏了风声就会前功尽弃,塞上会血流成河的,也会害了我岳丈。"石九爷道:"那要等到何年何月?我这把老骨头还想早点看到那一天呢!"刘力鞮道:"我倒觉得差不多了,这几年也风调雨顺、牛肥马壮的,加之将流浪回来的、河东回来的,地斤泽出来的和龟兹城十八寨、红庆寨的马队合在一起,也有两万多战力。还不敢起事?"勃勃道:"要成大事,这点人马远远不够,得等上也许两三年、四五年,只要后秦与北魏开战,到那时塞上塞下加上我岳父的几万兵,估计咱们能调动的有十五万之多,咱们的腰杆子就硬了,也不怕和哪家翻脸。我明天就准备回高平,你们只管练兵,只管到塞里搜集铁器,打造兵器,别的不用多操心。"刘力鞮忽然一拍大腿:"哎,对了,我在榆林庄的部下刘得胜他大就是铁匠,就将他们家全搬到塞上来,给咱们打造兵器,再教几个打铁的徒弟,武器就有着落了。"刘勃勃道:"早该这么做了。"

第二天刘勃勃辞别众人,带着几个妻子与随从要回高平,众人相送一程,一一道别。刘勃勃一行向西走了十几里,却改变了方向,向南又行了十几里,又向东行去,没弈丽玛道:"你这是着了哪门子魔,连回高平的路也找不见了?"苻俊莲道:"说不上又想你大了,又要去麻黄梁。"石云梅道："我知道,今晚就住龟兹城了,今晚和我睡。"苻俊莲道："今晚轮我了。"石云梅道："两位姐姐长点良心,你们都有了,我肚子还空着,如果他回到高平,再去长安,又得多长时间。"没弈丽玛道："你们俩听我的,他要去了长安,长时间不回来,咱们再去长安放火烧泡馍馆,烧骡马大店,烧皇宫……"刘勃勃道："你们几个,麻烦死我了,我有正事要办,要再胡说八道就将你们撂在草原上喂狼去。"说完在马屁股上狠抽一马鞭向前跑去。几位妻子哪肯落后,紧追不舍。

刘勃勃一行终于进了地斤泽,找到了那块原来驻扎金顶大帐的地方,好在间隔时间不长,放过床的痕迹还清晰可辨。刘勃勃用柳树枝圈画出一块五六尺大的地方,让随从们挖。没弈丽玛一看："哎,我知道了,你老爹给你留下的金银财宝原来埋在这里,挖出来给咱们三个当彩礼分了,那时他是穷光蛋叫花子,这下可大发了。那时我的陪嫁两千两银子,石云梅是十八寨,苻俊莲仗着他妈的面子什么也没陪。"苻俊莲道："那时没陪,我们红庆寨的红黑马队,后来不也陪给了他,我姑那些家底还不是他的,我占过一分一文吗?挖出来也得有我一份。"这时坑已挖了一人多深,像个墓穴一样,随从累得满头大汗,还是什么也没有挖到,勃勃也是疑虑满腹："是让别人挖了,还是地点搞错了,还是我大老糊涂了?"他又向几位妻子发火道："臭八婆们,眼看天快黑了,长点眼色,滚一边玩去,再嚷嚷我今晚把你们留在地斤泽,不要你们了,大事一点办不了,就知道胡说。"几个妻子都到大树下玩去了。刘勃勃道："换人再继续挖。"

众人又挖了一尺多深。勃勃道："用长矛往下扎,要实在没东西就算了。"随从用长矛往下扎,又能扎一尺多深,终于好像碰到了硬物,发出了沉闷的声响,勃勃也听到了。随从用手抹着脸上的汗珠道："有了,就一尺来深。"勃勃道："挖。"终于挖出一个用羊皮包裹的一尺见方的铁皮箱子,外围的羊皮已沤烂了,铁箱的缝隙处用蜡封着。随从道："这也不像什么金银财宝,也不重。"

这时天已黑了,勃勃一行只好在大柳树下过夜,随从在附近拾揽来些沙柳枝条，干枯的黄蒿根燃着篝火，大家和衣而睡，草原人对这样过夜的方式已习以为常，尤其是匈奴将士，这样露营是家常便饭，这也是军队机动性强的重要因素。

半夜里，人们睡得迷迷糊糊的，一个黑影匍匐在地迅速地接近了他们，又悄无声息、快如闪电地抱走了箱子，谁也没有发觉。过了一阵，挨着刘勃勃睡的没弈丽玛醒来。摇醒了刘勃勃："哎，我们的彩礼不见了。"勃勃睁开睡眼，一看人都在，只是放在跟前的箱子皮绳被割断了，箱子无影无踪了。勃勃立刻发觉："这湖心岛上还有人。"可是三个妻子开始互相怀疑了，互相指责着，便争吵起来。"真有不要脸的见财起意。""谁爱钱了，肯定有人偷箱子。""谁偷了养个娃是秃子。"勃勃怒道："够了，再要闹将你们砍了，撂地斥泽喂鱼。""没弈丽玛道："你敢，你的命是我救的，我大是高平王，兵强马壮，雄师十万，怕你？"石云梅也气愤地道："那时候你流浪到十八寨，衣衫破旧，蓬头垢面，骨瘦如柴，我爷爷给你吃肉，喝老缸坊酒，把我嫁给你，你还嫌弃我，不理我，竟然走了，找你妈妈去了，我爷爷在麻黄梁救了你，你才勉强同意，和人家睡得多，和我睡得少，人家都有了，我的肚子还空着，公平吗？今天竟然还要砍了我？"说着，她的眼泪像断了线的珠子掉了下来。苻俊莲："我爷爷是皇帝苻坚，只不过国破家亡，我才流落塞外，过这种粗糙日子。要不然我也在关中平原贵为公主，花前月下，青山绿水，与驸马郎吟诗作赋，侍女成群，栖宫住殿，锦衣玉食。要不是我姑是你妈，我还不知嫁谁呢？嫁给你一月能同床共枕几回？"苻俊莲说着说着，也哭得伤心。勃勃一看三位妻子动了真情，忙道："好了好了，对不起你们，我说错了，以后多照顾你们，再不娶了。"

勃勃细细察看了周围的痕迹，一指南面远处的草垛道："这人向那儿去了。"随从道："我们咋看不见脚印。"勃勃道："大家小心，此人武功高强，轻功极高，脚上套了大块羊皮，脑子也聪明。"一行人都拾起了兵器与装束向草丛运动，到了草丛，转了几圈也找不到脚印，也不见人。勃勃大声喊道:"朋友出来吧,你拿了我的箱子,我不怪你,如果是财宝的话,分你两成。"刘勃勃连喊了数遍,毫无反应。刘勃勃令手下放火烧,并道:"点着火,咱们还有事,拿上东西赶紧走。"火呼呼地烧着了,他们在附近悄悄观察着。过了一阵,草垛中果然钻出一个人来。众人一齐扑了上去,与那人战了起来。这人衣服破烂,蓬头垢面,像个野人,但闪展腾挪,踢跳蹦翻,动作娴熟,轻功极佳,几个人也战不过。勃勃一看此人轻功绝佳,便问道:"是沙里飞吗?"正在犹豫间,由于石云梅身体较胖,行动稍慢,被那人在屁股上撸了一刀,划破了皮,流出了血,两个屁股蛋子露了出来。没弈丽玛道:"云梅退下,姐给你说过多少回了,这种危险活让姐干,你老是不听。俊莲你和云梅退下,让姐来。"符俊莲也毫不示弱,甩出的套马索呼呼作响。勃勃气愤道:"你们三个八婆,人家的婆姨是剥葱倒蒜,生孩子抱蛋,你们三个一见战阵就狠命地往上扑。看人家把你的肥尻子撸成两瓣怎么办,我咋给石九爷和十八寨交代呢?"石云梅倔强地道:"谁的尻子不是两瓣?"勃勃道:"你说的是一面一瓣,我说的是上下各一瓣,快快退下,裤子都开了,真丢人。"没弈丽玛道:"不怕,姐带着金疮药哩,涂上四五天就好了。"说着,三个女人便退下阵来。四五个随从一齐出手去战那毛野人。那人踢跳蹦翻,身轻如燕,捷如猿猴,一时半会儿还拿不下来。石云梅趴在地上,没弈丽玛给她屁股上涂了金疮药,涂完掏出她的飞弹溜石向那人砸了过去,正中那人手腕,弯刀跌落在地,他手中没有武器,已抵抗不力。儿个人合力将他擒住,背绑双手,这才消停了,坐在地上大喘粗气。勃勃道:"你是何人?咋没跟上其他人出去呢?"那人歪过头道:"你是屈子吗?"勃勃道:"我是屈子。"那人道:"误会了,我是沙里飞,这是刘单于朔方牧让我在这看东西的。"勃勃道:"我就是刘单于的三子。"沙里飞道:"那好,这东西也该有主了,我也解脱了!"

　　没弈丽玛将石云梅背起往皮筏子处走。石云梅道:"姐,你放下我,我能走,只是划破点皮,没事的。"没弈丽玛道:"你傻啊,不能说严重点吗?这样他就走不了,再给他说你肚子里还空着,还不得你再留一半个月。"勃勃听到后训斥没弈丽玛道："就你年龄大，净出些馊主意，那是威风八面、拥兵几十万的后秦皇帝姚兴，不去不行，脑袋都不要了？真是头发长，见识短。"

众人出了地斤泽，可是石云梅无法骑马，只好趴在马背上，向西奔高平而去。沙里飞道："其实我在代来城即将被攻破时见过你，你那时瘦得很，晚上就是我将你放下城的。"勃勃道："我估计就是你，你比我大几岁，那时我才十二岁。"说完两人紧紧地拥抱在一起，热泪盈眶。

石云梅道："哎，你的朋友撸了我的尻子，你说咋弄，你可不要说什么道歉赔钱的话。"勃勃说："你说咋弄？"石云梅道："你得伺候我十天才能走。"勃勃怒道："又来了，烦死了。"

走了几天，临到高平时，勃勃道："石云梅，快到高平了，尻子也好了吧，白晃晃地亮在外面给谁看呢？"石云梅道："丽玛姐说了，晒晒太阳好得快。"听得勃勃哭笑不得。到一棵大树下休息时，勃勃思考一番道："哎，我把你们几个八婆真没办法，既然这箱子是留给刘家的，你们是媳妇，也不能瞒着你们，打开看看，也省得你们满腹怨言。"勃勃让随从将箱子的锁子撬开，大家都眼巴巴地期盼着。打开后箱子里是几卷熟好的羊皮，再打开羊皮卷，上面写着匈奴文。勃勃认得匈奴文，这些内容有法典，有分配的制度、收继婚制度，有兵役法，还有一张地图，标注着匈奴各部族的驻地、龙庭、河流、各城的位置等，但给代来城特别标注了"天王府"，下面拉了一横，还有个三角标记。勃勃一看就明白了：代来城的天王府（前秦封刘卫辰为天王大单于）下面埋有东西。没弈丽玛却大不咧咧地道："原来是几卷破羊皮，还什么法典，好的不留，就留这东西？"勃勃道："是啊，这些法典是几百年流传下来的，现在到了胡汉结合区，也真的要改改了。老一套将下人当奴隶，逼急了他们只有造反，狱不过十日，剑拔尺者死。这就是说犯了法坐监不过十日就得处死，与人斗殴时剑拔出一尺就是死罪。还有妻庶母，弟妻兄嫂，这就是说父亲死了，儿子可以继承除亲生母亲以外父亲的妻妾。这都是些啥？都没什么用。"苻俊莲道："闹腾了几天就为了这个,还以为是宝贝呢。"勃勃道："是啊,这在我大那儿就是宝贝。"刘勃勃嘴上这么说着,其实心里已知他大给他在代来城藏好了巨额财产,不过现在不能动,何况魏军还占着代来城,就让魏军先看管着。刘勃勃一高兴道："石云梅,这次回去与你同寝,但愿再不要说你肚子空着的话,也等于补偿你尻子上的一刀。"石云梅乐得屁颠屁颠的,说她的屁股只是划破了一道皮,都好了。

第二十一章　勃勃醉打巡卫军

话说勃勃回到高平拜见了岳丈没弈于，说明了塞上的一些情况。没弈于道："正好你回来了，长安的信函也到了，我还正准备差人催你回来去长安呢。哎，我不知这姚兴皇帝要你何用，实际上留在我身边还是比较好，在哪里我都不放心。永远记住，塞上有你的家，有你的亲人，有你的血脉。丽玛和俊莲的身子也重了，你有机会勤回来看看。一个人在外，多长个心眼，多一事不如少一事，别吃了闷亏，也要好好学习中原文化，以备将来之需！我已年迈，将来塞上的一草一木、山川河流，都要靠你治理哩。"勃勃点头称是。

话说刘勃勃辞别了几位婆姨和老岳丈没弈于，领着沙里飞向长安而去，昼行夜宿，不几日便到了长安，拜见了皇帝姚兴。皇帝姚兴见了勃勃十分喜悦："爱卿，把这次回家的见闻给我说说。"刘勃勃道："还是皇帝陛下对我好，我回到塞上差点没命了。"皇帝姚兴大惊失色道："这是从何说起呢？""我回到塞上，那些城啊塞啊都被魏军占着，吃顿饭都受他们的气，每个城都有四五千魏军。我在龟兹城吃饭，魏军看我穿得阔气，又领着三个妻子，以为我有钱，便来找麻烦，敲诈我。我说自己是秦国的人，他们却说，秦国人都是给魏国人倒尿壶的，提不起刀，上不了马，还跑塞上嘚瑟个啥！"姚兴道："那你都没说你的身份？""我说了，我是皇帝身边的人，可是这时进来个千夫长，说他迟早要将长安的人都割了脑袋当酒器用哩。"姚兴有些怒意："那你就没教训他们？"勃勃道："我当时就没客气，掀翻了桌子，还要掩护几个妻子撤退，人家人越来越多，一拥而上，我打倒一大片，桌翻凳倒的，锅碗瓢盆乱飞。"皇帝姚兴听得过瘾，进入状态:"打呀,好好教训他们。""哎呀,我那三个八婆怕我吃亏,也给搅和进来,老二的尻子上被划了一刀,现在还躺在床上呢。"皇帝也忍俊不禁:"啊,不要紧吧?""不要紧,过几天就会好!"皇帝姚兴道:"哎呀,打架真好玩,我当这个皇帝一天在大臣面前绷着个脸,憋屈死了,有机会你领我到塞上打上一架,想想都好玩啊!"接着道:"你刚刚说塞上每个城有四五千魏军,也就几万人么,等有机会收拾了他们,不过现在他们与柔然交战,咱们不能乘人之危,现在咱们正在和北魏交涉柴壁的归属问题,如果翻脸开战,你就领上几万大军到塞上收拾了这些北国黑痣蛮子。草原上你父亲的那些兵卒也收拾不了他们?"勃勃道:"陛下,不行啊,打散了,兵器马匹都没有,又没人统领,有的都融入草原,抱着女人睡觉、生娃、拦羊、牧马去了,毫无战力。再说那时我父亲手上的法典过于严苛,得罪了不少人,他们不可能听我的。"姚兴道:"是啊,是啊,你说的这些都是实情,你这人敢讲实话,将来如果开战,塞上的大军就由你统领。"勃勃又道:"陛下,我无职无衔,能统领大军?师出无名,再说我也没那本事。"姚兴又道:"权要给你的,本事学学就会了,哎,还有,你岳丈对你怎样?"勃勃满不在乎道:"无非就是要我多疼他女儿,对他女儿好点。现在她们两个都有了身孕。"皇帝姚兴道:"恭喜啊,哎,要不你将她们都接来长安,我给你出钱购置一处宅院也好。"勃勃忙道:"不不,她们都是游牧民族,不修边幅,粗鲁刁蛮,遇事冲动,根本不适合在城市生活,动不动就吵吵闹闹、打打杀杀的,说不上还会惹出什么祸端呢。她们上次还不是来长安胡乱放火吗?"皇帝姚兴道:"细想她们也情有可原啊,我扣了人家丈夫,人家又找不到熟人搭救,救人心切,放把小火,也是理所应当的,放在谁身上也一样,嘿嘿,只烧了老孙家的泡馍馆、悦来客栈,所以我说是小火……要不你在这长安城瞅个大臣的女儿再娶一房。"勃勃一听像被蛇咬了,忙道:"不不不,陛下,这三个都快把我欺负死了,再娶一个我这命也不保了。"

　　勃勃又问道:"那我现在什么职位?"

姚兴沉思片刻道:"你么,现在来的时间不长,就做我的大内侍卫吧!你可以自由出入皇宫,其他的等你在长安学上一两年再封赐你吧。不然那些皇亲国戚、大臣将官会不服气的。这两年我们主要消灭苻家的残党余孽,收复失地,繁衍上两三年,国富兵强了,再与魏国、晋国理论,到时正是用人之际,给你封大点也无人说三道四。你不知道啊,这些老臣们一天只就知祖制,繁文缛节、咬文嚼字的,你参他,他参你,就像你们塞上驴槽上的驴,互相踢咬。我这皇帝也不好当啊。"

这年的冬天,刘勃勃的两位妻子都喜添贵子。喜讯传到长安,姚兴准了勃勃的假。勃勃与沙里飞快马加鞭,两日便奔了八百多里,回到高平。没弈丽玛生在先,苻俊莲相差十几天,两个都生的是男娃娃。这些日子没弈于高兴得胡子一抖一抖的。他深知外孙也是自己的孙子,虽按照祖制应姓刘,但这没家也算是后继有人了。即使是苻俊莲养的,将来也要在没弈家长大,也得叫他爷爷哩。于是他吩咐杀猪宰牛,大宴宾客将士。苻红英自然是苻俊莲的娘家人,石九爷也从塞上赶来贺喜,给两个孩子分别取名璝、延(即后来的赫连璝、赫连延)。

冬去春来,秋收冬藏,岁月如梭,又过了一个春秋。这年当是401年,一天,姚兴对刘勃勃道:"经过一年多的历练和学习,你的中原话及其他知识均有所提高,现在正式任命你为车都尉,车都尉就是管理我出行的御驾和护卫。我实在想出去溜达溜达,看看秦岭山水田园。可是老臣们总是说三道四的,怕不安全,有你护驾,应该没问题。即便有事,你也能应付了。"勃勃道:"谢陛下栽培,我一定为陛下尽忠效力。"

这可是勃勃梦寐以求的事,对于勃勃来说,他的心思并不在长安,而是塞上,没办法,嘴上只好应付,心里却在想:这下糟了,这不是将我套在了你的车辕里,替你拉车吗?

再说皇帝毕竟是要上朝听奏、学习、处理军国大事的,不可能天天出行游猎。勃勃安排好人,有时下午没事,就叫上沙里飞到酒肆喝酒解闷。这酒肆倒是一个热闹非凡的好去处,可谓鱼龙混杂,三教九流、五行八业、南来北往的各路人物汇聚于此，卖唱的、卖武的、卖嘴的，什么都有。

一天勃勃与沙里飞又去喝酒，几个南方的游侠也在饮酒，不远处坐的正是黑野牛与默哈罗波。但他们还没看见勃勃。

南方游侠道："我说北蛮胡子，还有那个外国人，你能不能将你的酒端远点，那味道骚酸稀臭。"黑野牛道："哈哈，有四头尖嘴猴腮的小公驴在嗷嗷叫呢。"那四人一听立马气脉涌动，其中一个道："我看你是驴肾吃多了，拉屎放屁喷甚粪呢？"说时迟那时快，游侠将酒壶顺手从桌上平推过来，黑野牛躲过。其中一游侠已冲到桌前动手，默哈罗波的两个随从也已动手，手里都亮出家伙，闪转腾挪、踢跳蹦翻、凌空展翅、饿虎扑食、鹰进猿击、塞鼠钻沙、勾拐缠绊，只闹得桌倾椅翻，碟碗飘移，汤汁飞溅，好不热闹。那些喝高的看得手痒眼馋，跃跃欲试，掺和了进来。坐在勃勃跟前的沙里飞对勃勃道："人不亲土亲，我帮帮野牛。"刘勃勃道："我没说过不让你打架啊。"于是沙里飞一个旱地拔葱，飞进战阵。

正在陪客人的妓女们，一听楼下乱成了一锅粥，急忙起床怕伤着自己，有的衣衫不整，披头散发，拖挂连带地跑下楼来，想跑出去避祸。可是人太多，十几个妓女也被挤进了战阵，一时出不来，只好躲来躲去，勃勃大大地饮了一口酒喊道："足劲。"勃勃大笑起来，边喝边看打架，不多时便醉眼蒙眬。这时，一个被打飞的人砸在勃勃身上。"妈的，井水不犯河水，河水倒犯起井水来了。"于是勃勃一个鲤鱼跃龙门，也飞入战阵，好一顿乱揍。不一阵，二十几个巡街的兵士到来，制止了打斗，将参战者都带出了楼厅。可是勃勃不吃那一套，刚一出门，两只胳膊一用力，将两个押他的兵甩出丈余远，滚在地上。巡逻兵的头目大吼一声："给我拿下。"呼啦啦上来十几个。勃勃暗想：老虎不发威，你当病猫欺负哩。勃勃本身高八尺，腰带十围，身材魁梧，力大无穷，五六个内卫军也被他打得趴在地上，哪还怕几个巡街的？不过先得问问他们是什么军？于是勃勃问道："那为首的你是谁？"那人不卑不亢地回答道："我乃长安城巡卫军都统王买德。"随后那人向手下喊道："给我拿下。"勃勃借着酒兴道：

"什么不好买,偏偏要买德?"十几个士兵一拥而上,与勃勃战在一起。但他们哪是勃勃的对手,磕着的伤,碰着的倒。王买德觉得丢了面子,围观的人又那么多,便大吼一声,凌空飞来,双剪脚快速地剪向勃勃头顶,勃勃一闪而过,因勃勃身重不宜腾空,只是接招。王买德身轻如燕,战法多样,勾拳、横拳、直拳,打得精彩绝伦,围观的人喝彩不断,掌声雷动,但还是拿不下勃勃。王买德有些累了,便道:"撒网。"他一个仙人退隐,跳出战阵,随即飞来的大网擒住了勃勃。王买德吼道:"将这些闹事的都带走,问话处理。"

到了巡卫军的驻地,王买德问:"你是刘勃勃,生在代来城,长在麻黄梁;我是王买德,生在王沙抓,长在鱼河。咱们是乡党,一个塞里,一个塞外,但不远。"勃勃满不在乎道:"我听说过你大是前秦的王老将军,前两年我妈为到长安救我,路过鱼河打伤了人,就是你大周旋的。后来前秦败亡于后秦,你大又识了时务跟了后秦,所以你成了长安巡卫军都统。哎,你想想,我妈那时是公主,你大是近卫军都统,说不上两人之间还有什么猫腻呢。"王买德道:"不可能,你妈不是嫁给你大了。"勃勃道:"那是前秦皇帝为了拉拢那几万兵马给他当鹰犬、守边关而联的姻,没有爱,不是对上眼了,是强扭的瓜,不甜。像我与我那几位八婆一样没爱,懂吗?哎,说不上你大和我妈以前就眉来眼去、暗送秋波、心心相印呢!上次来长安救我说到你大眉飞色舞的,我看是旧情复燃了。"王买德:"得,得,打住,别胡说八道了,你酒也醒得差不多了,我派人送你回去。""别送了,我自己回去,那拨人里还有我的人,把那叫沙里飞、黑野牛、默哈罗波的一块儿放了。"王买德道:"好吧。其他人先留着,给人家赔偿打烂的东西。"

第二十二章　大显身手护御驾

第二天下午,皇帝姚兴与勃勃密谈:"听说你昨天打架了?"勃勃回道:"嗯嗯,打美了。""打死人没有? 打死人根据法典是要赔钱的,我是你的主子,得我出钱哩。"勃勃道:"没有,只是打伤了几个长安巡卫军。"姚兴惊讶道:"哟,连巡卫军也掺和进来了,那一定打大了。快给我说说。"勃勃便绘声绘色、添油加醋地描述了一番打架过程,什么妓女抱着衣衫跑下楼来,混入战阵,忽东忽西地吱哇怪叫,老板撅着胡子挥舞着双手吼叫别打了,一只带着汤汁的盘中红烧鸭子飞了过来,扣在他眉眼上,那汤汁挂了一胡子,眼也看不见了,往前一走抱住了一个妓女……乐得皇帝忍俊不禁,眼泪直淌。"那后来呢?"勃勃又道:"我到跟前一把抓住老头,道:'你个老不死的抱着人家年轻女娃揩油呢。'老头忙道:'我眼睛看不见。'那女娃忙道:'那是我老板,不碍事的。'我给老头说:'你老胳膊老腿的,赶快滚远点。'然后我将老头提放在宽展处。这时巡卫军过来了,十几个人打我。"姚兴道:"你没丢人吧,没被人家打倒下跪吧?""哪能呢,他们滚的滚爬的爬,像王八吃西瓜一样,就是打死我也不能跪,我身上有你御赐的金丝玉带,那个都统王买德与我交战多时不能取胜,让撒网网住我,将我抬上车,还说这大公猪真重。"笑得姚兴皇帝眼泪直流:"他们拉回去没揍你?""没有啊,我估计他们看见金腰带了,我也没说是你的车都尉就放了。"姚兴连声道:"好好,下次把我也带上出去热闹热闹,打打架,看看红火。"勃勃道:"陛下你是皇帝,要理朝治国,整军备战,巩固疆土,富国惠民,怎的也想打打架,看看红火?"姚兴道:"你生于雁塞秦北,我生于陇塞陇西,你是匈奴人,我是羌人,都是马背上的民族,血脉和骨子里都有好战的基因,都具有马背民族的血性和刚烈。咱们的民族都是精骑射善征战之辈。收复中原时我还是大将军,指挥千军万马与前秦残党征战,自由自在。可是八年前我父姚苌归天,这下皇帝就落在我这个太子头上。每天批阅奏文处理国政,上朝听报,坐在那龙椅上像个木偶,不敢放屁,不敢咳嗽,每说一句话都要掂量,不敢说错,板着面孔坐两个时辰,身上痒了不敢挠。而那些大臣鼓舌如簧,互相参奏,贪墨受贿,损公肥私,拉帮结伙,结党营私,衣冠楚楚,道貌岸然,喋喋不休,都装出一副奉公守法的样子,天天都在演戏,我也得跟着演。对了,今天这里受灾了,那里旱了,那里叫水淹了,要拨赈灾粮款,夸大其词,虚报冒领,中饱私囊,一个个家财万贯还贪得无厌,克扣赈济物品,脑满肠肥。"刘勃勃道:"你咋不办了他们?"姚兴道:"办?没那么容易,朝政牵一发而动全身。关系盘根错节,办一个就相当于动一窝。他们面子上对你倚门卖笑、阿谀奉承、唯唯诺诺溜须拍马,背地里对你恨得咬牙切齿、磨刀霍霍,我只好装傻,还一本正经地说着'爱卿平身,准奏',下着违心的圣旨。还有我要有一点个人出格的事情,便招来老臣们的死谏,拿祖训祖制来压我。有时候他们抬出老子和孔子来训斥我,'之乎者也'的我又听不懂,困了还不能下朝。每个节令都得听礼部的摆布,繁文缛节多如牛毛。还有下了朝,那些皇妃嫔贵像被惊扰了的麻雀般叽叽喳喳,谁的狗咬了谁的猫尾巴,还有那些娘娘腔的宫人们一口一个万岁爷,我又不是他爷,我能万岁吗,你说。还是你活得自在,能喝酒,还能打架,打完架让人抬上车,像肥公猪一样装上车拉着去醒酒,完了球事没有,万一打死人,还有我出银子了事。你说你带不带我去看打架?"勃勃道:"我可不敢领你去打架,让皇太后和大臣知道,我就麻烦了。"姚兴皇帝道:"哎,我换便服,跟着你不打,只看一会过过瘾,放松一下。"勃勃嘿嘿地笑着,姚兴一只眼眯着瞅着勃勃。

没过几天,姚兴的弟弟济南公姚邕来找皇帝姚兴:"启禀皇帝陛下……"皇帝姚兴道:"得得得,这不是在皇宫大殿,是内宅,就叫哥,有什么事就说。"姚邕道:"哥,是这样,有些大臣对刘勃勃有些看法,此人是匈奴铁弗部后人,族人被北魏斩杀几尽,仇恨在胸,又是异族,你还封他为车都尉、贴身内卫,你不怕他对你……"姚兴道:"哎,此人忠义耿正,心无杂念,色财权不贪,寄人篱下,既没有寸土,又没有一兵一卒,性聪慧,美仪容,善言辩,识谋略,有雄才大略,不为我用岂不可惜。要知人善用嘛,千军易得,一将难求。他在我这儿,我能听到真话,天天听那些大臣的假话,我能受得了吗?"姚邕道:"我听说他出去喝酒打架,还和长安巡卫打架拒捕,还敢和巡卫都尉动手,既傲慢,又胆大妄为,对于去留看得很轻。"姚兴慢条斯理地道:"这我知道,能理解,他没抱负,只想回塞上和他那三个老婆一起骑马射箭,唱歌跳舞,年轻人新婚燕尔,我放跑了他谁跟我讲真话。我说济南公,我的二弟啊,我知道你喜欢琴棋书画、佛经什么的,快找鸠摩罗什讲经布道去吧,你也要替你哥哥想想,坐在那龙椅上两个时辰,不能放屁,不能咳嗽,不敢挠痒痒,不服你试试。你小时候和我联手跟人家打架,打胜的那种感觉你都忘啦?"姚邕气愤地道:"哎,那时候咱们是平民,现在是皇帝,你那龙椅是我能随便坐的?那还不乱了朝纲,再说我坐上去,武将文臣还不将我生吃了?"

姚兴解释道:"这不是在里宅吗?随便说说而已。"姚邕气愤道:"这是随便说的事吗?我和你说不清,以后再说。"姚邕说完便夺门离去。

姚邕走后,姚兴冷静了一阵,觉得姚邕说得也有些道理,这样一个厉害的角色放在身边也确实会让人心神不安,迟早得试刘勃勃一下,看他对自己是否忠心。

再说勃勃与王买德交过手之后已互相神交,都佩服对方是条汉子,又感念父母的交情,想着他们当年可能就是恋人。有时两人在街上碰面互相示好,免不了约酒畅谈。王买德不仅武力过人,而且有深谋远虑,有时勃勃也给他透点宫中消息,王买德给勃勃叮嘱道:"姚皇帝虽器重你,但对国之大事,你不要多发议论,也不要掺和进去,只推说你不知道情况,你又不是官又不是将的,当好你的车都尉即可。"两人喝高了有时也会脸红脖子粗地干一仗。勃勃举着酒碗："来,哥,再干一碗,我妈真的对你大一往情深,可你大那块老榆木疙瘩就是不开窍。"王买德道："你大才是老榆木疙瘩。""唉,我大死了,你不知道吧!我妈在草原上活守寡,我瞅了块水草丰茂、临广泽而带清流的好地方,要在塞上建一座大城,让他们俩住一块儿雄霸塞上。"王买德道："小声点,你这头肥公猪少喝点,让人听见就麻烦了。"勃勃道："来,再喝一碗,你这只豺狗!"两人又打了起来,就这样越打感情越深。

有一天他们又在一起喝酒,王买德伸开手,手心上写了一个"诈"字,让刘勃勃看清了,又若无其事地喝酒。勃勃本是聪慧之人,已在脑海中盘算,近几天肯定有大事发生,但具体是何事不得而知,但那个"诈"字在脑海中不断闪现。

没几日,春花遍开,微风荡漾,清波粼粼,皇帝要御驾到秦岭山下郊游赏景,这出游可是勃勃的大责任,车驾护卫都得他安排。

车队出了长安向秦岭山下行去,路过一片树林,忽然杀出一队蒙面人,咆哮着冲了过来。勃勃觉得奇怪,秦岭脚下竟有这么多强盗,不对,是刺客,但皇帝带的护卫人数明显很少。忽然间,他想起那个"诈"字,便快速拔出佩刀在空中挥舞,打掉射来的箭矢,并大吼一声"护驾"。可是几名护卫被箭射倒,眼看大势已去,刺客们冲了过来,情况十分危急,但见刘勃勃甩掉长袍手持利刃,护在车旁。来人冲到跟前命令交出车里的人,勃勃大吼道："休想,除非打倒我、砍了我,只要我有一口气,便会和尔等血战到底。"这时冲上来几人,勃勃毫不客气,"噼里啪啦"地砍倒一片。勃勃施展本领杀得痛快。这时姚兴从车帘中探出头来道："罢了罢了,都住手,都是自家人。"勃勃道："陛下,这是开玩笑?白送了几条性命,你要不说还得几人送命。"姚兴道："我是看一下你们的防卫能力和遇事的应变能力咋样。将死亡将士抚恤好,买好棺木安葬。"车仗又调转往回走。姚兴对勃勃道："忠勇可嘉,难得啊!"

一天,姚邕又找到姚兴,再次提醒他要提防勃勃。姚兴道："他与北魏有仇这我知道,那天我试过他了,在危难时刻他也奋不顾身地保护我,将自己的生死置之度外。忠勇可嘉,是个勇士,难得啊!他将和我一起平定天下治国安邦。你还是专心搞你的音乐和教育,对了,还有佛教。别为我的安全操心费神了!我这个当哥的谢谢你啦。"

402年,魏国与后秦为了争夺山西南部在柴壁摆开了战场。姚兴问勃勃道:"这一仗你有何想法?"勃勃道:"陛下,战场上的事瞬息万变,很难预料。"果然这一仗后秦由于援军迟到大败而归,损失了四万多兵力,此后姚兴收缩兵力,很少言战,在国内大办教育,弘扬佛法。姚兴也慢慢学会了吃斋念佛。

这倒给了勃勃一个机会,他不断学习军事,又出入皇宫自由,结识了不少后秦的青年将领。一天,皇帝姚兴将勃勃唤来道:"爱卿啊,现在北魏势雄,又在洛川滋扰,我看迟早无定河也将不安稳,防务也要加强,不能让他们将爪子伸到塞里,你看派谁去镇守呢?"勃勃道:"我给你举荐一人。""谁?""我啊。"姚兴沉思片刻道:"我是十分佩服你的才干,但还是不行。那些下级军官都不是你亲手带出的,他们不可能服你,甚至会故意制造麻烦;那些守将都老了,没了锐气。"勃勃道:"陛下说得是,我想还有一人可担此重任。"姚兴道:"谁?""长安巡卫都统王买德,此人年轻有为,文武兼备,可独当一面,一定能守住你的北大门。还有叱干阿利和我岳父没弈将军给你看守西大门,这样你可高枕无忧,潜心研习你的佛经。"姚兴犹豫片刻道:"这样其好!现在的守军参将正是王买德之父王凌云,这样交接时兵将们也不会出现异常。封他什么好哩?要不就封王买德为镇北将军吧。"

刘勃勃附和道:"这个镇北将军封得太好了。威镇北方,敌人望而却步,不敢觊觎中原。"姚兴道:"对对,你也是跟我多年了,参军议事,鞍前马后地不容易,就封你为骁骑将军吧!"勃勃显得很平静:"封我为骁骑将军?我又不会带兵打仗,还不是空衔一个。"姚兴道:"哎,朕哪能舍得让你带兵打仗呢,你给训练训练近卫军、巡卫军、御林军,住在这长安城免受征战之苦,闲暇时给朕参谋参谋也好。"

勃勃道:"谢陛下隆恩,只是清明节又快到了,我要回塞上祭祖,万望陛下恩准。"姚兴道:"孝心感天,岂可不祭,准。"于是勃勃又一次回到高平,拜见了岳父没弈于,看望了几位妻子与孩子。在此之后,赫连昌、赫连伦、赫连定、赫连满、赫连安都相继出世。

第二十三章 雏鹰翱翔蓝天上

没弈于将勃勃唤至密室,郑重其事地道:"你在长安已好几年了,还打算继续寄人篱下,做别人的鹰犬吗?该干一番事业了。我看火候到了,那姚兴现在痴迷于佛教,姚邕又酷爱音乐,兵备废驰,厩马肥死,弓弦断裂,是时候了。"说着,他拉开帷布,里面赫然放着一架龙椅。没弈于道:"你可认得?"刘勃勃倒吸一口凉气:"龙椅!这要让姚兴察觉,塞上可就完了。"没弈于却若无其事地道:"前些年,这龙椅就该我坐。那时我们同为前秦边将,他占耀州,我霸高平,皆兵强马壮,他看到苻坚势衰,先我一步入主中原,这多年来我还为边将,只因那时我迟了一步才让他坐在了长安。一个算命先生十年前就说我有坐龙椅的面相,现在我都一把年纪了,再待何时?现在有你辅佐,长安坐不成咱就在高平坐,今年我不断加高加固城池就是在等这一天啊!我坐这龙椅不是为了我,将事理摆顺后就让你坐上去,你坐完了再让我的外孙去坐,我就不信,吃肉的兵战不过他关中吃面的兵?"勃勃道:"老爹,你老对我恩重如山,我一定会让你坐上龙椅。不过现在时机不成熟,我军虽然彪悍,但不占优势,中原富饶,兵将众多,咱们地贫人少,兵源短缺,一旦撕破脸皮就会两败俱伤、玉石俱焚,甚至倾城败亡,到那时我们就回天无力,悔之晚矣。我大的前车之鉴不可不借啊!"没弈于沉思片刻道:"我现在有精兵八九万,叱干阿利雄霸延州以西,有兵四五万,北塞集红庆寨、十八寨还不武装四万兵将?二十万兵将足以与中原一较高下了。"勃勃道:"岳父之言极是,但现在塞上各自为政,一盘散沙,没有一个能将这几股势力聚集在一起的核心神圣人物。如何能统一号令是个最根本的问题。"没弈于道:"这个人就是你啊!"勃勃若有所思:"说来容易,但一旦打起仗来是要流血的,叱干阿利、十八寨、红庆寨能为我们冲锋陷阵吗?尤其是我妈,因我这几年在长安,我屈居在和她有杀父之仇、灭国之恨的姚兴手下,拍马溜须摇旗呐喊,她对我咋看?我若要树这杆大旗也要干出几件惊天动地的事才能服众。"没弈于道:"也是,这几年你虽在中原学到了不少东西,但与各部落堡寨缺乏亲和力。要不借故回塞上,让姚兴封你个头衔,也好号令他们。这样恩威并用,不消半年时日,他们便会归顺于你。是这样,你先回麻黄梁祭先祖,再到各寨走走。路上加急快马,减少用时,多在寨里住几天,增加亲和力。"

　　勃勃不敢逗留,从高平骑马直奔麻黄梁,路上心想:这老头做皇帝的瘾发了,箭在弦上,不得不发,看来,我在长安待不久了。万一哪一天他按捺不住弄出声响,我这小命也不保了。我只身一人在长安,孤掌难鸣,即便是头雄狮猛虎也会被人家囚入笼中。于是他祭完祖,便即刻奔十八寨而去,拜见了石九爷。石九爷急不可待道:"勃儿,是时候了,你哥刘力鞮催了好几回,说兵也训得差不多了,能出手与敌相搏了,你却稳稳当当的在长安逍遥自在。凭咱们现在的实力,干掉塞上的魏军不成问题。"勃勃截住话头道:"爷爷,我们不是要干掉魏军,而是将这些魏军收复,为我所用,也不用作战攻城,二三十人就能将他们搞定。起事以后,我们要与后秦大规模地周旋作战,还要抵得住河东的魏军。"石九爷听后倒吸一口冷气,心想:你要和两个大国同时作战,胃口可真不小啊,我只是想赶走塞上的魏军,可没想到你小小年纪竟打上了后秦这个中原大国的主意。勃勃看石九爷还在犹豫便道:"爷爷,不起则罢,若起事,这塞上塞下从河套草原到高平甚至到南凉、塞南,再往西子长、保安到平凉一线,全部都要树起一杆旗,才能对后秦的西北两面形成包围态势,这样就削去了后秦的半壁江山,等于在他的西门和北门放了一把火。"石九爷道:"咱这片好说,有我和你妈支撑,还有你哥,肯定不存在问题,可是这塞下能站在你的大旗下?"勃勃道:"鱼河、横山一线马上由我的铁把子王买德将军统领,大洛川、安塞、子长、定靖、华池的守将叱干阿利也救过我的命——就是当年派人在麻黄梁救我的那些江湖高手,还有六盘山、高平那一大片至黄河边平凉、海原是我岳父的势力。只要将这些人拧在一起,我们就敢问鼎中原,所向披靡。现在北魏的北面柔然不断滋扰北魏,如果能挑唆后秦与北魏再开战,他们打得两败俱伤、损兵折将时,咱们就动手。"一番话说得石九爷激动不已,心想:我没有看错人,敢啃骆驼腿的才能称得上有雄才大略、奇谋妙招啊! 石九爷道:"想我草原有主了,等勃勃将来坐镇中原,雄霸塞上,家大业大,我还能偷偷坐下那中原的龙椅哩。"勃勃道:"爷爷,咱寨中有武功高强、轻功出众的人吗? 不管是男女,挑最好的给我两个,我要带去长安。"石九爷道:"原来你在龟兹城时的发小呼延豹、宇文杰武功都不错,你就带出去吧。爷爷也不多问了,就按你的安排办! 你已是一只草原蓝天上的头鹰,展翅高飞、搏击长空吧!"

勃勃道:"爷爷,那我就告辞了,再去红庆寨看看我妈,三天后我再回来时让他们跟上我走。"勃勃拍马驰向红庆寨,拜见了母亲。母亲苻红英不冷不热地说道:"你现在是姚兴的座上宾、骁骑将军,你总不会忘记他与我有杀父之仇、亡国之恨吧。连我的哥哥苻登一家也没逃过,惨遭毒手。你总不会一辈子为他干事吧!"勃勃忙解释道:"妈妈误会了,我是要等后秦与北魏互相撕咬得遍体鳞伤时再动手举事。"苻红英道:"这倒是好,可是已经过去十几年了,此仇不报我死不瞑目。""妈,这一天已经不远了,我这次来跟您要两个人,要身轻如燕、相貌出众、武功高强的两个女的。"妈妈倒是慷慨,一口答应,叫来两个贴身女兵,刘勃勃审视了一番,在毡帐拔出兵器与那两个女的不宣而战。两个人身手敏捷,一会伏地,一会凌空,勃勃拔刀砍去,那女的竟一个筋斗飞向帐顶,一根指头挂在毡帐骨架上。那骨架是只有寸余的方木,根本承受不住一个人的重量。勃勃向上一瞅道:"你下来。"那女人一个白鹊捉鱼,倒扎下来,近地时,又一个漂亮的反身一跃,稳稳当当站定。勃勃叫一声"好",便安排道："你俩即刻起程潜入长安，对谁也别说，到长安后租一偏僻住处，每月初一、十五来长安北关喜悦来酒肆，有人交代任务。"说完，勃勃辞别妈妈苻红英，跃马回了十八寨，见到石九爷道："爷爷，我不停了，你告诉呼延豹、宇文杰立即起身潜入长安，租一僻静地方，每月初十、二十到北关喜悦来酒肆，有人给他们安排任务。"勃勃一番话，使石九爷觉得他成长了不少，捋着胡子道："好，去吧孙儿。天之骄子，我十八寨人丁兴旺，后继有人，会兴旺发达的。我的部族不会断根了，明年还不知道有多少个小兔崽子出世哩。"

再说勃勃回到高平辞别岳父，快马加鞭回到长安城，这回带了许多长安没有的稀有物品，枸杞补品、风干羊肉、老缸坊酒什么的。姚兴十分喜悦："难得爱卿一片孝心，风干肉可是塞上的好东西，可惜我现在信佛了，已不敢吃了，还是赏给宫里吧！"勃勃一听忙道："陛下信佛了，那柴壁之战损失了四万多将士，此仇不报了？他们的血白流了？如果这样，便助长了北魏的气焰，他们便会得寸进尺，还得要侵占埔板、永济、解州，这回我回塞上，还有传言，他们还要增兵塞上，侵占高平一带。这不是想包围大秦吞掉咱的半壁江山吗？"姚兴听后无动于衷，只是说："阿弥陀佛。我倒是不惧外患，唯怕内忧，怕贪腐盛行、人心向背。现在要大兴佛教，以佛治国，就像你岳父一样，虽名为我之边将，他却自诩高平王，别说在我朝，早在做前秦边将时就不循规蹈矩。还自造了龙椅，一直念念不忘想做皇帝哩。"勃勃差点惊出一身冷汗，战战兢兢道："这事我咋不知道？"姚兴道："你当然不知道，一来你长年在长安，又在我身边，他能让你知道吗？那可是要命掉脑袋的勾当，是要株连九族的。"勃勃急道："那我是他的女婿，也要无辜受害了。"姚兴道："你慌什么，你又没参与他的阴谋，一直在我身边，何罪之有。对啦，为了保险起见，我给你制一御令金牌带在身上，在大秦国谁也无权缉捕你。这就是说只有我有处置你的权力，其他将军、兵长、丞相、公侯都拿你没法，我怕乱时你会受到伤害！"勃勃忙道："陛下隆恩浩荡，对臣有再造之恩。"姚兴道："别贫了，没那么严重,我才大你十几岁。再说你是我身边的人,我连你也保护不了,不被天下人耻笑吗?唉,最近大臣们又给我进贡了几个妃子,都是十几岁的娃娃,他们说这是祖制,大臣们为了各自的利益,总是用美女讨我的欢心,用美女为他们加官晋爵,铺道开路,后宫有多少嫔妃我也不知道,退又退不回去,想废也废不了。这皇帝不好做啊!我真想上到秦岭深处,盖间茅草屋,种两畦菜,吃斋念佛,听山泉叮咚,百鸟唱春,夏赏野花,秋撷山果,冬吟白雪啊,我真的不知道我咋从一个叱咤风云、驰骋疆场的战神,一下子变得厌恶权力了。一切的荣华富贵对我来说都淡若烟云。可能是受了佛的度化吧!可是我又不能撂下偌大的国家,我弟姚邕只顾捣鼓他的音律唱词,只是个济南公,他也心满意足,我要是撂下这个挑子,国内大乱,你争我夺,互相混战,狼烟四起,又要流多少血,掉多少头,只是为了争夺这把让人坐上很不舒服的椅子。这些话,我对谁也不敢说,只有对你说说而已。"勃勃道:"陛下,想您当年英姿勃发,红枪烈马,驰骋沙场,身临战阵,是何等的英勇神武,从陇塞杀到耀州,从耀州踩着将士们的尸体,步入长安奠定大秦基业,可如狼似虎的北魏,灭我种族五千余人,我父也是你的西单于、朔方牧啊。这还不算,柴壁一战,四万关中子弟血流成河无一幸免,那些英魂死不瞑目,正日夜祈盼着您收复失地报仇雪恨呢,您要吃斋念佛,势必国务松懈、兵疲将惰,马放南山、盔甲沤烂、弓弦朽断,失去战力。您的两个孩子姚泓、姚弼能安享万代基业吗?再说您封的这将那军,拿着俸禄,无所建树,劳民伤财,闲吃国库,日而久之,国力衰弱……"

姚兴漫不经心地道:"那你要是觉着不畅快,你这个骁骑将军,可以训训那些近卫军、御林军,也可以在长安走走看看,有什么问题及时报给我。"

第二十四章　私造龙椅惹事端

一天,勃勃去视察御林军,那些御林军都是大臣或将军的子弟,甚至有些是皇亲国戚,很是不把勃勃放在眼里,个个嬉皮笑脸,松松散散,吊儿郎当的,有些还故意刁难勃勃。勃勃道:"告诉你们,无纲无纪者,小心吃鞭子。"那些人还是不以为意。勃勃叫出两名刺儿头,几鞭子打得那俩皮开肉绽,鲜血淋漓,痛得鬼哭狼嚎的。还有几个不服,一齐上手,被勃勃打翻在地,抽筋颤抖,动弹不得。

经过一段时间的整训,军队风纪大大改善,做到了令行禁止,整齐划一,只要勃勃不发令,无论他们在马上还是马下,都一直往前冲,即便前面是河流壕沟也不停止,跌下马来摔得鼻青脸肿是常有的事。这些人都是些有权势背景的人,当然不依不饶的,有的直接来找勃勃发难,刘勃勃冷冷地道:"有事找皇帝说去,我的职责只管练兵。养兵千日,用兵一时,如果怕苦怕累就不要当御林军了。到了战时为国捐躯,也是理所应当的。"这些大臣兵长要告御状,但又没有门路,只好去找济南公姚邕诉苦,还不断有人递折子告勃勃。

话说,勃勃按时按期与潜入长安的那些人接头,将他所掌握的后秦大将朝臣的详细信息汇集起来,并在地图上标明地点,并让那些人平时跟踪观察、调查重点对象,这项工作都在秘密地进行。为了完成大业,从红庆寨带出的那两个女兵——一个叫赛月红,一个叫赛霞红,专门接触高级官员,收集他们的信息。勃勃给她俩的任务是长期潜伏在长安,刺探情报,传递信息。

再说,姚兴的弟弟姚邕,接到许多大臣、将军对勃勃的投诉,这下可找到了弹劾勃勃的口实。

姚邕去见姚兴，说了许多勃勃的不是，什么"御军惨、奉上慢，对去留看得很淡"之类的话，姚兴也听得十分不耐烦："要不你来当皇帝，我让位。"姚邕嘴都气歪了："你是长子，又战功卓著，我上不了马，提不起刀，只不过酷爱音乐，没参与过国政，如何做得了皇帝！提点建议都不听了？何况这是替那些大臣国戚、将军兵长代言一下，你就让我坐龙椅，这不是为难我吗？"姚兴道："好好好，他回来我给他说说。"

姚兴见了勃勃道："爱卿啊，不瞒你说，这段时间有人对你不满，不断来告状哩。"勃勃心想：我留在长安一是为了学习，再就是挑唆你与北魏早点开打，打大些，打惨些，我好动手，你真的以为我替你练兵保家卫国呢？既然你已一心向佛，向北魏罢兵言和，我只好自己干了。留在长安只能浪费我的感情和青春，不如回塞上多生几个娃，早些动手。便道："陛下说我御军惨，可我看见那些御林军去时嘻嘻哈哈，忸怩得像怡红院的妓女，像塞上老头拦的一群散软的绵羊一样，这能打仗吗？能保卫都城吗？怪不得那次在秦岭脚下一次就杀死七八个。说我奉上慢，他们来找我发难，寻不是，我只好说：怕吃苦、怕流汗、怕流血就别当兵了。我总不能说御史大人，你说得对，他们骑在马上要慢慢地走，怕他们跌下马，我这个骁骑将军扶着他。将军、都尉大人，原来这是你家的大少爷，以后我就让他坐在树下看别人训练。不高兴了叫几个人将骁骑将军揍上一顿吧！"姚兴道："你说得对，兵不训咋能打仗，可是总不能前面有河流，有壕沟你也不叫停，万一跌坏人家的胳膊什么的，那零件也不好配啊！"勃勃趁机道："得啦，姚皇帝，这活我干不了，你另请高明吧，这长安我待不下去了，我要回塞上，去和那几个老婆多生几个娃，这几年青春都撂长安了。""你回去能干啥呀？"勃勃道："嗨，我能干啥，养上十几个娃，给每人买一群羊让他们穿着大皮袄拦着，喝马奶酒，吃肉。"姚兴惋惜道："爱卿啊，我实在不想让你走，这几年相处太开心了，你也给我出了不少的力，想了不少的策略，本来想与你共谋大业，可是这些老臣喋喋不休的，还有我那弟弟,说你是一颗埋在我身边的危险种子哩,我没办法,只好暂时让你回去。想甚时间来,你就来,不管咋说你跟了我这么多年,回塞上我也得给你封个官哩,文、武都得有,文的就叫阳川侯,与你岳父一起管理高平,他为武你为文,'侯'应该不低了,再上去就是'公',但这'公'只有我的本族兄弟才可以封。河套原朔方牧的那些老兵都给你,还有那些散落在草原上的小部落,总共有大概两万多部落都归你,这是大印和公文。如果北魏打来,你先给咱侦察就行。你也没有多少兵将,千万别鸡蛋碰石头。有消息赶快告诉我,我会发大军消灭他们。"勃勃一一受领。姚兴又过意不去:"这后宫美女多得是,你悄悄地选几个带走,金银财宝也带上些。"勃勃:"谢皇帝厚爱,我自由惯了,单枪匹马足矣。"心想:我这一去便是龙归大海,鹰翔蓝天,你不想与魏国开战,我也就不仁了,再见面时,说不上我就叫你爱卿哩。我虽没兵,但只要大旗一树,立马集结二十多万铁军;没钱,到那时你府库的金银财宝都会归我,现在还要你送我,落个人情?

临分别时,两人都似乎饱含泪水,姚兴道:"爱卿啊,烦了就来长安西大街的酒肆喝酒。对了,还有一件大事差点忘了。就是你那岳父没老人家,他是我干大,你说年轻时还有点意思,牙都老掉了,还辛辛苦苦地整个'龙椅',这可是掉脑袋、株九族的事,老胳膊老腿的,坐上舒服吗?你回去劝劝他,让他赶快将椅子送长安来,给监察御史好好写份检讨,多做自我批评,越深刻越好,不要背着牛头不认赃。"勃勃道:"唉,皇帝,话我能捎到,但他骂我乳臭未干、少不更事咋办?你给他写封信,盖上你的玉玺封好,这样他就不会怀疑是我告的状,我装作不知道此事,他如果问我咋办我再给他说,让他来长安检讨,顺便也将椅子带上,不然他要怀疑我打小报告,又得打我屁股呢。他老了我又不敢动他,万一不慎落个千古骂名,说我虐待老丈人,恩将仇报。再说没弈丽玛那头儿,这个母骆驼能饶了我?半夜还不一脚将我踹下床去,让我卷铺盖走人。我又没个家,三更半夜的,上哪去?""好好,我写,再盖上玉玺。"

闲话叙过,勃勃回到高平,将姚兴的公函交给老丈人,又将自己的委任状给老没看了,老没喜出望外,两万余部落,这可不少,该出手了。可是再将皇上的信函打开一看,瞬时脸色大变,刚才阳光灿烂,立马晴转阴,阴得乌云密布。他问勃勃:"你知道这信函的内容吗?"勃勃道:"你们之间的事我哪能知道啊!"没弈于道:"他这公函上说椅子的事,还要我亲自将椅子送到长安,作深刻检讨呢,看来咱们内部有高级特务呢!眼下该去不去? 不去马上就要翻脸,去了有去无回,恐怕我这把老骨头就会埋在渭水河畔,被野狗吞食了,再被黑老鸹啄得剩一堆白骨。"勃勃道:"没那么严重,你的手先别抖,胡子也别抖,要镇定,你就大大方方地去,不要带椅子,将椅子藏好,他拿不到证据就没法问罪,任何事都要讲证据,我在高平镇守,他得让我三分,他连你一根汗毛也不敢动。如果我在长安,要是人家将咱俩一筛子扣了雀儿,那就另当别论了。""贤婿啊,你说得太对了,我去!"勃勃叮咛道:"去归去,装作什么也不知道,千万别抖胡子,手也不能抖,拿出你当年万夫不当之勇。唉,我困了,还要休息呢。还是睡在家里安稳。"

没弈于按照姚兴公函上的日期准时到达,只带了一百多随从,被安排在驿站,过了两日,圣旨传来,让他到大殿觐见。没弈于一大早就起来打扮了一番,将胡子也梳理得顺溜干净,进了大殿,朝拜了皇上。行礼后,没弈于一看,朝堂上还有几位边将和文臣,这次待遇特殊,众人不需站着,大殿两边都设了座席。

宫人们抬进来一副副炭火烧得通红的烤肉架,又提进来几只杀好的羊,每人一条羊腿自己烤,自己吃,每人面前都放了御酒,大家自斟自饮。吃完了,喝足了,擦干净了手与嘴,姚兴煞有介事地咳了两声提醒大家注意:现在朝会要正式开始了。"各位卿家,大家伙都辛苦了,有的日理万机,有的镇守边关,都在为大秦呕心沥血、献策献计。可是最近有件匪夷所思的事要大家帮我弄清楚:大家说我坐的叫什么?"大家异口同声地说:"龙椅。"姚兴又满意地问:"这龙椅是我大传给我的,是我们姚家从秦陇打到耀州,又打到长安得来的,现在我大去世十年多了,该谁坐?"大家齐声道:"非陛下莫属!吾皇万岁万岁万万岁!"姚兴又道:"你们也别说什么万岁了,别给我添堵就行了。咱们这里竟有人私造'龙椅'。"话还没说完就语惊四座,人们大张着嘴,无法合拢,过了好一阵,众人才交头接耳,窃窃私语。大家心想:这要是真的,又要有多少人头落地?没弈于慌了一阵,但看见自己的胡子没有抖动,便壮了壮胆气:"这还了得,这不是株九族的勾当,唵,我作为老臣要护国护法,何况我和先皇是八拜之交,就像三国时的刘关张,谁敢胡乱造椅子,我手中这杆大枪就不答应,给他来个穿膛过。"姚兴想截住话头,可是无从下口,停了一阵道:"我说没干大,你说的不假,我只想你给我解一个词。""你说,我解。""贼喊捉贼,咋解释?"没弈于一听,这谁都明白,这已经将矛头指向了自己。大臣们的目光都扫向了他。在这危难时刻,他想起了勃勃的话:胡子不能抖。他便装出若无其事的样子,自斟了一碗酒,饮后镇定自若地道:"我说姚皇帝,你说话可得有证据,这是灭六亲、株九族的事,你有证据吗?那时你们父子进中原夺椅子,我给你们把着西大门;那些草原狼也要入主中原,我也给你们挡着,千辛万苦,铠甲不脱,马不卸鞍,日夜征战,唵?没证据就想治我,这不是鸟尽弓藏、兔死狗烹吗?"皇上也很气愤,心想:给你信上说得清楚,让你将椅子上交,作个检讨就没事了,你还来劲了。便随口道:"俗话说,风不刮,树不摇,老鼠不咬空空瓢,我咋不说其他将军呢?都一把年纪的人了,火气还这么大?"没弈于也不甘示弱:"你带人到高平搜啊!证据哩?想烹我就烹吧,拉到荒郊野外砍了,也好让我遗臭万年,遭人唾骂。"姚兴道:"你以为我不敢?"没弈于道:"砍啊,我那里还有八万多兵,现在勃勃管着,塞上还有两万余部落归勃勃管着,总共有二十万兵将你都拿去,都听你摆布,都乖乖地像老绵羊一样让你砍了。"姚兴也火了:"让我说没干大,你老了还吹牛皮,吹吹羊皮还行,勃勃才从我这儿回去,能听你的?他说回去生十个娃买十群羊,他就吃肉喝酒,哪来的二十万兵,想吓唬我是吧?我小时骑马射鹿,大时骑马射虎,是吓大的？再说勃勃根本就没看上你女儿，五大三粗的像个大母骆驼，还没弈丽玛。"没弈于也气愤道："我说姚兴，你少扯家务事，他勃勃看不上？丽玛都养了两个娃了，是天上掉下的？"大臣们一看，两人争吵不休，忙上来发挥口才，正是表现的时候，既想当裁判又想当调停人。便道："家和万事兴么。""没兄消消气，秋景宜人，明天去秦岭下郊游赏景；万岁爷别伤了龙体，事归事，慢慢来嘛。"没弈于道："丽玛成了母骆驼，勃勃愿意，娃都养两个了，关你甚事，你要关心勃勃咋不在长安给他找上两个漂亮的。""哎，我说没干大，我可没亏他，给他说让找上俩，他不要。"没弈于没好气地道："都三个了，你还给他找？"有大臣道："好了好了，不说了，说到明天也说不出个头绪。"

姚兴委屈道："我这皇帝当的，好心都做了驴肝肺了，我都不吃肉，很少杀生了，还让你们在大殿上吃烤肉。哎，真麻烦，要没证据我要砍了你我就得遗臭万年哩，真是老鼠钻进面箱里瞪白眼哩。"没弈于道："塞上的老鼠吃肉不吃面，哪能瞪白眼？"

第二十五章 烈焰熊熊红泥谷

没弈于回到高平,将事情经过给勃勃诉说了一遍。勃勃问道:"你和人家姚皇帝吵架了?""吵了,不过他也就那两下子。"勃勃沉思片刻道:"坏了,他毕竟是皇帝,在这件事上抓不到证据,肯定要在其他方面找咱们的茬。我得赶紧回塞上做准备,万一他们哪天突然发兵,弄得咱们措手不及。我们得先将塞上魏军的这几颗钉子拔了,以除后患。"

勃勃回到十八寨,长长地出了口气:榆溪塞、麻黄梁,我回来了。随后,他召集各方头领议事,众人早已期待着这一天的到来。勃勃道:"后秦皇帝已封我为阳川侯及安远将军,也就是说塞上和塞下的一百里及其以北都归我管。"大家听得精神振奋,个个都摩拳擦掌地要具体商议下一步如何干的问题。勃勃道:"先拔了塞上魏军的几个城池。"石九爷反问道:"一动魏军,河东的魏军大举增兵咋办?"勃勃沉思片刻后回答道:"这好办,从十八寨抽调过去三百人,将从葭芦渡到麻黄梁的路修宽修长,看哪一个沟掌有崖就修进去,府州渡、子津渡,都修一条大路通向死沟沟,再在沟口山上堆满柴禾,等魏军全部进入,再将口子截住,如果他们往外冲,点着火将柴禾往下滚。他们不投降才怪呢。""好啊,这就不怕魏军向塞上增兵了。"众人商议将这个任务交给刘力鞮,刘力鞮不情愿地说:"为啥不让我攻城略地,而是让我带上这些民工去修路砍柴。"勃勃笑道:"哥,你将来打的是大仗,现在还没到攻城略地的时候。"刘力鞮也只好听从。刘力鞮又道:"代来城、双石城、奢延城不需要攻打吗?""这个你就甭操心了,赶紧将路修好,那些城池和人就都成咱们的了,那些魏军就成了咱们的兵。"于是,众人干了碗中的老缸坊酒,大家各司其事,分头行动。

符红英带着红黑马队随勃勃一起行动,第一个目标便是奢延城。红黑马队首先包围了奢延城。第二天,勃勃到阵前喊话,让城中兵士投降,城中最高将领刘成君反问道:"向谁投降?"勃勃全副武装,走到马阵前:"我乃前秦安远将军刘勃勃。"刘成君道:"我还以为谁呢,闹了半天是刘痞子,几年不见出息了,还领着一群娘们来闹事。快快回去拦羊去,我懒得和你玩。"勃勃说:"你就是刘库仁的二小子?今天你死定了,其他人不想一块儿送葬的都往后退,我本来今天不想杀人,但刘库仁的后代我一定得杀光。"刘成君笑道:"那要看你的本事咋样,光吹牛皮管用吗?"于是两军摆开阵势。刘成君派副将出战。勃勃心想:你小子上来送死,第一仗不开杀戒不行了,要杀出威风!于是,双方两匹马都奔进战阵,咆哮着。勃勃挥舞着一杆铁杆长枪,威风十足地直奔来人,兵器相碰,黄尘飞扬,只两三个回合,便将来人刺于马下。勃勃在战阵中摆起圈叫道:"刘成君,你自己上来试试,也许还能再战上十几个回合,派这些草包们出阵,两个一齐上才有味儿。"刘成君又让两个副将一齐出手去对战勃勃,没过几个回合,又被勃勃打于马下。勃勃喊道:"不要再战了,将你们的人抬回去救治,你们只有投降一条路,其他几个城都投降了,就剩你们了。还不信吗?让龟兹城的将士出来答话!"

这时龟兹城守将拓跋峰站出来道:"我们已经归顺安远将军,望你们识时务些,回是肯定回不去了,即便你们逃回去,有活路吗?又得去北面与柔然交战。咱们守在城中,缺粮少草地受清苦,如果我们大部分融入草原的话,就都有了家,每天唱歌拦羊,大块吃肉,晚上有女人陪着,何乐而不为呢?"这时魏军兵中议论纷纷,军心动摇。刘成君指着拓跋峰骂道:"拓跋峰,亏你还是皇上的本家,没想到竟是个软骨头的叛贼。"拓跋峰反问道:"什么叛贼?我们渡河涉水来到塞上为他们卖命值得吗?拓跋寔君杀了代王拓跋什冀犍,拓跋珪又诛了拓跋寔君,是叛吗?北拒柔然,南战后秦,死了多少人?安远将军不想伤害你们,才没让大军包围你们,你这几百人能有多大战力。刘成君,早点投降还有条活路,迟了让这些无辜的将士都为你陪葬吗?"刘成君却无动于衷:"我刘家个个英雄,宁愿战死,也不投降。"就在这时,勃勃军中走出几百个穿红戴绿打扮靓丽的女人,跳着舞唱着歌,伴着羊皮鼓等各种乐器,来到阵前,魏兵大部分已到了结婚年龄,看得眼热。勃勃立马在阵前道:"魏军将士们,这些女人都是为你们准备的,有些到了婚嫁年龄,有的是三十多的寡妇,她们的丈夫就是被魏军屠杀和俘虏的,她们不计前嫌,还愿意接纳你们,只要你们投降,今晚对上眼了就可以和她们回家过日子,她们就住在奢延城的周边。而且我已给你们准备好了大块的炖肉和老缸坊酒。士兵们顿时哗然,有按捺不住地喊:"投降,投降。"刘成君吼道:"别听他们胡言乱语,那是骗你们的。"勃勃喊道:"刘成君,我本来想给你留条活路,但看来你今天是自己找死。"于是刘勃勃张弓搭箭,一箭射去,正中刘成君面门,刘成君顿时跌落马下。

刘成君的兵士们乱了套,有的欢呼,有的向女人们跑去,有的士兵踩踏着即将死去的刘成君。女人们也向前奔去,寻找自己的意中人,像赶集一样,热闹极了,有的士兵拿起大块肉啃了起来。勃勃道:"将马队撤走,把刘将军的尸体按家乡风俗厚葬。"有些兵喊道:"安远将军你太厉害了,我要跟你上战场立功受奖。"另有许多人找了对象,互相配对,手挽着手回草原的毡帐过日子去了。还有的拿起刀枪,骑上战马,要跟着勃勃去收复代来城与双石城。

双石城与代来城的魏军一听两边的都投降了,想着再抵抗也无胜算,于是利利索索地交出了武器。勃勃征求魏军的意见,让他们愿回河东老家的站一边,愿留的站一边,愿回河东老家的则由拓跋峰带到龟兹城,派人到河东传递信函要求交换俘虏。

拓跋珪一听,倒吸一口凉气,但也只能按照勃勃的意思办。等将俘虏在葭芦渡交换完毕,天已透黑了。交接俘虏很顺利,双方都十分遵守协议,一条船一次运送多少过来,回去也装多少。这样塞上已全部归顺于安远将军,勃勃已无后顾之忧。

勃勃突然想起了叱干城附近还有几百魏军,便对拓跋峰道:"你领上一百多人去大洛川找叱干阿利将军,让他将那些魏军插入他的军队。"拓跋峰领着一百多将士奔大洛川而去,传达了安远将军之命,收复叱干城附近的魏军,让叱干阿利必要时脱离后秦,宣布独立。

拓跋珪在大殿上召集文武大臣商量对策,各处通报了塞上的情况,有的主战,有的主和,争论不休。"吾泱泱魏国,地大人多,兵足将广,被一个流浪的痞子一下子吃掉五城。应发虎狼之威,一举踏平塞上,收复失城,以雪此耻。"有文臣道:"吾皇恕臣直言,我军刚与北胡柔然之贼战罢,兵疲将困,南又有后秦,柴壁之战损兵数万,塞上五胡杂夷,民风剽悍,精骑射善征战,又为不毛之地,无利可图,不宜与之纠缠。"又一大臣反驳道:"此言差矣,此为后患,此人英勇善战,谋略高超,如不早日剿灭,任其蓄势,纵横于塞上,再一统河西,到时气焰张扬,必与我国为敌,悔之晚矣,养虎为患,将遗恨千年啊。"拓跋珪道:"各位卿家说的各有道理,但此事重大,一时没有头绪,今日退朝,改日再议。"

晚上明月当空,树影摇曳,拓跋珪思绪万千:是啊,塞上是个水草丰茂的地方,待其羽翼丰满了再要剿灭,就要付出十倍的代价,养虎为患,千年悔之。如若发兵三万去剿灭勃勃,铲除后患,现在的葭芦渡一天最多只能渡五千人,那这样的话,敌人如果在对岸出击,我军岂不是会被各个击破吗?不行,只有形成军团,他们才难以攻破,得多打造船只,一天必须渡过三万兵士,这样才能形成合力。

勃勃得到消息说拓跋珪要发三万大军攻打塞上,心想:好啊,拓跋珪,我正缺兵缺兵器呢,你竟主动给老子送上门了。于是他命令各部抽调人马,将葭州到麻黄梁的路加宽,故意将牛车毛驴赶在路上踩踏碾压,让人看了误以为是一条老路。

河东拓跋珪的兵马准备了月余,拓跋珪送别出征将士时,场面隆重盛大,祭了旗之后便命令出发,三万多大军向黄河岸边涌去。拓跋珪在回朝的路上遇到一座寺庙,听说这里的签卦十分灵验,便去祭拜。他抽了一签,一看为下下签,可是大军已经出发,无法回头。他转念一想,自己三万大军抱成一团,谁可奈何,便回宫单等河西捷报传来。

再说这三万兵将,一路顺风顺水,渡过黄河,丝毫没有遇到抵抗。将军自豪地道:"这要是有人抵抗,那不是打着灯笼拾粪——找死(屎)吗。"这将军率领大军顺大道一直向西而行,一路上遇到人便问:"这大路通向哪?""这大路一直向西穿过通秦寨、柳州城,再向西北走,就到了康家湾,顺大路朝西走去麻黄梁,翻过麻黄梁就到金鸡滩草原了。"魏军问道:"你给我们带路行吗?""我大还要我到地里干活哩,你们只管拣大路走没错,有车印的路尽管走,再有百十里就到麻黄梁了。"魏军将领回过头鼓舞大家说:"加油啊,明天就能到麻黄梁了。后天就可以在草原上吃肉了。那些塞上蛮子看见咱们,只能让他们的女人跪下给咱们倒酒了。"

第二天一大早,三万大军继续前行,约莫一个时辰后,将军传话问前队路咋样。前队传话回来说路还是大路,只是沟两面都是红土崖。将军让前队停止前进,等后队上来一起走,这样即便有伏兵也可前后照应,也不会被各个击破。就这样,三万多兵就密密麻麻地摆在四五里长的路上前进着。走了一阵,前面传下话来:已没有路了,到了沟掌,将是死路一条。将军一听,顿时汗毛倒竖,头冒冷汗,命令后队变前队,往后退。这时两面山头的柴火捆冒着浓烟与火苗往下滚来,封住了去路,魏军将领骑在马上高喊:"往出冲!"可是哪能冲出去?

两面山顶上的带着火苗与烟雾的柴火捆不断向下滚落,沟底已是一片火海,人叫马嘶,鬼哭狼嚎,互相踩踏。兵士们已死伤过半,没死的也已伤痕累累。刘力鞬站在高山上大喊:"拓跋珪,你来吧,我等着你。"刘力鞬又向下喊话道:"火烤得咋样了,要不要再加几捆硬柴?"下面的魏兵道:"不要了,我们投降还不行吗?"刘力鞬道:"停止放柴,你们等火小些自己走出来。"刘力鞬看见他们已失去战力,身上的衣服也被火燎烤及火星烧得千疮百孔,脸上被烟熏烤得焦黑,实在可怜。魏军们走出来站了一大片。刘力鞮大声道:"刀斧手准备,将这些魏兵都给我砍了,一个也不要留。"这话吓得这些魏军忙跪地磕头求饶:"请将军饶命,我们愿意投降,愿为将军效犬马之劳。"刘力鞮道:"愿跟我干的,上面备好了饭食。"又走到魏军将领前道:"不愿干的就像他一样。"挥起大刀砍了头,那头从半坡一直滚了下去,士兵们一个个吓得胆战心惊,只好服从指挥,再也不敢有其他想法,乖乖当了俘虏。

　　刘力鞮找出两个俘虏吩咐道:"你们两个出来,回河东给拓跋珪报丧去。""我们不敢,我们不敢。""是我们刘大将军让你们去的,有什么不敢。你们回去就不要说火的事,这样大家的家属就不会受到虐待。回去就说在麻黄梁遇到伏击和包围,大部奋力拼杀战死,最后一半被俘,这样你们死的那些兵和现在站在这里的人的亲属都能得到安抚,知道吗?"兵士们附和道:"你们俩回去一定要按刘大将军说的汇报,千万不敢说火的事,你俩要是胡说,这些人说不定回去会杀了你们全家的。"

第二十六章　出使南凉遇丽人

拓跋珪本等的是捷报，没想到等来的却是大军惨败的消息，气得手直发抖。三万多将士能被包围，且激战不到两天就损兵过半，一半被俘，这塞上到底有多少兵力？两个被放回的士兵道："包围我们的至少有五万兵马。"拓跋珪道："五万，包围你们的就有五万？""有啊，漫山遍野都是。"兵士又道："他们还要求交换一万五千俘虏。"拓跋珪只好照办，将各方军队的塞上俘虏通过双方互谈，在葭芦渡交接。

回来的俘虏有的找到了家，没家的都当了职业军人，驻扎在龟兹城与麻黄梁旧堡，由刘力鞮统领。但细一盘算，经费不足，黑疙瘩的财宝也给回来的俘虏发放得所剩无几。勃勃想了一阵对刘力鞮道："咱大可能留有财宝。"刘力鞮道："那就拿出来用啊。""是啊！埋在地下十几年了，也该出世了。"于是他带着一帮军汉来到代来城天王府，在外围布好岗哨，让军汉们在天王府的内室地下挖，挖了一丈多深才见了财宝，不过收获真是不少。刘力鞮即刻让军士们将财宝运往麻黄梁，秘密藏于黑疙瘩道观中，以供军费开支。这下刘力鞮的心劲更足了，扩充兵员，打造兵器。又派人到榆林庄请来刘得胜与他父亲，刘力鞮道："得胜不要闲着了，该你出山了，我现在就封你为兵马部总管，你父亲为兵器司统管，再给咱多在塞下召集些铁匠师傅，打造兵器。"堡寨里一时旌旗招展、军训火热、杀声震天，铁匠炉日夜不息，火花四溅。

得知这一切的拓跋珪自言自语道："天年不顺，我不该放了他刘力鞮，以致放虎归山，如今使我损兵折将。我小瞧了他们，以后大意不得。"他心灰意冷地将皇位让给了拓跋嗣。

勃勃正在观看军演,有人来传,说红庆寨有人来了,勃勃忙去接见。来人汇报说漠北柔然新任单于杜伦,为了讨好后秦,两面夹击北魏,从黄河后套送过来八千匹战马,经过自己的地盘,送给后秦。勃勃一听激动万分,思忖到:天助我也,八千匹战马,如到我手,将如虎添翼。真是意外之喜,感谢苍天。来人又道:"苻寨主问咋办,是干掉还是放掉?"勃勃道:"让我想想。要是放掉太可惜了,要是强取那柔然必定会和我们撕破脸皮,闹个你死我活的,纠缠不休。先前已有北魏这个老仇家,眼下又免不了与后秦摊牌,真是有点为难。"正在犹豫,却又恍然大悟:现在和后秦不是还没撕破脸吗?我仍是后秦的安远将军,接管八千匹马顺理成章。有了!就给柔然马队负责人发一封函,盖上安远将军大印,让他们将马送来龟兹城交接,就等于交给后秦了。于是勃勃给来人道:"你给我妈说,派几十名士兵以礼相迎,拿上我的信笺,就说将军让他们将马送到龟兹城。将军已在龟兹城摆下盛宴,鼓乐相迎。"来人接过勃勃的信函便立刻启程回了红庆寨。

勃勃在龟兹城安排了鼓乐仪仗,龟兹城这些人来自于西城,本来就能歌善舞,唢呐就是他们发明的,再加之几百年来无所事事,由国库皇粮供养着,天天都在捣鼓音乐,吹唢呐,练歌舞。勃勃知道这些柔然人在野外生活惯了,肉早已吃得够了。便派人到佳州买些红枣,米脂买些小米,做腊八饭,不要只用肉招待。多备些小米杂粮,待返回时再给他们带上些,他们会满意的。

红庆寨苻红英得到勃勃的消息,立即派人拿着勃勃的信函去接应马队,马队首领一看便道:"不错不错,这后秦国就是讲究礼仪,这么远就接应来了。"来人道:"还在路途中安排了驿站,将军在龟兹城恭候着。"马队便决定跟着来人走,也省得迷失方向走了弯路。

于是这些人被领到了龟兹城,十里黄土垫道、清水洒街、张灯结彩。双方见了面,都十分客气,鼓乐队、唢呐队、歌舞队出城相迎,招待得十分周到,勃勃一行大员以礼相迎。几百人在将军府的大厅轮流就餐,马队首领感叹道："好吃，太好吃了！我们从来没吃过这种食物，这是什么？"勃勃道："红枣、小米、洋芋，好吃就多吃点，走时再带些。常来常往。"马队临走时，勃勃给每人准备了十斤小米和十斤红枣。勃勃道："带回去慢慢吃，给你们国王带些，向他老人家问好。就说八千匹战马都交给前秦国安远将军了。这是公函，拿上回去给国王杜伦先生交差去。有空再来塞上玩。"

八千匹马赶上了麻黄梁，刘力鞮高兴道："哈哈，加上我们原来的，这下有了一万铁骑，堪比八万兵士，不，十万兵士也难战胜，我可以与北魏及后秦一较高下。一定要抓紧打造兵器，制作鞍鞯，这支铁骑将所向披靡，威震北方。"

身居长安深宫的姚兴，与佛结了缘，势必也就把国政大事和军务大事看淡了，这样扩大了大臣们的权力，甚至连柔然国王杜伦给他进贡的八千匹战马让勃勃照单全收了他也浑然不知。这段时间让他恼火的事是没干大在大殿上和他争吵，丢了他的面子。他心想：这件事上我找不到你茬子，别的事我还是有权整你哩，我并不怕你，怕的是勃勃这个文武双全的天才。可是他已经是我的贤弟，又说他回去生娃放羊，老没还吹牛说有兵几十万，当我是三岁小孩，骑着枕头当马呢？

随后，姚兴便拟了一道圣旨，命令没弈于对南凉的秃发傉檀发起进攻，没弈于与乐都的南凉也是老冤家，没弈于一时没注意，左右为难，忙派人到塞上找勃勃。勃勃听后平淡地说："这是我意料之中的事。"没弈于急忙问："那你说现在该咋办，打还是不打？"勃勃道："不能打，咱们与南凉打得两败俱伤，用不了半年，你这个高平王就姓姚了。""那咱们不打的话，不是落个抗旨不遵吗？"勃勃道："马上就要撕破脸皮了，还什么旨不旨的？都是你弄的那把椅子惹的事。""你就说现在咋办吧！"勃勃道："现在不但不能与南凉开战，而是要带礼物与南凉和好结盟。你只在这儿加强战备，等姚兴派兵来攻，狠狠地打他几次，他就乖了。"

没弈于是个好战分子，虽然老了，一听要打仗还是血脉偾张，激动万分,他心想:好几年没打了,手都有些发痒,来吧,姚兴小儿,你不认我,我也不伺候你了,二十多年了,自你大建后秦,我就是边将,现在还是。你让我进了棺材还做你的边将?你不仁,我也不义。咱们就干吧!我老了还有我的女婿,说不上用不了两年,你那把椅子就轮我坐了。于是他依照勃勃的建议准备了五色彩礼,打发勃勃西去乐都与南凉王结盟共同抗秦。

勃勃一行押着礼车西行到了乐都南凉王府,南凉王将他们安排到驿馆,只管招待,其他的事一概不闻不问,也拒收礼物,勃勃他们只好再等几天。

一日,勃勃闲来无事,转至一处花园,听见里面有一群女子的嬉戏之声,忽然一个皮球飞出墙外,不偏不倚,正好砸在勃勃头顶。勃勃捡起,便欲从一偏门进去,可是有把门的喝令他退出。这时只见其中一个女子道:"让他进来吧。"把门的只好让他进去。这群女子衣着华丽,养尊处优,一看便是王公贵胄的千金,个个靓丽如玉,其中说话的那个貌若天仙,樱唇玉齿,杏眼圆睁,云鬟高悬,穿金戴银。勃勃将球递至其手,四目相对,电光石火,勃勃虽然已有三房妻室,却从来无此感觉,一时感觉浑身燥热,血液上涌,脸面泛红。那三个老婆不说,就是长安那些贵妇美人、宫女侍人,他也见得多了,但却从来没有这种感觉。这股无名之火钻进了他的身体,搅动着他的胸膛,印进了他的脑海,渗进了他的骨髓,他只能呆呆地站在那里木然地看着对方。姑娘又声若银铃般道:"傻骆驼要看,坐那树下看啊!"勃勃像一只瘫软的绵羊,悄无声息地来到树荫下的石凳处坐定,呆呆地看着。游戏结束后大家散开时,勃勃和那女子还不时地回头看对方。临出门,勃勃问把门的道:"那女子是谁?"把门的小声道:"她是我们国王的千金公主,秃发银燕。"勃勃若有所思。

晚上,明月当空,树影摇曳,勃勃像烙烧饼一样翻来覆去,难以入睡。他心想,那女子的名字要是去掉那"秃发"二字,光叫银燕多好,此女简直天上少有,地上全无,要是能得到她,他什么都可以舍弃。哪怕隐居于山林,住一间茅草屋,种几畦薄地,只要能和她白头偕老,他也心甘情愿,什么金钱地位、荣华富贵全是过眼烟云。想着想着,勃勃迷迷糊糊地睡着了:苍山碧翠,云蒸霞蔚,轻雾如纱,山鸟翠鸣,万花争艳,溪水潺潺。掩映在半山腰葱茏绿色之中的几间茅草屋上,炊烟袅袅,鸡鸣犬吠,小院中间的花池中百花怒放,美啊!银燕在很不平整的山地上劳作,嫩绿的禾苗在微风中摇曳,勃勃光着膀子,从山下挑了一担水,上到半山已气喘吁吁,汗渍浸身。放下担子,银燕忙来给他擦汗,红颜靓丽,爱欲汲汲。他刚要低下头去亲吻银燕的红唇,一股妖风卷来,银燕不知飘向何方,他大声呼喊着银燕的名字。清风载韵,山荡谷回,峰峦震颤……勃勃惊醒,只是一梦便如掉入万劫不复的山涧。

第二天,勃勃又去看姑娘们玩球,勃勃死死地盯着银燕,银燕也不时地瞅他一眼。他们两情相悦,仿佛电光火石间心有灵犀。这时,银铃般的声音传来:"公子,来一块玩。""我不会啊。""来,我教你。"两人十分默契,一切的美妙,都无法解释,这一现象,现代人叫"爱情"。

言归正传,南凉的秃发傉檀觉着时日已久,不见来使也不合适,毕竟勃勃他们到来都已经十天了,便召开了接待会议,问道:"谁是这次出使我南凉的使节?不会是哪个傻大个吧!"勃勃按住心头之火:要不是我想娶你的女儿,想让你称我为贤婿,这时就跟你开火,不要说你秃发,就连你脸上的胡子也给你刮干净。于是他忍着怒气回答道:"正是在下。"秃发傉檀清了清嗓子道:"你们一行的目的何在?"勃勃答道:"我受高平王没将军的差遣来与南凉国缔结盟好!"秃发道:"你是何等身份与职务?"勃勃回道:"我乃后秦国安远将军。"秃发傉檀阴阳怪气地道:"噢,原来如此,可有后秦国的拜帖、圣旨,还是国书什么的?要姚兴签发的。"勃勃答道:"没有,我说了是受高平王没将军之遣。""噢,就是那个骨瘦如柴、好杀嗜斗的没弈老头?他只是一个边关守将却自封为王,我们好歹也是国,这不对等,他没资格啊。"勃勃忙道:"他还带来了两车财物哩。"秃发傉檀道:"这我更不能收了,他一个边将不忠心事主,却与邻国暗地里勾搭,就不怕引火烧身? 再说我们这几年与后秦,既无恩也无怨,和平相处,各司其事。如我收了财物,后秦与我们兵戎相见,我的将士们又得上马提枪,血染征衣。何苦矣。再说二十年前符坚战败,中原大乱群雄并起,别人都能进入中原抢那把椅子,可是我的本家没弈于却死死挡住我们的东进之路(秃发与没弈同属鲜卑拓跋),甘愿做姚苌、姚兴的鹰犬,与我们死磕。双方损兵折将,都打得鼻青脸肿。我们也不记仇不报复,这么多年一直相安无事。据说你们前几年在路上丢了两车货,又怀疑我们,与我们又在边界发生摩擦。今天这又是哪根筋不对了,又是送礼,又是缔结盟好,总不会是姚兴嫌他这匹狗老衰了,准备给他支好锅,架好柴,准备烹他,他慌了又来抱我的大腿吧!"勃勃听了心里很不是滋味,可是一想到靓丽如玉的银燕便强压住怒火,平静地回复道:"秃发皇帝,时过境迁,一切的恩怨都会烟消云散,万望秃发皇帝您能摒弃前嫌,我们结盟为善,共同发展。"秃发傉檀不耐烦地道:"罢了罢了,今日到此,明日再辩。"

晚上,勃勃越想越气,想着连那泱泱大国姚兴也被我玩得顺溜,可是咋就能败在一个秃发傉檀的手下,还败得惨不可言。

第二天,辩论又开始了。秃发傉檀还是针刺不进,水泼不入。没法儿,勃勃壮了壮胆,狠狠地饮了几口酒:"这结盟的事先放在一边,我以这两车货物作为聘礼向贵国提亲?"秃发傉檀疑惑道:"提亲,给谁提亲?"勃勃道:"我,刘勃勃,后秦安远将军。"秃发又道:"看上谁了?"勃勃鼓足了勇气,大声道:"贵国公主,银燕!"秃发傉檀一听肺都气炸了,却强装镇定道:"你是安远将军,但据我所知,姚兴给了你个空头支票,兵无一卒,马无一匹,只管些什么柔然、匈奴、羯、氐、羌的五相杂夷,我说傻大个,那可是些披头散发、蓬头垢面、赤脚奔跑、嗜酒成性的部落,谁都不想要才给了你,随便哪个都够你喝一壶的。要不这样,你要是不想在塞上混了,也不怕你老丈没弈老头打你的屁股,就将你那几个老婆休了。来我这儿,吃喝拉撒我都管上。对了,我这乐都西部浩瀚千里,草原广阔,给你盖两间好房,养一群羊、几只狗,你可以追追兔子,打打土拨鼠,放放鹰。对了,一个人不行,太寂寞了,我再给你找两个寡妇陪你,白天给你做饭,晚上给你暖身子。"勃勃已忍无可忍,便道:"谢你的美意,我再见你时会亲手拔光你的胡子,送你到大漠戈壁中让你颐养天年,到时候给你配四个寡妇。告辞了!"他说完便起身走人。"恕不远送。"秃发傉檀也气愤地回应。

第二十七章　智杀岳父蒙秦军

勃勃一行将财物原封不动地运回了高平,向没弈于说了秃发的态度,但只字未提受辱的事。没弈于自言自语道:"这秃发还记二十年前的仇? 送他两车财宝也不要,是吃错药了,还是跌进尿盆了,还是让驴踢了?"勃勃道:"别管秃发的事了,赶快备战吧,这么长时间了,咱们没按姚皇帝的圣旨行动,他肯定要发兵问罪,我们要赶紧加强防御,准备迎战。我也要回塞北让他们加强练兵准备迎战哩。""你这娃,把我撂在高平不管了?"勃勃道:"别怕,他们来了就狠狠地打,你有城池,两三个月他们又攻不下,我一得到消息就会带兵前来消灭他们。"没弈于道:"你可一定要来,你的几个婆姨和娃娃可都在高平。""老岳丈啊,你就放心地去打。"

勃勃回了塞上,积极备战。

时隔不久,姚兴果然发怒:"哼,没弈老头,我命你和南凉开战,你不但抗旨,还和南凉暗地勾结,意图反叛!"遂发四万大军,由大帅姚石生(姚兴叔父)统领,准备捣毁高平,擒杀老贼没弈于。于是姚石生率领四万大军浩浩荡荡、旌旗招展、声势浩大地来攻打高平。

高平王没弈于听勃勃安排,早已给城中备足粮草,城中虽只有两万兵士也毫不胆怯,你四万大军又能咋样,来攻城啊! 先用你的兵马将护城河填满再说。姚石生指着城上的没弈于骂道:"没弈老贼,叛逆犯上,遗臭万年,早些下来自缚请罪,免你一死,不然我们定要捣毁匪巢,让高平城寸草不生。"没弈于站在城墙上道:"要攻就攻吧! 叫唤什么呢?"双方交战,城下撂了不少尸体。

勃勃在寨上已知高平开战,给各寨都做了战前动员会:"北魏已吃了亏不敢轻举妄动,后秦已发兵四万攻打我岳父,迟早也不会放过我和你们,要积极备战打退后秦,用不了几年咱们就能打到长安,收复中原!"一番话说得大家热血沸腾。

勃勃一行又跑到大洛川,见到了叱干阿利:"哥哥,现高平我岳父那儿已和后秦开战,你也准备起兵吧,就去抄姚石生的后路,他的粮草在平凉,你要是控制了他们的粮草,姚石生就会听咱们的安排。"叱干阿利道:"好,就等这一天了,哥听你的调遣,我这里有四万多兵马哩。""好,我要去见姚石生,逼他去打南凉。"叱干阿利担心地道:"他能听你的调动吗?危险吗?"勃勃信心十足地道:"我去试试,估计不成问题。"

姚石生正在与部下将领研究如何攻城擒杀没弈于,忽然有校尉传报说安远将军刘勃勃求见。姚石生问道:"他带了多少兵马?"校尉道:"远处不知,寨门外只有五十余骑。"姚石生疑惑道:"他是没弈于的女婿,我们正在攻高平城,他来干什么,莫非不要命了?也好,让他们进来吧。"

勃勃一行不卑不亢、落落大方地进了姚石生的军帅大帐,姚石生坐在军帅大椅上问:"你就是安远将军刘勃勃?你不知我正在与你岳父没弈于交战,不怕我擒了你?"刘勃勃道:"哎,将军这话说得人不爱听,他虽是我丈人,但抗旨不遵,触怒天颜,皇帝下旨剿灭,天理使然,而我是皇帝钦封的骁骑将军、安远将军、御令军察,还是阳川侯,你看看这都是御令金牌,你擒了我还不等于自找麻烦?再说他虽是我岳父又怎样,父子之间又能怎样?男子汉生于天地之间,要顶天立地,徇私情护短,那是小人之作。还有我那妻子长得像个母骆驼,我们没有什么感情,她当年是逼我成婚,常常睡到半夜将我一脚蹬到床下。"这番话惹得大伙一阵哄笑。姚石生道:"这么说你是大义灭亲来了?"勃勃道:"也不全是,另一方面是为你着想,你攻了几天损兵折将,也还是攻而不下,时日一久,会大伤元气,又是自相残杀,就算攻到破城,那时你的部下也寥寥无几了,城中无辜百姓又得死伤多少?"姚石生急切地道:"圣命难为,有何良策?"勃勃道:"这事简单,我给你办两件事:一割了我丈人的头,二将那把椅子与黄袍交给你咋样?"姚石生忙道:"还有黄袍?我只知道椅子,你需要多少兵马?"勃勃道:"不要一兵一卒,放我进城就行。"姚石生道:"放你进城你办不了咋办?"勃勃道:"你先不要说我办不到。这事要是办了,我是有条件的。你得带着你的兵去打南凉,原来姚皇帝让我们去打,我们没去才导致了今天的局面。我将这两件事一办,你再带兵去打南凉,这不是集三功于你一身吗?"姚石生用手捻动着胡须:"这可是一石三鸟啊。不过勃勃,不,安远将军,你拿什么作保?"勃勃毫不犹豫地道:"我把我五十多个亲信随从留给你,如果明天办不成此事,你可以砍了他们。"姚石生道:"好。"勃勃道:"你可得遵守诺言,去打南凉。""好。一言为定。"

勃勃单枪匹马来到城门下叫门,城上回话道:"阳川侯,将军有令,现在两军交战,你死我活。何况城中十几万百姓的命运都由城门主宰,我们哪有此胆?"勃勃道:"好,好,赶快请你们没弈大帅来答话。"没弈于站在城门上向下看了一会儿,认准是勃勃便道:"是贤婿啊,可现在开门不是引狼入室吗!"勃勃道:"什么贤婿,你女儿睡到半夜常一脚将我踹到床下;什么引狼入室,我的三个老婆和七八个孩子还在城里,我是办公事,以安远将军的身份来给你们两家说事。"没弈于道:"好啊,那你让敌军再退后二百步,我让将门开一个缝你进来。"于是勃勃给姚石生喊话道:"你们往后退二百步。"城墙上为了以防不测在城门的上方备足了檑木砲石,三层弓箭手做好了防备,第一层半跪着,第二层站着,第三层后面预备,严阵以待,摆弄了一阵,偌大的城门"吱吱呀呀"地开了一条缝,刚容勃勃进去,城门便又关上了,用大铁链木杠子杠死。

没弈于从城楼上下来见到勃勃道:"贤婿啊,你带的兵呢?让我一个人顶着啊?"勃勃道:"走,回将军府再说,我的兵在姚石生的兵营哩。"没弈于道:"这又是唱的哪一出?你将我搞糊涂了。你不是带几万兵马支援我吗,咋又在敌军里呢?"勃勃道:"只有五十几个亲信。"没弈于气急败坏道:"带了几十个兵还给了敌人,这不是玩我吗,今早上你就别吃饭了,吃里爬外,想害死我吗?"勃勃道:"谁想害你啊,我不是想早点给你解围嘛!你按我说的做,过不了几天,姚石生带的这四万兵就都成了我的部下,让他们去打南凉咋样?"没弈于一听,干瘪清瘦的脸上泛起了笑意,很不成气候的山羊胡子一抖一抖。"这就好,这就好,我还怕他们围上几个月城,憋得我不能出城去打猎呢?照你说,用不了几天,他们就会撤兵?那你说咋办就咋办。"勃勃慢条斯理地道:"第一,将椅子与龙袍交给我;第二,对外就说我杀了你。"没弈于一听肺都气炸了:"好你个狼心狗肺的家伙,我白喂你了,将女儿贴上几千两银子嫁给你,你倒恩将仇报,杀了我去献城投敌、卖主求荣。"勃勃道:"行啦行啦,我那几个儿子还是你的孙子,我能杀你吗?是假杀,就是委屈你几天不能露面,你休息几天,由我指挥,将你的将帅大印交与我就行了。你就安安心心地逗孙子玩吧。""那打仗的事谁指挥?"勃勃道:"给你说过几天下面的兵都是我的,打死了多可惜。"没弈于尽管满腹疑惑,还是对勃勃说:"噢,是这样,那好,你来,这帅印、这龙袍都交给你,龙椅在暗室,你知道的。"勃勃道:"将城里的几个副将都叫来,你宣布,一切号令都由我发布。"于是几个副将都到齐了,没弈于宣布:"非常时期,一切军务、政务由安远将军勃勃发布,不从者斩,大家都听清楚了。"几个副将都"诺"一声表示服从。勃勃命令道:"没弈贵听令,在死亡老兵士中找一像我岳父之人,割下首级拿来。没弈贤,派十几个士兵将龙椅抬上城头,将龙袍拿上城头,将舞女歌伎队、鼓乐队弄上城头,将烤架拿上城头烤全羊,再配上老缸坊酒,宰杀二十条羊搬上城头。"副将们一一照办。过了一阵,没弈贵真的提来一个死亡兵士的头颅,极像没弈于,就是没胡子。勃勃道:"去用剪子剪些马尾巴粘上。"弄好后又叫来没弈于对比了一番,用马尾巴粘的胡子几乎可以以假乱真。没弈贵打趣道："二爸，这人粘上胡子还真像你。"没弈于道："你臭小子也盼我早死哩。"

　　一切准备就绪，勃勃登上城头，向下喊话："喂，告诉你们姚大帅，我承诺的两件事都办好了，让他近前来看。"但因姚石生距离城墙太远看不清楚，部下对姚石生道："大帅，我怕其中有诈，先不要过去。"勃勃看出了对方的心思，便大声吼道："我说到做到，这是龙袍和龙椅，还有没弈老贼的人头。这可都是你要得，我已撤掉城上的士兵，歌舞鼓乐相待。"话毕鼓乐齐奏，满城头的舞女，翩翩起舞，再加上烤羊肉老缸坊酒的香气，十分热闹，城墙上一片祥和的气氛。舞女们时不时地翘起雪白的腿向下示意，卖弄风骚。姚石生道："我们过来了。"勃勃道："过来多少人都可以，但不能带攻城器械。"于是一会儿的工夫，东城门外的广场上都站满了秦军。姚石生道："你把东西拿来让我们看看。"于是勃勃派人用棍子撑起龙袍让下面看，又让人抬起龙椅让下面看，还有那颗人头也让下面看了看。姚石生道："谁知是真是假？"勃勃道："这三样东西你拿回去即可交差。西征功德圆满，可以邀功领赏，你还未伤多少兵卒。"城上时不时地有烤好的羊肉放到城下，秦兵们争抢而食，还有酒囊中的老缸坊酒供大家享用。城上的舞女们卖弄风骚，毫无战争的气氛。

第二十八章　巧取秦兵战南凉

　　勃勃对着姚石生道："你看这样行吗,我已接管高平帅印,咱也别打了。咱们是一家人,我将这几样东西给你放下去,你去领功。再去攻打南凉怎样?"姚石生答应了。这时城上的兵士在勃勃的指挥下将没弈于制作的龙袍放了下去。又有一二十个壮汉将那沉重的龙椅放了下去。最后,用红布包了的"没弈于"的头用个红木箱装了也放了下去。姚石生的部下照例收了。勃勃道："我的承诺兑现了,该你兑现承诺了。"姚石生冷笑了几声道："你这傻蛋,怪不得你老婆将你踹下床,这打南凉是我能决定的事?"勃勃道："你当然不能,而我能,你必须听我的,你这胆小鬼肯定什么事也干不了,还领四万大军呢,回去养几条细狗追兔子去吧。"姚石生还口道："你才胆小鬼,养上几条狗去追狐狸。"勃勃道："我胆小,我刚才就坐在假龙椅上,你敢吗? 听说你回家让老婆用笤帚把子打得满脑袋疙瘩,还踩翻了尿盆。"姚石生一听大吃一惊,心想他咋知道的? 但他自然不能承认："我一个叱咤风云带兵征战的将帅,敢屠龙伏虎,早已将生死置之度外,将士们,将那椅子抬至高处我也坐坐给他看。"于是兵士们将椅子抬上土台放稳,这姚石生不但坐了还穿了龙袍,佩上剑威风八面,远处的将士看不清楚以为真皇帝来了,忙跪地喊道："吾皇万岁万岁万万岁!"这一喊不要紧,远处的一位军官也跟着喊,一两万将士都下跪在地。勃勃站在城楼上说："好好好!"

　　姚石生忙道："我们是闹着玩的,你不是也坐了吗?"勃勃："我坐上没人喊万岁,再说你们姚皇帝的真龙椅我也常常晚上坐呢,并且是他领上我坐呢,因为我是他的车都尉,他坐的车还没我坐的多,你就不同了。你这干的可是灭六亲株九族的勾当。"姚石生道："你，你别吓唬人，我可是现任皇帝的叔父。你敢胡说，你在我军中的那五十几个人可都没命了。"勃勃道："我说过，你连他们的汗毛也不敢动，你胆子太小，你不说我都忘了。赶快派人将他们请来，中间让开一条道，让他们到城楼下吃烤羊肉喝老缸坊酒。"姚石生道："这倒可以。"于是那五十个人都来到城下，席地而坐，吃着城上放下的烤全羊，喝着酒。"勃勃道："弟兄们辛苦了，他们没为难你们吧？""没有。""好，多吃点，多喝点。"勃勃又对姚石生道："你赶快兑现你的诺言。我已为这事背上了杀岳父的恶名，你不兑现我就不客气了。"姚石生道："我手上有你五十个情同手足的手下还怕你？他们的命可攥在我手里呢！"勃勃道："你连他们一根汗毛也不敢动。第一你攻城不力，损兵折将，第二你坐龙椅身穿龙袍，已是灭六亲株九族的重罪，不久你的家门就会被捕快都统撞烂，将你西关常安巷的姚家一家二十八口，还有家丁、婆子、丫鬟上了大镣押入死囚牢，秋后砍了头抛尸荒郊野外，将你押至菜市口，乱棒打死，遗臭万年，我不告发，你这四万军中能无细作、军察？再说，我收拾你的话一个信鸽放出，明天早上你妹子的尸体就会一丝不挂地吊在十字街口。"这时，姚石生已气急败坏地从龙椅上跌下来。勃勃又道："姚大帅，你先别急着装死，你还得为这四万将士的生命负责。你再等一个时辰，说不上有人来报放在平凉的粮草辎重，被不明身份的人所劫，那里你只放了五千人，不堪一击，你要发兵夺回的话，要付出多大代价，要面对四万铁骑，有胜算吗？"兵士们一听，纷纷变了脸色，自古道："兵无粮则反，民无粮则乱。"兵士们想："要是三天没粮，人家城里天天吃肉喝酒，咱们还不得饿死，一路上人烟稀少，抢都没处抢。"此时已经军心大乱，将士们对姚石生的恨自然发泄出来，已经有了造反的苗头。众人心里都想着："这老不死的仗着自己是国亲，吆三喝四瞎指挥。这次将咱们害惨了。"

果然，不一阵快马来报，平凉的粮草辎重尽失，兵士大哗。姚石生已知回天无力，像一头即将死去的老绵羊，连回光返照的力气也没了，暗暗想着与其满门抄斩还不如横剑自刎。勃勃对城楼下命令道："呼延豹、宇文杰过去，缴了他的军旗帅印。"两人到军帅大帐缴了旗印，赶回来时姚石生已自刎而亡，副将杨丕也自刎了。

勃勃站在城楼上大喊："将士们莫慌，你们现在由我安远将军统一调令，各自回营，整备军马，粮草在我手上，这是两个月前皇上的圣旨，要高平军去攻打南凉，现在要你们顺便去攻打南凉，将功折罪，这两天吃饱喝好，随后粮草辎重随行。去拔了秃发傉檀的那几根毛，让他上下都秃。至于你们的家眷，不要担心，犯罪的是姚石生又不是你们。"

将士们像潮水一样退回营地，军中主要职务都换成了勃勃的亲信随从。勃勃回到高平将军府，坐在主帅椅上，没弈于进来道："你这兔崽子咋坐在主帅椅上？"勃勃道："我不坐这儿坐哪？你将主帅印交给我了，我到哪办公？"没弈于撅着胡子："那我坐哪？""你坐你的龙椅，穿你的龙袍嘛。""真的让我坐龙椅？"勃勃道："真的，但不能在高平坐，而要将你和椅子还有你那龙袍带去麻黄梁旧堡，那里安稳，还有将你那些露胸裸腿的舞伎、鼓班乐班，还有我那几个八婆和你孙子都带去，穿上龙袍坐在龙椅上好好排练，过几年我让你到长安去坐真龙椅。"没弈于心酸地道："这高平城我住了几十年了，现在不让我住了？"

"高平城将是一个烫手的山芋，也将是各路大军云集，战火纷飞的所在，咱们、后秦、南凉，甚至北凉都会掺和进来。"没弈于恋恋不舍地道："那不要我打仗了？""怪不得秃发傉檀都说你骨瘦如柴，好战嗜杀，你也退隐吧，什么事条件不成熟就急着干，十七年前我大听了你的话，兵马不足就要建大夏国，结果政权灭亡，种族被北魏屠杀五千余口，弃尸黄河。唉，快去吧！反正我替你又背了杀岳父的黑锅，不知让后人咋骂我呢！"没弈于也自知理亏，不再言语，按照勃勃的安排去了塞上麻黄梁旧堡。

勃勃来到平凉，见了叱干阿利，感激地说："哥哥，感谢你这次出手，开弓没有回头箭，你这迟早要露馅。咱们这块儿已成为大战热点，不如将叱干城的亲属家眷早些迁走，以免遭遇不测，到时候顾此失彼的。"叱干阿利道:"兄弟想得周全,这几天我也在考虑此事呢。""那就将他们秘密迁往麻黄梁华龙镇。"叱干部,也叫薛干部,后来人们都姓了薛。

勃勃安顿好这些,又命叱干阿利大军继续戍守大洛川,抽出一万收编了姚石生部队的监军,浩浩荡荡地去攻打南凉国。

秃发傉檀闻报,头摇得像拨浪鼓:"不可能,他这傻骆驼回去才有多长时间,就组织了十来万的军队,还旌旗仪仗、粮草辎重齐备,军容整齐?"部下辩解道:"都是秦军。"秃发傉檀道:"我还小看这傻骆驼了。姚兴能舍得将十万大军交给他?明明给了他个虚职,他却能领十万大军对我南凉不宣而战,侵我领地,又没有檄文。这姚兴的脑袋被驴踢坏了?"然而,事实是他沿路的州县一个个被攻破,城池失守的消息一个接一个传来。秃发傉檀真没想到失败得这么快,发令举全国之力向都城乐都集结进行反击。

一场大战在即,勃勃下令扔掉辎重,行动迅速,打过了定西、兰州,马上就快要打到乐都、西宁了。沿路也抢了不少马匹,步兵基本上都换成了骑兵。副将问道:"步兵虽都换成骑兵了,但还是不熟习马战,恐怕难以对敌。"勃勃道:"我没让你们攻城死磕,而是见机行事,打不过就往回跑,让他来追啊。"

话说他们已经攻到了南凉都城下,城里城外加起来有二十万大军相迎,勃勃这方攻了两次,但明显不占优势。便令往回撤,秃发傉檀下令追击。晚上宿营时,众将在军帅大帐议事。焦郎道:"我们现在已追过了兰州,这些兵不战而撤,我看是诱兵之计,勃勃一向治理军队严整,他的军队不是这个样子,咋能跑得比兔子还快,其中必定有诈。"将领贺连道:"刘勃勃率乌合之众,战力不强,如任由其来去自由,我南凉国颜面何在?从元阳到杨非三百多里都被他抢劫了,岂能让他逃回去?何况上次还无耻地当众向公主提亲,传出去还不被世人小瞧了咱们南凉。"秃发傉檀一时气愤,拔出宝剑砍掉桌角怒道:"休得再议,继续追击,直至擒获此贼,将他碎尸万段,抽筋扒皮,看他还想不想拔光我的胡子?"

于是两家第二天追追打打,停停追追,之后进入了一条狭窄的川道,秃发傉檀的部下怕有埋伏便问是否追击,秃发傉檀长剑一挥:"追!"焦郎忙劝道:"陛下,此谷狭窄,敌情不明,如果敌人埋伏于此,我军休矣。"秃发傉檀怒道:"你这个胆小如鼠的家伙,我白养活你了,要是怕死的话,你去殿后。"于是他们大大方方地追了十几里,八成部队已进入沟谷。这时前面拐弯处被从山峁滚下的树木挡住了去路,前军已知有敌军埋伏,秃发傉檀喊道:"不要慌,哪有敌军埋伏?这是敌人为了迟滞我们设的路障。"便命令士兵们将树枝砍断搬开。不多时,只听空中一声鼓鸣,杀声四起,箭矢如雨,树木石块纷纷落下,谷中一片鬼哭狼嚎。勃勃挥舞大旗大喊:"成败就看此战,狭路相逢勇者胜,将士们,你们不是饿了吗?杀死他们,他们身上都带有干肉。"山上的柴火捆也往下滚。勃勃的胳膊中了一箭,也不退缩,继续指挥战斗。山谷喧闹,峰峦颤抖,惊鸟飞鸣,林兽急遁。

不到半天,秃发傉檀死伤过半,损失惨重,全军溃败,秃发傉檀在部下的拼死护卫下逃出峡谷,勃勃身先士卒冲锋在前,大大地鼓舞了士气,将士们打了胜仗,士气高涨,紧追不舍。秃发傉檀却只顾逃命了。勃勃号召大家只要马匹、兵器和敌军身上的吃食,要马不停蹄、人不下马地追。直追得秃发傉檀狼狈不堪,身边的兵越来越少,有些也不想逃了,干脆就坐在路上等秦军来,准备加入到秦军中。秃发傉檀衣衫褴褛、遍体鳞伤,趴在马上,只有为数不多的随从护卫。守城的将士一看心想:秃发爷,你走时可是十万大军威风八面,兵强马壮得要气吞山河哩。这才不到十天啊,咋这副模样了,乞丐也比你这模样强。勃勃已追至城下,兵士急忙关了城门,勃勃也不攻城,只是安营扎寨围困,没几天,周边城外的几个小股部队都投降了勃勃。

休整好了,勃勃向城里喊话:"南凉的各位将士,我与你们一无冤二无仇,本是井水不犯河水,我出使贵国,走时说过要将秃发傉檀的上下毛都拔光,给他在戈壁滩盖间房,让他养狗追兔子,打土拨鼠,再配四个寡妇,给他暖身子做饭。你们是无辜受害者,不要为秃发陪葬,你们以为我们逃了,故并无准备,内无粮草外无援军,不敢出城,能支撑多久?我们来不要你们的一草一木,不要一兵一卒,交出秃发傉檀,我们就撤兵罢战,俘虏的兵我们也给你们留下归还原部。我既无国也无民要你们干啥?你们守在这儿顽抗下去,只有死路一条。"将士们一听俘虏也不带走,不知是真是假,只要自己还在家乡,能和亲人团聚就好,就怕带走自己让去替他卖命打仗哩,只要他不带走自己俘虏就好说。这话传到城里,军心大乱。原来城中守军只有一万常备军的供给,一下增加了几万人,过不了十几天就会坐吃山空,军民受饿,到那时还是一样的结局。有些将领已想将秃发傉檀献出了事,但一时还难以达成共识,只好等待时机。

第二十九章　泪洒苍天南凉灭

这几天,各将领都自发地站在秃发傉檀的皇宫前默默无语,站了好久了。天下起了雨,他们还是不肯离去,秃发傉檀不得不出来见他们:"各位将军,你们,还包括你们的父辈以及我的父辈们都劳苦功高,出生入死,建立了南凉基业,这些年国泰民安,国固疆稳,现在上天也在哭泣,这是上天的旨意,你们回吧! 过两天我会给你们个交代的,回吧!"

将领们都依次回去了,秃发傉檀有气无力地回到寝宫,自言自语道:"后生可畏啊,我却把你当成了傻骆驼,这是我的错,得我来承担,这就是国王,别人错了只是一个人或少数人受牵连,而皇上判断失误了会误国,会使许多人丧命,累啊,也罢,不是要我的命吗,给你就是了,别连累其他的人。"

这天,天气放晴,城门大开,兵士们每人抱了一捆干劈柴,在城墙下架起了柴堆。秦军将士都默默地看着。过了一会,兵士们点着了火,越烧越旺,烈焰翻腾,浓烟滚滚,那些将军统军、兵长大臣都有序地伫立在城墙上,每人脖子都挂着一条白绫,都神情凝重。过了一阵,秃发傉檀与皇后在两个侍女的陪同下也上了城墙,都是一身素白。一只苍鹰在他们头顶盘旋,不时地发出一声声凄惨的叫声。这时秃发傉檀精神振奋、嗓音洪亮地道:"南凉国的子民,将士们,我今天要去了,要去西天与我的列祖列宗相见,如果我的离去能换来南凉国的安宁与稳定,我也值了。"说罢四个人一齐从城上跳进火堆,砸得火星四溅,那盘旋的苍鹰看见,也收起翱翔的翅膀一头扎进火中。这时站在不远处的秃发银燕挣脱护她的人,奔跑过来,大喊着:"傻骆驼,我看错你了,你是个杀人不眨眼的恶魔。

我做鬼也不会放过你。"勃勃忙吼道："快拦住她。"但为时已晚,银燕已凌空而起,那飘起的两扇黑缎衣袍犹如燕子的两个羽翼,在众人的视线中落入烈焰之中……一切都在一刹那间化为乌有,那一瞬间永远地刻在勃勃的脑海之中,挥之不去。他呆呆地伫立在那里,凝望着火堆,秦军将士也像他一样伫立着凝望着,是否有人掉了眼泪,不得而知。那宫女的坚定,那苍鹰的忠诚,那黑色银燕的果敢,在勃勃的脑海中不停地回放,但他的表情却很木然。

一队高级军官与大臣出了城门,后面还跟着宫女侍从仪仗,来到勃勃面前,为首的道："将军,这是南凉国国王玉玺,请收下,请将军入城上殿!"勃勃木然地道："贵国的国政,我说过绝不染指,我只交代一件事:盖个寺院,安放殉国者塑像,我每年都要来观瞻祭拜,塑得要像真人,包括苍鹰,钱由我出。"

"也许一切都操之过急了,也许再和谈一次就有转机,也许这是天意,也许姚石生不攻打高平,也许我那做梦都想做皇帝的岳父不造那'龙椅',银燕还会与她的玩伴在花园里无忧无虑、天真无邪地嬉戏,也许那个飞来的皮球没有砸在我的头上……这也许到何时,干脆也许我父王和我妈不要成婚,我就不会出世得了。几次被打入死牢我没有怕过,杀伤那么多人我没有心酸过,但现在泪珠却不知不觉挂在脸上。真不想回去了,给他们守陵吧!"勃勃心绪翻腾,五味杂陈。

兵士们已散去,勃勃还站在那里,猛然间自己打了自己一巴掌,泪珠抖落渗入脚下的土中。银燕,但愿在梦中相见。

回到塞上,勃勃仍是闷闷不乐得一言不发。各位首领齐聚麻黄梁旧堡,各位首领已觉得自己兵强马壮,要求建国,以便师出有名。可是建了国谁当国王呢?勃勃道："二哥,建了国谁当国王呢?你当啊?"刘力鞮道："三弟你这几天是咋了,都火烧眉毛了,你还开玩笑,这塞上塞下已有咱们十几万兵马了,要再不树起大旗统一号令,定会出乱子,前功尽弃,只有树起大旗才有国、方有威,才能统一号令,我们与河东旧恨加新仇,又惹翻了后秦，骗了柔然的战马，要再不振作有更多人会人头落地的。"勃勃听了这话顿时醒悟：是啊，自己不想打打杀杀别人都不想吗，要是那一家攻入塞上，又有多少人会惨死。

于是他们仓促定国号为"大夏"，改"刘"姓为"赫连"（赫然天连）。

下面就是人员封赏：封刘力鞮为大将军，叱干阿利为御史大夫、司隶校尉，呼延豹为征南将军，宇文杰为征北将军，其他人依次封赏。刘力鞮提出定国都事宜："我看高平城池坚固高大，兵精粮足，可定为国都。"赫连勃勃道："国都暂时不定了，将来在奢延城扩建都城，我去的地方多了，那里地势平坦开阔，临无定河，又居于塞中，南临长城北接草原，四通八达，海子遍布，水草丰茂，紧邻秦直道，南控绥延。绥延暂时还没纳入咱们版图，等收了绥延，咱就可以建城了，将来就命名它为'统万'，再说黄帝不也是没城打了几十年胜仗嘛。就这样定了，我红庆寨、十八寨、麻黄梁、高平、大洛川地来回跑，敌人也弄不清我在哪，他们就没目标，姚兴虽然损失了几万兵，但关中富饶，人口众多，兵员充足，咱也不敢硬碰硬地干，只能打游击战，能胜则打，不胜就跑，拖疲拖垮他们，他前进咱就打他尾巴，他后退咱就打他前面，让他摸不着看不见。他军势大了咱光打他的粮草辎重，再就是以小股骑兵深入他的内地滋扰。"勃勃一番话让苻红英颇觉欣慰："勃儿真的长大成熟了，妈为你骄傲。"

勃勃道："妈，我要是国王您就是太后了，自从十七年前离开我大，你一个人也够清苦的，我知道您和我大年龄悬殊太大也没啥感情。可是您对一个人情有独钟，他就住在塞里的鱼河，叫王凌云，和你年龄也差不多，您和我大没成亲前你们俩就一见倾心，我说对了吗？"苻红英的脸"唰"地一下红了。"你咋知道？""我知道人家还救过您，我和他儿子王买德常在一起喝酒打架，再打架，再喝酒，现在我以国王的身份命令您去找他，将他接来塞上吧。"刘力鞮道："当国王了是圣旨，还命令呢？以后得改口。"勃勃笑着道："这不是还没大殿上那道圣旨呢。"

斯年为公元 407 年，勃勃赚了柔然八千匹战马，收了前秦姚石生的四万人马,罢了岳父没弈于的兵权,平定了南凉,建立了夏国,改姓赫连,封赐了官吏。

再说苻红英早已有此想法,既然被勃勃说破了也没有隐瞒的必要了,而且按照法律,夫两年不归,可自行改嫁。她便打扮一番,涂脂抹粉,引两名随从越过长城,直奔鱼河。此时正是春季,杨柳吐翠,百鸟啁啾,微风轻唱,百花盛开。苻红英见到了王凌云,王凌云大吃一惊:"你咋又来了,今年发生了几件大事,龙颜大怒,正在加强边防,防止塞上闹事呢。勃勃竟然逼死了大将姚石生和杨丕,还调动十万大军灭了南凉,惹怒了皇上啊。"苻红英满不在乎地道:"这关我何事,又不是我干的。"王凌云道:"可那是你儿子干的。""我儿子干的与我没多大关系,我隐居红庆寨无人认识啊。怕什么呢? 我只是来看看你,你婆姨也去世两年了,一个人守在这儿,还要管这么多兵马,四十几的人了,也无人照顾,要不我就不走了,专门安排你的起居饮食。"王凌云道:"这可使不得,万一走漏消息,通敌之罪那可是要灭六亲、株九族呢!""这么说你不想要我了?""想啊,几十年前我就对你一见倾心,我日夜思念你,听说你远嫁北塞,我忧伤了几十年了。"两人紧紧地拥抱在一起,久久地不愿放开。

勃勃将塞上的一切安排好后,准备去一趟长安,面见姚兴。到了长安后,只让一个大臣给皇帝姚兴通报说:"晚上有人请你在西关酒肆看打架。"皇帝一听就知道是勃勃。心想:他怎么还敢回来? 转念一想,毕竟在一块儿相处了五年,感情深厚,谁也不敢害谁,我一个堂堂的后秦皇帝,要是不去,岂不丢人。

黄昏,皇帝姚兴借着夜幕的掩饰,便服前往,按照勃勃指定的地点如期赴约,两人相见,相对而坐,互相望着对方,过了好长时间,姚兴才开口:"你咋还敢来?"勃勃道:"给你汇报战况啊,我是你的阳川侯,因我岳父那人不安分,惹下事端,我将事端平息了,少死了多少人。""这么说你还有功了?"勃勃道:"功不敢说,只是遵照你的旨意,带着十万大军灭了南凉。"姚兴道:"那现在那十万人呢,我叔叔姚石生呢?"勃勃不紧不慢地说道:"听说你叔叔姚石生,领四万大军攻打高平,原来是为了我岳父抗旨不遵,惹怒龙颜,为了减少伤亡,我出面调解,有错吗?都是自家人你说对吧?""你做得对。""我单枪匹马进城,冒着被斩的风险劝说他不要做为帝图皇的美梦,交出'龙椅''龙袍',交出兵权。他最终听从了我的建议。放弃兵权,避免了两败俱伤、玉石俱焚。这是你的边将,这是你的国土,如果打下去,等到打开高平城的那一天,你那四万将士还能有多少人生还?高平城的军民又有几人能活?我将'龙椅''龙袍'交给你叔父,他却狂妄地穿上龙袍,坐上龙椅,那么多将士不明真相,高呼万岁!事后,他自感罪至连株,引颈自刎,也不能怪我吧。"姚皇帝低头沉思不语。"还有,为了遵从你攻打南凉的圣旨,我只好让部下带着你的兵去攻打南凉。冲锋陷阵,奋力拼杀,浴血奋战,才拿下了南凉。你也是带过兵打仗的人,咱远师劳顿不说,兵无粮,马无草,以十万兵对付人家二十多万兵力的一个国家,打败了自己没损伤吗?还余两万多兵,一部分留在南凉,一部分交给高平守军,一部分交给了你的边将叱干阿利,我仍是无一兵一卒的拦羊汉,还背上了杀害岳父没弈于的恶名。"皇帝姚兴忙道:"你真的将我干大杀了?"勃勃回道:"没有,我夺了他的兵权,让他隐居,颐养天年。别再做那为帝图皇的美梦,都一把年纪了捣鼓那些没用的东西。""是啊,几十年前,我们入主中原,幸亏他给我们看住了西大门,要不然鹿死谁手,很难预料。哎,听说你还要建什么大夏国?"勃勃道:"实不相瞒,确有其事,但那是要对付北魏,我家与北魏有血海深仇,尤其是我二哥刘力鞮,在北魏被囚七年,受尽拓跋珪的戏谑侮辱,一心要复仇复国。"姚兴道:"我说么,咱俩那五年岂能白白相处,可是那些大臣们却总是添油加醋地将你贬低得一无是处,真想让你还留在我身边,我们共谋大业。可他们总是喋喋不休的,这就是嫉妒,这就是唯利是图。做主子也难啊!"

第三十章　齐难请缨攻塞上

两人望着对方,都在心里默默地向对方宣战。姚兴皇帝:"既然你建了国,就等着接招吧!"勃勃:"我等着,这一天迟早会来,海阔凭鱼跃,天高任鸟飞,我虽不想杀伐,但豺狼来了也只有给它当头一棒。"姚兴:"我大秦国地大物博、人口众多、兵足将广,你北地人烟稀少、物产贫瘠,又为五胡杂夷,如何与我抗衡?竟敢建国?你简直老鼠舔猫尾巴不要命了?"

翌日的早朝上,长安的宫殿里又热闹起来,大臣们又喋喋不休地发表自己的看法:"启禀陛下,一个拦羊的奴才竟敢建国立威,为帝图皇,末将前去,用不了三个月便将他们收割了。"说话的是延州守将齐难(姚兴姐夫),这人身高八尺,威风八面,也是一员悍将。他想着:就凭塞上的那点兵还不够塞牙缝的。一来我离得最近,二来到塞上捞一把,三呢朝廷还得给我加官晋爵。这美差可不能让人抢了去。

御史大夫道:"吾皇陛下,柴壁之战我四万将士无一生还,高平之役又四万将士下落不明,万事宜和不宜战,再说塞上虽地广人稀,但民风剽悍。自从春秋至此七百余载,远的不说,就秦汉大军发威多次,远师劳顿,深入沙海,劳民伤财,何时剿灭过他们?青壮远征,健妇把犁,地生荒草,虫蛇当道,民不聊生,史之有鉴。老朽不辞鞍马劳顿,愿使持节,跋山涉水,以三寸不烂之舌去说服他们,让其归附于大秦麾下,以安边塞之忧。"

姚兴道:"两位爱卿之言皆对,本应先礼后兵,可高平之役等于宣战,我四万将士下落不明,再者夏国虽立,但有名无实,有号无都,我堂堂大秦,持节下榻何处?与之递交国书,让别国知道岂不笑掉大牙,授人以柄。各位爱卿还有何高见？"各位大臣皆无言语，心中却在想："将勃勃放在你身边，几年捧上了天，这就叫养虎为患，哼！等着自食其果吧！那刘勃勃寸功没有就敢给封奉车都尉、骁骑将军，人家不愿干，就让人家回家放羊去，还给封了个阳川侯、安远将军。这就叫'安远将军不安远，刚回塞上就造反'。"

姚兴又道："想那勃勃新去不久，我虽封了他阳川侯、安远将军，但那是墙上的饼，地无一垄，槽无战马，兵无一卒，就算他曾在长安留驻多年，也不会根深蒂固，我看一击即溃，可以永除后患。"接着又道："各位爱卿意下如何？"各位都喊："陛下圣明，吾皇万岁万岁万万岁！"姚兴也不是糊涂人：万岁都是假的，秦皇、汉武帝谁万岁了？不圣明这龙椅还能坐得住？

于是发兵两路，一路由姚文宗率兵三万再去攻打高平，高平守将没弈贵得到消息，早已给城中备足粮草迎战；另一路由齐难率精兵四万，从安塞上至靖边占领奢延，继而向榆溪塞杀将而来，轻而易举地占领了塞上三城，基本上未遇到什么抵抗，秦军高兴得不知所措。

齐难料定敌人无抵抗之力，必将闻风丧胆、逃之夭夭，于是立刻拟定战报敬呈圣上：

我军自延州挺进，昼夜兼程，鞍不下马，人不卸甲，捷如电闪，所到之处，与敌搏杀，浴血奋战，将帅忠职，兵卒勇敢，已拿下三城，军纪肃整，鸡犬不惊，国泰民安，停敌五千，毙敌一万，残敌闻风丧胆，拖疾带伤，不堪一击，远遁大漠，我已侦知敌之所在，不日即可捕获余贼，班师凯旋，指日可待！

延州守备大将军齐难
八月二十 恭启

齐难倒也真能哄这千里之外的皇帝姚兴高兴，不过欣喜之余，战况倒也在他的预料之中。

再说齐难，一路北上，从未遇到阻击，一路顺风，像走亲戚一样，也未伤一兵一卒。连敌人的面也没见，还报功请赏呢！一日，齐难正在龟兹城中悠闲自得地品老缸坊酒。城外顿时战马嘶鸣,喊声震天,惊得齐难忙下令加强防御,不让出战,根据经验判断,敌人有万余骑。可是没过多久,又悄无声息了。第二天他让斥候兵察看马蹄印去向,印迹伸向北方,清晰可辨。哼,敌人终于出现了! 他心中一喜,点集两万兵马,寻踪追击。追,追得人困马乏,兵疲将惰。但他立功心切:要是追上勃勃并将其首级割下,献于长安的大殿之上,就可以换来大将军的头衔,统领千军万马,威风八面,名列青史,流芳后世。

大漠草原,浩瀚无际,时值中午,酷热难耐。将士口渴难耐,追了两天,已疲惫不堪,感觉离敌人很近,就是追不上,但看看地上新鲜的马粪,又感觉快追上了。在草原上绕来绕去的,齐难也感觉十分危险,便命令士兵们下马休息。不一阵,草原起了风,狂沙漫卷,啸如狼嚎,有人喊道:"远处像是一支马队,向咱们奔来。"有人道:"眼睛让鸡屎糊了? 那是沙尘。"定睛一看,真的是一队马队杀奔而来,将士们急忙起立,可是许多人慌乱之中连马也上不去了。勃勃的马队像潮水一样掩杀过来。一阵砍杀之后,尸骨遍野,沙渍溅红,兵叫马嘶,齐难侥幸带着少数骑兵逃回了龟兹城。

勃勃的部下向他建议:"咱们乘胜追击,攻破龟兹城,一举夺回龟兹城。"勃勃道:"永远记住,咱们不攻城。攻城伤亡太大,得不偿失,要城干什么? 城就是棺材,是死人住的地方。咱们提前给路过的地方备足吃食和水,就和他转圈,转得他筋疲力尽、饥渴难耐时再出手揍他,打得赢就打,打不赢就走。只要按我的做法,用不了十年,长安就是大夏国的了。"

再说齐难逃回龟兹城紧闭城门,过了几天了,还是心有余悸,再也不敢大意轻敌了。在齐难向北杀来之时,刘力鞮已从另一条沟岔带领一万余骑潜到了延州齐难的老巢。这齐难的老巢在现在的延安东北方向,名叫杏城,依山傍水。刘力鞮围而不攻,主要让将士们在城外抢劫掠夺财物。

　　齐难闻报,觉得事情重大,也不敢在塞上久待长驻,准备回去。这次塞上之征,远师劳顿,损兵折将,粮食辎重消耗较大,何不在塞上捞一把再走? 于是他就领兵去十八寨抢劫财物。人们早知道战事已开,就将金银细软都埋入地下,齐难的部下只好将牛羊驼马、毡毯毛皮抢了不少。但这样就导致了队伍行动迟缓。

　　其实早些日子时,勃勃料定他们不久便会撤军,已在榆溪河上游拦坝聚水,给齐难准备了一顿丰盛的大餐。

　　齐难毫无察觉,还为得到如此多的战利品而暗自高兴,洋洋得意。抢劫之后,他便指挥撤军。出了龟兹城,向西行了十几里便是榆溪河,兵士们陆陆续续地过了河。副将道:"咱们来时这河水还大着呢,现在咋连饮马的水都不够了。"齐难道:"这沙地的河都这样,天涝时水流就大,天旱时水就小,很正常。"

　　勃勃已带着几千士兵决坝放水。那缺口越冲越大,直到垮坝溃堤,洪水奔腾而下,急浪争涌,流沙俱下,黄涛漫川。

　　秦军刚过了一半,洪水带着沉闷的响声,漫浸了一里多宽,正渡河的兵士有的被浪头冲倒卷走,有的在黄泥水中挣扎,身上全是黄泥,狼狈不堪。这时勃勃带着五六千铁骑,卷着黄尘突然掩杀过来。河东的尾队自知难敌,被砍杀得尸横遍野,鬼哭狼嚎。渡到河西的齐难,看着自己的几千将士像被砍瓜切菜一样放倒在河岸,心急如焚。大军首尾不能相顾,活着的秦军有的跪地求饶,有的躺在地上装死,齐难一看便知完了,忙指挥前军丢下抢来的牛羊驼马、毡毯皮毛,准备落荒而逃。勃勃大喊:"齐难休走,咱俩单挑,大战三百回合。"齐难也不回话,拍马而走。

　　呼延虎、呼延豹、宇文杰、贺彪都已经是勃勃的得力干将。呼延虎道:"皇帝,这阵水小了,可以渡河,让我带兵过河去追杀齐难,提头来见。"勃勃道:"不必了,咱们只是鼓噪呐喊,让他奔命。毕竟他手下还有万数残兵,现在去他们势必拼死争战,鱼死网破,双方也得损伤不少。等他逃得疲惫不堪、饥肠辘辘时,自然有人伏击他,他逃不掉。咱们只在后面赶他。"

齐难知道后面有追兵,马不停蹄,一路疯逃,直逃到石州才吩咐稍事休整。齐难心想:再有一个时辰便可脱离平原,进入金明川,那是自己的一亩三分地,也就安全了。偶见一山神庙,便前去抽了一签,竟是下下签,惊得一身冷汗:莫非上苍要绝我之路?惨败到如此程度,到了家门口,难道还有灾不成?便又令立即开拔,可是镰刀湾是个险要之地,山路弯弯,两面红崖。只有半崖上开辟的一条道路,要通过必会费时费力。别无他路,那路只能并列双人双马。正行间,后队杀声四起,山荡谷回,峰峦震颤,后面的士兵为了保命向前涌去,兵士、马匹挤下崖的不计其数,下到川道只剩了一千多士兵。齐难望着这些残兵败将,心灰意冷,仰天长叹:"天啊!这是咋了,想当年我一杆大枪杀进中原,攻城掠寨,替姚苌夺取中原立下赫赫战功。得姚苌赏识且将女儿嫁给我为妻。现在面对姚兴,我这个做姐夫的颜面何在?出征时精神抖擞,声威震天,父老乡亲夹道相送,期盼凯旋,可是带出去的几万将士呢?连他们的骨殖怕是也难以归乡。"

正想着,忽然听到一声"齐难休走,下马受缚"。齐难先是一惊,忽然记起他们可能就是围困杏城的那股。喊话的正是刘力鞮麾下大将刘得胜。齐难打起精神回道:"大丈夫生于天地之间,只有战死沙场千古留名,尔等鼠辈,用尽下三烂之卑劣手法侥幸取胜,算何等英雄?"话毕,迎战刘得胜。两个人战了几个回合,刘得胜感到对方力大无穷,一时难以取胜。此时刘力鞮手下另一部将,也挥枪加入战阵,两人合战齐难,打了几十个回合,未分胜负。他们打斗时,两军兵士也在交战,秦兵逃跑的、死亡的,不计其数,齐难感觉心灰意冷,回天无力,同时也觉得难以支撑,便败下阵来。齐难道:"擒我何用,杀剐随便,二十年后又是一条汉子。"刘力鞮道:"杀你何用,还是放了你,让你的主子来处置你这个爱将吧。"于是放了齐难。齐难只带了一百多人逃回杏城。

齐难回到家已是全身伤痕,衣衫褴褛,蓬头垢面,丢盔弃甲,只好闭门不出。想当年自己英勇神武,英姿勃发,一杆大枪纵横关中威名赫赫,是何等的英武洒脱,何等的荣光耀祖。而近日塞上喋血,折戟沉沙,兵将损失殆尽,真是无颜苟活于人间。他只能等着当朝皇帝姚兴——他小舅子发落他!

且说姚兴,派遣齐难进攻塞上的同时,发大军攻打高平,高平乃后秦西北重镇,既然没弈于早有叛心,那就不拔下这颗钉子誓不罢休。于是发兵五万,再次攻打高平。这高平城在没弈于的多年经营下,岂是一朝一夕能拿下的!于是一场攻防持续战拉开了。高平城守将没弈贵,也是一员猛将,早已厉兵秣马,严阵以待,号令将士严防死守。这高平城高大坚固,即使姚兴调集十万大军,一年半载也休想得手。要拿下高平城,还真得他几万秦军兵马的尸骨来换。

第三十一章 结盟北凉攻后秦

姚文宗回到长安,面见姚兴:"陛下,我已在高平苦战半年,指挥不力,兵马损失惨重,您还是另选强将吧!"姚兴道:"爱卿何出此言,胜败乃兵家常事,我处攻方,敌处守方,占尽天时地利人和。伤亡实属正常。再说你父攻打高平,下落不明,此仇不报,会被世人耻笑咱们姚家后继无人。我再遣军五万,封你为征西大将军、西北招讨使、西部兵马大都督。你征调粮草兵源,一定要拿下高平,擒获敌首没弈贵。只有这样才能确保大秦国西门户之安全,关中方能国泰民安。"于是战火又起。

勃勃灭了齐难,已料定塞北暂无战事,便召集塞上各部,点集了三万多兵马前去解高平之围。三万多兵马对十万之众,只能打游击,打伏击战,劫劫粮草。

勃勃回到榆溪塞,召集了没弈于、苻红英、石九爷、道长爷爷、刘力鞮等一起商议目前的对策,但没有人能够想出来什么主意。过了一会儿没弈于忽然道:"借兵。可以这样,向北凉、柔然借兵!"勃勃道:"借兵我看行不通,只有联盟还说得过去,打仗是要死人的,人家会同意借兵?"没弈于道:"不管用何种方式,我们没有正面交锋的资格。只要能与咱们合作,打退或者消灭敌人就行。"道长爷爷道:"咱们可以与他们结盟,但只有给他们利益,他才肯干。谁都不想做赔本的买卖,北凉不是一直窥视南凉的地盘吗? 前段时间我们攻下南凉,世人皆知,南凉的那些兵将惧怕勃勃,但只要你出面,说服他们,让他们归附北凉,这样北凉的沮渠蒙逊便会大喜过望,岂能不与咱大夏国联盟,共同对敌?"

于是勃勃组织了一个有五十多骑的结盟团,出使北凉。北凉在现在甘肃张掖、酒泉一带,地处大漠,荒凉贫瘠,物产稀少。但其他人都不愿让勃勃前往。石九爷道:"你既已做了大夏国王,只用发号施令,不必事事躬亲。要树立皇权国威才是。"勃勃道:"大夏国初立,还没有兵强马壮,威只是威在塞上,威有何用?只要强大了,打败了敌人,威就自然而至。"于是,他命人把金银珠宝、绫罗绸缎、红枣小米、茶叶药材装了不少,用几十峰骆驼驮了,向西而去。一路上风餐露宿,驼铃叮当,艰苦跋涉。烈日当头,无风无荫,沙漠像蒸笼,人们都汗流浃背,直呼热。

他们顺着秦汉时修筑的长城遗迹及烽火台西行。天空中有几只苍鹰盘旋,俯视着辽阔的大漠,寻觅着可吞噬的猎物。勃勃提醒道:"大伙注意点,附近可能有人或动物活动。"部下问道:"你何以知道?"勃勃道:"这莽原戈壁人迹罕至,浩渺无际,要是没有人和动物,会有苍鹰翱翔?"话音未落,只听一声刺耳的口哨响起。烽火台后疾驰出一彪马队,马队驰来,荡起一片黄色沙尘。原来是黑野牛!黑野牛惊叫道:"原来是屈子兄弟,我还以为是劫道的,你们要到哪去?"勃勃也十分惊喜:"原来是野牛兄。"于是众人都席地而坐,默哈罗波也来坐了,喝着酒,各自述说着这几年的情况。勃勃道:"等我打败了后秦,派军队保护你们搞贸易。"默哈罗波激动地道:"那就太好了。我们要在长安开个大的贸易货栈。"

北凉国国王沮渠蒙逊听说有东方的大夏国使节来拜见,又带了不少的礼物,受宠若惊,忙令人黄沙垫道,清水洒街,鼓乐相迎,表示友好。"万能神圣的主啊,终于赐福于我了。我说么,这几天做的都是好梦,正应验了。这是主对我的恩赐。"北凉与勃勃他们交谈了几天,了解了不少东方的情况,一听说要将南凉的地盘让给他们,沮渠蒙逊差点激动地尿在裤子里。他心想:那南凉的地盘,湖泊遍布,物产丰富,水草丰茂,牛羊肥壮,确是一块好地方,用不了几年,国富民强,兵强马壮,说不定我这把椅子还会搬到长安的大殿上哩。沮渠蒙逊又在脑海中演绎了一番美好的前景,岂知那把龙椅,是用多少人头和鲜血换得的。沮渠蒙逊道:"我们和贵国是同胞同族,血脉相连,骨肉相亲,虽远隔千里,但无不日思夜想。如若能支持我将南凉国并入北凉，我们又成了相互接壤、唇齿相依的兄弟，将共享太平，互相支援。"勃勃道："你说得是，我们大夏国举双手欢迎，但恐怕有人不同意。"沮渠蒙逊一拍扶手："谁？谁不同意就和他们干！虽远必诛。"勃勃道："东面的后秦，他们占据关中，人口众多，物产富饶，卧榻之侧岂容他人酣睡，你与我们唇齿相依，但与他们紧邻，他同意吗？一定会干涉。"沮渠蒙逊道："他让则罢，不让则打，咱们是吃肉骑马射雕的，还怕他们吃面念经锄地的，而且我听说关中马像兔子一样。咱兄弟联手，害怕他不成？说好了，相安无事，盛世太平；说翻了，咱们就浩浩荡荡地开进关中，去抢那把椅子，抢不到也给他弄个鸡犬不宁。他能睡得稳吃得香？"两个小国为了各自的利益，一拍即合。勃勃道："俗话说趁热打铁，南凉国主新丧，暂无国主，无人发号施令，人心慌乱，不如就此发兵收拾了他，扩大你的地盘。"沮渠蒙逊一听："我早等着这天的到来。"于是他即刻发兵十万，剑锋直指南凉。勃勃此行，总算和北凉结盟了，可是等勃勃回到了塞上，高平又被后秦占领了。

　　姚兴得到齐难全军覆没的消息，大为光火：几万大军就白白地葬送了。齐难辩解道：敌军真是太多了，像草原上的羊群一样密集，轮番冲锋。我军多次拼杀，将士们都英勇献身。姚兴知道他的这个姐夫在说假话，在搪塞，便道："你的战报上不是说敌人闻风丧胆、一击而溃吗？不是还夸口说提敌酋头颅来见朕吗？咋的又冒出这么多敌军，这不是自相矛盾，自打嘴巴吗？你是我的姐夫，不拿办你难以服众，拿办你我姐又不让，只好你自己归隐不出，颐养天年，我这里给你弄个出征未归下落不明，只能这样，别无他策。"齐难也只好认栽。

　　北凉国在勃勃的协助下，没费多大事就将南凉国并入北凉版图。姚兴有了危机感，沮渠蒙逊这头沙漠野驴迟早会来找自己的麻烦，到那时，大夏与北凉联手来对付后秦，可就不好收场了。迟不如早，趁北凉立足未稳，先平了他再说，可是北面的大夏国更是雄风骤起……姚兴想：自从齐难战败全军覆没，朝内防务空虚，派谁去呢？思来想去，王买德担任此职位最为合适。于是姚兴便调遣王买德为镇北将军驻守延绥，这正中勃勃下怀。王买德驻守在此，加之大洛川有姑舅哥叱干阿利驻守，都是自己人，可以高枕无忧了。于是勃勃放手在塞上发展力量。

姚兴发兵十万去攻打北凉，沮渠蒙逊想：我正等你上门呢！你不来我还不舒服。正当姚兴大军粮草辎重西行，勃勃率小股骑兵不断滋扰，打伏击，烧粮草，神出鬼没，变幻无常。这十万大军，由于缺粮少草，受冻挨饿，毫无斗志。劳师远征加上沮渠蒙逊的骑兵猛冲猛打，已溃不成军，不到两三个月便全军溃散。

姚兴闻讯，大为震惊：十万大军的覆灭，那可是大伤了我后秦国的元气，天不佑我啊！不，都是那个赫连勃勃，这就叫养虎为患，我小瞧了他，真后悔当年没听姚邕的话，才有今天的恶果。思前想后，这勃勃是谁指示放出天字牢的？是我自己啊！可是谁指使的呢？是母亲说的。让我去问问母亲。于是姚兴去问母亲。母亲说放刘勃勃的是祖宗的旨意，姚兴道："妈你将我说糊涂了，祖宗已不在人世，能有什么旨意？"姚母道："是我抽了一签，上面说的让天牢放人。"姚兴觉得事情不简单，便命人翻找出当年的签。姚兴看了卦签后道："这上面没说放人的事，不过这好像是胡文贤的手迹。"姚母道："对，对，我想起来了，我正是叫了胡文贤来解的签，他说是一首藏头诗：'天牢放人，国泰民安。'"姚兴听后愤然道："胡文贤这个吃里爬外的老东西，居然贼心不死，勾结前秦余党忽悠我。天牢放人，国泰民安。人放了，可国不泰了，民不安了。这笔账我要算在他的头上。"

于是胡文贤被押进了刑部大牢审讯，胡文贤受刑不过，全部招供。胡文贤为人和善，又是前朝忠臣，出身书香之家，不大问政治，也不谋权，许多大臣都为他去求情。可是有一人不断怂恿皇帝姚兴务必斩草除根，这人便是韦祖思。韦祖思也是书香门第，素与胡家不合。消息传出，勃勃得知恩人遭难，便指派沙里飞去夜会刑部尚书。

第三十二章　勃勃诱敌青石原

沙里飞夜间潜入刑部尚书的府第，坐在椅子上等候。尚书一进房间吓了一跳："你是何人？咋进来的？"沙里飞道："到处都是路，咋能进不来，要想保命就别喊人来。赶人来后，你就躺地上了。"尚书道："大侠深夜到此，有何见教？请直言。"沙里飞道："实不相瞒，你手上有宗胡文贤的案子，主人命我前来打点，这是礼物。"说着将金银推给尚书。尚书战战兢兢地道："这可使不得，这是皇帝钦定的案子，徇不得私。"沙里飞道："嗯？你是不想帮忙了，还是老糊涂了？只需要拖着，保住他的命即可，否则的话，你这副老骨架和这府里上上下下都得到阎王爷那儿报到去。"尚书道："我只好试试，尽力而为。"沙里飞道："请记住我说的话，如果胡大人有什么闪失的话，我再见你时，你可没有说话的机会。"说完，他便起身告辞。尚书道："这里戒备森严，我送你出去。"沙里飞道："我能进来，还出不去么？不用送。"说完出得门来，走进庭院，飞身一跃，蹿上房檐，一闪身就不见了。看得尚书目瞪口呆，半天没缓过神来。

这天，大臣们在朝堂大殿议事，姚兴问刑部审理胡文贤的案子审理得如何，尚书道："回禀皇上，审清了，胡文贤当时是受高平守将没弈于托请，天牢放人，因没弈于当时为本朝边陲重镇守将，勃勃为其女婿，出面救人合情合理，与贼寇并无勾结之嫌，现没弈于已死，死无对证，悬而未决，就目前的情况看，胡文贤罪不当诛，请陛下定夺。"这时韦祖思言道："启禀陛下，这胡文贤本系前朝叛臣，念念不忘旧恩，反心早有，不事我主，明知勃勃为贼寇之后，还极力保护，明明是犯上作乱，不诛岂不乱了朝纲。"尚书道："韦大人此言差矣，勃勃乃刘卫辰之子，先皇在世时曾封为朔方牧、西单于，后被北魏灭亡，勃勃当时投奔我边将没弈于，因被劫寿诞彩礼被囚，放出后，陛下封他为骁骑将军、奉车都尉、安远将军、阳川侯，何来贼寇之说？现时他另起炉灶与我为敌，应另当别论，不能混为一谈。"韦祖思道："他的母亲，不是前朝余党苻红英吗？她不是贼寇吗？"尚书道："即便是，可是谁又见过她与胡文贤勾搭呢？与刘勃勃有何干系？这样推理下去，满朝文武都有了嫌疑，皇帝坐过他的车，也难脱干系了？"韦祖思一时无语，皇帝姚兴道："此事改日再议，众位卿家，就目下这情形，西北两面贼势如火如荼，可有良策？"于是大臣们七嘴八舌，有主战的有主和的，喋喋不休，似乎都有理，搞得姚兴无法定夺。心想：你们这些吃干饭的家伙，老子装腔作势在这龙椅上坐两个时辰了，不敢放屁，不敢咳嗽，不敢挠痒痒。你们却在下面吵嚷不休，拿不出一个良策，都是些假公济私的家伙，还口口声声说为国为民，唉，只有勃勃能出好主意，可是他与我分道扬镳、另起炉灶了。说不上我的后秦帝国迟早会栽到他手里，烦啊！于是他大吼一声："改日再议，退朝。"

勃勃得到沙里飞的谍报说胡文贤无性命之忧，便放心了些，又与各位商议了一番下一步的计划。石九爷道："后秦国连战皆败，元气大伤，短期轻易不敢言战，又有北凉在西边雄视，自顾不暇，只有防守的力气，咱们趁势建都于高平以振国威，招纳四方豪杰，以图发展。"勃勃道："高平不宜建都，我们的兵力还不够强大，不能固守一城，只能与他们打游击战，用不了几年，就会拖垮后秦，尽得中原，我看奢延县那块地方不错，临广泽而带清流，水草丰茂，地势平坦，四通八达，又临近秦道，对日后图谋中原较为便利，又居于北塞与陇塞之中间地带，我看是比较合适的。"大家都同意了。于是勃勃命人征调周边民夫四万多人开始在奢延县修建城池，便是后来的统万城。此年已是公元413年，勃勃已33岁了。

某天勃勃忽然收到新任延绥镇北将军王买德的书信，意思是后秦姚兴皇帝命他再次攻打榆溪塞，但他并不想打仗。勃勃回复道："为了迷惑姚兴，你将部队开往塞上驻扎，派小股部队四处做做样子就行了。"于是勃勃便派与自己长相差不多的黑野牛暂停商贸,只带着二百多人,打着勃勃的旗号在榆溪塞与开来的两万多秦兵兜圈子。黑野牛这人在沙漠中生活惯了,引着王买德的兵兜了两个圈子,但战报上老是说他们快捉住勃勃了。

一天中午,小校向王买德来报,说在麻黄梁的山圪塔搜出了没弈于,还有勃勃的三位妻子及几个孩子。王买德一听吓出一身冷汗,叫部下立即带人来见他。王买德一见确是勃勃老丈人没弈于。这时王买德一时没了主意,随口道:"这干瘪糟老头,你是谁?"没弈于慷慨激昂地道:"我就是姚兴要捉拿的高平王没弈于。"王买德道:"你就是没弈于?像个疯老头子,没弈于几年前就死在了高平,你却冒充他,自讨没趣,欺瞒谁呢?给我军棍伺候。你是个白痴是吗?"没弈于一听说要用军棍伺候自己,心里慌了,忙道:"是啊,我大拦的羊多,有钱,所以给我娶了几个婆姨,养了一大堆娃。"逗得人们哈哈大笑。王买德道:"快快将这个白痴放回去,咱们追勃勃是大事。"于是便放了没弈于一行。

勃勃知道自己的好友王买德在塞上不会伤害任何人,便集结了塞上能参战的人员浩浩荡荡去收复高平。一时间战火密布,战鼓雷鸣,喧啸震天。高平守将姚广都站在城头一看,好家伙,人山人海,高的低的,大的小的,十分震惊,便立即快马急报给长安。姚兴看到急报分析道:"我已派遣王买德到榆溪塞追击勃勃,勃勃已自顾不暇,还能集结十万兵力围攻高平,不简单啊。"便派快马急探,探子将情报报与姚兴。姚兴想:果真有十万乌合之众围困高平,我要快速救援高平。如高平丢失,等于打开了自己的西大门,勃勃若与沮渠蒙逊联手,便会东进,踏入我中原地带。于是他急调张佛生为左路军,姚文宗为中路军,王奚为右路军向高平进发,以解高平之围,每军配兵三万。还有叱干阿利(其实叱干阿利已是勃勃之将)的三万之众,应该会取胜。"

潜伏在长安的沙里飞,已将准确情报拟好,让赛月红送至勃勃手中,勃勃看后道:"好啊,果然姚兴按照我的计划调兵遣将了!这次大战结束,姚兴就爬不起来了。这十几万大军用不了多长时间就会从后秦国消失,我大可以放宽心地筑都城了。"勃勃下令道:"遇到叱干军,只可以摆摆架子,做做样子,主要对付张佛生、姚文宗、王奚三路援军。"拓跋峰道:"那咱们不攻高平城了?"勃勃笑道:"我从来就没打算攻城,那得伤亡多少将士。只要打掉三路援军,那高平城便不攻自破。攻城的架势是做给姚兴看的,咱们这叫围城打援,占据有利地形,单等三路大军。打掉三路大军,姚皇帝就会到祖庙对老祖宗哭诉了。他还当不当皇帝咱不知道,但他肯定回天无力。"

临出兵前,姚兴还一再叮嘱三位将帅,不要一起行动,防止勃勃火攻,这样容易全军覆没。出征前鼓励将士慷慨激昂、英勇奋战的场面震撼人心,"保卫后秦,英勇杀敌,报效国家"的口号震天响。大军浩浩荡荡向西开拔,鉴于前几次失败的经验与教训,这次粮秣辎重与大军形影不离。但行动迟缓,很大程度上贻误了战机。

勃勃号召大家还是打敌人的粮草辎重。刘力鞮道:"这次我看敌人将粮草辎重与部队放在一起行动,如何下手?"勃勃道:"办法总是想出来的,也是逼出来的,让我好好想想。"

话说张佛生的左路军已到达平凉,勃勃得到情报,留着那些老的小的、缺乏战斗力的人员继续围城。所谓"攻城",无非是每天擂鼓呐喊,荡荡黄尘,摇摇旗子,大呼小叫的像吓唬麻雀一样,晚上多点几堆篝火,敲敲铁器,喊几嗓子"攻城了"。但也不攻,聒得城内的秦兵总是睡不安稳,时间长了也习以为常了。气得姚广都站在城头骂道:"你们这些乌合之众、沙漠野驴倒是来攻城啊,在城下整天马叫驴吼的,还让人睡吗?等我三路大军到后,将你们都剁了喂狼。真是些有娘没老子的混账儿,有本事就攻城啊!"可是下面除了对骂,还是大呼小叫,敲击铁器。

勃勃率领着刘力鞮、拓跋峰、刘得胜、呼延虎、呼延豹、贺彪等将领,在军帅大帐里商议着对策,刘得胜道:"陛下,咱们趁这张佛生初来乍到,人困马乏立足未稳,干吧,他三万多人,咱们两万多铁骑,有百分之百的把握取胜。"勃勃思索了一阵道："不行，我这些铁骑是夏国的老本钱，金贵得很哩。尽量不要伤亡，还是打他的粮草，只要打掉粮草，过不了几天，敌人不攻自溃，这样我们就不会有伤亡，或者以最小的伤亡换得最大利益。"

第二天，勃勃到平凉城附近骂阵，校卒报与张佛生，张佛生在城头望去，估计只有几千人马来叫阵，心想：勃勃不是在塞上与王买德纠缠吗？咋这里又出一赫连勃勃，一定是假的，明知我有三万人马，就带了几千人来叫阵，一定是诱我出城去追，你好来劫我的粮草，我才不上你的当呢，你以为老夫是三岁娃娃骑着枕头玩马呢！你叫你的阵，我不理你就是了。

张佛生这只老狐狸不上当，急得沮渠蒙逊团团转："这老家伙不上钩，西瓜掉进油桶里，油头滑脑的，咱们赶快攻城消灭了他，不行了我打头阵。再等上几天，那两路大军兵合一处，咱们就不好干了。"

勃勃忽然道："咱不攻城，只是将大军围城绕一圈让他看看。再给他下战书，约他在百里之外的青石原决战。"

张佛生看后道："哼，老夫正想在青石原与你决战呢！那里四野开阔，看你还有什么诡计可施，用不了两天，两路大军来到，你们插翅也难逃此劫。"于是回战书应战。

两军都开至青石原安营扎寨，立旗标示，准备着一场鏖战，双方都磨刀霍霍准备一决雌雄。双方约定于二十九日早晨开战。张佛生心想：虽然你们两家联手，兵力暂占优势，我先与你在此扛着，过不了两天，那两路大军到来，你就没有胜算了。十万对付你这五万，傻子也会算的账。

此前张佛生已函告其他两路大军说自己与勃勃拟定于二十九日开战，姚文宗与王奚接到战报，求功心切，恨不得插翅飞到青石原参战，立功受奖加官晋爵。好不容易咬住了勃勃的主力，不能让逃走，功劳不能让张佛生这老家伙一人独占。于是命令军队昼夜不停加速前进。姚文宗对部下道："我一直认为他勃勃攻城是假，围城打援是真，果然不出我所料。哼,要打援就打,我三路合计十万大军还怕他五万乌合之众?"副将来报,照这样的行军速度,粮秣辎重会被撂在后面,无论如何也是跟不上的。姚文宗道:"跟不上就跟不上吧!轻装简从,只要明早能参战,灭敌于青石原,敌人的粮秣辎重不能为我所用几天吗?无妨。"

王奚听到姚文宗轻装简从急速前进,也不甘示弱,昼夜兼程,发兵青石原,后勤物资也被远远撂在了后面。

第三十三章　出其不意夺粮草

　　次日一早,晨光微曦,姚文宗、王奚两支大军相继赶到,虽然两位鞍马劳顿,一夜未眠,但一听说今早就要开战,精神抖擞,睡意全无。争着要让自己打头阵。军帅大帐里灯火通明,张佛生道:"二位将军,凡事总有个先来后到之分,敌人是我咬住的,这头功我部是立定了,请二位休得再争,再说二位连夜行军,理应先在后营休息,明日再战。"姚文宗道:"你说得也有些道理,但打败勃勃的就未必是你军,你且餐后出战,我们上敌楼观战,总误不了你的事吧。"于是张佛生安排早炊,命士兵吃饱喝足,庆功酒都摆在了贡桌上。姚文宗与王奚上至敌楼上向北望去,只见敌营桩寨林立,旌旗招展,军帐一字儿排开。

　　姚文宗道:"王老将军,你看敌营排布得咋样?"王奚道:"敌营桩寨排列间距均匀整齐,旌旗竖直,是个行家。"姚文宗道:"如果敌人一击即溃,知晓咱们兵合一处逃之夭夭咋办?"王奚道:"这好办,咱们来个细狗追兔子,他逃到哪里,咱们追到哪,途中他们必然分散逃亡,咱们分兵追得他溃不成军,投降的,逃跑的,跪地求饶的,这就叫细狗追兔子,咬住就不放。"姚文宗道:"要是提了勃勃的头那还不得受领千两黄金,那我要再在长安盖几处宅院弄几房年轻妻子,多生贵子。"王奚道:"文宗老弟啊,自称得叫犬子,贵子是别人的尊称懂吗?再说你那风花雪月之年已过,老羯子上坻的没劲了。

　　姚文宗道:"王老将军,还有件大事哩,咱的辎重都在后面,他张佛生要打头阵,咱同意了,可得借给咱们两天的军粮。""走,赶快去要。"于是两人急忙下得敌楼,见到张佛生。姚文宗道:"张老将军,我们听到你的战报,快马加鞭急忙驰援,粮秣可都撂在后头了。这一顿两顿能扛,这三天两天可不行啊。"张佛生慷慨道:"姚将军,我已知道了你的意思,给你们每家借两天粮咋样,六万人,两天就是十二万斤,这个能办到。"于是命令军需官给姚文宗部和王奕部各借粮六万斤,取来大印盖上。姚文宗戏谑道:"张老将军,要不要我给你打个借条?"张佛生道:"姚将军是皇亲国戚,还会赖账吗?"

眼看已到开战时间,兵士们已饱餐一顿,各自披了盔甲,个个就绪,单等下令列队布阵。张佛生已安排了自己的侄儿张茂林打头阵抢头功。张佛生下令吹响号角,擂响战鼓。张茂林精神抖擞威风烈烈,盔甲崭新,大刀锃亮,他的刀是仿制关云长的,那枣红大马也是肥瘦适当。这方已将阵队列好,单等对方打开寨门迎战。等了好一气,看看日头已到了巳时。按规矩这时双方都应号角齐鸣,战鼓声声开寨出战,可是对方毫无动静。瞅瞅自己的寨子已准备就绪,弓箭手隐蔽在寨桩内蓄势待发。便向前几步道:"对面的野驴们听着,爷爷是张将军手下骁将张茂林,哪位出来送死?报上名来。"这时对面出来一员,趴在寨桩上道:"对面的听着,一大早提上尿罐罐串亲亲,骚打谁呢?你吃饱了拉屎放屁喷甚粪呢!你们吃米面快,我们都吃肉一时还没煮熟呢,人马都饿着肚子与你们交战,即便你们胜了,也胜之不武。"张茂林道:"都已过巳时,快午时了,懂不懂规矩。"对方道:"什么已过午时,你小时候晚上人们睡觉,你想号就号那也叫规矩?你个黑老鸹站在树顶上'吱吱哇哇'地叫,找死哩。"张茂林没法,觉得骂不过对方便道:"你们能不能快点。"来人道:"这还像句人话,我回去给你催催。"那人离去时嘴里还在骂:

"你大是个猴蛋蛋,
手里提个尿罐罐。
身上背了蒜瓣瓣,
苍蝇跟了一串串。"
气得张茂林道:"你不出战咋老骂人呢?"

"谁让你骂我们是野驴呢？"

又过了半个时辰，日已当午，骄阳如火，将士们都等得不耐烦了。夏兵营里各处冒着烟雾。张茂林对张佛生道："叔父，让我带兵冲过去破了寨门，杀他个人仰马翻。"张佛生道："侄儿不可，敌人一贯狡诈多变，屡屡取胜，赶你冲到中途，他们万箭齐发，你可得吃大亏。用兵之道，谨慎为上。再等等。"又等了好一气，还是没动静。张佛生命令步兵架起盾牌，谨慎地向前靠近。那人又出来骂道："看你们这些熊兵还打仗哩，这大寨里只有我一人，吓得你们都快尿裤裆了。还拿着盾牌，猫着腰。"张茂林大叫一声："上当了，那五万大军哩，到哪去了？莫非遇鬼了？"那人道："我半夜到这就无人，我一个人睡了一晚，看见你们大寨灯火通明，又是巡寨又是打更鼓，早上我还没起来，你们就大呼小叫地骂人，我刚吃过准备睡一觉又来偷袭我，真不是些东西。"张茂林气愤地道："冲进去，将他剁成肉酱。"那人道："我是牧马驯马的，你能捉住我，你那些马能追上？我草原上奔出来的马，你们那马追上几里路气也出不来，爷爷不陪你们玩了。"那人说着便跑进寨中，跳上马背，一磕马肚，那马疾驰而去。

这么大个寨子竟是空寨，张茂林领着他的前锋军抵近寨门，毁掉寨桩，冲进寨里，来回搜索，寨中空无一人。消息传至中军，将军士兵无不哗然。

王奚板着脸道："张将军，这就是你的敌情通报，五万大军原来就是一座空寨。"张佛生辩解道："昨天下午我们和敌军还对骂了一阵，谁知晚上他们却逃得无影无踪，大概是听说你们两路大军将至，吓跑了吧！"姚文宗道："不对，不是逃跑，是劫我们的粮草去了。昨天半夜我们好像遇见他们了，我以为是打援的，是为了迟滞我们的行军，我就没与他们纠缠，命急速进军，交完手，我们急速西进。他们肯定沿我们的来路东行劫了我们的粮草，如果真的劫了粮草，此战必败。有人要为这次失败承担罪责。"张佛生一听这话，傻子也知道什么意思，便火冒三丈："你这是在说谁？我惹你了吗？你行军太快，没了粮吃，我借你六万斤连条子都没让你打,现在出事了怪我,好心当了驴肝肺;晚上遇上他们你不截住,放他们东进,你光顾往西跑来抢功,怨谁呢?"姚文宗一听嗓门提高了许多:"要不是你提供假军情,我们两路大军能甩掉辎重粮秣连夜西进吗?"

张佛生气愤道:"什么是假情报,昨天下午还对骂了,军中士卒人人皆见,能说是假军情?这赃能栽在我头上吗?"王奚一看两人争吵不休,忙道:"你俩先别争了,眼下的事很麻烦,十万大军云集于青石原,前无村后无店,只有张老将军的粮草,但也支撑不了几天,赶快得想办法东撤等待救援粮草。"张佛生道:"你少打我粮草的主意,已经给你们借出去十二万了,剩下的还不够我军用的。"姚文宗道:"我说王老将军,你站着说话不腰疼,我们的任务是救援高平,现在都让调到了青石原,离高平还有二百多里,再说将士们一天一夜没睡,再回去,那不是要他们的命吗?"王奚长叹一声道:"得赶快想办法,再稍有差池,我军休矣,我国亡矣,我等将无葬身之地。"于是三人各自带着人马分道扬镳。王奚带着他的几万人马向南退入社旗堡,派出小股骑兵去打探他的粮草下落。姚文宗带着他疲惫不堪的队伍回头去抢夺粮草,希望还没被劫。张佛生带着他的三万多兵马行动迟缓地去支援高平城。

勃勃一边大张旗鼓地叫嚷要与张佛生在青石原一决雌雄,安营扎寨,插旗擂鼓,纵马荡尘,一边打上了张佛生粮草的主意。可是张佛生老奸巨猾,始终不让辎重脱离大队,勃勃若要对粮草下手,等同于要与大部队作战。他料定姚文宗与王奚闻讯必火速前来迎战,必要抢功夺旗,辎重无论如何也是跟不上的,便在青石原虚张声势,虚晃一枪。当晚便向东驰去,一律轻装简从。诸位不禁要问勃勃的军队吃什么,他们的军队吃风干肉,体积很小且携带方便,每人一个酒囊和饭袋拴在马鞍上,基本不要后勤,抢得粮食吃粮食,没有粮食,身上的风干肉和囊中的水可支撑十天半月,也不需要帐篷,一件大皮袄便解决了住宿与穿衣问题。他们从小就在野外生活惯了,所以他们的灵活性、机动性,是任何军队都无法比拟的,所以他们的战力相当于步兵的十几倍,这就是他们的优势。

闲话叙过,言归正传。那晚赫连勃勃领部队东进,与驰援来的姚文宗部队碰个正着,勃勃令部队向两边空地散开隐蔽,部分实在避不开的稍微接触了一下便撤入侧翼,而姚文宗误以为是遇到了为了迟滞自己如期到达青石原来打阻击战的,也没太在意。

等西进的姚文宗部过完了。勃勃下令急速朝姚文宗的来路方向东进去截击姚文宗的粮草。赶天明刚好迎头撞上了粮草车队,勃勃大吼一声:"哈哈,这粮草真不少啊,感谢姚将军的厚礼!"这些押运粮草的,还有那些被征调来赶车的、打杂的哪有战斗力,除了吓得浑身打战,再就只有跪地求饶的本事。勃勃道:"不要怕,我不杀你们,现在听我指挥,改道往北前进就行了。"于是到岔路口,一条长龙似的辎重队向北行去。勃勃用剑砍断捆草的绳索故意将草在路上撒得七零八落,还捅烂两袋粮食洒落了一地。约莫走了几十里,进了一道峡谷,勃勃命令休息,又对几个年龄大的车夫道:"你们几位年纪也大了,还是原路回去吧,我们再有半天时间就到了,也用不着你们,早些回家去吧。"

那几个老者忙跪地叩头:"感谢大王不杀之恩,感谢大王不杀之恩。"他们起身拍拍膝盖上的土,原路返回。

姚文宗率领他的大军又从青石原原路返回寻找他的粮草,走到丁字路口,见草与粮食散落一地,又见车辙压痕遍布,兵士急忙报与姚文宗。姚文宗察看一番惊叫道:"我的天啊,粮草果然让劫了。赶快追。"士兵们一听粮草被劫,像泄了气的皮球。本来一天两夜没合眼,还都是急行军,早已困乏不堪,腹中饥饿,走路都打瞌睡,眼皮也抬不起,脚上起了泡,腿已走得麻木了,听到这个坏消息,有的人一头栽倒在路旁。这可难为了姚文宗,追吧,士兵已疲惫不堪,不追吧,眼看今天没了吃的,三万人马会成散兵游勇,各自逃命,还会祸害沿途百姓,又得饿死多少人。最后他决定,步兵在后,由骑马的人去追。从岔路口向北追了三十多里,几个骑兵发现了那几个被释放的老车夫,急忙带回去见中军姚文宗,姚文宗问道:"他们劫车的有多少人马?离这儿多远?"其中一个车夫道:"回将军话,大概一千多人,离这儿不远了,听他们说快到了才放了我们。"姚文宗道:"你们下去吧,继续追。"不一阵进入山谷地带,副将对姚文宗道:"将军,此处地势险要,如敌人在此设伏,我军如何是好?"姚文宗道:"你没听车夫说只有千把人,即便设伏他也未必能够取胜,咱们有五六千骑兵哩。你没听人常说困兽犹斗吗? 困住未必是坏事。"于是五六千骑兵全部进入山谷。忽然间山石、树木、柴捆从山上滚下堵住了沟口的退路,惊得人喊马嘶。姚文宗大喊:"不要乱,咱们五六千铁骑,他们只有一千多人,咱们的两万大军随后就会赶到,退不出去咱们一直向北杀去,这就叫绝处逢生!"

第三十四章　勃勃智擒姚文宗

这时，赫连勃勃从半山腰的一块大石后面站起道："就说是谁在这沟谷之中大喊大叫'绝处逢生'，原来是文宗老弟。"姚文宗一瞧是勃勃便道："勃勃，你忘了姚皇帝及我们对你的好，竟敢造反，还劫了我们的粮草，记得十几年前常在我家吃饭么，我妈知你家远还常叫我多关心你哩。"勃勃道："此一时彼一时，你们十万大军压境来支援高平，想灭了我，那高平城你们占了，还将守将没弈贵五马分尸。那高平城可是姚皇帝让我岳父守的西门户，我被封为阳川侯，我不该居住吗？现在我要收回，你们却发十万大军来剿灭我。谈何情义？"姚文宗道："你想咋样？"勃勃道："不想咋样，我一不想当皇帝，二不想做官，只想安安稳稳地过日子，骑马拦羊狩猎，都是你们逼的，小时候魏军灭了我族还到处追杀我，我岳父关押过我，姚兴关押过我，给了我个车都尉又怕我不忠心，用计来试探我，我一气杀了七个内卫军，这期间如果我稍有不慎便会暴尸荒野。封了我个阳川侯、安远将军，却不给一兵一卒，让别人耻笑。发四万大军围攻高平，我借了去打败南凉，可是换来的是什么？是逆贼的名声。你们几次发兵攻打榆溪塞，结果也以失败告终。如果还有人情没还的话，这次我再放了你，还姚皇帝的人情。"姚文宗道："放了我，说得轻巧。你只有一千多骑兵，我有五六千，谷外还有两万多步兵往这赶来，还不如说还了粮草我放了你。"勃勃道："你眼下没资格说这种话，你这几万大军的命可就捏在我手里，你这人打仗不行，只不过是沾了皇姓而已，不然顶多能当个十夫长。你和我打都不知我有多少兵，我将粮草撒在路上你就追来了。看看你那些兵，都瞌睡得掉马下了还能冲锋战斗？我们的兵吃饱喝足,行军时可以在马上睡觉,你们行吗?好了,给你们亮一下底。"这时漫山遍野人头攒动,吼声震天,山摇地动,惊鸟急飞,走兽惊逃。姚文宗吓得跌落马下。勃勃道:"文宗老弟,我是念旧情的人,今天放你及你的士兵回去,还姚皇帝一次人情,你这三万将士我一个也不杀,但你们得将兵器、马匹、盔甲全部留下。"姚文宗道:"那我们还是得饿死。"勃勃道:"回去的粮食我供给你们,免得到路上祸害沿途百姓,好啦,还给你们十万斤,够你们三天吃的,进入关中后,你们的朝廷会想办法的。"将士们一听不杀他们还给三天的粮食,总算捡了条活命,真是老天开眼,急忙跳下马来磕头谢恩。这些被放走的将士,没了马匹,没有兵器,没了盔甲,已十分狼狈,活像一群奔丧的憨夫,一路急急地逃向关中平原。一路上议论纷纷:这打的叫什么仗,出发时威风烈烈,杀声震天,皇帝还备了庆功酒呢,可是腿跑断,鞋磨烂,还没入阵就叫人收拾了。真丢人,再说人家这次没杀咱们算是烧高香了,再要捉住可就难说了,世上的事,有再一再二没有再三再四。姚文宗只当没听见。

其实,在勃勃搞掉姚文宗粮草不久,赫连力鞮、刘德胜也找到了王奚的粮草,将有用的东西拣一处隐蔽的地方埋了,把旗帜、车草等一把火烧了十几里,老谋深算的王奚知道自己已无力夺回粮草,便一路搜刮百姓的粮草,逃向社旗堡躲避,单等朝廷发兵发粮救援。一入城四门紧闭,坚守不出。城中也有数千户人家,一看来了大军,知道大事不妙,人心惶惶。王奚命部下以朝廷的名义搜刮粮食以求自保,并声称日后朝廷会加倍奉还,可是人们还是不愿意将粮食让他们拿走,于是军民矛盾重重,积怨日深。勃勃赶到时,赫连力鞮的部队已包围了社旗堡。勃勃问:"二哥,情况如何?"赫连力鞮道:"粮草都劫了,王奚这老家伙领着全部人马进了社旗堡,闭门不出。"勃勃道:"二哥你带领人马去高平支援呼延豹他们,估计张佛生已经到了,可能和他们发生了战斗,能胜则打,不胜则逃,一定要保存实力,不要硬拼。"赫连力鞮应允,带兵速去高平。

勃勃围着社旗堡转了一圈,发现了一个水道,原来这社旗堡的供水是依赖一条从山上修下来的暗道，地上什么也看不出。"哼，让我截了你的水道，看你能支撑几天。"于是他命人截断了暗道，挖断水源，让城里断了水。这下可让王奚慌了手脚，忙令军士日夜凿井找水，有的挖出了水，有的挖了几丈深也不见水，军民饥渴难耐，王奚不断说好话，安慰着说再忍两天，朝廷的援军就到了。这种话大家已经听了很多遍了，但连援军的影子也不见，军民之间、军队之间为了争水争食不断发生冲突甚至流血事件。

王奚的军威人格在不断地衰减，像个和事佬一样给人说好话，真是落架凤凰不如鸡，虎落平阳被犬欺。一天，社旗堡几个衣冠楚楚、道貌岸然的族长理直气壮地去找王奚。"王将军，你可是朝廷任命的保家卫国、保境安民的将军，不去抵御敌人而是躲进这社旗堡，害得我们缺吃少水，有人都喝尿了，粮食眼看也快完了。你这几万大军都是铁血男儿，一鼓作气冲出城门与敌拼杀，说不上还有条生路。"王奚解释道："各位族长，想我王奚戎马一生，冲锋陷阵，骁勇无敌，可现在将士们每天只有二两粮，饥饿难忍，困乏无力，连刀都提不起，马都上不了，出去不是白送死吗？我一人即便是块钢又能捻几颗钉？再忍耐两天，援军一定会到，会给咱们解围的。"族长奚落道："我说王将军啊，前几天还有力气咋不和敌人拼杀呢？而是跑进城来躲避。"王奚回道："唉，不瞒你们说，我们就是且战且退，兵士们两天两夜没合眼，战力锐减，是我在殿后，也打伤了他几员大将，现在老了，想当年三五人也不是我的对手。"

一个老者道："世事沧桑，风云变幻，此一时矣彼一时矣，好汉不提当年勇，西楚霸王有举鼎之力、万夫不当之勇，可惜败在一个乡野村夫、无赖草民之手。诸葛先生一介书生却能煽出魏吴两家的万丈烈焰，唉，我后秦休矣，休矣。将有勇无谋为悍将，有谋无勇为儒将，悍将儒将能取胜为将，无胜而败何为将，只是浪得虚名，劳师动众，劳民伤财，误国误民啊。"一席话说得王奚羞愧难当，无地自容。几位族长千说万说也无济于事，便暂时退去。

第二天，几位族长协商议定，找了几位村汉准备孤注一掷。一行人来到将军府，族长一使眼色，几位汉子扑了上去将王奚将军压倒在地，几位副官见了准备拔剑相救，王奚道："切勿妄动，任凭处置。"于是几个汉子将王奚绑了押至城门，亲随、副将都跟在后面。打开城门，勃勃带人正在城外，族长们上前深深一躬："赫连将军。"夏军道："他是我们大夏国的皇帝。""赫连皇帝，老朽有礼了，已将王奚押来，任凭处置，以解我社旗堡军民之窘境。"勃勃道："两军相交、兵戎相见，本应在旷野山涧、戈壁大漠，无奈王将军逃遁贵方，躲于城邑之里，故出此断水截流之下策，让诸位吃苦受惊了。抱歉。先解了王老将军之缚，请给王将军赐座。"于是众人解开绳子，王奚坐定。勃勃道："不才久闻将军大名，久仰将军人品，在此恭候多日，今日才有幸相见，望将军弃暗投明，与我纵马驰骋共谋大业，救民于水火。"王奚听后大笑："哈哈，想我王奚戎马一生，驰骋疆场，身经百战，杀敌无数，浪得个'万人敌'之绰号，虽不能敌万人，但三五大将合力我也未必逊色，今阴差阳错落入尔等鼠爪贼手，要杀要剐请便，与你们这些沙中野驴、塞狄羌蛮、匈奴羯胡为伍，老祖地下有知，阎罗不收，恐怕不好过鬼门关呢。"勃勃部将呼延豹道："别给脸不要脸。"勃勃阻止道："让他说啊。"王奚道："今年我已六十有几，听得救民于水火这话也不是一回两回了，都是为了那把椅子、那座宝殿，每每鼓励别人去打去杀去烧去抢，直闹腾得鸡犬不宁，民不聊生，饿殍遍野，尸骨暴荒，谁坐上了那把椅子，人们还要欢呼万岁。彼此互不认识素无仇隙，却打得你死我活，谁杀的人多，沾的血多，谁就能加官晋爵，步步高升，荣光耀祖，这就是创立大业、救民于水火的最佳方式吗？"说完，王奚抽出身旁一位将官的宝剑担在颈项处道："我为自己一生的罪恶而殉命。"说罢一剑刎喉，血溅三尺。其他将官一齐跪地大吼一声："王将军我们来矣。"于是也英勇赴死。勃勃吩嘱部下："购置上等棺木厚葬。"这些已半死不活的兵得到了勃勃发放的粮食，休养了十几天，全部开往大城受训，为大夏所用。

再说张佛生,知道自己没有看住勃勃有错,敌方晚上成了空寨自己毫无觉察,又让其他两路大军急速前进,造成了今天的被动局面,为了将功折罪,等其他两路大军南下寻找救命的粮草时,他便拔寨而起,火速前往高平,以解高平之围。一路马不停蹄,人不下鞍。张佛生想只要能打掉一部分或是捉了勃勃,自己还是有功可表的。

话说到了高平一看,妈呀,人山人海,却不见正规的军队围城。这些人,骑马的、骑驼的、骑驴的,男的女的老的少的,高的低的,简直就是赶集上会的架势。尤其是那衣着令人疑惑不解,大热的天,还穿着大羊皮袄,蓬头垢面的,一副野人的模样。他们三个一堆、五个一伙,拉闲话的、吃烧烤的、做牲口交易的,五花八门什么都有。张佛生一看,这哪有围城的兵,这分明是些老百姓。他心想:老夫一生作战无数,都是摆开阵势,真刀真枪地你来我往。这传出去还不被人做了笑柄,添了笑料?他大吼一声:"你们是干甚的?"有人回答:"我们是围城的。"张佛生道:"就你们这些五胡杂夷、乌合之众也来围城,不怕送了性命?"人们一听这才知道是敌人来了。放下自己的事,做好了上马的准备。他们也不列阵,只是走到自己的坐骑之前。张佛生道:"你们各自回去吧。我不与你们交战,知道吗?"有些根本听不懂,有听懂的道:"我们只听自己人的命令,不能听你们的。"这些人既没有撤退的意思,也没有打仗的准备。张佛生命令部下道:"让骑兵冲一下。"这些人一看有敌军冲来,赶紧跳上坐骑,四散奔逃,荡起黄尘遮天蔽日,五丈以外什么也看不见。张佛生急令收兵,过了一阵尘散烟消,这些人又密密麻麻地出现在周围,又往近前靠来。糟糕的是张佛生的后面也有了这些人,真的碰上鬼了。张佛生下令冲一次,这些人就退一次。不冲了,他们又靠来了。"你们回去吧,这是两军的事,与你们无关,我们和你们不打仗。""你不想和我们打,我们还想和你打哩。要不你大老远跑这儿来干甚?"这时从人群中闪出一骑,人高马大,盔甲整齐,战袍飘逸,手持一柄长把大刀。张佛生一见吼道:"来将何人?""本将乃大夏国征南大将军赫连力鞬,愿奉陪阁下大战三百回合。

张老将军这一战将决定后秦国的命运,如果你败则高平城不攻自破,从此向东三百里,尽归大夏国版图,秦国再无陇塞之说。秦国版图将只西至陈仓,东至洛阳,再加上东晋趁机西进收了洛阳,你们大概只会有关中平原那一亩三分地种种麦子,养养猪,再也无养马之地。你想想后果,所以说这一战事关全局,你只有奋力拼杀,别无选择,也绝对没有援兵相救。长安你的主子已知两军战败,下令收缩兵力确保长安安全,即便发兵十天八天也到不了,到了也是陪葬。所以你得拼尽全力,不然你这覆国倾城的罪名,肯定会流传千古、载入史册。"赫连力鞬的话一点不假,句句戳心。这是至关重要的一战,要是战败,秦国便再无此西陲,也可能由此无险可守,会导致一系列的问题出现。于是双方言定休兵罢战,各自安营扎寨,埋锅造饭,厉兵秣马,来日再战。

第三十五章 大军三路皆失策

于是双方摆开架势,很正规地战了两天,各有胜负,但都未伤元气,城里的秦兵也不敢开门,副将问守城将军道:"将军,援军到了,让他们在城外孤军拼杀,不如放他们进城或者咱们出去帮忙拼杀,兵合一处战退敌军。"将军道:"我也这么想,可是你没见城下那些骑驴的、骑驼的像野人一样,涌进城来咋办,还不把咱们吃了。""是啊,我疏忽了。"

过了两天,勃勃的兵马处理完王奚军也赶到了高平。张佛生本来就取胜信念不足,再加上勃勃兵马的到来,自知已毫无胜算可言,晚上长叹一声:我大秦休矣,这是天意。便斥退左右,换了便服佩把短剑,从侧帐出营,单枪匹马原路返回。第二天早晨见山间有座寺院,便谎称自己是乡野草民,新近丧偶,孑然一身,归隐山林了。

同天早晨,赫连力鞬披挂完毕,鼓角奏起,可是对方无人出战。过了一阵,儿位副将兵长平端着张佛生的宝剑,走到阵前,后面的兵士低头行礼,这就是交出兵权的投降仪式。赫连力鞬骑马来到阵前问道:"张老将军咋没来?"部下道:"张老将军下落不明,他的兵权望将军笑纳。"赫连力鞬道:"哈哈哈,这天迟早会来,但似乎来得早了点。我已准备和他再战三五天哩,他却不见了。"高平城已知张佛生孤身逃跑,将三万大军撂给夏军,已是人心散乱,是死是战是降已摆上了议事日程。这守城的将军正是姚石生之子姚广都,铁板一块,他与勃勃有不共戴天的杀父之仇,哪怕是战至一兵一卒、一人一马也要扛下去。

张佛生的兵投降了,但同时也增加了夏军的负担,张佛生与王奚的部队就有五万多人,再加上他们的部队三万人,驼队两万多人,每天的吃饭喝水都成问题,更别说攻城了。勃勃也已考虑到了这个问题。一日晚间,他思索着:这可是个烫手的山芋,杀掉后秦俘虏太可惜,还会背负骂名,对以后作战十分不利,敌人会宁死不降;放掉呢,好不容易俘了再放回去,那不是又增加了对手的力量;要是恢复为夏军编制,他们抱团扎堆又有兵器肯定会滋事造反。勃勃实在是找不到合适的处理办法,一时毫无头绪。正在翻来覆去之时,他忽然想到一事:我的皇城不是正在扩建嘛,让他们筑城去,过上两三年将他们磨顺了再插入军队为我所用。于是他便下令撤军。赫连力鞮惊讶地道:"撤兵? 眼看高平城再有十天就拿下了,现在撤兵不是前功尽弃吗?"勃勃道:"弃不了,料那姚兴已无兵再发只能自保了。再让城中多消耗几天,再派叱干阿利来围城,不是正好吗?"于是各兵种都押着俘虏往塞上出发.沮渠蒙逊则带着他的兵返回乐都。

姚兴惊闻三路大军损失殆尽,将帅兵长们下落不明,只有姚文宗带回来那些失去盔甲、兵器、马匹的裸兵,还听说是勃勃还他的人情,差点从龙椅上跌落下来。他心里清楚,墙倒众人推,自己已失去西北屏障,西北面的半壁江山已失,敌人随时可以入主中原问鼎长安,与他来抢那把椅子。但又无什么良策,忧心万分。忽又得到王买德与叱干阿利投敌叛国的消息,更是寝食难安,晚上还经常做噩梦。

他到祖庙给列祖列宗哭诉自己的委屈:"大啊,你睁眼看看,你创的基业让我不到几年时间丢失了一半,这是哪里出了问题? 请托梦于我,我为什么连连败北,无一胜算,兵败如山倒。我没有看错,刘勃勃是一个天才的政治家、军事家,可是老臣们喋喋不休地排斥他,逼他另起炉灶,才导致了今日这种难以收拾的局面。西陲高平孤零零地撂在八百多里外,无人支援,迟早也会落入敌手。勃勃说他要拦羊,我知是假话,我想他可能只是在塞上搞块小地盘为王称霸,根本没能料到他竟然打到我家门口了,还敢来抢我这把椅子。我该咋办? 我该咋办? 都是那个该死的糟老头没弈于惹的祸,那次他来长安就该杀了他。可惜我面子上还得叫他干大哩。世上没有后悔药，我的嫡长子姚泓，快快长大吧，也许你有御敌之策，但愿你能大展宏图、光复祖业，重建后秦雄风，永固姚家霸业。"

勃勃命人将这些俘虏押向了奢延县修筑统万城，其他各部回去休整，留下一部分看守和监督俘虏，让他们挖城基，又分拨了不少粮食肉类给他们。勃勃派呼延豹通知驻守大洛川的叱干阿利去围困高平城，别放跑了敌人。叱干阿利收到命令后道："早就等这一天了，终于可以脱离秦军，光明正大地做夏军了，再也不用提心吊胆地过日子了。"

于是，叱干阿利很快地将部队开到了高平城周围安营扎寨，有人急忙将情况报与姚广都。姚广都疑惑道："夏兵刚撤没几天，他来干什么，先别开城门，让我上去问问再说。"于是一行人上至城楼，姚广都大声质问叱干阿利："叱干将军，夏军刚撤，莫非皇帝派你来支援本将镇守高平？"叱干阿利道："什么支援镇守的，都不是，我要说支援你，你必大开城门，我捉了你多没意思，我是来围城的，十天半月，或是二十天，我要困死你这只西北狼。"姚广都听后大吃一惊："咱们同为秦军，何故如此，莫非你叛国投敌了？"叱干阿利道："看你说得多难听，我本来一直穿着你们的衣服，从来都不是秦国的人，十几年前勃勃就是我救的，我俩是表亲懂吗，他姑就是我二妈，现在知道了吧？十几年前，魏军追他，我一见就知道他是厉害的主，果不其然，是个雄才大略的家伙，那时我救了他就是他的人了，以后还要跟着他打进中原平定天下呢！"姚广都再也忍耐不住骂道："叱干阿利，你这个狼心狗肺的东西，秦主对你不薄啊，你年轻轻就被委以重任，戍守大洛川，你今日却恩将仇报。"叱干阿利道："戍守大洛川是我大那时就挣下的，我只是继承者，可姚皇帝因我大是前秦过来的人对我从来就不放心，看看给我们调来的兵，都是老弱病残，能打仗吗？粮草盔甲也不如别人。这能说不薄吗？还暗中派军察监视我，我吃红薯放个带红薯味的屁他也想知道，我还能替他卖命吗？好了，这就是我今天围城的原因。你想想什么时间献城，我的驻地离这儿不远，一两天的路程，粮草充足能等得起，好多年没打仗了，手痒。你是姚家的人，我给你来个好玩的:将你拉到野外绑在树上和狼过夜,咋样?"姚广都不服道:"说不上将谁喂狼哩!"叱干阿利道:"要不明早咱俩阵前拼杀,也好过过将军的瘾,壮壮士气。"姚广都道:"好!明日一定奉陪。"

于是第二天早上,城上旌旗招展,三层弓箭手张弓搭箭以备不测,城门"吱吱呀呀"地开启,姚广都披挂齐全,带着兵将跨过吊桥,摆开战阵,叱干阿利也已排兵布阵,战鼓擂响,号角齐鸣,两位将军催马向前,各施本领,战了几十回合,不分胜负。两面兵士看得血脉偾张,呐喊助威。时值中午,才休兵罢战,各自归营。高平城还是吊起吊桥,关紧城门。姚广都道:"他的本事也不过如此,他要围就围吧!我说过哪怕战至一兵一卒、一人一马也要死守。"

勃勃将这几万降卒带至奢延县,安顿好筑城事宜,就带着随从回到了榆溪塞,到十八寨拜见了石九爷,又到红庆寨拜见了母亲符红英,又回到麻黄梁旧堡拜见了岳父没弈于,没弈于老先生一听说打了胜仗激动得胡子一抖一抖的:"那何不趁热打铁,直取长安,夺了那椅子,也让我先坐几天。"勃勃不悦地道:"那椅子就那么好坐?那得死多少人,流多少血,姚兴才会将椅子拱手让给你?关中还有多少州府堡邑、多少驻军?延州以下的堡城、岩寨都在人家手里,咱们兵力有限,三拼两拼拼光了,还拿什么来攻长安?即便攻下了谁来守卫?"没弈于道:"我啊,你看,你又没大,你的三位妻子符俊莲没大,石云梅没大,只有丽玛有大,就是我,一夺下椅子肯定先让我坐三个月,再交给你。常规都这样。到那时我就是皇上,看谁敢不听,谁不听话就推出午门斩首。"石九爷道:"你知道当了皇上每天要处理多少政务和军务吗?你以为就是每天管乐相奏、美伎歌舞,你知道有多少人觊觎那把椅子制造麻烦吗?我看还是牧马拦羊喝老缸坊酒自在。"

没弈于呷了一口老缸坊酒道:"我不管别的,我在边关辛苦了几十年,就是要坐几天那把椅子,不然的话死不瞑目。"勃勃道:"你已经为了那把椅子、那件龙袍害惨了我,让我背上了杀岳父的恶名,还想咋样?高平城战火纷飞,大军云集,你争我夺,还想害死多少人?"

且说这高平城打打停停,停停打打,就是不投降,叱干阿利也不攻城,只是围着,叫叫阵,骂骂仗,姚兴皇帝也没了主意,也不敢发兵救援,只是命令姚广都坚守自保,万一扛不住就弃城逃回。

相持了一段时间,部将们知道等不到朝廷的援军,这样僵持下去,迟早城破人亡,要么突围要么投降。可是姚广都仗着自己的皇室身份专横独断,油盐不进,只说让坚守。部将们思想有了波动,私下里议论纷纷,也已感到前途暗淡,心灰意冷。

一天,几位部将置办了好酒好菜,邀请姚广都一起宴饮。几个人给姚广都敬酒夹菜,酒至半酣,姚广都已醉意朦胧。"将军好酒量,再饮几杯。""好好,诸位干杯,好酒啊。"几杯酒下肚,姚广都面红耳赤,瘫软难支。一位部将趁机道:"将军,这两军相持,咱们偏远孤城,时日一长,恐粮草不济,难以持久,你看这……"姚广都带着醉意道:"我要扛下去,言逃者斩,言降者诛。"说完便醉倒在了酒桌上,几位部将对视,觉着时机已到,便一拥而上,七手八脚地将姚广都捆了,两位卫士闻声进来拼死保护,也被部将砍杀。几位部将用杠子抬了姚广都上至城墙,向下喊话:"叱干将军,姚广都被我们捆了手脚,成了笼中之虎,再也不能发威咆哮了,我们献城。"叱干阿利道:"我还想再战几回合,过过瘾,你们却献城了。今天天晚了,明天再出城投降吧!将姚广都放下城来,我有妙用。"于是姚广都被放到城下。叱干阿利道:"将姚广都撂在马上,驮到林子边,捆在树上喂狼。"

第二天早饭后,高平城城门大开,放下吊桥,城中兵士出城,将手中兵器都集中放在一块,列队等待发落。叱干阿利耀武扬威地骑在高头大马上,挥舞着宝剑:"你们听着,凡是参与这次献城的部将都到前面来,站成一列。"那十几位部将脱离了大队,站在列前,叱干阿利骑着马来到几人跟前,转了两圈瞅着这些人道:"嗯,不错,该给你们请功领赏了。"说完又大吼道:"刀斧手,将他们都给我拿下。"于是刀斧手一拥而上,两人扭住胳膊，刀斧手两旁伺候。两面的士兵一看这阵势都傻了眼：这是哪门子奖赏？叱干阿利道："我今天要将你们十几个斩于高平城下，以儆效尤，看谁以后还敢卖主求生求荣。"秦兵一看，有功不赏反斩，便齐刷刷地跪地求饶。这时，混在高平城的沙里飞，站了起来，大吼一声："慢！"叱干阿利道："呦，还有不怕死的，你是何人？"沙里飞道："我是勃勃皇帝御令军察，请你刀下留人，杀他们要禀告皇帝。"叱干阿利满不在乎道："你没听说将在外军命有所不受吗？这些人今天出卖主子，明天就会出卖我，留下何用，兵不斩不齐。"沙里飞道："我拼死也得阻拦，不然失职失察。"叱干阿利道："不然连你也砍了，你知我与皇帝的关系吗？我救过他的命，我们还是表亲，懂吗？"沙里飞看劝阻没有效果，便一个旱地拔葱，踩着人头逃出场外，骑了骏马奔来塞上寻勃勃报告情况。勃勃一听大吃一惊："他咋敢这样干？关中平原城池林立、堡邑连户，陕北高原岩寨密布，这事以后传出去谁敢投降？我一再说增加战力要靠俘虏。赶快走！"说着，勃勃即刻率领随从奔高平而来。

第三十六章　阿利督工统万城

叱干阿利威风八面，唯我独尊："我要打就打硬仗，投降的人我不喜欢，骨头都是软的，今天能出卖自己的主子，明天就可能出卖我，我是说一不二的，刀斧手给我将这些叛将推向断头台。"于是十几位部将被反剪了双手推向断头台，高大剽悍的刽子手光着膀子，头扎红布，一口酒喷在刀上，酒花四溅，杀气逼人。一声令下，十几颗头颅便滚落在地，一股股殷红的鲜血向前喷出。兵士们一声惊叫，离城门近的忙跑过吊桥向城门里跑去。叱干阿利道："不服是吧，都给我拿下，押过来。"于是十几个瘫软的士兵又被押向了断头台砍了头。有些胆小的已吓得瘫软在地。

勃勃终于赶来，见到叱干阿利便训斥道："叱干哥，你将那些降将都杀了？""啊，还杀了十几个逃跑的兵士，那姚广都，赶我第二天去看，只剩了一堆乱七八糟的白骨。"勃勃气愤道："你咋能这样干呢？这不是坏我大事吗？"叱干阿利道："哎，给他们点颜色，让他们知道咱们夏军的威风与厉害。"勃勃道："威风与厉害是要在战场上的，你杀降将，杀兵卒，那黄土高原有多少岩寨要占，那关中平原有多少城堡要攻，这样下去，以后谁敢投降开城门？他们势必拼死抵抗，我们又得死亡多少人？又得有多少将士倒在城下？再者，塞上地广人稀，虽然历代皆属草原民族，英勇善战，铁马纵横，刀明枪亮，烧杀抢掠，但哪个占据了中原，坐上了龙椅？从来没有，因为缺人。既然投降了，怕他们作战，怕他们反叛，他们总可以在塞上筑城、牧马、拦羊吧？甚至融入我族，娶妻生子，增加战力吧？将一个兵、一匹马、一只羊、一棵草都为我所用，才能取得天下，战马与马刀只能逞一时逞强，岂能巩固天下？"叱干阿利道："我这人是急性子，就爱打打杀杀,一见血就心潮澎湃激动万分。"勃勃道:"所以你不能在高平继续统兵,免得再生祸端,你杀了人,将人喂了狼,将来这账都得算在我头上,我得背黑锅,我会落得千年骂名哩。要统治中原就得学汉文化,不然那把椅子坐不了几天,便又会被别人夺了去。我给你找一个没有战事的去处,先磨磨你的性格,因为咱俩是表亲,你虽没有多大战功,但派人在麻黄梁救过我的命,我不能将你怎样,但调你去筑皇城,监视和管理他们,那里没有战争,你也不用杀人。"

叱干阿利道:"兄弟你说得是,我服从调配,但我有一提议,现在在奢延县筑城,何不于高平先建都称帝,造个龙椅,封侯拜祖,指挥千军,巩固塞上,俯视关中,号令四方。"勃勃道:"我的兵力现在还无法与后秦抗衡,且大部分是后秦降兵叛将,临阵倒戈的可能性很大,如若我固守一城,敌人发重兵来攻,如何抵挡?岂不两败俱伤,我这样有国无城,有帝无皇,转徙无常,让他摸不着看不见,他能奈我何?初祖轩辕黄帝也不是无城无都转战多年吗?"叱干阿利道:"那我只好去奢延城去督造皇城了。高平城的兵咋样处理?"勃勃道:"高平城的兵马,包括你的原班人马都留在高平,你去就行了。城一定要建得坚固高大,地基一定要做结实,就任命你为都城匠作大将,全权督办一切事宜。"

叱干阿利脱离了自己的部队,心中很不是滋味,只带着十余骑出了高平城。他自我盘算道:"自己本想做一名骁勇战将,杀进中原,攻城略地,旌旗招展,像汉之韩信,三国的关云长、张飞纵横驰骋,青史留名,也亏你想得出,历史上哪有匠作大将的名,纯粹就是为了忽悠我嘛。"虽然他心里不满,却不敢抗拒,因为他的家眷几十口子都住在麻黄梁华龙镇,捏在勃勃的手心,也只能受领这个"匠作大将"的"美差"了。

叱干阿利终于担任了匠作大将的职务,可是绕城巡视了两天道:"这城要做得坚固高大,这城基不做好,将来出了问题,我不得吃不了兜着走吗?"于是他将部下召来,用锥扎向已筑了三尺多高的墙体之中,立即吼道:"你们各处监工都来看看,这一锥子扎进去两寸多,这是城基,做成这个样子,筑上十丈多还不垮塌?都给老子挖掉重筑。"于是这些筑城的兵士、战俘、民夫都傻了眼。叱干阿利道:"听着,我是夏国筑城匠作大将叱干阿利,筑的这城基不行,挖掉重做,如果一天下来,监工去锥,能锥入一寸便杀夯工。"有人提出如果监工讲人情看面子弄虚作假咋办,叱干阿利道:"如果发现有看面子徇私情,故意不往进锥的,那监工的项上人头也难保。我说到做到。运来的土都要搅拌均匀,过箩过筛,将白石角都要过出去,免得筑进去爆裂。你们都听清了吗?"人们都齐声喊听清了。就这样又挖掉筑好的城基,将土翻出去夯底重做。于是十几里长的地盘里,挖土的、运土的、筛土的,大家干得热火朝天,场面十分壮观。可是临收工开始检测时,有一标段被扎进了两寸。叱干阿利听说便亲临视察,夯工辩解道:"这里土太湿,打油路了。"叱干阿利道:"你们是干什么吃的? 土太湿你可以搅干的,现在打软了,法不可不守,令不可不行,给我拉出去砍了。"于是建造这段的十几个人都被拉到荒草滩砍了。别的筑城者听到后不寒而栗,窃窃私语:"我听说这城筑十丈高哩,这要筑到猴年马月。""听说这个新来的什么匠作大将以前戍守大洛川,年轻气盛,嗜战好杀,唉,累不死都会被他杀了。听说他在高平杀了叛将,才不让他领兵打仗,让他监督筑城了。""唉,我问过其他家在附近的民工,从这里过了无定河,向南能逃出一百多里,进入南老山,就到延州地界了。""他们一天看得紧,逃出去谈何容易。""还是大家不齐心,咱们如果齐心,手里的铁锨、镢头也不是吃素的。十个人还干不过他一个?""等等再说,有人会挑头的,到时候咱们也积极参与响应就是了。""嘘,小声点,要走漏风声,咱们这几颗脑袋又得搬家了。"

清明节刚过,塞上杨柳吐翠,春风徐徐,百草泛嫩,这几天天热得很快,似乎很快要进入夏天了。降军首领道:"冷生雨,热生风,最近几天要有一场大风。大家做好准备,最好能攒点吃的和他们干了。"

这天早上天灰蒙蒙的,不一阵乌云密布,狂风大作,飞沙走石,枯蒿翻滚,毡帐被吹得在地上打滚,箩筐也在地上翻滚。这时降将站在高处大喊："大家都往南跑,过了无定河不远就到了后秦地界,会有人来接咱们的,回家去,看看老人、妻子和儿女。"附近的两个夏兵岗哨见状上来制止,被夺了刀,一刀一个劈了。众人一看来了精神,现在不走更待何时?于是筑城的铁锨、镢头、木棒都成了武器,大家咆哮着冲向了无定河方向,那些岗哨见状大喊着:"不要乱,快回去。"这时语言劝说岂能管用,人们就像受惊的马群,群情激奋,勇往直前。碰着的伤,挡路的死,那些阻拦的士兵不是被铁锨拍死就是被推倒踩死,有的走进用毡帐搭的棚子里去抢食物,那状况惨极了。正是旱季,无定河水不大,人们很快过了无定河,马不停蹄、人不歇脚地向南老山跑去。叱干阿利得报,急忙调集人马围追,但劳工和筑城的兵士手中都有家伙也不好对付,虽然追上了,也不敢靠近,只是虚张声势阻拦他们逃跑。毕竟暴动的人数众多,又都归心似箭,如洪水猛兽势不可挡。

赫连勃勃得知,便急忙带着骑兵来支援,终于将暴动人员包围在沙漠中。正值中午,骄阳似火,沙漠中酷热难熬,暴动者也不走了,都席地而坐。但马队也不敢靠近,都提防着对方动起手来。叱干阿利骑在马上大喊:"你们都起来往回走,不然我会调动军队将你们杀光。"

勃勃闻风赶来怒道:"胡说,杀光他们谁来筑城?这里你不要管了,赶快回去准备吃食,再用皮囊装上水,先不要让他们脱水。"叱干阿利带着部队回去备水备食。勃勃道:"你们一会儿吃上些喝上些回去再说。你们在这里筑城总比你们回去强,回去姚兴即便不追究你们的过错,又会让你们去当兵打仗,这里虽然累却无性命之忧。"其中有人道:"无性命之忧?他们随意杀人,将我们当奴隶呢!"勃勃道:"我们从建国起就废除了奴隶制,扶助贫弱,还出钱帮助贫困者养殖致富,发展生产,发展人口,何来此说?不论哪行哪业,只要立功皆可受奖。"

有大胆的问道:"我们要干到何年何月才是个头?什么时候才能回家探望亲人?"勃勃道:"这个我一时还没考虑成熟,待我们商议后,再公布。现在你们先回去复工,不然在这沙漠里会丧命的。"

过了一阵,水和食品都用马和骆驼驮来了。勃勃让分发给大家,叱干阿利道:"都是些俘虏,还这么对待他们,还不如砍上几个吓吓他们。"勃勃训斥道:"胡说,你能砍多少?我说过一人一马一草一木都是大夏国的战力,你砍上几个当时是唬住了,可是他们看不到前途和希望,会制造事端,消极怠工,临阵倒戈,借机暴动,制造麻烦,我们将永无宁日。再说敢闹事的都是勇士,我大业草创正是用人之际,砍了那些出头的,那损伤的都是我的战力。"接着又道:"这皇城工程浩大,现在还是基础工程,加高后恐怕都得十万之众,我得想想管理的办法,如果你惹翻了这六万人暴动,那可不好收拾,你想想那后果,我大夏这点基业就会荡然无存,前功尽弃啊!而且你杀了人,不论今人后人都得将账算在我头上。阿利哥啊,你救过我,我永世不忘,但你得三思而后行啊,你将姚广都喂了狼,杀了高平的叛将,已有人说是我指使你这样干的,我何故要杀人呢?"

勃勃终于平息了这次修筑皇城的民工与降军的暴动事件,但他十分后怕:幸亏他及时赶到,不然叱干阿利这个嗜斗好杀之徒不知要给自己捅出多大的娄子,死伤多少兵士、民工、降军。要是搞不好,得死好几万人,还筑那城何用,自己给谁去做皇帝?

勃勃回到麻黄梁,清风明月,树影摇曳,看着这一草一木,勃勃思绪万千:皇帝,万民之主,我能做得,但是会流芳百世,还是遗臭万年,都是未知。若急流勇退,塞上的两万余部落谁人做主?北魏、后秦、柔然、北凉都会像虎狼一样扑来,在此分赃撕咬,又会死多少人?管吧,有将无相,呼延虎、呼延豹、宇文杰、刘力鞬、黑野牛、拓跋峰、叱干阿利、刘得胜、母亲苻红英,都能带兵打仗,但谁能替我出谋划策?创业难,治国更难,关中是文脉之地,文化之邦,我应到那里去找人,可那里是姚兴的地盘。哎,有了,王买德不是驻扎在延州吗?他可是个文武全才,也许能给我出谋划策。

第二天,勃勃去拜见岳父没弈于,没弈于板着个面孔道:"现在塞上已尽归夏国所有,你也封了皇帝,却无皇城,何不在高平登了基,坐了龙椅,塞上万众归心,都会站在你的大旗下,再一举平了关中,灭了后秦,夺了龙椅,封了皇后、太子、王公的,永享万年基业。"勃勃道:"你老光顾坐那把龙椅,那好坐吗？现在就这几万人,筑城、吃喝用度都需要补给,若要取了关中,又得死伤多少人,即便取了关中,灭了后秦,那些州县,谁人来守？几个娃还小,无法出将入相,独当一面,若用外人,他们迟早都会坐地做大,惹是生非。"没弈于道:"杀啊！他们哪个不怕皇权?""我无法和你沟通,你还是安心地看你的歌舞,品老缸坊酒吧。"

第三十七章　重游南凉受三镖

　　勃勃辞别岳父、家人，带了随从，化装成商人模样，进了上郡城，来到将军府，王买德见到勃勃便称之为李老板，屏退左右，两人开始密谈。勃勃与王买德亲如兄弟，无话不谈。王买德道："虽说你现在基本统一了雁塞与陇塞，但你肩上的担子还很重，一时还难以与后秦平起平坐。关中富饶，人口众多，城池遍布，若要平定还需费时费力，不是朝夕之间能一蹴而就的事。"勃勃道："这我知道，就目下塞上的事，也很棘手，我岳父急于求成，总嚷着要坐龙椅，还想将丽玛封为皇后，将他的外孙封为太子哩。"

　　王买德道："上次我们进攻塞上，部下捉住了他，他就大喊大叫说自己行不更名，坐不改姓，就是没弈于，幸亏遇到了我将他骂了一顿，说他精神不正常又送了回去，要遇到别人，他老人家恐怕在劫难逃哩。"勃勃道："感谢仁兄救了他们一家及我的儿子。"王买德道："一家人不说两家话，你我兄弟一场，惺惺相惜，我虽身为后秦上郡守将，但与你大夏王却情同手足，也是缘分，迟早都会为你鞍前马后地效力。"勃勃笑道："不是迟早，而是现在就需要你。"王买德道："现在恐怕为时过早，我的家眷现在都在长安姚兴手上捏着，我明目张胆地跟了你，他们便会以反叛之名惩办我的家人。"勃勃道："这个我知道，不能为难你。不过我来是为了修皇城的事。现在有民夫、俘虏八九万人，他们上次趁刮大风反叛逃跑，死了许多兵士。那又是一个敞滩，要一万兵力看着，我该怎么办？"王买德思索了一阵道："不管是俘虏还是民夫，你要给他们一个希望，总有个盼头，尤其是俘虏，你要把他们像兵一样对待，立了功就要奖励，三年一替换,可以让他们三年后从军或回家,这样他们有了奔头,有了希望,就不会舍命相搏,造反滋事了。三年后你的地盘扩大了,人口也多了,基业稳固了,也不愁征调不到民夫。这样便可缓解矛盾,避免暴动与流血。"

勃勃道:"此话正合了我之意。我不能像对待奴隶一样对待他们。"临别时赫连勃勃又道:"王兄,你也该换旗子了。"王买德道:"我得找个借口将家眷接来上郡,才敢更旗易帜啊。""接家眷这个事你不能有丝毫的举动,还是保持现状,由我派手下来操办较妥。"王买德道:"也只能这样,才不会引起他们的注意。"

勃勃辞别王买德,回到麻黄梁,派人通知潜伏在长安城的沙里飞将王买德的妻儿接出长安送往麻黄梁。沙里飞接到命令后思虑良久,才想出了主意。他于深夜潜入王宅,说明来意,可是王买德的妻子半信半疑。沙里飞道:"王将军已在延州府等你们,但由于姚兴派了人监视你们,不能白天出门,只能晚上化装成讨吃要饭的乞丐出去。家里还得雇人装扮成你的模样,才能哄过他们。"王买德妻子一听,大吃一惊:"他犯什么事了?"沙里飞道:"没有,姚兴怕边将们反叛,将他们的家眷都安排在都城,暗中都派了人监视,怕你们逃跑。"王妻道:"我都不知道这事,当边将的妻子也太可怕了。"

沙里飞道:"这事哪能让你们知道,知道了,你早就逃了,他们还监视谁去?""那我们一走,他们发现没人了不是又要追捕。"沙里飞道:"我已安排好了人来替换你们母子,让他们误认为你们还在府里。"于是沙里飞隔天晚上雇了两个和王买德孩子一样大的孩子,又找来了赛月红装扮成王夫人,让他们在王家正常生活两日,将王夫人及两个孩子从屋顶放到街上,连夜出了城门,送往塞上。过了两天,赛月红也从屋顶撤出了王家,监视的人见到了吃饭的时间却不见王家烟囱冒烟,便急忙推开大门进去,整个王宅已是人去屋空,急忙向上级汇报了情况。姚兴得到消息苦不堪言:这两年是咋了,每战必败,损兵折将,边将连降。他急忙颁发圣旨,派人急奔上郡,令王买德速回长安议事。王买德接到圣旨,看后道："你两位回去告诉姚皇帝,让他省点心吧! 他的圣旨到我这儿就成了废纸。"来人还声色俱厉地道："你这不是犯上作乱吗?"王买德道："什么犯上作乱,我这叫弃暗投明。前秦皇帝苻坚对姚苌他们父子不薄,可是他们看到前秦战败,乘机作乱杀死了那么多苻家的人。有些逃向了漠北,他们还不放过,又抢了苻家的龙椅,这不是犯上作乱吗? 我也不会抢他后秦的椅子,只是要换个明智的君主,好跟随平定天下罢了。犯上作乱的这顶桂冠我还无福消受呢,你们趁早回去,我还能保证你们的人身自由与安全,走迟了我就无能为力了。"两个传圣旨的一听,也吃了一惊,急忙启程,灰溜溜地回长安复命去了。姚兴一听上郡守将王买德也反叛了,顿足道："这是打开了我的北门户啊! 高原部分就剩了延州、耀州以北的金锁关、宜川、黄龙一线了,如果再丢失了,关中就完全失去屏障了。"姚兴震怒之余心中也十分懊悔:我当年咋就养虎为患了? 为甚没有听姚邕的话一刀将他勃勃砍了,而是和他一起参军议政呢? 世上有卖后悔药的吗?

　　勃勃回到塞上整理思绪。现在自己地盘大了,人也多了,事也繁杂了,可他感到身心疲惫,他真的不理解为何人们都想爬高,都为那把龙椅争得你死我活,哪里才有一片安宁的净土可以栖身和寄托灵魂呢? 他忽然想起了银燕,只有她才能慰藉自己的灵魂,才能使他愉悦,但她已化作了一缕清风和袅袅烟尘飘散在了云雾之中。她是否能突然出现在自己的眼前,与自己比翼双飞呢? 勃勃痴痴地望着麻黄梁的远山近影,想着银燕是否能从苍翠的山峦之间飘逸而至……这时有人向他来报,王买德已正式脱离后秦,易帜大夏军旗号。勃勃闻讯惊道："我有了左膀右臂,可以大展宏图了。我也可以有时间去南凉再看一看银燕的雕像了。"

　　这一天,勃勃安顿好塞上的事,便与随从一路西行,去了原南凉国都的乐都。沮渠蒙逊闻讯,军礼仪仗、整洁肃穆、鼓乐相奏、歌舞翩翩,他还带着皇亲贵胄和将军兵长十里相迎。沮渠蒙逊看到勃勃激动不已："神圣的主啊,我的红月亮,是什么风吹来了我尊贵的客人。"两人相拥,以示友好,盛宴款待,互换礼物。

勃勃选了第一次见银燕的时间又走进了那座花园,但那儿已是空园一座,勃勃让随从们在园外等候,他一人进得寂静的园中,回忆着当时的情景,幻想着银燕的出现。这时树影下似乎有一黑色身影一闪而过,勃勃误认为是幻觉,也没太在意。忽然"嗖"的一声,一只凌厉的燕子镖飞速而来,勃勃身子一斜闪了过去,但那燕子镖穿过他飘起的衣袍,扎进树干。勃勃走近树下一看,不禁大吃一惊,喜上心头:是燕子镖,莫非她还活着?这时护卫们闻声进来问勃勃何事,勃勃道:"没事,别声张。"

勃勃一行人又来到祭祀秃发傉檀的庙宇。这是那年勃勃攻打南凉逼死国王秃发傉檀后,临别时吩咐南凉国老臣们建造的。勃勃一行进寺,主持迎至院中。勃勃净手洗面,虔诚倍至,随主持双手合十,进入殿堂,仰望着秃发傉檀及其夫人的雕像,旁边是两个侍女,还有那只忠勇的神雕,以及栩栩如生的秃发银燕。勃勃化表焚香,拜完雕像,久久地伫立在那里,凝望着银燕,默默地在心里与她对话。勃勃默道:"你为什么要这样干?两国交战,你死我活,难徇私情,我向你赔礼道歉,望原谅!"银燕道:"我们一见钟情,你却操之过急,激怒父王以至兵戎相见,没了回旋余地,不仅逼死了我们一家,还使我们国破家亡,此仇不报,天诛地灭。""报吧,我甘愿随你而去。"这时一支燕子镖又打了出来,勃勃也不躲闪,正中大臂。黑野牛闻声跨进庙宇,喊道:"有刺客,前后左右都给我包围了,仔细搜,一个苍蝇也别放过。"勃勃道:"别搜了,撤!"黑野牛道:"这却是为何?要包围了寺庙,刺客是插翅难逃的。"勃勃道:"不要搜了,撤,听我的。"黑野牛只好带人撤离。勃勃道:"大侠,已经第二镖了,我知道还有一镖,你可要打准了。"说完,他转身离去。

沮渠蒙逊听说,忙来给勃勃请安道歉,急忙请御医为其诊治敷药,又下令全城搜查。勃勃阻止了搜查,沮渠蒙逊道:"这却是为何?我真懵了。伤了胳膊还不让搜查刺客,这到底是为何?"勃勃道:"这世间的事,说不清道不明,这是我们的私人恩怨,不用国家力量解决,还有一镖,我们自己会解决的。"勃勃问了秃发傉檀的陵寝,一天黑夜,他独自一人去了皇室陵园,隐身在一块大石碑后。过了一个时辰,一个黑影果然来到,跪在地上磕了三个响头,然后抽泣着诉说:"父王,母后,你们的在天之灵可安好,我终于等到了他,可是我下不了手,打了镖他也不避不躲,甘愿受领,也不下令搜捕我。他真的是杀人魔王吗?也许我是女儿身,干不了大事,我该如何办呢?你们的死与他们有关吗?他不像个坏人啊,倒像个英勇的男子汉,少见的男子汉,可是你们为何要相互为敌,不能原谅对方呢?为何要兵戎相见,拼个你死我活呢?"勃勃小声道:"这也许是人常说的天命注定吧,我猜测你还活着,你受苦了。"银燕听到背后有人也没惊慌,她深信背后的那个人就是她一见钟情的勃勃,不会伤害自己。"那你当时为何要围城?""我是为了逼婚,根本没想到会是那样的结局,老国王会慷慨就义,他是一个有血性的汉子,应该受到敬仰。但两国交战,各为其国,不可回避。""你后悔了?""后悔也无用,只能建了寺、塑了像,以作弥补。"这时银燕起身离去,勃勃还站立在原地。忽然一镖飞来,勃勃"哎哟"一声倒在地上。银燕一时心软又忙来要救治,勃勃道:"三镖打完,我都受领了,你已复仇,这笔账也该两清了,我也如释重负,只要你好好地活着,我也就放心了。你走吧!"银燕道:"我走了你咋办?""听天由命吧。"

　　这时护卫们发觉勃勃不在,到处寻找,终于看到勃勃躺倒在地,身边还有一黑衣女人,便将其拿下,急忙将勃勃抬回救治。勃勃道:"放开她,与她无关,我欠了她很多债,不还清于心不忍,永远难以平静。"众人只好照办,御医给勃勃拔了镖,治了伤,敷了药。勃勃忍痛将那三支燕子镖用红布包好,带在身上,作为纪念。

第三十八章　屋漏偏逢连夜雨

　　话说赫连勃勃正在南凉首府乐都与秃发银燕纠缠不清之时,收到来自长安的谍报:东晋大将军刘裕突然西进,对后秦国发难。后秦国皇帝姚兴已将皇权交给了长子姚泓。姚泓少不更事,懦弱无能,不到一月,潼关以东的大片国土都被刘裕大军所占。勃勃思索了一阵心中暗喜:最好打过潼关,夺了长安。这不是我逼着你干的,是你在为我大夏做菜,做好了请我们来吃。既然东晋和后秦拉开了生死之战,姚兴肯定无暇顾及北塞、陇塞了。

　　于是勃勃辞别沮渠蒙逊,一路逍遥自在地回到了榆溪塞麻黄梁。军帅大帐里早已座无虚席:苻红英、石九爷、没弈于、刘力鞬、王买德、刘得胜、呼延虎、贺彪、道长爷爷已等候多时,赫连勃勃在王椅上坐定。下面七嘴八舌嚷嚷开了,尤其是没弈于,显得激动万分:"我说皇帝兔崽子,东晋大将刘裕攻占洛阳,占领了潼关以东的土地,不日还要打过潼关,攻占长安,你知道不?"勃勃道:"这个事我知道,与咱们关系不大啊!"苻红英道:"咋关系不大,那后秦的长安城,那龙椅可是前秦你外爷苻坚的,你就不能将它夺回来你坐上? 自从十年前你与姚兴翻脸,屡战皆捷,他姚兴损兵折将,节节败退,而我夏国士气高昂,斗志正盛,何不攻陷长安,坐了龙椅,复我前秦基业。"勃勃道:"诸位,你们只知其一,不知其二。那中原城池遍布,堡邑不断,如我远师劳顿,攻城略地,得损伤多少? 在中原人看来我们是五胡蛮夷,势必群起反抗,到时两败俱伤,龙椅岂能稳坐。今天放火,明天暴动的,你们想过吗?"没弈于气得胡子一抖一抖道:"你这是懒,那姚苌、姚兴不也是羌族异种,还坐了长安的龙椅,谁造反暴动了？"勃勃道："这不一样，自秦汉立国建都以来，关中人总认为秦诞生于秦陇，而陇塞正是他们的发源地，姚苌、姚兴正好诞生于此，也就顺理成章了。"苻红英道："不管咋说，我还是主张入主中原，夺回皇城与龙椅。"没弈于道："对对对，我支持亲家母的意见，发兵关中，夺回龙椅，我这把老骨殖哪怕在那上面坐上一天，也能死而瞑目了。"老态龙钟的石九爷调侃道："得得得，看你老得连裤子也提不起了还想坐龙椅呢，你以为那上面好坐吗？难受着呢。几十年前我就当过半年的后赵皇帝，这人事那军务都要你过手，光一听汇报都烦死人了。你以为有你在麻黄梁旧堡弄个假皇宫、假龙椅坐上去，看舞伎歌女们跳舞唱歌那么舒服自在吗？"没弈于接着道："哎，我听说那皇帝专门配有三宫六院七十二嫔妃呢！自从丽玛母亲去世后，我再没娶，就是等着这天。十年前姚石生领着大军来攻打我，我准备灭了他，直捣长安，夺了龙椅，可这兔崽子硬是让我隐居，对外说他杀了我，骗了我的兵权，现在也该还我兵权了。现在刘裕从东面攻，我从西北面攻，用不了多久攻破长安，抢了那把龙椅。要是刘裕和咱们抢椅子就和他干，他吃米的能打过咱们吃肉的？还不乖乖把椅子让给咱们。"勃勃道："我们暂时不抢那把椅子，只是收他靠近咱们这边的兵将，椅子先让给刘裕让他们去拼，让他们拼个两败俱伤。再者刘裕已是东晋军中之帅，拿下了长安，不可能定都于此，他要回江南争夺王位，必要选一亲信之人驻守长安，到那时咱们兵强马壮，再取不迟。"众人似乎也听明白了，取长安是等待时机，而不是不取。

正在此时，红庆寨的急脚子骑马来报，西北面的柔然似乎发了许多兵马朝红庆寨而来，是何用意不得而知。苻红英一听不敢怠慢，即刻骑马奔回。勃勃命令道："呼延虎、拓跋峰，领着你们的兵即刻赶往红庆寨以备不测，你们先不要露面，尽量不要与柔然开战。他们不动咱们也不动，动则一定要将这些沙漠野人打惨打怕，他就再也不敢滋事了。"呼延虎、拓跋峰奉命领着各自的军队尾随苻红英而去。

再说柔然使者已到大帐，苻红英迎上前去，热情招待："尊贵的客人，是什么风将你们吹来了？我们是一家人啊！快让客人们坐下喝茶备餐。"可是柔然使者板着面孔道："你们南面的人就是嘴甜，会哄人，十年前那个安远将军骗了我们的八千匹马，这怎么解释？"苻红英道："先喝茶，这事我给你慢慢解释。你们那时给后秦八千匹马是为了让后秦进攻北魏呀！可是后秦不和北魏开战，姚兴皇帝信了佛教。我们与北魏开战，在葭芦川两天就消灭了北魏三万兵马，替你们也报了仇，又收了塞上北魏的一万多兵马，平城奴隶暴动，我们的五千多人又回来了，缓解了你们的压力，你说这八千匹马该送给谁？"

柔然使者道："按你说的，如果都是真的，那肯定应该送给你们了。"苻红英道："自那以后，北魏至今再没敢越黄河一步，倒是后秦不去打北魏，反而进攻了我们几次，损兵二十多万，元气大伤，现在它像一头有病的老牛，东晋乘机又来攻它了。它已危在旦夕，你再送它八万匹马也救不了它，再有马匹不如送给我们大夏国，这样我们睦邻友好，共同对付北魏。"柔然使节道："女王说得太好了，正合我们的心意，咱们今后要多多联手，共同消灭北魏。"这时到了宴请的时间，那些柔然使节一看，又是小米煮红枣："哎呀太好吃了，这是国王才能吃到的东西，给咱们吃，太看得起咱们了。这次回去不知还能给咱们送些不，这次要多吃些。每天吃肉，想不到这地方还有这么好吃的东西呢！听说这东西产在长城以南，这女王真好，咱们以后有多余的马都给他们吧！给他们能打北魏，还能给咱们好吃的东西。"

几天过去了，柔然使者也该返回了。苻红英给他们装了几骆驼的小米红枣，激动得他们热泪盈眶，给了这么多好东西，回去后国王一定会高兴的。临走时，苻红英又十里相送，红黑马队排了三十多里，看得这些使者们心潮澎湃的。"你看看人家的马队，红马队一律红马、红衣袍、红头巾，黑马队一律黑马、黑衣袍、黑头巾，威风啊！""这都是些女人啊，男人哪去了？""笨蛋，那黑马队都是男人，红马队都是女人。这地方富有，吃的穿的都比咱们强。""是啊，这地方水草丰茂，牛羊肥壮，小河潺潺，也美啊,要是咱们也能搬来住多好!""想得美,那还不被那些女人骗了去?成为人家的人。国王肯定不同意!"这些柔然使者高兴地回去了,也最终使大夏国与柔然没有开战为敌,呼延豹与拓跋峰的预备军也没有派上用场,撤回了塞上。

勃勃命令道:"北面的事已平息,无后顾之忧,谅北魏也不敢轻举妄动,现在休整几天,开赴延州以南去攻打后秦的金锁关与黄龙一线,那里都是岩寨,地势险要,历来都是关中的北屏障与北大门,拿下了这几处,取关中易如反掌,可是这几处关隘地势险要,易守难攻,一夫当关,万夫莫开,咱们去了之后,只可巧取,不可强攻。"王买德现在成了勃勃跟前的红人,参军议事都少不了他。王买德道:"你们南下后,先拔了杏城,这样北面就再也没有后秦的州城了。"话说这杏城就在延安的李渠一带川道中,依山傍水,驻扎着五六千兵马,守将也是姓姚。自从王买德反戈投夏,姚兴对边将的任用十分不放心,所以即便是没有能力的姚姓人,姚兴都认为是本家户族,从而加以提拔任用。

话说两支夏军开赴杏城附近,安营扎寨,埋锅造饭,整备军马。过了两天到城门前披坚执锐叫阵骂娘,城中置若罔闻,死不出战,城上备足了檑木砲石,兵士们单等夏军攻城,严阵以待。杏城守将是十七八岁的姚恢,既不懂兵马战阵,又不晓军中之事,便问参军道:"如何处置? 这些北蛮兵一天大呼小叫的,咱们不应战吗?"参军道:"将军不急,尽管放心,城中水源充足,粮草也够七八个月的,北方蛮兵习于马战,不善攻城,咱们不出战任凭他呐喊聒噪,他要攻城咱们就狠狠地打,打上几仗他们死伤惨重,也就不攻了。"姚恢道:"好,好,就这样,搞得他精疲力竭他就不骂不喊了。"拓跋峰与呼延虎喊了五六天,也无济于事,城中也不答话,也不出战,只是兵士们在城头严阵以待,随时准备开战,刚离城有一箭之地,那城上的箭矢便带着呼哨声射了过来。没法儿,只好就这样僵持着。

叱干阿利从筑城地统万城来到麻黄梁找勃勃,急切地说:"听说要与后秦开战,我筑城已好几年了,也该让我去领兵打仗,在战场上厮杀个痛快,你还是换别人来筑城吧!我憋屈了好几年了。"勃勃道:"不行,你嗜杀成性,见血疯狂,何况姚家人都对你恨之入骨,再说我们只是围而不攻,逼他们投降,何来的战阵厮杀。"叱干阿利道:"那攻取长安时我要打头阵。"勃勃道:"谁说要攻长安了,攻长安我不得死伤十几万兵马?就为了那把龙椅,为一座皇城死伤十几万人值得吗?坐上舒服吗?""哎,我真不知你葫芦里卖的什么药,急死人了。"勃勃厉声道:"你在高平杀降将,将姚广都喂狼,给我造成很大的麻烦,关中城池遍布,谁还会投降?你是我的表兄,又救过我,要换了别人我早军法处置了。别忘了你薛干部的家属都还在华龙镇,这次又擅离职守,筑城民夫降兵要是暴动闹事,拿你是问。"叱干阿利一听话茬子这么硬,也不敢多缠,准备返回统万城筑城工地。勃勃道:"明年秋季,等我取了长安,你这皇城可得竣工,到时我要举办登基盛典,封赏文武百官,听明白了吗?"叱干阿利道:"听明白了。"叱干阿利虽然心中不悦,但也不敢抗旨不遵,急急忙忙地回到统万城筑城处督工去了。

第三十九章　夏军南下战延州

勃勃得到杏城来报说二十几天了敌未出战,请示是南下还是攻城。勃勃一时难以定夺,因为对敌方也不够了解,决定亲自去一趟。延州以北都成了夏国地界,他们畅通无阻地来到杏城对面的山上观察了一阵。晚上想:代来城的东面高,所以被水拉沙漫了城墙才会失守,我也何不用土漫一下城呢!

第二天给呼延豹和拓跋峰道:"动员军中铁匠和附近的民间铁匠打镢头,再将周边老百姓的镢头全借来,上山挖土填城。"拓跋峰道:"我看那山西面根底离城墙根底还有五六丈远呢!"勃勃道:"这么多将士都吃饱了上山挖土,每天进上三尺,三天差不多一丈,他们的箭矢又射不上来,用不了半月他们不慌才怪呢?"于是没过几天,几千名将士在山上挖崖放土,遇到刮风黄尘蔽天。那土每天都以几尺的速度向城根下漫去,城中的将帅看到那土一天天向城墙漫来,不免人心惶惶。这土要是漫过了城墙,形成一道斜坡,这城可就不起作用了。

一天晚上,姚恢将各位副将参军、兵长们召集起来一起商议,看有何良策退敌。人们头摇得像拨浪鼓。最后,参军下了狠心道:"只有弃城南迁至耀州、铜川一线,敌军以每天几尺的进度,用不了十几天,土漫过城墙,敌军从土坡道滑下,杀进城来,到那时,只有玉石俱焚、城破人亡。"姚恢道:"这不是逃跑吗?"参军道:"这总比流血丧命好!"姚恢道:"什么时间?"参军道:"他们猜测咱们还留几天,咱们出其不意,今晚就走,趁他们还没准备。再过几天,等他们一旦准备好了伏兵,咱们的伤亡就会加大。现在一律轻装,只带兵器马匹和一两天的吃食,便可退到金锁关一带与守军汇合,再想办法。"姚恢一声令下:"就照参军说的办。"于是马蹄上都裹了布,怕发出响声,马铃一律摘掉,让兵士给城门的轴都上了油,这样就不会有响声,不准打火点灯,弄出声响。"

第二天夏军照样吃过早饭上山挖土,挖了一阵觉得不对劲,看见城门半开着,也不见秦兵起床撒尿,一个老头撅着胡子站在城墙上骂道:"一天没事干,就知道挖土放崖,弄得黄尘满天,饭也吃不成,人家昨天黑夜都早走了。你们还挖土?"老太婆忙上到城墙将老头劝了下来,并对夏军喊道:"你们别计较他,他是疯子。"夏军们下得山来,进入城中,将秦军的粮食物件尽行缴获。

经过两天的修整,呼延虎、拓跋峰经过商议,决定向南进军,但向南的路山川纵横、沟峁相连,道路也崎岖难行,兵士们叫苦不迭。"这要是在草原上早奔出二百多里了,在这崎岖的山路中一天才能磨蹭五十几里。"拓跋峰鼓励道:"再走几天就进入关中平原了,那里是八百里秦川,地势平坦,物庶粮丰,也不用爬山洼了。"行了三四天军总算到了富县地界,这里三河交汇,地势平坦,夏兵以为再也不用跋山涉水、翻山越岭了,就在此安营扎寨,准备好好休息。因为行军几天也未见秦军的影子,夏军以为秦军望风披靡、溃不成军地向南逃去,所以十分麻痹大意,晚上的岗哨也形同虚设。二更后,夏军们刚睡意蒙眬,只听杀声四起,火光冲天,人喊马叫,夏兵根本就没了章法,阵脚大乱,秦军冲入营寨,见帐就烧,见人便砍,夏军只能逃跑躲避,只有招架之功,没有还手之力。呼延虎光穿了裤子,光着上身骑在战马上,大喊:"不要乱,都拿兵器向我靠拢。"这才形成了一个核心,直搏斗了半夜,夏军死伤过半,秦兵也有损伤,秦兵才退去。

拓跋峰胳膊受伤,营地一片狼藉,伤残遍地,呼延虎望着战死的弟兄和烧焦的尸体泪流满面,钢牙紧咬:"弟兄们安息吧,我一定为你们报仇雪恨,以慰九泉之下的英魂。"他命令将伤残将士都送回延州治疗,呼延虎对拓跋峰道:"兄弟,你胳膊受伤,暂不能带兵上阵,将你剩余的兵卒编入我的阵中,重整旗鼓,你在延州照顾伤残的弟兄们,我带兵前去,打入关中,替咱们死伤的弟兄报仇。"拓跋峰道:"大哥,到关中还有几百里山涧之路,多有险要关隘,就这几千兵力如何通过,还是将此事报与皇上另做打算吧!"呼延虎道:"军中从来都是报喜不报忧,战事不利,怪咱们大意轻敌了,以致死伤了这么多弟兄,只要谨慎行事,摆开阵势拼杀,他们也不是咱们的对手。""遇到山险之路,先派小股兵卒探路,这样大队也不至于吃亏上当。"呼延虎与拓跋峰道别,呼延虎领着兵南下了。一日行至洛川原,前马来报,前面三十里有姚恢的军寨。呼延虎一听:我正寻他不见,他却在此来送死!于是命令急行军,来到敌营前瞭望了一阵,也令大军安营扎寨。

第二天,两军摆开阵势,秦军参将望着夏军道:"区区两千多残兵败将,竟敢追赶我六千多将士!吃了熊心豹子胆了?"呼延虎披坚执锐,身先士卒,手握长柄大刀,阵前叫道:"姚恢我儿,你敢出阵么?老子与你大战三十回合以较高下。"不多时秦军寨门大开,彪出一员战将:"杀鸡焉用牛刀,我奉陪你三十回合。"只见来将三十来岁,年轻气盛,英姿飒爽,威风凛凛。呼延虎大吼一声,两人便战在一起,马嘶人喊,兵器叮当,黄尘满天,两面兵士不断呐喊助威,战鼓雷鸣,两人大战得天昏地暗。呼延虎胳膊用力,上身前卧,趴在了马背上,两马错镫时,将刀一伸,秦将跌落马下,一命呜呼,秦军急忙鸣金收兵,呼延虎站在场中大叫:"谁还敢上,我奉陪到底。"秦军闭了寨门,坚守不出。

吃了一次亏,呼延虎再也不敢大意,晚上入夜后,总是让兵士无声无息地撤出营寨,隐蔽在附近,好在这些兵都是羊皮衣裤在野外生活惯了,也不觉得有什么异常。已经相持了几天,秦军又开始筹备了一次劫营,晚上秦兵密探上至敌楼,观察了好一阵,回来汇报道:"敌军寨门灯笼高挂,马夫喂马,巡夜兵正常巡夜,士兵晚上起夜撒尿,更夫报更一切正常。"秦将道:"开始行动。"于是大队人马一拥而入,推倒寨门,冲入寨中,拖倒毡帐一看空空如也,已知上当,急忙令撤退,但为时已晚,夏军们一个个张弓搭箭，那蘸了火油的箭矢，像密集的流星向寨中飞去，映红了半边天，瞬时人喊马叫，左奔右突，哭爹喊妈，被射死的、碰伤的、踩亡的不计其数。夏军喊声震天，四面包围，截杀逃出的秦兵。秦兵一看大势已去，还在秦营未出的将士，打开后门，丢盔弃甲，逃出营寨向南而去。夏兵的营帐里烈焰翻卷，火光冲天，已被烧成一片焦土，呼延虎手一挥："弟兄们走，收了秦军的营寨，那里什么都有。"于是夏兵进入秦兵营寨，粮草辎重尽归夏军。

再说只有十八岁的姚恢，与其说是统帅，实际上都是副将与参军在指挥，一看情况不妙，便丢下营寨狼狈向南逃窜，逃向了关中的北门户金锁关。

勃勃在麻黄梁得到前线呼延虎与拓跋峰在富县吃了大亏的战报，损失惨重，心急如焚，急忙召来二哥刘力鞬。勃勃道："二哥，现在你们主张攻打关中，我已派出呼延虎、拓跋峰两位将军拔了杏城，一路南下，可是他们在富县被劫了营吃了大亏，损失惨重，这争夺关中，你也有份，将来也好论功行赏。"赫连力鞬道："我说三弟啊！咱们虽是同父异母，可从没翻过脸，斗过心，我虽比你年长，但你为皇称帝，哥不会与你抢椅子、争皇位。我只是仇恨北魏，这些狼心狗肺的东西，他们虽是我的外家，可都干了些甚事？杀父弑兄，挑拨离间，还撵来河西，差点将咱们灭族，囚禁我七年，使我受尽侮辱。我与他们不共戴天，以后咱们强大了就灭了他，以慰我先祖在天之灵。有什么话就直说吧！哥支持你。"勃勃道："能否将你的兵拨出一万来，去与呼延虎攻打关中？"赫连力鞬道："什么你的我的，你尽管调拨。""你可以将刘得胜的那支人马开赴延州，继续南下，与呼延虎汇合，围攻金锁关与黄龙寨，打通进关中的阻碍。"

王买德道："我也要请缨挂帅，出征关中，因从塞下至延绥，以至鹿延，至耀州，山川地形、风土人情我都了如指掌，要取关中，非我莫属，刘裕已做好进军潼关的准备，不日将兵至长安，后秦已在风雨飘摇之中。姚兴已五十多岁，精力不济，连吃败仗，其子姚泓懦弱无能，又少不更事，内忧外患,腹背受敌,不久便会倾国覆城,我大军进入关中,只收兵将,不攻长安,不与敌血战,昔日高祖入关中幸得有萧何约法三章,顺应民心,才得大汉几百年基业,我军进入关中也得秋毫无犯才能站稳脚跟。一、与民纷争剑拔尺者斩。二、强抢民女、物什者斩。三、不听号令者斩。四、临阵畏缩者斩。"勃勃道:"好好好,正合朕意,条款拟得再细些,条条再多些,朕封你为夏国征南大将军都督。"赫连力鞬道:"这好是好,可是我们抢惯了,如何能改?再者咱们北塞只有皮肉,几万大军的粮食如何解决?"王买德道:"只要每逼降一座城池,敌人的粮草可尽归我军,最开始时,我们将全部金银拿出供给购买,此时不用更待何时,将来拿下都城不愁没有钱财。再者,让西路高平守将黑野牛与呼延豹也发兵,造成大军压境的态势,那些准备拼死顽抗的守将已知大势已去,便会纷纷献城投降,也可让北凉的沮渠蒙逊出兵助阵,这样,秦军投降得更快。"

勃勃道:"甚好,谅那沮渠蒙逊也不会谈什么条件,让他不费吹灰之力占了南凉,欠了我莫大的人情,发几万兵助助阵也不是什么大事。"

于是各司其事,赫连力鞬固守塞上,保护好十八寨与麻黄梁的将领家眷,王买德与刘得胜率一万多大军南下,符红英搞好了与柔然的关系,保卫好了北部大门。

勃勃与王买德南下,不一日到了延州,勃勃看望了受伤的拓跋峰与将士们,询问了有关情况。"这个呼延虎临走时,我一再叮嘱他要小心,敌军不是纸糊的泥捏的,他们手中也有刀枪,多动脑筋,他当耳旁风了,以致死伤了这么多好兄弟与将士。"拓跋峰悲伤地道:"陛下我也有责任,过于大意轻敌了,根本没想到敌人会劫营。"勃勃道:"你好好养伤吧。"

第四十章　联盟北凉攻后秦

　　勃勃与众位辞别了拓跋峰,又去了统万城,城已筑成,但里面的设施还待进一步完善。远远望去这城高大宽厚,若要攻城,用云梯是绝对不可能的,它的高度为十丈,让人望而生畏。四面平坦,任你水淹、火攻都无济于事,箭矢的射高勉强可及城顶,但已是强弩之末,毫无穿透力。外围还修了护城河、吊桥、虎落、蒺藜区。叱干阿利陪同勃勃各处参观,介绍着各区域的功能,勃勃不断地说:"好好好。"可是叱干阿利道:"陛下,什么时候让我领兵打仗啊?"勃勃道:"城筑好了就让你带兵去打仗,以后收复长安以及后秦故地晋南、解州时都会用到你的。"叱干阿利激动地道:"谢谢陛下。"勃勃道:"不过我告诉你一条:不准杀人。否则,要让我知道,别说上前线的事会泡汤,还会治你的罪。这次呼延虎在富县失利,死伤了那么多从小一起长大的弟兄,我心痛啊!这些筑城的民夫、降兵虽和我不认识,但日夜劳累精心建造皇城也为我出了不少力,也是我的子民啊!你杀了他们,他们的六亲九族喊我万岁能是真心的吗?"

　　叱干阿利道:"我记住了,这是内城皇宫的图纸,永安宫、永安台、福寿宫、康乐宫、爽安宫、赏月楼、摘星楼、观塞楼、月红楼、东城卫御兵区,中间为万民市……"勃勃道:"城中可有井?"叱干阿利道:"有四口井。"勃勃道:"四口不够,再加四口,你设计的这些都很好,我也记不了那么多,我还有要紧的事到西边去,就依你的设计修造,到时我来验收,没看出来你一个带兵打仗之人还懂这么多。"叱干阿利道:"不光是我,这民夫中有的是人才,我征集了些与我一同设计建造。"勃勃道:"很好,有用的人才要重用奖励。"

　　勃勃又去了高平,命令黑野牛与呼延豹近期做好准备,除老弱病残留守外,开赴关中平原收城收兵,不准攻击任何城池,只围不攻等待时机,或来回在城下耀兵,给敌施加压力。还要军纪严明,秋毫不犯,谁要违反定斩不饶。勃勃又把七大禁令找人抄了,做到家喻户晓,人人皆知。勃勃又道:"黑野牛,你长得与我相像,要是干了坏事,别人会记在我头上的。"黑野牛笑道:"我不干坏事,不抢不偷,不滥杀无辜。"勃勃道:"记住坚决不攻城。""坚决不攻城,那他们出来打不打?"勃勃道:"出来打也要看地形,不利就跑,有利就战。到时候听呼延豹的,他鬼点子多。让他随时提醒你。"

　　西行几天又到了北凉的乐都,沮渠蒙逊出城十里相迎:"我的红月亮啊,尊贵无比的贵客,欢迎你的到来。"歌舞夹道,鼓乐喧天,沮渠蒙逊将勃勃一行人迎至皇宫,两人促膝长谈。"这次要大战后秦,可否发兵助我一臂之力?""这不成问题,你说要多少?"勃勃道:"能出兵五万东进陈仓吗?"沮渠蒙逊道:"可以,不要地盘,只要物资,你看咋样?"勃勃道:"可以,只能取军备物资,老百姓的丝毫不能动。"沮渠蒙逊道:"这是为何?"勃勃道:"因为不久以后,关中地面都是我的子民,如果伤害了他们,日后让我这个皇帝如何面对?你记住,战马与马刀能拿到天下,但坐不了天下,要坐得长久,坐得舒坦,必须爱民亲民。"沮渠蒙逊道:"尊贵的大夏国皇帝陛下,我记住了。"接着又道:"哎,对了,从西方国来了一位大商人,叫什么默哈罗波,正说要到北塞见你呢!他就在国府驿站,我请他来一见。"勃勃道:"他是经商的,我们是好朋友。"

　　默哈罗波道:"你救过我,我也救过你,我可以用金银资助你的大军,你入主长安,我可以带着我的商队合法地出入长安开辟西域贸易之路。这样就叫双赢。"勃勃笑道:"这才是商人本色,还是'赚钱'二字,先借了你的钱,以后再还是吗?"默哈罗波道:"不用还的,我们自己搞贸易进行货物交换,给我们一个宽松的政策就行,也对各国文化的交流会起到促进作用,不要忽视了商业,无农不稳,无商不富么,这样才可以互通有无,互惠互利,我们回到西方,也可以告诉他们,东方有个大夏国,让更多的人来和你们做贸易。"勃勃听着顺耳便道:"将来我还可以派军队护送你们,插上大夏国商贸队的旗子,这样沿途那些小国就不敢刁难你们了,盗匪流寇也会敬而远之。"默哈罗波激动得差点跳起来:"我的主啊,我遇到了东方的圣主,是你托梦于我,我要开始资助他们入主中原了。"

送走了默哈罗波一行。沮渠蒙逊道:"我今年已过五十了,你才三十七八岁,女人还是需要的,你那个心上人我给你保护好着呢!她现在住在她父亲的祠庙里,我将祠庙命名为凉王祠,每年给她拨些银两,还派了两个伺候的人。"勃勃道:"我得看看她去,看她是否还记恨我。时间是最好的药,但愿她能原谅我,能跟我一起回北塞去。"

第二天饭后,勃勃只带了几个近身随从去了凉王祠。只见秃发银燕跪在蒲团上敲着木鱼,一身素洁,口中念念有词,也不理睬来人。勃勃让别人在殿外等候,只身一人进去上香,望着那几尊雕像默哀。"当年我年轻气盛,没有想到有这个结局,我以为逼一下,我就会如愿,可谁知你们以为我要破城,才走了这条路。"又对银燕道:"那三支镖我一直保存着,我虽做了大夏国皇帝,三宫六院的,但我心中只有你一个,也时常惦记着你,那个皇后的位置永远为你留着。"银燕道:"你走吧!我已打你三支燕子镖,两清了,我也从来没爱过谁,也不值得你爱。你知道吗,替我去死的是我最好的姐妹。"说着,她的眼泪扑簌簌地滴落在跪着的膝盖上面。勃勃也感到心酸:"你的眼泪告诉我,你爱过他。那个他不是别人,不是王公贵胄,不是富豪大亨,而是一个从小流浪、受尽凌辱的小乞丐,他得势了,但没有忘本,他同情那些穷苦人,同情那些流浪汉,除了打仗,他不仇恨任何人。他不让杀俘虏和投降的人,他当皇帝却没有皇城,没有三宫六院,没有龙椅。他鞍不离马,发展畜牧,保护子民。他打仗多为智取,避免攻城,力求双方少死伤,你听说过这样的皇帝吗?我也是奔四十的人了。待明年皇城落成,你是否能与我同床共枕,颐养天年,在花前月下弹琴共曲?现在我也不需你答复,你好好想想,人生短暂,其乐几何?我还有国务在身,不能在此久留,望多多保重!"银燕起身,泪眼婆娑地望着勃勃远去的背影,想呼他回来,但话到嘴边又咽了回去,心想:他不是坏人啊!人为何要以国为界互相为敌呢?真的想不明白。她痴痴地望着勃勃远去的背影,难以释怀。勃勃不见了,她又觉着像失去了什么似的,心中空落落的,她自己也说不清这是什么缘故。

黑野牛与呼延豹率领着几万大军穿过平凉,东进至关中平原与陇塞的过渡地带,与后秦守军纠缠较量,沮渠蒙逊从乐都发兵攻打后秦,姚兴听到消息,懊悔不已,后悔当初没听姚邕的话,以致养虎为患,酿成今日倾国覆城的惨局。东晋刘裕已知赫连勃勃在西北两个方向动手,用不了多久,长安城便唾手可得,唯恐长安城落在勃勃之手,于是也发大军打过了潼关,直逼长安。

黑野牛与呼延豹的军队路过陈仓城时,有人在城上指着黑野牛道:"那不是赫连勃勃吗?"呼延豹回过头对他说:"城上的人将你当成了皇帝陛下。"黑野牛道:"那就将计就计,诱他们出城,咱们就有办法了。不然咱们光绕着城转圈,又不让攻城,还真没有敌手,憋屈死人了,索性明天将黑字旗换成赫字旗,让他们信以为真。"

于是城中守将派精干之人将军情报与皇帝姚泓,姚泓一听:"哼,他还敢进入关中在陈仓一带转悠。传令下去:活捉勃勃者赏百金,官晋两级。"

陈仓守将一听这么大一宗买卖送到了自己的嘴边,不吃太可惜了,于是派出多名密探监视和报告这支队伍的活动情况。

路上有蓬头垢面、衣衫褴褛的乞丐也要求加入夏军,呼延豹看了一阵道:"好吧,当兵吃军粮,立功受赏。"呼延豹对黑野牛悄悄道:"这五个人中有两个敌军密探。"黑野牛道:"你就这么肯定?他们都蓬头垢面、衣衫破烂,脸上又没刻字。"呼延豹道:"其他三位,脖子上、胳膊上都有一层老垢痂,而另外两个没有,肯定是敌军的密探无疑。"黑野牛道:"这如何是好,除掉他们还是咋办?"呼延豹道:"这是好事,拿下陈仓城就靠他们两个了。要不然,咱们三万兵对人家三万守军还真没法下手哩,这就叫将计就计,兵不血刃便可拿下陈仓城。"

第四十一章　调虎离山取陈仓

黑野牛与呼延豹带着部队在陈仓附近的凤翔、岐山等临近处转悠了十几天,每到一座城下叫叫阵、骂骂仗,既不交战,也不攻城。黑野牛下令道:"这几天行军辛苦了,大家都拣好的吃,随后有人给咱们送来补给。"有人担心道:"照这样吃下去,用不了多久便会粮草不济的。"

呼延豹对管理新兵的小校道:"你让新入军的那个大个子去采买,就说他守纪律,表现好,又是本地人,路径熟,给他钱让他自由出入军营。"部下道:"我看这些新来的不保险,这万一要是敌人的密探,坏了我军大事,我这吃饭的家伙还能保住吗? 我不敢啊!"呼延豹道:"出了事有我担着,与你无关。""是是是。"小校无不担心地应承着。

一天,夏军又转悠到了离陈仓城十里的地方,安营扎寨时黑野牛道:"咱们来了好些时日,谁也不与咱们交战,今天准备了肉餐,还有勃勃皇帝派人送来的老缸坊酒,大家吃饱喝足,早早地睡,明天准备进发咸阳,直逼都城长安。"这些兵大部分都是寨上的,离开家也时日长了,今天好不容易有了老缸坊酒喝,一个个情绪激动,吆五喝六,猜拳行令,喝得醉醺醺、胡言乱语的。呼延豹下令禁止再喝酒,这才作罢。

睡不多时,大个子听见别人都打了呼噜,便悄无声息地爬起一看,哨兵只是在寨门处巡逻,便一纵身爬上了寨桩,一跃轻轻着地,趴在地上观察了一阵动静,见一切正常,平静了下来,便迅速地猫着腰跑向附近的村庄。见一户还亮着灯,便推开栅栏门,掀开里屋门,见一老头正准备脱衣睡觉便道:"叔,我是咱秦军,要借你的马用一下。"老头道:"这娃你说你是秦军,我又不认得,你拿什么作保呢?""这有二十两银子,你先收着。"

"好好,那你去到马棚里去牵。"于是大个子将马牵出院子,翻身上马,向陈仓城疾驰而去。

那人来到城门下压低声音道:"谁在城门值守,我是王良,赶快开门,有重要军情报告。"守城值班的正好认识他:"王良哥,我这就给你开门。"进得城来,王良直奔将军府,将军还没睡,正在看地图,王良气喘吁吁地道:"他们的军队就在离这儿十里多的一片树林地扎营,下午吃了肉喝了酒,都睡得正香,那位叫赫连勃勃的也在。"将军望着王良道:"他们没发现你出寨?""绝对不会,出了寨我还在地上趴了一阵,什么动静也没有。"于是将军一拍桌子有力地喊道:"今天晚上就劫了他,转悠半月了,也该我出手了。"于是传令下去,众兵士立即起床,只带兵器,马上出城。两万多兵马涌出城去,前面由王良带路,前部到了,隐蔽在附近,等后队人马到齐再动手。

再说黑野牛与呼延豹已知大个子王良逃出大寨,商议着对策:是等他们来劫寨时消灭他们呢,还是打伏击? 兵士们已无声无息地做好了准备,呼延豹道:"咱们还不如给他们留座空寨,突袭陈仓城去,这样可一举三得,逼降城中留守,避免双方伤亡,城中辎重尽归咱们。"

于是夏军即刻绕道向陈仓城进发,当先头部队抵达城附近时,看见城中秦军鱼贯而出,便隐蔽着,等城中兵出完再准备突袭。可是不料当兵出完时,那厚重的城门"吱吱呀呀"地又关上了。黑野牛急道:"这该咋办?"呼延豹道:"别急,赶快找个刚入伍的关中兵。"关中兵来了后,他便道:"现在给你一个立功的机会,成功后你就是百夫长。""是是是,我一定照将军的安排办。""你现在赶快从秦军的去路骑一匹快马朝城门奔去,城上问,你就说是天黑找不到那地方,将军让你回来找地图的,话狠点,不行了就骂他们。""明白。"不多时,一匹马朝城门急奔而来,城上问是何人,马上人答道:"赶快开城门,我是将军的卫士,天黑怕找不见地点,拿地图来了。"城上道:"这声音咋生得很?"

城下骂道:"生你妈屁呢,再磨蹭,将你的几颗狗头砍了当夜壶使。"

城上哨兵一听吓得不轻，赶紧口中应承，忙跑下来开门，又要关门。"我说你妈的屁，爷一会儿还要出去呢？找死啊！""是是，将门留着。"来人道："你们几个给爷下来，谁刚说这声音咋生得很，下来，不想活了？"于是几个人只好乖乖地下来，来人拔出宝剑道："给爷说，谁刚说的这话，将兵器放下，都站好了。"几个人都站在那里，来人用剑敲敲这个，指指那个给训话："爷就是凤翔的张三赖，听说过吗，才当兵十天，明天就是百夫长了，当兵十天，天天吃肉。人家都叫我张三赖，听说过吗？"

几个门卫头摇得像拨浪鼓。张三赖又道："爷给你们这么说，不想死的，蹲在地上，两手抱住脖子，人认乡亲，这剑可不认人。"这时，夏兵们蜂拥而至，浩浩荡荡地冲进城门，几位哨兵还不知咋回事，像做梦一样。张三赖一看："妈呀！我先让开，别将我挤趴下，明天再和你们说。"

前锋军直奔秦军营房，一万多留守的当了夏军的俘虏，黑野牛看见部队都进了城，便急令关了城门。

再说秦军满心欢喜地冲进夏军营寨，一看是座空寨，已知上当。估计夏军要包围他们，便做好了战斗准备，撤出空寨，急急地往回返，又估计夏军要打他们的埋伏，一路时刻准备着厮杀，可是快到城跟前了，也未见夏军的影子，奇怪了，夏军莫非真的东进咸阳威逼长安了。这时张三赖上到城头，对原来的几位守门哨兵道："想不想立功受奖？"那几位哨兵连连点头哈腰道："想，想，愿听你的吩咐。"这时下面的秦军对守城的喊："你们看见夏兵了吗？""没看见。""快快打开城门。"城上回话道"是，这就开，这就开。"便有哨兵下得城门楼去开门，放吊桥，摆弄了好一会，门还是没开，秦兵的先头部队已拥到城下骂道："开个门这么费劲？都是些死人啊！"这时城下的秦兵已十分密集，城上檑木砲石便打了下来，箭矢如蝗，城下秦军大乱，互相踩踏，阵脚大乱，哭爹喊娘，死伤不少。黑野牛站在城头哈哈大笑："想捉爷爷官升两级赏百金？来呀。你们真以为老缸坊酒将我们灌醉了，你们这些猪脑袋让驴踢坏了吧，哈哈。"秦将已知夏军劫了城，便急忙撤退，保命要紧。城池丢失，兵将折损，辎重全被夏军掳走，肯定死罪难逃。那秦将气急败坏地喊道："那个报假信的王良何在？给我押上来剁成肉酱喂狗！"王良早已吓得跌落马下，瘫软在地，浑身发抖。

将军吼道："剁啊，将他大卸八块。"于是王良被乱剑乱刀砍得血肉模糊。秦军丢失了城池没了依托，马匹、草料、盔甲尽失，只好硬着头皮向东逃去。将军已知死罪难逃，准备弃军逃跑，隐居秦岭山中了此残生。可转念一想：不行啊，家眷都在长安，我要一逃，秦王一定要拿我的家眷顶罪，还不如死我一人，救我全家。于是他带领残兵硬着头皮奔向长安，向秦王姚泓汇报说遇到了数倍于我之敌，强攻城池二十几天，将士们英勇奋战，死伤惨重，也杀死了不少敌人。这套瞎话起了作用，只是没想到姚泓皇帝道："陈仓迟早要丢，现在回来正好，只要守住长安、咸阳和周边地带就不错了，加强长安城防，保卫皇城是头等大事。"

东面的刘裕率领大军已拿下潼关，潼关至长安各城的守军节节败退，准备死保长安。

过了几日，勃勃亲临前线，见到黑野牛与呼延豹便道："你们干得漂亮，姚泓要活捉我赏百金，我现在将这百金赏给你们，以示褒奖，现在你们就以陈仓城为中心向东扩展，派出部队滋扰，能打则打，不能打则跑。"黑野牛道："往哪跑，还能再跑得转回高平去？"勃勃道："只要能保命，我没说不让往回跑。"

黑野牛以陈仓为根据地，成天派出部队在长安以西的十几个城乱转，能打则打，不能打则跑。搞得那几个县白天也要关了城门，风声鹤唳得处处提防。

黑野牛道："咱们有了钱，也有了粮草辎重和城池，要让弟兄们吃好，不过，皇帝陛下哪弄来的金银，阔起来了。"呼延豹道："听说是西域一个叫什么默哈罗波的大商人资助的。"黑野牛道："嘿，这钱也有我的份，我就是默哈罗波的镖师。看看这姚泓，刚坐上皇帝宝座，便东西夹攻，内忧外患的，真是丢人了。"

　　再说北路大军由呼延虎与刘得胜为将，征南将军王买德为都督，从延州向南拔了许多堡寨，进展顺利，兵力已发展到两万多人。可是金锁关有秦军三万多人把守，两面山势陡峭难以逾越，为了避免伤亡，王买德察看了地图，决定退回洛川原，改道黄龙寨。不一日，到达黄龙寨，黄龙寨也是个险要关隘，川道狭窄，也有重兵把守。两岸山势险峻，枯树参天，松柏倒挂，硬闯是闯不过去的，且多次喊话秦军都拒不投降。于是夏军只好在二十里外安营扎寨。

　　王买德看看地图望望山，自言自语道："昔日大禹治水，挖开龙门疏导水流，今日的黄龙寨倒挡住了我的去路。大禹开山凿石，是用火烧石头开龙门的，我不妨也试一试。"

　　于是第二天王买德命令士兵带上砍刀上山，可这山上何来路径，只好攀崖拽藤，扯树根上至半山腰砍树拾柴。堆积在一处石嘴上，点着火，烧得烈焰熊熊。秦兵见了觉得疑惑：这些北蛮胡夷，在半山腰放火干啥？第二天，又让将士们用羊皮囊背水上山，将水浇在烧得滚烫的石头上，石头表面"滋滋"地响着，冒着水蒸气，裂开了一道道缝隙。王买德将两手做成喇叭状向山上喊："咋样了？"山上回答："裂开了几道口子。"王买德吩咐手下："好，用杠子撬石头，让往下滚。"于是兵士们用杠子撬石头，同时喊起了号子。秦兵看见有些慌了。一块巨石被撬得移了位，先用杠子撬起，再给大石下垫上石块，如此反复数次，巨石终于失去支撑翻落下山，轰隆巨响，山荡谷回，峰峦震颤，碰着山崖上风化的悬石，便一齐滚落，沙尘蔽天，纷纷砸向黄龙寨，大的小的如同一场石雹雨，营房也被砸塌了，人员器具更是损伤了不少，守寨将军一看局势不利，半夜领兵弃寨向南逃跑。

　　呼延虎竖着大拇指赞许道："大将军高明啊！还是读书人脑子活点子多。"

　　王买德、呼延虎、刘得胜指挥大军越过黄龙寨，直逼关中平原，来到了白水。可是白水城易守难攻，又加上撤下来的黄龙寨的兵，兵力粮草充足,一时难以拿下。王买德道:"这是进入关中第一城,有着悠久的历史,这里还有黄帝左史官仓颉的庙,走,咱们拜一拜再说。"呼延虎道:"咱们是出来打仗的,拜什么庙呢?"刘得胜道:"还是入乡随俗吧,拜一拜又少不了什么,还是去吧!"

第二天便将白水城围了,向城中喊话,要求献城投降,可是城中软硬不吃:"听说你们不但杀俘虏、杀降将,还将人喂过狼,我们死也不降。"刘得胜道:"长安城也不保了,你这城还能支撑多久!"城上回答:"有本事来攻城啊,即便长安城破了,皇帝被你们擒了,我们也不投降,全城军民死守到底。"刘得胜道:"我们不杀俘虏,我们夏国皇帝颁发了禁杀令。""反正你们将人喂过狼。""那都是前多年叱干阿利干的,我们皇帝已惩罚了他,不让他带兵打仗,只让他督工修皇城呢!你们献了城与我们兵合一处,取了长安也好立功受奖,日后为官为爵,造福后代。"城上骂道:"你们逞一时之雄就想在关中称皇为帝,真是笑话,看你们那身行头,认得字吗,还是回北塞拦羊牧马去吧。这是书香之地,想坐龙椅,认些字再来打算。"呼延虎道:"王大将军,咱们准备攻城吧!拿下了白水城,西面的金锁关便会不攻自破。"王买德道:"不行啊,皇帝不让攻城,再说等攻下这城,咱这两万多人也就差不多快完了。先围着它。"

第四十二章　天牢智救胡义周

忽一日，密探来报，刘裕已开始攻打长安城了。呼延虎一听急道："咱们离长安也不远，也就两天多的行程，这到口的肥肉可不能被别人吞了。"王买德与刘得胜也急得团团转，最后决定先向长安靠近，如果有机会，就趁机捞一把。

黑野牛与呼延豹的西路军闻讯也向长安靠近，还有沮渠蒙逊的部队也来凑热闹。

勃勃心里清楚，后秦国受到多方攻击，新帝姚泓懦弱无能，要不了不久，关中地面将会纳入大夏国版图。取了关中，谁来守卫各城各地成了他的心事，那些外姓将领在利益面前，天长日久难免不会起异心。视察完奢延河畔统万城，勃勃回到麻黄梁，带了老缸坊酒做见面礼拜望了岳父没弈于，看望他的孩子们，盼望他们快快成长，去挑起重担。大儿子赫连璝倒是已年满十八长大成人，可独当一面，可是其他几个却都只有十六七岁，还是孩子，得让他们赶快学会怎样打仗、守城、管理。他调回了已养好伤的拓跋峰到麻黄梁旧堡，做孩子们的老师，教他们骑马射箭、认字习文、治国理政方面的事。孩子们总是调皮顽劣，赫连勃勃看见了总是恨铁不成钢，狠狠地教训他们。当母亲的没弈丽玛、苻俊莲却看在眼里痛在心上，一天实在忍不住与勃勃大吵一架："你做了皇帝，既没皇城，又没龙椅，一天东跑西颠，将我们几个撂在这山沟里，回来也不闻不问，十几年了，我们为你将孩子拉扯大，你却倒好，回来了就发脾气，训训这个，骂骂那个的。"

东晋大将刘裕率大军攻打长安时，沙里飞派遣赛月红赶快出城回麻黄梁将军情报给皇帝赫连勃勃,赫连勃勃看后道:"这已在我预料之中,让刘裕与姚泓去争夺长安吧!咱们坐山观虎斗。"赛月红道:"陛下,我见咱们的西路军和北路军也已抵近长安,也有攻城的架势呢!"

勃勃一听怒道:"给他们早说了,不准介入攻城,咋就忘了,你快快回去传我的口谕,让他们撤离长安附近,只将周边州县的兵收了便是大功。长安让给东晋大军刘裕去攻。"赛月红领命南下将皇帝口谕传达给黑野牛与呼延虎两路大军。呼延虎道:"你是谁?"赛月红道:"我是军察,请你们速速撤离长安附近,去收复渭北平原的兵将与城池。"大家都不理解这种做法,心存疑虑地离开长安,黑野牛与呼延豹去收复咸阳以西的城池与兵将,呼延虎与刘得胜去收复渭北平原的城池与秦军。

这下刘裕觉得北塞军退去,自己没有了后顾之忧,于是在长安城外安下大营,摆开阵势,攻打长安。飞火溜石、檑木砲石、箭矢对射,逾月不断,双方死伤惨重。

勃勃估计双方都死伤得差不多了,便从北塞押运着风干肉与老缸坊酒,逍遥自在地来到包围白水的夏军营中。呼延虎道:"陛下,人家攻打长安,咱们在这儿闲着,你这是下的哪步棋?把我装进闷葫芦了。"勃勃道:"让刘裕去取长安,孤城一座,他取了也不会做都城用。等他回东晋争帝位时,咱们再取。眼下只收关中的城与兵。""那咱们现在就攻这白水城吧!"勃勃道:"不用攻,只要刘裕攻下了长安城,渭北这些城便会不攻自破,自然是咱们的。"呼延虎道:"那将来再攻长安城?"勃勃道:"你咋这么爱攻城,到时候咱们占了周边,那长安城不就是孤城一座?他们不得乖乖双手献给咱们?"呼延虎如梦方醒,恍然大悟道:"原来是这样,怪不得不让我们攻城。"

年过五十的老将刘得胜道:"你们年轻人只知道打打杀杀才叫作胜利,那付出的代价是什么?哪一座城攻下来不是尸积如山,血流成河?咱们的皇帝不让攻城是英明之举,是会载入史册的,不然双方要多死多少人呐!"

身居长安的沙里飞,接到了由赛月红带回来的皇帝赫连勃勃的口谕,让他们俩即便城破也要继续潜伏在长安。而且这回的任务更重了:在城破之前要救出被关押在大牢里的胡文贤与其儿子胡义周,还要秘密掌握后秦朝廷主要大员的名字与住宅。这些都好办,他们前几年已经造了册子,已用瓷罐装了深埋地下,只是需要将近几年几个更换的修改一下。

只是这救胡家一事,还真有些难了。赛月红看到丈夫沙里飞为难的样子道:"我看也不难,眼下东晋军围城,城内慌乱不堪,派系林立,都想自保性命,咱们三个不妨再找个人夜间换了内卫军衣服,拿着御令金牌,大大方方地就说皇帝要提人犯,他不敢不让进,我看这办法可行。"沙里飞思索了一阵道:"今天我就雇个高手去。"

是夜,沙里飞、赛月红、赛霞红还有那个高手换上了内卫军的衣服进入天字号牢房,门卫盘查后信以为真,即刻放行,他们顺利地进入值班室,值守将胡义周带了出来,沙里飞道:"还有他的父亲胡文贤。"值守道:"胡文贤一年前就病死了,你们不知道?"沙里飞的这句话引起了值守的怀疑:"你们究竟是?"沙里飞伸手就一个嘴巴!打得胖看守眼冒金星:"你妈屁,眼瞎了,死个囚犯爷咋能知道,再说老皇帝手上的事,新皇帝登基还不到一年,日理万机,死个囚犯也要一天记在心上,再皮干是活得不耐烦了。"两个值守一听忙赔不是:"爷,再不敢多嘴了。"沙里飞手一挥,几人将胡义周带出了天字监牢。瘦值守在胖值守屁股上狠狠踢了一脚:"你皮干,不想活了,你这瞎眼猪,想让爷跟你一块儿遭殃啊,皇帝身边的人也敢惹,他杀了你全家也屁事没有。常给你说嘴少些就是不听。"

第二天晚上胖值守问瘦值守道:"哥,我看不对劲,今天一昼夜了也不见将胡义周还回来。"胖子道:"让你嘴少些就是不听,皇帝要将人放了,还给你打招呼啊?"胖子用手护着屁股道:"哥,你说得对,说不上早放了。"

再说沙里飞与赛月红、赛霞红还有那个高手将胡义周弄出了天字牢,可是该到哪去呢？赛月红道："我看还是送出城去。"沙里飞疑惑道："说得轻巧,谁给你敢开城门。"赛月红道："我化装成民妇,让江湖大哥扮作拉车的,让胡大哥扮作霍乱病人,就说要拉出城去,他们不得不开门放行。"沙里飞思索了一阵道："不妨试一下。"于是江湖大哥瞅见一家门前有一大板车顺便用了,胡义周躺在车上,赛月红扮作民妇,江湖大哥扮作拉车民夫。沙里飞道："这是三十两银子,算今晚的酬劳,人送到回来再给你二十两。"江湖大哥道："兄弟有生意常招呼就行,有这三十两够了。有事尽管说。"

　　于是他们拉着板车向北城门走去。到得跟前,守城门的喝问："什么人?"赛月红道："军爷,是我们。"说着话已到城门洞,守城的几个兵士围了过来,嘴里骂骂咧咧的："天还不亮找死啊!""军爷,我们要出城。"值班的道："出城？笑话,不见这几天攻城打仗吗,谁敢开城门?"赛月红见几个兵士到了车跟前,便哭诉道："车上拉的是我丈夫,得了霍乱,我为了不祸害城里人,要将他送出城去。"兵士们一听是传染病,怕得"啊"一声四散逃去。赛月红道："军爷,你们不敢开门,我也不敢将人再拉回城里,我将人给你放这儿,我回去了。"接着她哭哭啼啼地装作要走的样子,带班的一听忙道："你等等,站着别动,我让人站在城门楼看看附近是否有敌人。"于是一个兵士上到城楼上四周瞭望了一阵道："我说你们几个动作要快,出去走远点,别再回来了。"于是底下守门的将城门开了一个人和车刚能出去的四尺多宽的缝隙,等他们刚出去便又关闭了城门。

　　他们行了一里多路,碰上了攻城的晋军,又盘查了一气,一听是霍乱便不敢盘问了,掩面道："快走远些。"早晨,两人拉着板车进了一个村庄,向一村民买了头牛,将牛套上拉着板车向北而去。

　　三个人坐在车上。江湖大哥寂寞了唱唱秦腔,唱完了道："妹子,你们是什么人?"赛月红道："你看呢?""我看你们是北面的人。"赛月红只是笑笑。江湖大哥道："我不会对外人说,这些年我也和你们干了不少活,也算你们的同党了,你们也给了我不少酬劳,要不然我还是街头一个杂耍卖艺的,也只能收几个铜钱而已。"

经过几天的行程,他们终于到了位于黄龙山根底的白水,见到了皇帝赫连勃勃。赫连勃勃听说恩公胡文贤的儿子到来便以大礼相迎,奉为上宾,摆上了老缸坊酒,与他促膝长谈。

这胡义周满腹经纶,文采出众,出口成章,赫连勃勃很是欢喜。夏国有了顶尖文人,问及其父胡文贤,胡义周道:"家父去年已过世。"勃勃道:"是被谁迫害的? 我会为恩公报仇的。"胡义周道:"不是,前几年他在牢中悲愤交加,因年事已高,最后被保释,是正常病故的。"勃勃道:"等我取了长安城,要为恩公在终南山下修一义公祠,还有给我送过饭、骂过我瓜屁娃的李牢头,还有那个器重过我的秦王姚皇帝,不论成败,他们对我来说都是仁义之至。你调养上几天,我派人护送你到塞上新筑的皇城统万城去,给各宫命名、撰文,明年举行盛典,还要你当礼官呢!"胡义周道:"听从圣上安排,不过我的家人还在城里。"勃勃道:"你放心去,我会通知人转移保护他们的。"

赛月红给赫连勃勃汇报了城中情况,又受领了任务,与江湖大哥又一同返回了长安,两人虽不问姓名信息,但配合默契,趁夜哨兵巡城的间隙,用抓钩施展轻功翻越城墙,回到了长安,又要趁夜开始转移和保护胡义周一家。

一天晚上,沙里飞、赛月红、赛霞红和江湖大哥将胡义周一家转移安顿在一居民家中。刚出了巷口,黑暗中跟跟跄跄跑出一人,抱住了沙里飞的腿,气息奄奄道:"大侠帮我个忙,我也快不行了,实话告诉你,我是姚泓皇帝身边的大内密探,姚弼的死党在追杀我,这是姚泓皇帝让驻守金锁关的姚恢速速回援长安的圣旨,我叫薛长亭,无论如何要送到啊,姚弼也在争夺这几万军力,想篡权夺位。这是圣旨,上面有皇帝的玉玺大印,拜托大侠了。"

沙里飞道:"你咋知道我是大侠?"那人有气无力地道:"夜不归户、游走街巷、蹿房越脊者皆非常人!"说完便气绝身亡。那张写在黄绢上的圣旨也滑落在地。沙里飞急忙捡起来折好,揣在怀里。"月红你回去,江湖大哥自便,我这儿又有事干了。"说完便向北城门奔去。

　　守城的值守发现了他大吼道:"深更半夜,何人游走?请勿靠近城门重地,否则格杀勿论。"沙里飞只顾往前走并骂道:"深更半夜吼叫个球,大内公务你也敢格杀,快给爷开城门。""城门是万万开不得——"说着话,已到跟前,沙里飞道:"城门不敢开,我上城门楼看看情况再说。"上至城门楼,黑暗中沙里飞已神不知鬼不觉地将一根细绳绕在城门楼的红漆柱子上,对哨兵道:"你给我看看远处有没有攻城的敌人?"哨兵望了一阵道:"近处没有,远处黑乎乎的看不清。"这时沙里飞已拽着绳子下到了城底,哨兵不见了人道:"你在哪?"沙里飞小声道:"我已下了城。"语毕,他随手将绳子抽下。士兵惊出一身冷汗:妈呀,大内高手就是厉害,五六丈高,神不知鬼不觉就下去了。另一个士兵道:"要不咋当大内高手呢,皇帝用的人都是奇人。人家这些人会飞檐走壁,上来也很容易的。"

第四十三章　巧舌如簧金锁关

沙里飞不走大路,从田间小路向北奔去,这免不了到农舍去"借"匹马骑了。很快,他到了白水,见到了赫连勃勃,将后秦现任皇帝姚泓给金锁关守将的圣旨交给他。勃勃看后道:"这是人家姚皇帝给他部下的调令,应该送到耀州金锁关,让姚恢看。"沙里飞道:"派谁去?"勃勃笑着道:"谁拿来谁去,你身上不是还有人家那薛长亭的御令金牌护身符嘛。"沙里飞道:"你咋知道?""我和你在地斤泽认识,将你安插在长安,你和谁打架,一顿喝多少酒,我这个老板还能不知道?快去吧!趁热打铁。"沙里飞道:"你这掌柜的想累死我这当伙计的?"勃勃笑道:"能者多劳么,以后重重赏你。赏你一囊老缸坊酒路上慢慢享用。"沙里飞道:"谢谢皇帝,你就知道我稀罕这老缸坊酒,不稀罕金银官位。"勃勃道:"我知道你稀罕赛月红、赛霞红两姐妹,你们早滚到一块儿了,明年收了长安你们就生娃享清福去。"沙里飞道:"你不是说干我们这一行的不准娶妻生子吗?"勃勃笑道:"此一时彼一时,那时咱在人家的屋檐下,现在情况变了,到时候在塞上皇城给你们举行婚庆大典,我做证婚人,不过那赛月红和赛霞红可是我从我妈的红庆寨借的,她老人家要是不同意我可没办法。"沙里飞笑道:"这么说我还得巴结老太后,求她老人家赐婚哩。"勃勃道:"哎,这就对了。嘴甜点,说不上她又赐你两个美女。"

沙里飞骑着马翻沟越梁,向西进入耀州地面,直奔金锁关,守关的见到便喊:"来者何人?报上名来。"沙里飞不卑不亢道:"公务在身,快开寨门。"城哨答道:"你在下面等一阵,我去禀报将军,等我回话。"便下去了。

过了一阵,城哨回来道:"将军说让你进来。""那就开寨门吧。"城哨道:"不开寨门,你坐在筐子里,我们吊你上来。""我的马咋弄?""马就放开,如果赶你回去不见了,再到路上买一匹。"沙里飞道:"你这筐子和绳子结实吗,五六丈高,要是吊到半空断了将我的尻子顿开了花,可就糟了。""你放心,保险着呢!"沙里飞被吊上了城门楼。

到了将军姚恢的军帅大帐,二人交接了圣旨。姚恢道:"你咋不宣读圣旨呢?"沙里飞道:"我又不是钦差大臣旗牌仪仗的,我只是一个送圣旨的人。"姚恢道:"你叫什么名字。"沙里飞回道:"薛长亭。"这时,一个五十多岁的参军进入大帐道:"等等,我没听清,你刚才说叫什么?"沙里飞一字一顿地道:"薛长亭。"参军道:"怎么能证明你就是薛长亭?"沙里飞掏出了那块金光闪耀的御令金牌,上面刻着"薛长亭"三字。

参军接过看了,忽然大吼道:"来人呐。"便进来六名军汉,参军道:"先将此人给我绑了。"几个军汉一拥而上将沙里飞绑了个结实。参军冷笑道:"哈哈,卖石灰的碰上卖面的碰巧了,你知道我是谁? 我就是薛长亭他大薛耀山,我什么时候有你这么老的儿子了? 说,你到底是做什么的,不好好说话,让你死得很难看,或者,打断你的腿,放到关下喂狼,你到底是干啥的?"沙里飞镇定自若道:"爷说出来吓你一跳,喂狼能吓住我? 我专干穿房越脊、翻墙窜院的事,别人不能去的地方我都去得了。"薛参军道:"是蟊贼草寇还是江湖游侠?"沙里飞道:"猜得太低了,对我人格有些污蔑。你们这些将军兵长、文臣大员的家我都去过,并且是夜探,还有你薛耀山的府第,你家在西关薛家巷第三家,家有七口人,对吗? 赶快松绑,赐座看茶。"薛耀山一听都对,不禁倒吸一口凉气,心中盘算此人来头不小,便依了他。示意手下给沙里飞松了绑,赐了座,茶水果点伺候。参军道:"你究竟是谁?"沙里飞喝了口茶道:"我是和你们的大内密探一样的人。""那你咋能得到这些东西的?"沙里飞不紧不慢道:"前几天晚上半夜,我办完事来到一个巷口,忽然一个人受了伤朝我奔来,掏出这些东西,拜托我将这些东西交给你们,说姚弼死党的人在追杀他,说完就气绝身亡,我便送来了。不过我先送到了白水赫连勃勃那里,他说这是给你们的,让我送给你们。"参军又追问了一句:"那薛长亭死了?"沙里飞道:"死了。"参军气急败坏地道:"我要杀了你为我儿报仇。"沙里飞道:"你儿是姚泓的二弟姚弼的人杀的,我知道宫廷斗争很残酷,加之东晋刘裕大军正在攻城,不几日城便会破。"参军又道:"你通敌,竟敢将圣旨送给赫连勃勃。"沙里飞道:"什么通敌,你冷静些,他本来就是我的皇帝,我就是他的心腹之人,实话告诉你,我在长安待了十几年了,要是想取你这些文臣武将的人头,易如反掌,可是他是一个好皇帝,不让攻城,不让硬战,不让暗杀……"参军吼道:"住口,来人。"几个军汉又一拥而入。沙里飞笑着道:"咋的,又想绑我,你们几个没事外面凉快去。等我把话说完再进来。我说薛老头,现在长安城破指日可待,东晋十万大军日夜围攻,城里两党死磕,我西路军沮渠蒙逊十万铁骑,将咸阳以西各州城都已收复,北路军两万多人包围了白水城,剩了你这金锁关,北面南面都成了我们的地盘,还给谁锁关呢。粮草无济,坐吃寨空。到时只有投降一条路,实话告诉你,现在长安城里像我这样身份的不下百人,谁要是动了任何人一根汗毛,他的家眷、妻女都会被皮上刺青,作为记号再卖到窑子里,不过这是我的主意,可不是我们皇帝的作为。""你们太不是人了。""还可以扒光衣服倒吊在长安的闹市区。"参军气愤道:"听说你们杀降将,还将人喂过狼。"沙里飞不紧不慢道:"这事有过,是叱干阿利干的。皇帝知道后不让他再带兵打仗,让他去领工筑城。"薛耀山道:"照你这么说你们皇帝还是仁慈的圣主呢!"沙里飞道:"当然,要不十七年前姚兴老皇帝咋能将他从天字牢提出,封为车都尉、骁骑将军、阳川侯呢,他不想当皇帝也不想打仗,是别人逼他的,可他是一个军事奇才,雄才大略。葫芦川之战,五百多民夫不到两天,便消灭了北魏三万大军,至今北魏隔河相望,不敢靠近黄河半步。前些年用五百斤葭州红枣和五百斤米脂小米,巧取柔然战马八千匹。与秦高平之战只带了五十余骑,兵不血刃,逼死秦军主帅姚石生、杨丕,借秦兵四万铁骑打败南凉国秃发倭檀的二十万大军,秃发傉檀赴火殉国,南凉灭亡,我皇却没占他的地盘,让他们自治,并出资给秃发家塑了像,修了祠。你说这皇帝咋样?"一军汉忙给倒上茶水,沙里飞却不紧不慢地拿起自己随身带着的酒囊喝起了酒。

沙里飞喝了两口酒继续道:"我们皇帝说了,明年收了长安城还要给姚老皇帝、义公胡文贤修庙建祠呢!"薛参军道:"等等,东晋军现在夺了长安城,将来你们再夺了去?"沙里飞笑道:"我说薛参军,可以叫你脑残军了,那一座孤城东晋能守住?还用夺吗?关中的州县都在我们的控制下。我们再将潼关一收,他们往哪逃?投降还得赶早呢。我们皇帝从来不攻城,西路军没攻城吧,一夜收了陈仓。北路军在杏城没攻城吧,放了两天土,你们跑了。在富县,呼延将军大意了,让你们劫了营,是我军有史以来最惨的一次。本应撤回去休整,可呼延将军憋着一口气,带着一千多残军追你们两万大军至洛川原,来了个反劫营,你们丢弃辎重逃至金锁关,我军由征南大都督王买德统领一万多大军与呼延将军汇合,绕道黄龙寨放了两块石头,秦军便弃寨退守白水。"薛参军讥讽道:"一万也能称得上是大军?"沙里飞道:"你没听说以一当十嘛,一万顶你十万的战力,他们都是小时骑羊射狐鼠,大时骑马射雕虎的控弦之士,一夜行军三百里,骑在马上可以行军睡觉,补充食物连续作战。而你们的兵马未动粮草先行,每天行军五十里,我们不需后勤保障,每人一个酒囊和饭袋,可月余不需补给,战无不胜啊!我两路大军进入关中,皇帝还颁发了禁杀令呢!"主帅姚恢低头思索:"照你这么说,我们只有向你们投降了?"沙里飞道:"叱咤风云半盏茶,千秋大业一壶酒。投降,我看不行。一来我们皇帝说了不让你们投降;二来你们投降,让长安的姚泓知晓,会杀光你们全家,让姚弼捉住把柄会说皇帝姚泓用人失察,互相残杀,要死许多人。""那么你们皇帝为何不让我们投降?""是这样,你们在富县劫营时杀死了许多夏兵,那里面有许多皇帝的发小与同甘苦共患难的弟兄,所以么你们想想。"

几位在场的不禁倒吸一口凉气："那如何是好？"沙里飞道："给你们说了千秋大业一壶酒，无酒能谈成生意？"参军道："吩咐下去，赶快置办一桌酒宴，款待沙大人。"沙里飞道："我不是什么大人，但时间宝贵，还要妥善办理你们的事，尽量少死人或不死人。"

酒席间，薛参军道："沙大人，请问有何良策能使各方面都好下台？"沙里飞道："我一时还没想好，你看你们现在和我谈，原金锁关驻军是否和你们一条心？你们这是喧宾夺主，鸠占鹊巢，是沾了个'姚'字占了上风。与夏军假打上一天，装作被俘，长安方面找不下你们的岔子，可是我担心呼延将军报仇心切，大杀大砍咋办，我不是好心变成了驴肝肺？"姚恢道："来，沙大人，再饮一杯，再思考思考。"沙里飞道："让我好好想想，一点岔子都不能出，既要保全你们还要保全家属。我一个做密探的竟然还当起了军师、说客和外交官。"

沙里飞思索了一阵道："你们看这样行吗，姚泓皇帝不是在圣旨上说让你们回援吗，你们就照做，往回撤军，我夏军不截你们，只是在后面追，等到了长安城下，我军再包围你们，你们再差人向城里求救，他们肯定不敢开城门救援，这样，相持上两天，再收了你们，城里的两支就无话可说。不过为了避免你们伤亡，我要请我们皇帝与王督军亲自督战，颁布禁杀令。这样呼延将军就不敢开杀戒。"薛参军道："如果晋军的十万攻城大军与咱们开战咋办？"沙里飞道："就那些吃鱼的水上漂，咋敢和吃肉的秃鹫相敌，何况我们西路军就有十万，再加上北路军呼延将军这两万，用不了两三天就能收拾了那十万水上漂。我估计到那时，他们会装作没看见或早些避开，腾出地方，让咱们演戏。"薛参军道："沙大人，我看你能当戏班的班主了。"沙里飞自豪道："没两下子能在长安待十几年？喝酒有人请，打架有人保，我连那长安巡卫都督也打过呢。莫说长安的大街小巷，就是皇宫禁地、枢密院、大理寺、天字牢我都了如指掌。"酒足饭饱，沙里飞道："暂时就这样吧，我得回去和皇帝商量咋样救你们呢！这回你们可以开城门放我回去了吧！"

　　参军道："可以可以，一切听从沙大人安排。"沙里飞道："算了开门麻烦的，我看坐那吊筐下去还挺好玩的。"于是参军又让守寨士兵将沙里飞放了下去。

第四十四章　长安登基封百官

沙里飞回到白水,见到赫连勃勃汇报了情况,最后道:"你看着安排。"赫连勃勃道:"你导的戏,你自己看着安排。"沙里飞道:"我又不掌管什么,能安排这么多人的戏? 我还得回长安城呢,时间长了不回去,赛月红、赛霞红会担心我出事呢!"勃勃道:"两三天就完事了,你顺便就可回长安。"沙里飞道:"那我这就回金锁关,让他们开往长安,你们适时跟进,尤其到了长安要配合默契,不能露出破绽害了他们。"勃勃道:"白水到长安,我军用不了一天即到,你尽管安排。"

沙里飞又立刻返回金锁关,命令姚恢部队即刻起程前往长安。参军道:"哪能说走就走,最少也得明天再走。"沙里飞道:"我们夏军就是说走就走。算了,你们现在还是秦军,那就明天一早启程,直奔长安,路上夏军也不会拦截你们。"

这些兵在沙里飞的带领下,经过两天的行程,终于到了长安城下,夏兵的一万多铁骑比他们早到了一个时辰,威风凛凛地布在城周围,参军道:"沙大人,咱们现在能开始演戏了,夏兵咋还不包围我们?"沙里飞指着城头上晋军的旗帜道:"还演个屁戏,我说薛参军,这城三天前就破了,已是晋军的城了。"薛参军揉揉眼睛,仔细瞧了一阵,跪在了地上,"哇"地一声大号起来,接着发生了连锁反应,几万秦军将士都跪在地上大哭起来,那哭声响彻云霄,催人泪下……

就这样,后秦国灭亡了。勃勃命令全体将士下马面对长安城脱掉头盔默哀,以悼念他与后秦国的感情以及那些人与事。事后,沙里飞请示勃勃处置这几万秦军,勃勃道:"想当夏军的、没处去的留下,想回家的回家种麦子,种红薯去。"将士们听后道:"啊!那我们的家属还在城里咋办?"沙里飞道:"我们的皇帝已派人进城通知晋军,让他们不要滥杀无辜,因为城里有许多我们皇帝的故交,我随后进城,过几天安稳了会将你们的家眷陆续接出的。"大家都道:"谢谢沙大人了。"

赫连勃勃又派人去了白水城,让他们知晓秦国已灭,不要死守了。想当夏军的编入夏军里,想回家种地的回家种地去,虽然长安城被晋军占了,但关中大部分已纳入大夏国的版图,以后做事都要以大夏国法律为准了。

刘裕进到城中也没有大杀大砍,只接收了钱粮府库、玉玺大印。接到赫连勃勃的信函后,他心中盘算:我是大国作战,只是灭了后秦的政权,又不是土匪草寇,哪能滥杀无辜呢?这不一进城便颁发了安民告示吗?他随即给勃勃回了信,还称兄道弟以示友好。

勃勃安排王买德驻守关中,给各州县安排文武官员,通知沮渠蒙逊的部队撤出关中,回原驻地,黑野牛的部队一半回守高平,一半分散驻扎各县。呼延虎、刘得胜部队分散在渭河平原、渭北高原、延绥各地。兵力部署完毕。

勃勃自己先回到统万城看望了胡义周与叱干阿利,叱干阿利嚷着道:"别的将领都能到关中打仗,我咋就不能?"勃勃道:"你听说打了几仗?就是富县和洛川原打了,再哪打了?你爱打仗等明年皇城完工,收了长安城,你就过晋南夺回后秦的故地,我估计他们现在都投降北魏了。"叱干阿利道:"一言为定。"

勃勃又回到麻黄梁旧堡,召集各长辈、各路将领议事,大摆宴席,拉来两车老缸坊酒,畅快地喝。

东晋大将刘裕占领长安后忧心忡忡,他没想到自己占了座孤城,而周边郡县都成了大夏的地盘,自己还要回东晋建安争夺帝位呢。想到此便留下只有十二岁的小儿子刘义真镇守长安,并留下了王修、沈田子两员大将辅佐。好处是如狼似虎的夏军没和自己翻脸,赫连勃勃也答应和自己井水不犯河水。

这年是公元417年,闰十二月,已被封为河阳侯、夏国都官尚书的王买德得到沙里飞的情报,知道刘裕已离长安而去。勃勃得到消息后窃喜:该是自己的儿子们这些雄鹰起飞的时候了。于是赫连璝、赫连延、赫连昌、赫连伦都被封为了将军,开赴了潼关、蓝田、鄠县,卡住了长安的咽喉要道,只留了一座死城给仅有十二岁的刘义真,东晋到长安的水陆要道都被夏军占了,粮草兵员都无法运进,要撤也撤不出来。经过协商,刘义真等决定向夏国投降,王买德道:"过段时间再说,大过年的人都比较忙,等出了正月我们再接管长安。"

沙里飞心想:没想到这刘义真投降得这么快,我也快熬到头了,与家人一起吃年夜饭就是香。"哎,皇帝说了,今年在塞上统万城给咱们举行婚庆大典,允许咱们生孩子,咱们爱去哪去哪,再也不要像老鼠一样地生活了。走,吃完饭上街上挺直腰板逛去。"

逛到了杂耍闹市,江湖大哥看见忙道:"兄弟,过年吉祥,今天是头一次见你白天出来逛街。"沙里飞道:"大哥吉祥,以后见面的机会会多些。"江湖大哥压低嗓门道:"以后有什么活别忘了大哥。""那是。"

418年正月刚过,赫连勃勃命令刘义真撤出长安,屯驻陈仓受黑野牛管辖(后来刘义真及东晋大将随从都被秘密送到了吴堡),夏军进城接管长安。沙里飞见到勃勃道:"陛下,这下可没我的事了,你答应过我,还要给我赐两个妻子呢!"勃勃笑道:"这事我没忘,可是现在你的正事多了,胡义周的家眷在哪?我要去看看。姚老皇帝的墓在哪?那位李牢头的家在哪?两天里都给我找到。"沙里飞回道:"这些事我早就给你准备好了。还有那些大臣兵长的名册宅址,这我也准备好了。"于是沙里飞亲自领着勃勃先看望了胡义周的家眷,赐百两白银,打扫老宅,让他们搬回原址;又带着勃勃拜了姚兴皇帝的墓(在今西安市高陵区药惠乡麦张村),勃勃指示道:"在原址建一座姚皇祠,以供后人瞻仰。"

王买德道:"陛下,这合适吗?"勃勃笑道:"我看合适,我虽然灭了他的国但没攻他的城,收了他的兵却没杀他的人,他毕竟是我的恩公,他也没杀伤多少夏人。"接着勃勃又道:"还要去见见那位李牢头。"沙里飞忙道:"他在西边十几里地外一个叫李芋子的小村庄。"勃勃道:"走,去看看去。"于是马队又向西奔向李芋子村。众人打听到了李牢头家,简陋的小院,只有三四间茅草屋,勃勃一行进入了小院。李牢头下肢已瘫痪,不能自理,躺在土坑上,见到勃勃竟然还能认得出,勃勃道:"爷爷,还认得我吗?"李牢头有气无力地道:"认得认得,你就是那个天天想吃肉的瓜娃,现在出息了,当大官了,一晃就是好多年了。""爷爷,我记得我连着吃了几个月馍和面,你给我拿进来的羊腿和猪肘子吃着真香,我一辈子也忘不了。"李牢头笑笑道:"我当时还以为给你吃了第二天就砍头呢,当时都急得直掉眼泪呢,还说你没人管,我借个车将你拉到秦岭山下,唉——"勃勃道:"爷爷,我命大着哩,今年三十九了。正是干事的时候,以后有什么事来长安找我。今天给你五十两银子,我再派人将这房子都盖成砖瓦房,将你的儿子、侄儿都安置成地方官员,让他们即刻赴任。"王买德一一记下,李牢头道:"他们都是些庄稼人,不会做官。"勃勃笑道:"不会当没事,做上一段时间就会了。"

赫连勃勃一行回到长安,召集文武大臣议事,王买德道:"按说新皇登基,昭告大赦天下,中原已定,应该封侯拜相,以稳民心,入主长安。不然中原百姓老认为外人统治他们,心中总有许多纠结,免不了出现这样或那样的问题。"勃勃想了一阵,觉得王买德说的都在理,便道:"那你就安排吧!"

于是,一切在王买德的安排下有序地进行着。

是日,风和日丽,鼓声喧天,彩旗飘扬,人山人海,歌舞不断,赫连勃勃在长安正式登基,宣布了国名为"大夏国",改年号为"昌武",又颁布了大赦令、禁杀令等,封赫连璝为太子,赫连延为阳平公,赫连昌为太原公,赫连伦为酒泉公,赫连定为平原公,赫连满为河南公,赫连安为中山公。

　　王买德为都官尚书河阳公,叱干阿利为匠作大将河东公,呼延虎为征南将军都督,黑野牛为征东将军都督,拓跋峰、呼延豹、刘得胜、宇文杰等都封了大将军,封赫连力鞬为镇国公。

　　丰盛的宴席旁摆满了一坛坛贴着"老缸坊酒"字样的酒坛子,酒香飘散在关中平原,醉了灞柳,醉了秦岭,醉了渭河。

　　勃勃回到长安城,群臣劝他在长安建都,勃勃道:"我若坐镇长安,北面塞上与北魏只有一河之隔,如果他们从多处渡河大兵压境,如何是好?我还是将来驻守统万城,这样敌人才会望而生畏,不敢涉足河套半步,确保塞上无忧。"群臣也认为皇帝说得有理,也不再提建都长安的事。

　　这时部下来报,胡义周已回长安探亲,求见陛下,勃勃道:"快快有请。"于是勃勃屏退群臣,单独接见了胡义周,胡义周拜见了勃勃,汇报了统万城的情况:各宫殿已全部竣工,现在在刷漆彩绘,各处也都命了名,还建了永安台、永安殿、怡心宫等。汇报完了,勃勃道:"好好! 那时你们家蒙难是咋回事,谁告发的?"胡义周道:"是那个吏部尚书御史韦祖思,此人虽为三朝老臣,但贪赃枉法、专横跋扈、阿谀奉承,将六亲九族都安插在各重要部门,三朝为官,家资丰厚,就是他告发我父写藏头诗救了你,我父才被捕入狱的。从前秦开始,因莫须有的罪名惨死于他手中的官吏不可胜数。"勃勃气愤道:"我倒要查一查他韦家的水有多深,这些事都有案可查吗?"胡义周道:"城内皇宫未经战火蹂躏,应该案卷都在。"勃勃道:"查实就办了他!"

　　第二天,勃勃便请来了已七十多岁的韦祖思,由主审官问话,赫连勃勃旁听。主审官道:"姓名?""韦祖思。""年龄?""七十三。""职务?""秦国太师。"主审官问道:"可有作奸犯科、贪赃枉法、陷害他人之事?"韦祖思一听傲慢自得地道:"本人三朝为官,官至太师,两袖清风,生活简朴,为民勤政,以诗书为伴,从未有你说的那些鸡鸣狗盗之事。"主审官道:"你可告发过胡文贤藏头诗之事?"韦祖思傲慢地道:"老夫为人刚正,只是说了那签是胡文贤的手迹,并未告发。再说,吃人之饭为人之臣,如实禀报,如早知今日赫连皇帝一统天下,当另当别论,士各为其主而已。"勃勃道:"讲得好,不愧为百官之楷模,万吏之典范,你能为大夏国出力献策否?"韦祖思道:"谢陛下隆恩,只是老朽年迈体衰,只想深居简出,清茶一杯,诗书一卷,沐春风于朝阳,观雾霭于垂暮,闻溪流潺湲于岭下,悦翠鸟吟唱于山涧。但前朝官吏半数都是老夫弟子,我可教导他们勤政为民,效力大夏,辅佐新主。留青名于山涧,载芳荫于田川。"

勃勃拍着巴掌道:"好!好!三朝老臣官累太师,桃李满天,清廉如此者几何!唯斯一人啊!堪可伴松柏于千年,傍碣石于万载。"主审官道:"请老太师下堂回府,老太师受惊了!"

第四十五章 建国大夏统万城

勃勃召来沙里飞问道："你说那韦太师,两袖清风可能吗?"沙里飞答道："狗屁诗书为伴,清茶一盏,清风两袖,恐怕金银如山,富可敌国呢!"勃勃赶紧道："沙大人,这可是你说的,这事的证据可得从你手上出来。"沙里飞摸着后脖子道："我为你出生入死多少年,没功劳总有苦劳吧!你说让我打架我就打,让我去高平就去高平,关中已定长安到手,刚说没事了准备一面搂着赛月红,一面搂着赛霞红,好好过几天日子,挺直腰杆逛长安街市,这下可好,又有活干了。"

勃勃道："哎,对了,那天盛典上还没封你呢,以后补上。"沙里飞道："我都是晚上干活,不能封,又没什么大功,净干些人不知道的事,再不敢叫沙大人了,你已是皇帝了,哪天翻脸将我也办了。"

勃勃笑道："你的功劳太大了,谁也不及你,高平千军万马中飞身而出,报告军情。救出胡义周,一片锦绢平了金锁关四万人马,比谁的功劳都大,得赐你一块免死金牌啊!"沙里飞道："谢陛下。"

沙里飞到闹市上找见江湖大哥："晚上到钟楼底老地方见。"是夜,沙里飞、赛月红、赛霞红、江湖大哥分别蹲守在韦祖思及几个亲信的房顶监视动静。第一天什么事也没有,第二天晚上,半夜一架马拉轿车,悄悄地停在了韦府偏门外,看四下无人,韦府的门卫悄悄开了门搬进了两箱沉重的东西,抬进了韦祖思的卧室,抬箱子的人退了出去,只留了韦祖思的女婿。韦祖思对女婿小声道："这些沙漠笨驴好像盯上了咱们,前两天叫我去问了问,没找出什么破绽,我想他们还会在你们身上找毛病。咱给他来个反其道而行之,东西放我这儿最保险,叫你们问话时你们底气就足了。"女婿奉承道："姜还是老的辣。""以后干事多动脑筋。"紧接着，他们将靠墙的柜子移开，将两箱沉甸甸的东西放了进去。谁知隔墙有耳，这番话都被趴在房顶的沙里飞听到了。

又过了一天，勃勃通知前朝的文官武将在皇宫大殿集合，并宴请了群臣，大殿里老缸坊酒香气弥漫，气氛祥和。勃勃道："现在长安已归大夏，当然你们也都是大夏的官，这关中平原富庶丰饶，但国库只剩了三车银两，是不是有的官不太干净，拿了不该拿的东西呢？"有官员道："恐怕是刘裕打进长安接管府库将银两弄走了。"勃勃道："我想这不会，因为他们接管时都有账册，几个人清点签字，以后要赈灾、养官养军的。如果谁拿了不该拿的，早些交出来，可以保命。"韦祖思道："老夫为官清廉，两袖清风，不然咋能三朝为官，居百官之首，一人之下万人之上呢。现在还清茶半盏，以诗书为伴呢。"

勃勃道："你们为官就是为朝廷效力，就是为民做事，让民富裕，自己已满脑肠肥，还要给子子孙孙准备万年之金，你这个百官之首当得好啊。"这时沙里飞来到勃勃跟前悄声道："货已到。"勃勃道："各位大人，你们吃好喝好，我这个只会骑马不会坐龙椅的沙漠笨驴，在一个地方找到了五大车金银财宝，这人富可敌国啊！"大臣们炸开了锅，叽叽喳喳的，有胆大的问："在哪找到的？"勃勃道："在一个河槽里。"人们暗嘘了一口气："噢，我说哩，国库的财宝肯定被转移了。"勃勃手一挥："走，咱们出去看一下。"大臣们鱼贯而出。从五大车上卸下的箱子摆了一大片，大臣们一看惊叹不已。勃勃道："将这些钱用于赈灾、救济流浪者、助残、养军，你们看咋样？"大家异口同声道："陛下圣明。"勃勃道："你们还不知道这些钱是哪来的，我告诉你们，这是咱们百官之首——两袖清风、廉洁奉公、半盏清茶、一卷诗书的韦大人捐给大夏国的。"这韦祖思一出门看到了那些金银，先是一愣，继而看到那熟悉的箱子，腿一软，眼前一黑，跌倒在地，几个亲信忙过来搀扶。那韦大人站立不稳，一股臭气随之扩散开来，只见韦大人已是大小便失禁了。勃勃道："韦大人吃得不合适了，让人抬你回去吧。你为大夏国带头'捐'了这么多金银财宝,会名垂青史的。"接着又道:"各位也不要抖了,文明之乡,书香之地,再拉出来大家可就受不了了。赶快回去,两天里将不该拿的都捐出来,就会名垂青史。查出来,你就会遗臭万年。各自回去吧。"大臣们有的腿软得挪不动,有的脑门渗汗。勃勃道:"哪位真的走不动,我这里派人备轿。"

两天时间里,各位大员都争先恐后地将自己贪墨的银两送到国库,有的唯恐两天里交不上去,互相排队争吵起来,勃勃看在眼里:"再给你们宽限一天时间。"

勃勃任命李牢头的儿子为赈灾、助残、督察大员。李牢头的儿子道:"我识字不多怕不能胜任啊!"勃勃道:"会数数、认识银子就行,只要有一片爱民之心就行。"

大商人默哈罗波也已到了长安拜见了勃勃,默哈罗波见到勃勃特别激动:"我东方的圣主啊,我们终于等到这一天了。"两人热情地拥抱。勃勃道:"老默你好啊,正等你来呢,现在我有钱了,可以还你的资助了。""不不,那是资助的,不需还的,我来长安是要开个贸易货栈,卖西方的货,收东方的货。"勃勃用老缸坊酒宴请了默哈罗波。赫连勃勃与默哈罗波在宴会上频频碰杯,将酒一饮而尽道:"老默啊,你资助了那么多,不还我也过意不去,是这样吧,你看上哪个铺子,我们出钱给你买,这样总可以了吧。"老默道:"我们有钱,主要是需要你保护我们,尤其是不能让那些官员敲诈我们。"勃勃疑惑道:"敲诈?还没听说过。"默哈罗波解释道:"就是以权势欺压我们,向我们要钱。"勃勃道:"这个好办,谁要向你们要钱,你给我说不就行了。"默哈罗波道:"这样我们就可以放手去做贸易了。"勃勃道:"我还要派一支精英部队来回保护你们,将你们护送至目的地,再护送回来。""这太好太好了。"众人感激不已。

沙里飞进入大殿,勃勃看到忙招呼道:"快,正等你呢,一起用餐,你咋能找到藏财宝的地方?"沙里飞自豪地道:"我在房上蹲了两夜呢!那老东西以为查过他了,怕查他女婿,让他女婿将财物先放他那里安全,没想到房上有人啊。"勃勃笑道:"真有你的。"沙里飞道:"这长安城待了十几年了,哪个大臣家狗、猫的颜色是黑的、黄的、花的我都了如指掌,还捉不住他的尾巴?"勃勃道:"来,喝一杯,这几天收的金银堆成了山,都不知该咋花呢。"一杯老缸坊酒下肚,沙里飞道:"这好办啊,既然关中成了大夏地盘,那些在塞上修过皇城的民夫也是你的子民了,给死亡的家属发放抚恤金,给民夫发放补偿金,有的几年没回家,家里日子肯定不好过,剩下的装饰皇城或给皇后、妃子们打造首饰。"勃勃饮了口酒:"沙大人你不提,我都忙忘了皇城的事。"

勃勃安排好关中的事与胡义周回到了塞北皇城——统万城,统万城于这年(418)全部竣工。叱干阿利与多名修城工匠陪同视察,上至永安台环视四周,众人都心潮起伏、豪情激荡。

还有颂辞《统万城铭》刻石于城南:

夫庸大德盛者,必建不刊之业;道积庆隆者,必享无穷之祚。昔在陶唐,数钟厄运,我皇祖大禹以至圣之姿,当经纶之会,凿龙门面辟伊阙,疏三江而决九河,夷一元之穷灾,拯六合之沈溺,鸿绩侔于天地,神功迈于造化,故二仪降祉,三灵叶赞,揖让受终,光启有夏。传世二十,历载四百,贤辟相承,哲王继轨,徽猷冠于玄古,高范焕乎畴昔。而道无常夷,数或屯险,王桀不纲,网漏殷氏,用使金晖绝于中天,神辔辍于促路。然纯曜未渝,庆绵万祀,龙飞漠南,凤峙朔北。长辔远驭,则西罩昆山之外;密网遐张,则东亘沧海之表。爰始逮今,二千余载,虽三统迭制于崤、函,五德革运于伊、洛,秦、雍成篡杀之墟,周、豫为争夺之薮,而幽朔谧尔,主有常尊于上;海代晏然,物无异望于下。故能控弦之众百有余万,跃马长驱,鼓行秦、赵,使中原疲于奔命,诸夏不得高枕,为日久矣。是以偏师暂拟,泾阳摧隆周之锋;赫斯一奋,平阳挫汉祖之锐。虽霸王继踪,犹朝日之升扶桑;英豪接踵,若夕月之登濛汜。自开辟已来,未始闻也。非夫卜世与乾坤比长,鸿基与山岳齐固,孰能本枝于千叶,重光于万祀,履寒霜而逾荣,蒙重氛而弥耀者哉!

　　于是玄符告征,大猷有会,我皇诞命世之期,应天纵之运,仰协时来,俯顺时望。龙升北京,则义风盖于九区;凤翔天域,则威声格于八表。属奸雄鼎峙之秋,群凶岳立之际,昧旦临朝,日旰忘膳,运筹命将,举无遗策。亲御六戎,则有征无战。故伪秦以三世之资,丧魂于关、陇;河源望旗而委质,北虏钦风而纳款。德音著于柔服,威刑彰于伐叛,文教与武功并宣,俎豆与干戈俱运。五稔之间,道风弘著,暨乎七载而王猷允洽。乃远惟周文,启经始之基;近详山川,究形胜之地,遂营起都城,开建京邑。背名山而面洪流,左河津而右重塞。高隅隐日,崇墉际云,石郭天池,周绵千里。其为独守之形,险绝之状,固以远迈于咸阳,超美于周洛,若乃广五郊之义,尊七庙之制,崇左社之规,建右稷之礼,御太一以缮明堂,模帝坐而营路寝,闾阖披霄而山亭,象魏排虚而岳峙,华林灵沼,崇台秘室,通房连阁,驰道苑园,可以阴映万邦,光覆四海,莫不郁然并建,森然毕备,若紫微之带皇穹,阆风之跨后土。然宰司鼎臣,群黎士庶,金以为重威之式,有阙前王。于是延王尔之奇工,命班输之妙匠,搜文梓于邓林,采绣石于恒岳,九域贡以金银,八方献其瑰宝,亲运神奇,参制规矩,营离宫于露寝之南,起别殿于永安之北。高构千寻,崇基万仞。玄栋镂楶,若腾虹之扬眉;飞檐舒昂,似翔鹏之矫翼。二序启矣,而五时之坐开;四隅陈设,而一御之位建。温宫胶葛,凉殿峥嵘,络以隋珠,缀以金镜,虽曦望互升于表,而中无昼夜之殊;阴阳迭更于外,而内无寒暑之别。故善目者不能为其名,博辩者不能究其称,斯盖神明之所规模,非人工之所经制。若乃寻名以求类,踪状以效真,据质以究名,形疑妙出,虽如来、须弥之宝塔,帝释、忉利之神宫,尚未足以喻其丽,方其饰矣。

　　昔周宣考室而咏于诗人,閟宫有侐而颂声是作。况乃太微肇制,清都启建,轨一文昌,旧章唯始,咸秩百神,宾享万国,群生开其耳目,天下咏其来苏,亦何得不播之管弦,刊之金石哉!乃树铭都邑,敷赞硕美,俾皇风振于来叶,圣庸垂乎不朽。其辞曰:于赫灵祚,配乾比隆。巍巍大禹,堂堂圣功。仁被苍生,德格玄穹。帝锡玄珪,揖让受终。哲王继轨,光阐徽风。道无常夷,数或不竞。金精南迈,天辉北映。灵祉逾昌,世叶弥盛。惟祖惟父,克广休命。如彼日月,连光接镜。玄符瑞德,乾运有归。诞钟我后,应图龙飞。落落神武,恢恢圣姿。名教内敷,群妖外夷。化光四表,威截九围。封畿之制,王者常经。乃延输、尔,肇建帝京。土苞上壤,地跨胜形。庶人子来,不日而成。崇台霄峙,秀阙云亭。千榭连隅,万阁接屏。晃若晨曦,昭若列星。离宫既作,别宇云施。爰构崇明,仰准乾仪。悬甍风阅,飞轩云垂。温室嵯峨,层城参差。楹雕虬兽,节镂龙螭。莹以宝璞,饰以珍奇。称因褒著,名由实扬。伟哉皇室,盛矣厥章!义高灵台,美隆未央。迈轨三五,贻则霸王。永世垂节,亿载弥光。

胡义周道:"请陛下为皇城赐名。"勃勃道:"朕方统一天下君临万邦,可以'统万'为名。皇城四门,东为招魏、西为服凉、南为朝宋、北为平朔。"勃勃又上至城墙,绕城一周,对亭台楼阁、殿宇街巷都命了名。

叱干阿利又要求去上前线:"陛下,现统万城已竣工,该我领兵打仗了。"勃勃道:"好吧,前几年后秦衰败,北魏趁机占了晋南的运城、曲沃、临汾,那你去陈仓,从黑野牛那里领你的老部下,再将东晋的四万多人领去,从黄河东渡,去收复后秦的失地。能打则打,不能打则退,不要硬拼,以免造成巨大伤亡。"叱干阿利欣然领命,勃勃顿了下道:"还是等统万城庆典完再走吧。"叱干阿利道:"谢陛下隆恩。"

第四十六章 勃勃遇险铁弗部

勃勃回到麻黄梁旧堡的家,没弈丽玛道:"我看这几年你的心也变了,名义上将我儿赫连璝封为太子,却让他戍守高平,北面是北凉,那可是争战之地,安的什么心?"勃勃道:"国大了,人多了,事烦了,我既没三妻四妾,又没花天酒地,这些娃娃都富贵生长,不锻炼何以担当大任?"没弈丽玛道:"谁知道你在外面有谁了。皇后是谁?"勃勃没好气地答道:"反正不会是你们三个。"

没弈丽玛气愤地道:"我们三个亏待你了?结婚二十多年了,结婚还没一年,你就跑到后秦长安躲着不回来,偶尔回来一次。我们是女人,需要感情,不缺金银财宝。从长安回来东跑西颠,也不着家,现在建国了,称帝了,又不知被哪的野狐狸勾住了。我们几个辛辛苦苦养孩子,住在这荒无人烟的山沟野洼里,容易吗?"勃勃道:"让你们住在山沟野洼里是为了你们的安全,也有错?你们以后还得住在山沟野洼里。"没弈丽玛道:"我们还得住山沟野洼里?你还不如将我休了。"俩人话不投机半句多。

勃勃带着随从心情不悦地离开了麻黄梁旧堡。该看看那些年迈的长者了。他们先去了黑疙瘩山黑龙观看望了道长爷爷,道长爷爷语重心长地对勃勃说道:"孩子,创业难,守业更难,再平静的大海也会有波浪,再美丽的草原也会有风暴,现在国大事多,得时时小心,处处谨慎,切莫大意,切莫任性。树大招风啊,要防外患,但也不能忘了内忧。爷爷的话不中听,但对你有益啊。"勃勃谦虚地道:"爷爷,我记住了。我在统万城给你们几位老人修了大殿,你们将来可以去那儿颐养天年。"道长道:

"你的一片孝心爷爷领了,爷爷我住在这里习惯了,也清静惯了,就不去了。"勃勃道:"爷爷要是实在不想去,我会抽空来看您的。"道长道:"好好,你也挺忙的,我就不留你了。记住我的话。"

勃勃一行顺便又去了龟兹城,不由自主地走进了黄老鸨的怡红院,老鸨一见,忙跪在地上喊"吾皇万岁万万岁"。勃勃忙道:"我是给你赔礼来了,还有那时用了你一千两银子的事,觉得挺对不住你的,还冤枉了你们家。"老鸨忙道:"过去的事就过去吧,甭提了,银子也不用还了,我挣的也够吃,我还有马贩子黄四照顾呢。"勃勃连声道:"好,好。"

十八寨人口众多,生活安定,人畜两旺。人们听说寨主做了皇帝,都蜂拥而至,有的还从没见过寨主。勃勃拜见了石九爷,石九爷自豪地道:"二十多年前你还是个半大愣小子,我第一次见你,就看准你是个非凡人物,果然不出我所料啊!十来年时间,摄北魏,镇柔然,平南凉,灭后秦,功名耀祖啊。别说麻黄梁,即便他们将你押到河东,我也要举全寨之力将你救出。"勃勃道:"爷爷,平定关中,十八寨功不可没,你们提供了兵员和干肉,还有龟兹城的老缸坊酒,功劳堪可载入史册啊!我在统万城给您盖了大殿,您可以去坐享清福、颐养天年去了。"石九爷捋着胡须道:"爷爷离不开草原啊!十八寨今天的兴旺,都是你的功劳,你干大事当皇帝去,爷爷还替你做十八寨的寨主,还给你提供肉、奶、皮毛、毡毯。要不是你来,我估计十八寨现在衰得也没几个人了。这个家还得爷爷替你看着哩。十八寨麻黄梁就是你的根,你再去看看你妈,把她接到统万城住,让她风光风光,也享享清福,对了,还有老巫婆,她如果不愿去统万城,就让她搬到代来城去住,她一个人那么一把年纪了,还孤身一人住在硬地梁河川,怪可怜的。"勃勃一一应允。

辞别石九爷和十八寨的父老乡亲,勃勃与随从来到了红庆寨拜见了母亲苻红英。苻红英也不愿去统万城住,勃勃道:"妈,怎么道长爷爷、石九爷和您都不想住在统万城?"苻红英道:"咱们草原人自由惯了,那统万城是处理军务、政务的地方,我爱打猎射雕,在蓝天白云下纵马驰骋,看青草泛绿,百鸟吟唱,到黄河边听涛,现在也有你王叔陪伴,也顺心顺意。还有,我住在这里,有红黑马队在给你照看着北大门,万一北魏和柔然有什么变故,我也可为你抵挡一下。对啦,你原来从我这领走的赛月红、赛霞红也该还我了。"勃勃道:"她们俩都与沙里飞好上了。"苻红英道:"那你不给我说,好给她们举办婚礼呢。"勃勃笑道:"连我也不知道他们什么时候在一起的。"苻红英道:"让她们有空回来看看,嫁人了也不告诉我一声。"勃勃道:"她们现在也不忙了,我通知她们,让她们回来看望您老人家。"

　　勃勃辞别母亲苻红英,又南下来到代来城附近的硬地梁河川,见到了老巫婆,老巫婆道:"黑龙,你来了,我那时就说过,你是草原霸主,应验了吧?"勃勃道:"应验了,巫婆,现在接你去统万城住,再不能让你一个人住在这河畔了。"老巫婆道:"我哪也不去,我已经七十多岁了,说不上哪天就要离开这个世界了,到了统万城人地两生,还不如住这儿,陪着我那些已故老友的游魂,听流水潺潺,鸟鸣唧唧。"勃勃望着这位古稀老人,觉得甚是辛酸,她没有亲人,没有朋友,无人照顾,便道:"不行你搬进代来城住,我再派个人伺候你。"老巫婆道:"不用,一个人惯了,伺候上我反倒不自在,钱我也不缺,时间长了你有空来看看,我就心满意足了。我死后,就把我埋在这儿附近,让我的灵魂陪伴着我的那些老友。俗话说,金窝银窝不如自己的老窝。谁在哪住惯了就让他住那儿,不要勉强。"

　　勃勃只好作罢。巫婆又道:"黑龙,你做了夏国之帝,草原霸主,我记起了一件事,河北阴山里还有你的伯父刘悉勿祈的后人。可让他们也搬来住,他们和你同根同族,都是铁弗部人,将他们撂在河北生活也苦焦。让他们都搬到套里来。这样也可壮大你的实力,这也几十年了,估计他们部族的人也不少了。"

　　勃勃道:"我记得他们,我父亲留的铁箱中的羊皮上绘了他们的住址与龙庭的位置,我还得到麻黄梁去找那羊皮卷。"于是他辞别巫婆,又回到了麻黄梁旧堡,找见了那个铁箱子,取出了羊皮卷,看了一阵道:"但愿能找见他们。"

赫连力鞮知道后对勃勃道:"三弟,你现在是皇帝了,身价不凡,要号令百官,调兵遣将,北面你又没去过,情况不熟,地广人稀,荒郊野岭的,还是我去吧!再说他们家与咱们家在咱们出生之前似乎还有过什么仇怨,所以你不能去。"勃勃道:"既然有仇怨,不能让你一人去,咱们两个同去,才能化解仇怨,不去不足以表明咱们的诚意。"赫连力鞮道:"要不咱们将红黑马队借上,万一要发生冲突也好应付。"勃勃满不在乎地道:"哥,咱们是认亲,又不是去打仗,带军队反倒不好,咱们带上几十人就行了,如果他们不认,咱们就回来。井水不犯河水,河水也别犯井水。"

就这样,二人带了几缸老缸坊酒,择吉日起程向北而去,两三天的行程便渡过了黄河。他们沿路打问铁弗部的下落。有时根本无人可问,只好按马蹄印去找,真是费了一番周折,终于在现在的乌拉特中旗的阴山一带找见了铁弗部,首领右地代身材高大,披头散发,手持羊头拐杖,满面胡须,颇有几分悍相与威严。右地代在大帐里接见了他们,满脸的威严。勃勃谦恭地道:"不知大王如何称呼,我们是刘卫辰的后代,特来求见铁弗部首领,还带了不少礼物,以做见面之资。"已经五十多岁的右地代一脸凝重道:"世事沧桑,岁月如梭,时势变迁,咱们也不认识,可有什么凭证,呈来验看。"勃勃道:"有,有。"他取出了虎符与虎头金牌。右地代仔细地看了一阵,确认无疑,赶忙伏地磕了三个响头,泪流满面哭诉道:"大哥啊,我可找到它了,你的在天之灵知晓吗?今日我可以为你报仇了。"哭完大笑三声猛喝道:"左右给我将二人拿下!"于是几人上来将赫连力鞮与赫连勃勃捆了。右地代道:"快去将那些随从也都一并拿下待后发落。"于是这些手下急速地奔向另一毡帐,对勃勃的随从道:"现在准备吃饭,将兵器都放在这里。"勃勃的随从首领道:"吃饭为什么放兵器?"右地代的人道:"入乡就得随俗么。"随从首领道:"据我所知,铁弗部的传统,吃饭、睡觉、走路武器从不离身。"右地代的部下道:"既然到了我的地盘上就得听我指挥,由不得你。"于是双方动起了手,可是强龙压不住地头蛇,双方战了一气,右地代的手下吹响了牛角号,附近毡帐的男女老少都出来操起武器,有的半裸着号叫着,蜂拥而至,大刀、长矛、虎杈、棍棒一齐出手来战,勃勃的这些随从终因寡不敌众,都被拿下,捆绑在帐篷里。右地代对勃勃弟兄俩道:"你们知道为什么绑了你们吗?"勃勃道:"不知道。"

右地代拄着羊头拐杖来回踱着步,揩擦着眼泪道:"我来告诉你几十年前的事。咱们本是叔伯兄弟,我父叫刘悉勿祈,为长,是铁弗部单于,你父刘卫辰为弟。当然,那时你们可能还没出生,都不知道。我父的身体不好,怕不久于人世,将单于之位传给我十二岁的大哥,可是你父趁我们势单力薄抢了虎符,杀了我的大哥,夺了单于之位。我们连夜逃走,才幸免于难。今天你们来了,这是长生天的安排,欠了账终究是要还的,过些天就可以用你们的头颅去祭奠我的大哥了。哈哈哈,这一天我等了几十年了。"勃勃道:"这些事我们不知道,从来也没人给我们说过。"右地代转悠着,羊头拐杖在地上蹾个不停:"不知道不要紧,只要将账还了就行。你父王那人做事不行,不仅如此,还不时地投靠这个,投靠那个,朝秦暮楚。带着铁弗部先是投靠代国乞求赐婚,代王倒是将女儿嫁与他,不知咋又翻了脸成了仇人,逃到河南,又依附了前秦,苻坚为了拉拢他,也将女儿嫁给他。不久前秦灭亡,后秦兴起,又被后秦封了西单于、朔方牧。真是反复无常,脸面丢尽。"

右地代接着道:"那年被北魏一举灭了代来城,我铁弗部刘氏、呼延氏、贺兰氏、宇文氏、须卜氏几乎灭种,惨啊!几千口子都被杀了。"勃勃道:"你说的都是事实,但那时兵疲将寡,势单力薄,放在你身上你会咋样呢?"右地代道:"你说得倒也在理,战力不济,受制于人,也能理解,可是他杀我大哥，夺取单于之位，总得有人给他还账。"这时勃勃慷慨激昂地道："如果真的要还账，我来还，放了我二哥和随从。"赫连力鞮道："三弟你糊涂，那时我已出生，应该我还，你们放了我三弟，要杀要剐随便，我连眼都不眨。"右地代拍着巴掌道："好好好！这才是我们铁弗部的人，有骨气，能顶天，不怕死，给他们用过饭看管起来，可别让他们跑了，明天再说。"右地代他们第二天议定半月后斩了勃勃和力鞮祭奠。

这天天气阴暗，北风呼啸，祭台上兽旗猎猎，十分肃穆，祭坛上摆放着右地代哥哥的灵位，赫然写着"铁弗部单于左地代之灵位"，祭桌上摆着血淋淋的老羊头和老牛头。台下人山人海，群情激昂，大法师光着腿，腰上只缠了一圈兽皮，脸涂油彩，披头散发，身上挂得花里胡哨的，手拿两个带着铃铛的骨板，敲打着，口中念着听不懂的咒语在台上跳来蹦去，似乎在与天地通灵，又似乎是在进行超度亡灵前的热身运动，同时口中不断发出异样的怪叫。

再说沙里飞到塞上给勃勃汇报情况，听说勃勃去了河北，忙马不停蹄地追到了黄河北岸，打探到了勃勃将于半月后赴斩的消息，不禁倒吸一口冷气，忙返回河南到红庆河通知了苻红英。

苻红英深思了一阵道："你去过北面，地形熟悉，你就安排吧！需要多少人？"沙里飞道："有你这两千红黑马队够了，不一定要作战，救人主要是智取，不能强攻，防止逼急了右地代加害勃勃，你们只可站在高处呐喊虚张声势，吓唬他们，不可接近，我还需请一个人，我先去了。"

沙里飞马不卸鞍、人不下马地奔南凉乐都去了。他找见了秃发银燕，告诉她说："那个勃勃被北漠的人逮了。"银燕漫不经心地道："逮了他关我何事？"沙里飞道："我是告诉你七八天后他就会被处斩，我请你去看着他的脑袋被人砍掉，滚在地上，或者被人开膛破肚，亲眼目睹这一切，你不是也能解了气，释了怀吗？"银燕道："你和他有仇？"沙里飞道："仇倒是谈不上，我是他的密探，为他干了不少活，可是，封来封去没封我,我有两个老婆却不让我们生孩子,你说能没气吗? 我知道你和他有仇,故拉你一起去看。"

银燕又道:"那你们不打算救他?"沙里飞道:"哪能救得了,千军万马也到不了跟前,那些人蓬头垢面,身上饰以骨头,獠牙外露十分骇人。"银燕道:"走,我跟你看看去。"于是沙里飞带着秃发银燕一行,昼夜兼程去了铁弗部落,紧赶慢赶,在行刑那天早上刚好赶到。

第四十七章　银燕飞镖救勃勃

且说这祭台下已是万众齐聚，人头攒动，神汉已是热汗浸身，单等单于登台发令，这时右地代单于脖子上挂着一串黄鼠狼的骨头，手挂羊头拐杖，腰上裹着虎皮，十分霸气地登上了祭祀台，左肩上还站着一只凶狠的鹰，让人望而生畏，不寒而栗。

他走上祭台宣布道："将仇人押上祭台。"几个刀爷手将勃勃与力鞮押了上来，捆绑在木柱上。右地代将鹰放在鹰架上，拐杖也靠在一边，给祭坛上了香，化了表，对祭坛道："大哥啊，几十年了，终于等到了这一天，割了他的头，总可以告慰你的在天之灵了吧！"说完他揩擦了眼泪道："我只要讨账，不要利息，你们两个也别争了，来抓个阄，谁抓到'死'字，就砍了谁的头。"结果勃勃抓到了"死"字，赫连力鞮道："三弟啊，你不能死，哥替你死。"勃勃道："二哥，我走后，大夏国就交给你了。"右地代道："争也没用，这是天意，神汉重新开坛。"神汉又跳了起来，长号也沉闷地响着。

勃勃被强壮的刀斧手推向了断头台，这时天空乌云密布，风旋叶飞，一声炸雷在头顶暴响，震撼人心，山荡谷回，峰峦震颤，人心生畏。神汉来到右地代跟前道："单于，天心不悦。"右地代道："正是天助我威。"接着，他宣布道："午时三刻已到，开刀问斩。"这时一切准备就绪，强壮的刀斧手已将酒喷向了鬼头大刀上，酒花泛着白光飞溅。刀斧手将刀高高地举起，单等单于那声"砍"字。在这紧要关头，只听"嗖嗖"两声，两只燕子镖飞向了刀斧手的手腕部，鬼头大刀跌落在地。右地代喊道："何人捣乱？这是我们的家务之事，外人休得插手。"

　　这时沙里飞一个筋斗翻到祭台上，喊道："是本人。"右地代道："请大侠报上名号。"沙里飞道："本姓沙，经商路过此地，本不掺和你的家务之事，本人行地多矣，慈善为怀，今见你们要砍一个不该砍之人。当然我不是替谁说话，是替你这部落一万多人的命运着想。你今天要砍的是大夏国新君皇帝，且不说他的将军兵长，光那七个儿子，有四个已是将军，各领兵三万，你砍了他的头，他们岂能善罢甘休。还有那位镇北将军赫连力鞮，两个儿子也是将军，到时候你们部落携儿带女、车辆毡帐，岂能逃掉，他们可都是轻健铁骑，日行三百，纵使你们逃到天涯海角也无用。再说了，几十年前的事，现在算到他们的头上也不合适，有句话叫'化干戈为玉帛'，何况都是一个祖先，人家诚心诚意地带了老缸坊酒和礼物来赔罪，请你们去做官，去过好日子呢！"右地代大声道："住口，一个牙尖嘴利、唯利是图的商人有何资格在此评是论非？"沙里飞道："不让我管？过一会儿可有好戏看了，过不了一阵，这里便会血流成河，你们朝两边的山上看看。"这一看不要紧，漫山遍野的红马队刀剑锃亮，正向他们包抄而来，左面的黑马队也包抄过来，刀枪都泛着寒光。

　　右地代自言自语："这如何是好？"沙里飞坐在地上道："我说右地代单于，这是你们的家务事，别问我，我可是个牙尖嘴利、唯利是图的经商之人，什么也管不了。"右地代望着那些缓慢包抄过来的马队，自己的人都扎堆来看热闹，大部分没带兵器，只有外围的一些维持秩序的人手中有武器，自己哪是对手？就是自己这些人全拿上武器也不是人家的对手，这该如何是好。右地代不免手脚发抖，心中发慌，忙央求沙里飞道："沙大人，这事还得你办为好。"沙里飞卖关子道："你们弟兄间的事还是自己解决，我是外人不便插手，你将那两个人解开不就没事了。真急糊涂了？"于是右地代急忙给手下道："快给二位松绑，来，将我绑了交给他们二位，任凭他们处置，以救部族，使我多灾多难的部族得以继续生存繁衍。"赫连勃勃和赫连力鞮被解开了双手，揉搓着麻木的手腕。

　　勃勃走上台去，来到祭坛前，手捂胸口深鞠一躬，道："大哥受屈了，安息吧!"于是他焚香化表,作揖磕拜。仪式完毕,又来到右地代跟前道:"二哥受苦了,这多年操持部落的事也费心了,使部落发展到这么多户族也不容易,生活在北魏与柔然的夹缝中,时常又要受到他们的威胁与掠夺,真的辛苦了。"右地代也掉着眼泪道:"唉,我也老糊涂了,咋能拿自家兄弟开刀呢?"于是他鼓足勇气向台下大喊道:"各部各寨,杀牛宰羊,设宴款待我们兄弟。"这时沙里飞来到勃勃面前道:"你们兄弟团圆,族亲相聚,欢聚一堂,畅叙亲情吧!我老沙走了。"勃勃道:"你等等,你倒想开溜了。我问你,那燕子镖是你打的?"沙里飞道:"我哪有那本事,我想那镖你是认得的。我只管将人给叫来,可不管给你送回去,我也不知她现在在哪,你自己去找啊。"勃勃小声道:"你要是敢开溜,看我不揍你。"沙里飞道:"回去再揍吧,这里不是揍我的地方,赶快和你们兄弟叙叙情吧!"勃勃小声道:"你将她照顾好,引她到统万城周边找家大户,将她安顿下来,不然我妈说要让赛月红和赛霞红回红庆寨呢,我可不替你说话了。"沙里飞道:"知道了,一天这事真多。"

于是沙里飞找见了银燕,说:"我让你看热闹来了,你咋打出两支飞镖,我害怕有人举报你才跳出来替你承担罪过。"银燕瞪着眼睛道:"我!你!算是我打的,你这是在故意试探我,玩得真酷啊,救了他又赚来了我。"沙里飞道:"是你救了他,又不是我,要不是你,我有说话的机会吗?那一刀下去,人头落地鲜血喷涌,我说破大天有何用呢?我是叫你来看热闹的,可没说让你救他。"

沙里飞带着银燕吃饱喝好,又向南渡过黄河。过了黄河,沙里飞想想觉得不太对劲:"唉,他们在河北岸有一段时间了,离北魏又比较近,万一要是部落里有北魏的密探,岂不是要遭殃了。"银燕道:"那咋办,咱们再返回去?"沙里飞道:"要不是这样,你返回河北提醒他们,我到河南去调兵增援,这样也许能起作用,要不然太危险了。"

于是银燕又返了回去,来到铁弗部,找到了赫连力鞬的部下道:"我受沙里飞的委托来告诉你们,这里离北魏的地盘只有几百里,一天的路程,要提防北魏来袭。"赫连力鞬也感到事态严重,便提醒了勃勃。勃勃道:"是啊,咱们到儿这也二十来天了,万一走漏了消息,难免有一场恶战,如果北魏来袭,还真招架不住呢。咱得赶快动员他们南撤,笨重的东西一律扔掉,只要人过了黄河就行。让大家准备好马匹和武器,一旦有事,什么也不要了,只要人能逃出去就行。"

再说沙里飞,一回到十八寨就赶快给石九爷汇报了情况。石九爷一听,感觉事态严重,忙点集了寨中青壮,提枪上马,总共有五六千人向北而去,渡过黄河。可是为时已晚,不幸的事果被沙里飞言中了。在他们来之前,北魏兵已袭击了铁弗部,红黑马队与魏军杀得一塌糊涂。双方都损伤了不少,铁弗部里车残马伤,未烧尽的毡帐还悠悠地冒着烟,器具、尸体遍地零乱。沙里飞带着五六千人道:"他们向西去了,追。"于是马队急速向西追去,铁蹄震地,黄尘漫天。

且说之前勃勃弟兄们正在简陋的大帐里饮宴,品着从龟兹城带来的老缸坊酒,畅叙族情。有人来报东面黄尘蔽天,好像有马队奔来。勃勃先是一惊,忙道:"哥哥,你指挥部族,赶快丢掉一切东西,只带马匹与兵器,向山里撤退,我指挥红黑马队截击敌人。"就这样,红黑马队与敌交上了火,厮杀在一起,也迟滞了敌人的进攻。部落的人只带了少量吃食和武器。可是有许多人没马,跑得慢,还是被突袭的魏军杀了许多。勃勃看见还在犹豫的银燕道:"快跑啊,向西跑啊。"于是人们都向西驰去。跑了十几里总算暂时摆脱了敌人的追击,刚准备喘口气,可是有人喊:"敌人追来了。"于是大家又马上向西奔去,又与敌人混战在一起。银燕的燕子镖已打完,只好抽出腰刀与敌近战,但腰刀太短,显然危险性也大。勃勃取出弓箭搭着,等待着关键时刻。这时一个魏兵挺着长矛跃马来刺银燕,勃勃一箭射去直透那人胸膛,等那人跌落马下,银燕马上弯腰捡起长枪挥舞着与敌相战。

这时战场已到了柔然地界,柔然酋长听说魏军入境,便不由分说吹响牛角号,全部落出动,杀将而来。见魏军便砍,战了一个多时辰,魏军渐渐不支。这时东面又荡起了黄尘，魏军首领大喊："弟兄们，精神些，咱们的援军到了。立功的时候到了。"可是等"援军"到了跟前一看，却是夏军的援军。

夏军在沙里飞的带领下喊声震天地杀了过来，直杀得魏军丢盔弃甲，死伤遍地。勃勃道："沙里飞，真有你的。"勃勃冲沙里飞竖起了大拇指。勃勃找到右地代道："大哥，我看你们还是全部撤到河南去吧。这里不是久留之地。"右地代悲哀地道："那这老祖宗打下的地盘不要了？又得背井离乡流离失所？"

勃勃道："哥，不必伤心，不是流离失所，是让大家过更好的日子，到更好的地方去住，老祖宗不会责怪你的。河南水草丰茂，地势平坦，河流遍布，牛羊遍地，驼马成群，都是咱家的，还有统万城的皇宫大殿，你和孩子们都可以做官，地盘大着呢！"右地代擦着眼泪道："那只好走吧，请列祖列宗原谅我们这些不肖子孙吧！我们在这块地盘上没能将他们的事业发扬光大，反而要到别的地方去繁衍生息了。"

这时，银燕虽不与勃勃搭话，却总是形影不离。勃勃喊来沙里飞训斥道："我走时给你咋交代的，给我就菜吃了，我让你干甚了？"沙里飞道："我主动带兵增援你们，没功还有过了？"勃勃道："这是有功的，可是你让她一个人返回来送信，如果落入魏军之手，你说你有功还是有过？恐怕你的脑袋也不保，还要什么功，要功有用吗？"沙里飞道："哎呀，我还真没想那么多。"勃勃道："还不赶快送她回去。"银燕倔强地道："我又不归你管，你说让我回去我就回去吗？"这话搞得勃勃无言以对，十分的不自在，他又改了话题："你看今天多危险，要不是我在场恐怕……"银燕道："恐怕什么，要是被敌人杀死只能怪自己没本事，我认栽认输。"沙里飞道："走吧走吧，随大军一起过河吧。人家不待见你，还是我送你回乐都吧！"银燕气愤道："哼，不待见我，我偏要待在这儿恶心他，看他能咋的？"沙里飞道："恶心他也得回塞上，过河南去，他一阵也得过河呢？走吧走吧！等回到塞上我给你找个离他近的地方专门恶心他。"

众人回到塞上，各自回归驻地，红黑马队损失过半，勃勃十分内疚。他将右地代部族安排到统万城附近，划出地块，支起毡帐，给众人买了牲畜用具等，安顿好了他们的生活。

一天，勃勃与右地代协商："哥，咱们的父辈那时受人排挤欺凌，受尽屈辱，都是因为不够强大，不够团结。现在咱们有了地盘，有了天下，有了皇城，要好好管理。只要风调雨顺，要让人人都过上好日子，吃肉喝酒，唱歌跳舞，不要有杀伐征战，不要有哭泣和血腥，只要蓝天白云，河流山川，也可以为我们部族和先祖争光，为后代造福。"

第四十八章　大夏盛典统万城

再说沙里飞保护着银燕回到塞上，打问百里以内的富裕人家，准备将银燕先安顿下来，让她住段时间。银燕道："你不是人贩子吧，想将我卖给人家，你一走了之。"沙里飞笑道："卖是卖了，我却分文不敢要的。你先住这儿，等那统万城开卖时，我给你买一个大的好的并且在路口的殿宇，这样他一过来，你就开窗子骂他，就能恶心他了。你看咋样？"银燕道："你有那么多钱？不够了我回去筹些。"

沙里飞笑道："不用你筹钱，我攒了半辈子了，估计够。不够你再想办法。对了，你一个人住孤单，还有你的侍人朋友，都让来和你住一起玩，你看咋样？"银燕道："这样就太好了，我现在就写信，让他们来玩，这里的风景比那边好。"沙里飞道："那你写信，我差人送去，让他们来和你一起生活。"

沙里飞终于在硬地梁河川的下游找到了一个合适的地方，这里背阴向阳，地处偏僻，半山腰桃李满坡，沟中溪流潺潺、嫩鱼戏水。有一家人姓梁，家中富裕，也收拾得干净。这梁家膝下无子，只有一女。沙里飞了解了情况觉着合适，便将银燕暂时安顿在这里。沙里飞道："我说秃，嗯，银姑娘，这里也清静、安逸，你暂时就住这儿吧，这家姓梁，我看你那个'凉'字就改为梁吧，这样人也好称呼，那个姓暂时别用了。"秃发银燕默许了。沙里飞给主家说："这姑娘也姓梁，暂时在这儿住一段时日，适当的时候我们来接，将来费用我出。不过必须保证她任何岔子都不能出。"主家满口应承。

勃勃回到统万城，紧张地筹备着统万城的入驻大典，准备大赦境里。

叱干阿利道："我给你准备了百炼钢刀，以威服四海。"勃勃道："好！好！"叱干阿利将刀献上，勃勃抽出一敲，声如翠铃，回音久远，寒气袭人，连声道："好刀！好刀！"

举行开国入城大典的日子终于到来了，彩旗飘扬，鼓声喧天，号角胡笳吹奏不停，歌舞队、秧歌队、腰鼓队一应进城，人们都欢天喜地的。圣旨册封：右地代为丞相，王买德为长安军师，赫连力鞮为兵马总元帅，叱干阿利为东征兵马大元帅，阿利罗为征南将军，若门为尚书令，叱以鞬为征西将军、尚书左仆射，乙斗为征北将军、尚书右仆射……勃勃的几个儿子都封了"公"，还有呼延虎、呼延豹、黑野牛、宇文杰、拓跋峰、贺彪、须卜等人都有封赐。人们都等着皇帝公布皇后是谁，大家都在猜测那顶金光闪闪的桂冠会戴在哪位的头上。

沙里飞早已将梁银燕送进了统万城皇宫，最后入主皇宫的就是勃勃朝思暮想的最爱——梁银燕，那顶桂冠戴在了她头上，凤袍穿在了银燕的身上。人们惊讶羡慕不已，然而没有几个人知晓她是哪家闺秀，来自哪里，一切都显得很神秘，只有沙里飞知道她的底细。

长安有王买德主政，统万城有右地代主政，勃勃自己也可轻松一下，于是领着他的至爱游山玩水，狩猎郊游。

叱干阿利拿了赫连勃勃的手谕，带着手下的贺彪将军来到长安，见到了王买德，王买德给他拨了款项。他又到陈仓见到黑野牛，要回了自己的部下和那四万多长安降服的东晋军。黑野牛不悦地道："你将他们带走，就剩了万把人，我还给谁当将军去？"叱干阿利道："黑将军放着这些兵没用，白养着，还不如让我带到晋南去收复失地。"黑野牛道："也是，养着兵不打仗也没啥意思，既然你是东征兵马大元帅，那就带走吧！"于是叱干阿利将这几万人都开到了韩城黄河边，一边打造船只，补充粮草和盔甲兵器，一边训练，两个多月后已是一支令行禁止、整齐划一的正规部队，单等渡河东去。船只造好，便昼夜不停地向河东运兵。六万大军势如破竹，连克万荣、闻喜等城，城中所获魏军金银财宝无数，以补军资,以战养兵。扩大了军队,一年里发展到了十万人。

魏军运城守将就留了一座孤城,十分令人胆寒。参军道:"将军你知道夏军挂帅的是谁吗?就是那个杀人不眨眼的叱干阿利,他原来在高平就将秦军主帅喂了狼,还将投降的副将砍了十几个。"守护运城的主帅道:"这人如此凶残,咱们还是想办法北逃吧!"

可叱干阿利早已令部下贺彪、宇文杰布下了天罗地网。夜晚下起了小雨,运城守将看时机已到便弃城逃跑,刚走了十几里便被包围了,只好畏畏缩缩地投降了夏军,便央求道:"你们千万别将我喂狼呀!"夏军道:"投降了就不喂狼了,要是在战场上,说不上你的脑袋就被削得在地上打滚呢!"

曲沃以南都收复了,捷报传到统万城,勃勃甚是欢喜,勃勃给皇后道:"这叱干阿利真能干,不到一年时间,连克数城,收复了晋南的大片土地,以兵养兵,数座州城已归我大夏版图。看来我大夏时运昌隆,国泰民安。"

默哈罗波不失时机地来到了统万城见到勃勃:"啊,我的东方圣主,圣明的万邦陛下,这统万城可是一颗镶嵌在草原边缘的明珠,现在四海升平,万民归心,烟雾井然,应该让商人进入城里,这样又有了市,东西南北的商人便会云集于此。人口会更多,城市会更热闹、更繁华。"勃勃道:"这个我不懂,你说咋搞?"默哈罗波道:"这个简单,你只要划定一个地方,允许他们在此交易,再派一个官员管理,监理税务,每年的进项足够支撑皇宫的全部开支的。一年以后你再看这里的景象吧!"勃勃道:"这样各国的商人都会有,会不会有坏人混进来搞破坏?"默哈罗波道:"那也不至于,商人千辛万苦、风餐露宿,就是为了钱财富贵。"勃勃道:"为什么有的商人挣的钱多得像小山一样,还要拼命地挣,最后,由于这种或那种原因都归了别人所有,这是为什么?"默哈罗波道:"这个我也说不清,大概是欲吧,人的本性吧。"勃勃笑道:"为了满足这个'欲'字,我允许你在这里经商。"默哈罗波道:"谢陛下。"于是东城成了商贸区,迅速地火暴起来，各地商人闻讯而至，什么丝麻、绫罗、绸缎、茶叶、药材、玉石、玛瑙、珍珠、金银、首饰、毡毯、皮毛等生活用具用品应有尽有，真是生意兴隆，交易旺盛。

可是一天部下来报，从延州到统万城的商队被人劫了，还杀死了人，勃勃听后大怒道："专门成立一支保护商队的军队，专门在统万城周边侦察土匪与不法人员。"侦缉队很敬业，派出许多兵士假扮商人，三个一伙五个一群的，往返于延州与统万城之间，引诱土匪出来抢劫，可是土匪还是没有动静，侦缉队头儿道："鱼饵给他们下了，他迟早会咬钩的。"

一天，假商队驮着丰厚的货物行走在山沟中，唱着信天游，对面来了两个人，大家警惕起来，临近时又从山坳里奔出几个蒙面的，手持大刀，大吼道："此山是我开，此树爷来栽，要想打此过，留下买路财。"话音一落，商队的五六个人也抽出了家伙，便与劫匪战了起来，伏在山上的侦缉队头儿大吼一声："冲！"劫匪一看便四散奔逃，但哪能逃掉，都做了俘虏。该杀的、该罚的都做了处理。勃勃想：从延州到统万城才几百里都有土匪出没，杀人越货，我的老朋友默哈罗波要向西行几千里，过北凉、后凉、大城到达西域，路上有多少潜在的危险呢？得组织一支精干力量去保护他们做贸易。于是由驻守陈仓的黑野牛协调一百多人，专门保护默哈罗波的商队到西域贸易，并打着大夏国的旗号，这样有些沙漠劫匪就会望而却步。黑野牛将剩余的一万多部队交与呼延豹道："现在又为大夏国护镖，真有意思，也许我生下就是干这行的。"

且说叱干阿利正带领着五六万人围攻曲沃，几仗下来，贺彪、宇文杰都成了能征善战的名将。军帅大帐里众人都在商议如何取下曲沃，宇文杰道："不行咱就造云梯攻城。"叱干阿利道："咱不攻城，只等他的援军，攻城伤亡太大。他不投降，慢慢围他，围得他草尽粮绝，城便不攻自破。"又有密探来报，北魏从北面发来五万大军，来势凶猛，来解曲沃之围，叱干阿利道："我正等着他，不然我还手痒呢！又有一场大仗打了。这一仗下来，北魏就乖了。""就怕他不来，他来了咱先不和他决战，等将他们分散开,咱们再快速聚拢,将他包围,各个击破,一次能吃掉他一两万人,两次胜仗可大获全胜。"宇文杰道:"那剩下的呢?"叱干阿利道:"剩下的一两万人还需要咱们打吗?还不乖乖投降。咱们也分散行动,稍微打一下假装败了,只是引着他们逃跑。"贺彪道:"大帅,这是什么打法,跑到哪为止,跑回塞上,跑回统万城行吗?"叱干阿利道:"行,皇帝肯定不责怪咱们,这就是他的战法,不硬拼,不攻城,只是引着敌人兜圈子,多会转到有利地形再动手,没有利就不动手。"于是夏兵们引着几万魏兵兜圈子,从平原到山区,从山区转到平原。因为夏兵都是轻装,善于在野外生活,而魏兵是辎重、粮草随行,行动迟缓,故将大队人马分成了好几股,给夏兵创造了各个歼灭的机会,夏军不到半年便击垮了魏军。魏军不得不归还了后秦原在晋南的所有城池与土地。消息传到统万城,勃勃十分高兴:连魏国这样的泱泱大国,也不得不对我夏国刮目相看了,也得让我大夏三分。一切都阳光明媚,一切都平静无澜,一切都顺其自然。

军务、政务都有各将军大臣们分工管理,勃勃只是在千隅连榭、万阁接屏的统万城游走散步,与银燕卿卿我我地花前月下,弹琴赏月,拈花观草。时间长了,也免不了到各地走走。于是车马辚辚、旌旗猎猎到各地巡游,八百里秦川、秦岭北麓的各处景点必去不可。一天,勃勃巡游至老子的道观楼观台,这里山明水秀,苍山如黛,红叶悦目,翠鸟清鸣,山下渭水如带,田园如画,石条上像铺了毡毯。银燕依偎在勃勃怀中呢喃道:"山河秀美,田园如画,风景宜人,真不想走了。"勃勃道:"那就在这里给你盖个行宫,想什么时间来,就来住段时间。"银燕道:"陛下,你摸摸我的肚子。"勃勃惊喜道:"啊,有喜了?肯定又一个勃牛犊子。"银燕娇嗔地道:"还不知是男是女呢?"勃勃道:"肯定是勃牛犊子,你为咱赫连家又添了一员大将。"

正当两人陶醉在爱河之中时,附近茂密的草丛中出现了异样的响动,眨眼之间跃出两只猛虎扑向银燕,近卫军忙去阻拦砍杀,慌乱之中一把带着红缨的匕首刺向了银燕的胳膊,近卫军都统喊道:"是人!"同时挥起宝剑刺向"猛虎"。两只"虎"一看情况不妙，向山上逃去，近卫军余一部分照顾皇上与皇后，其余奋力追去，"老虎"见情况不妙，拣一处崖畔跑去，后面近卫军紧追不舍，近卫军都统道："抓活的。"两只"虎"一看没了生还的余地，便双双一跃而下跳入深涧。

　　近卫军来到崖畔，下面深不见底，什么也看不见了。众人已将皇后抬至山下，扶上暖车。勃勃若有所思："清风荡荡，日月昭昭，只是一种幻想的美景，山雨欲来风满楼啊！"近卫军都统道："陛下，要不要派人下涧搜寻他们的尸体，查明真相。"勃勃思索了一阵道："不必了，山石嶙峋，涧壑幽深，深不可测啊！好在皇后只受了点轻伤。"

第四十九章　勃勃深夜会老沙

驻守高平城的太子赫连璝，在密室训斥着部下张三赖："我培养你，就是为了好办事，看你是个人才把你从黑野牛那里挖过来重用你，这么好的机会，离那么近，你都能失手，好在没让他们捉住拿到什么把柄。不然的话，就会暴露，到那时就得撕破脸皮，不知又得死多少人。"张三赖辩解道："那两个都是死士，万一被捉住会咬舌自尽的，不会留下任何把柄。"

赫连勃勃秘密招来沙里飞问道："你说说，刺杀皇后这件事是谁指使的?"沙里飞毫不掩饰地道："根子是你那太子。"勃勃又道："这可是你说的。"沙里飞知道失言忙改口道："我只是猜测。"勃勃紧接道："他的爪子和牙齿都露出来了……等太子翅膀硬了，下一个目标就是我了。"

赫连勃勃与太子在麻黄梁相见，两人目光碰在一起，好像都有一种异样的感觉，父子之间由于长期分离也无话可说。赫连勃勃抬头望着太子赫连璝不言语。

勃勃回到统万城，晚上与沙里飞长谈。勃勃道："二十多年前老巫婆说的应验了，我虽是囊括了关中、秦陇、河套、晋南的大夏国皇帝，听百姓山呼万岁，受万人敬仰，可是我感觉与人们越来越远，包括你，怎么就听不到真话了。说实话，我现在感觉到身边没有了知己，那些将军、大臣、兵长对我也只是例行公事，似乎身边只有你和银燕两个人。你好像也变了，我现在感觉到什么叫孤家寡人了，原来当了皇帝，自然就成了孤家寡人了。"沙里飞道："皇帝你多虑了，那么多儿子、女儿、妻子，还有那些长辈、将军、大臣，都会亲近你的，会维护你的皇权与尊严及大夏国的利益的。"勃勃举起老缸坊酒道："来干一杯。"两人一仰脖子灌了进去,沙里飞又端起酒杯道："来,再来一杯。"于是两人又一饮而尽,勃勃擦了溢出的眼泪道："这银燕后半辈子的路可得你引着走,她怀了我的种,也许世上的事很奇怪,不见面就是亲的,见了面恐怕就不靠谱了,你看看那些虎崽子,虽然还没捕食能力,就瞪着铜铃般的眼睛;虽然獠牙还不坚硬,但那几根虬须胡子还是很瘆人的。"沙里飞给勃勃宽心道："龙运正兴,四海升平,太阳不会从西边出来的。"勃勃笑道："又不说人话了。拍马屁的功夫什么时候学的?我就感觉那些年喝酒打架、闯天下那些事最真实了。哎,还有,你竟大胆地将银燕私自接到塞上,私自调红庆寨的红黑马队,那才叫真实、贴心,知道吗?狗日的。"沙里飞道："皇帝么,办法就是多,来喝酒。"直到东方泛白了,两人才有了睡意。

塞上草原的金秋很美丽,秋风徐徐,树叶泛黄,牛羊遍野,苍鹰飞翔在蓝天白云之下。

勃勃进了十八寨,看望了石九爷,勃勃道："爷爷,最近身体可好?"石九爷道："勃勃回来了,哎,年龄大了,腿脚酸痛,生老病死、日升月落都是正常现象。"勃勃道："这是给您的狐皮裤和几斤茶叶。"于是二人叙起了国事家事。"爷爷,我不让几个妻子进统万城,说说您的看法。"石九爷长叹一声："唉,世上的事本无对错,只有结局时才可以判断对与错,国好管,家难理,爷爷也是做过半年皇帝的人,大臣将军都好管,而这本家的人就不好说了,即便是做了不该做的事,别人也不敢对你说,小事则罢,大事那可是祸国殃民啊。不让你这几个妻子进统万城,我认为是对的,可是别人和我一样想吗?进去了肯定是非多,有时更会引起国家社稷动荡不安,殃及无辜的。那把椅子不好坐。"勃勃道："我的那些孩子,现在好像不是我的一样,我辛辛苦苦为他们打天下,他们却与我形同陌路,见了我大眼瞪小眼的,真让人心酸啊,令人感到心寒。"石九爷苦笑道："这就叫孤家寡人,他们小时与你见面少,又不生活在一起,就将你当生人了,慢慢就会好的。不过你也不要老待在统万城,要四处走走,与大臣们、将军们、孩子们多交谈，能多了解些情况，有些事处理起来就得心应手了。"

在麻黄梁旧堡，没弈丽玛问太子赫连璝："你长大了做了太子，将来也会做皇帝，咋不与你父皇打招呼呢？"赫连璝道："妈，我做太子是因为我养得早，又不是他专门恩赐给我的，自我生下，他东跑西走，能回来几回，都是您和爷爷将我们弟兄几个拉扯大的。现在建了统万城，本应接您进统万城做皇后，享清福，可是不知从哪弄来个狐狸精，整天缠着他，迟早祸乱朝纲，残害忠良，得提早想办法……"没弈丽玛忙制止道："嘘，小声点，隔墙有耳，你还年轻，当心祸从口出。"赫连璝道："怕什么，我现在是太子，又是高平守军主帅，掌握着五六万兵马，想动我也得掂量掂量。我就是看不惯他的做法，再过一两年，等我的两个弟弟都封了公，带了兵，拧成一股绳，看他赫连昌和赫连伦还怎么斗，再将那个野狐狸皇后找个罪名办了，您就坐那把凤椅。"没弈丽玛道："我已过了风花雪月的年纪，坐不坐凤椅无所谓，只要你们弟兄平安，我就是老死在麻黄梁也甘心。"赫连璝道："我听说我父小时候流浪，让魏军捉住，是您救了他，还跟了他，爷爷对他多好，他却耍花子将爷爷的兵权夺了，这是恩将仇报，我上个月派人差点成功收拾了那狐狸精。"没弈丽玛惊道："果然是你干的，我没猜错，你太胆大了。查出来你就完了，太冒险了！"赫连璝道："没事，他就是怀疑我，拿不到证据又能咋样。"没弈丽玛思忖道："你不妨多与那些大臣将军们亲近些，他们还能帮你。"赫连璝满不在乎地道："我做太子是铁定的，大臣们还得巴结我呢，将军们倒是可以亲近，他们都掌握着兵权，到时候能帮我一把哩。"

赫连璝辞别母亲没弈丽玛，直接去了长安拜访长安军师王买德，亲自登门拜访，谦和地奉承一番："王叔，论您的人品才干，我大夏国无人能及，应在万人之上一人之下。而今屈居军师，右丞右地代那个老头，寸功没有却高高在上，他只不过姓刘，老刘家的人，就可以位高权重？"王买德道："太子，有事说事，别扯这些危险话。"赫连璝道："我的军需粮草不够用了。"王买德急道:"两个月前不是才给你拨了半年的,咋又不够了,上次我就给你多拨了些。你养多少兵?"赫连璝狡辩道:"就两万啊! 您知道,我那里地处边塞,人贫地瘠,时常要砍砍杀杀的,消耗较大。"王买德语重心长地道:"侄儿子啊,这天下可是你父皇几十年浴血奋战、呕心沥血替你们打下的,你是太子,迟早要将天下交与你治理,可不敢有其他的想法啊! 我感觉你的兵已经有三四万之多了。这可是大忌啊。"赫连璝满不在乎地道:"忌什么,谁敢进去查啊! 他不敢去查,我却敢回塞上,回麻黄梁看我妈,敢回统万城转悠,他也看得我几眼,统万城那把凤椅本来是我妈坐的,却让那狐狸精坐了,他不觉得理亏。关中富饶,物产丰厚,人口兴旺,地势平坦,本应由我镇守,却将我这个太子放在地广人稀的高平,富庶的关中给了赫连伦与赫连昌,偏心么!"王买德道:"好了,这些话千万不敢再说,传出去可是要命的事,会有许多人头落地的。我给你在新收的赋税里拿出一部分,不要上账,不要入库。你要好自为之啊!"赫连璝忙道:"谢王叔,日后我登了基,您就是右丞相了。"王买德道:"不要妄言。"赫连璝心满意足地回到了高平。

赫连璝组织了一支专在沙漠中作战的特种部队,为首的便是那个在攻陈仓时骗开城门的张三赖,训练的力度不可言状。

勃勃亲自来到陈仓,见到黑野牛,黑野牛苦笑道:"这当将军的没仗打了,也不是个滋味,没兵了,心中空落落的,兵多了,是非多,唉,闲得手痒。"勃勃道:"给你找了个老本行的差事:再去护送默哈罗波拓展贸易之路。你要怕去,就在这坐镇指挥,派手下去就行。"黑野牛爽朗地笑道:"我去我去,也好到西边的北凉、后凉、楼兰、大宛、阿拉汗去看看异国风情呢。"勃勃道:"你们到那儿要遵守人家的法规,不能给咱大夏国丢人啊!"黑野牛道:"那是,不过在外国找个老婆总不犯什么忌吧?"勃勃道:"不犯忌,那好,明天我将默哈罗波叫来。"

勃勃安排好商队的事,又到了王买德的官府,查看了账目,发现给太子赫连璝多拨了款项。勃勃指着账目道:"王军师,这如何解释?"王买德忙道:"是这样的,陛下,太子所在区域人贫地瘠,偏远荒蛮,物产稀少,所以老说不够用。"勃勃道:"他只养两万兵,比晋南叱干军十万人的用度还多。令人不可思议。"王买德忙解释道:"晋南土地肥沃,人口众多,可能自筹了一部分吧!"勃勃笑道:"但愿是这样,以后他若要让你多加粮饷,让他来找我。"王买德道:"是,陛下!"

第五十章　西去经商楼兰国

　　勃勃又秘密会见了沙里飞道："你看现在是四海平定、国泰民安吗？"沙里飞道："是啊，万民归心，四海升平，烟雾井然，不是很好吗？你也轻松了，我也安稳了。"勃勃道："我感觉现在就像在大海上航行，海底狂浪暗涌，迟早一天会狂浪涛天，雷声震天，甚至翻江倒海的。"沙里飞道："朗朗乾坤，日明月亮，轻风怡人，花影摇曳，何必吓唬自己。"勃勃道："狗日的，这只是表象，我感觉比我小时候流浪，比我坐姚兴的天字牢，比我被困敌营，比我领上大军去攻打南凉都难，因为那对付的是敌人，我可以长枪烈马，叱咤咆哮地去攻击他们，痛痛快快地在战场上纵马驰骋，挥戈舞戟，去砍下他们的脑袋，去欢呼胜利，或者斗智斗勇让他们自相残杀。可是我现在左右为难，顾此失彼，茫然无措，我无奈，我迷茫，这大夏国的命运会走向何方？"沙里飞道："没这么严重吧，你想多了。"勃勃道："不，我没有想多，事情就在眼前，想逃避也逃避不掉。"沙里飞道："我还说太平了，我也没事了，一面抱着赛月红，一面搂着赛霞红，好好养几个娃，喝着老缸坊酒，唱唱小曲，想在塞上住就在塞上住，想在长安住就在长安住。现在看来，又得干活了。"勃勃笑道："你太精了，就像我肚子里的蛔虫一样，我想什么你都知道，没想的你也替我想到了。"沙里飞道："我天生就是你的奴才，我也不想什么名利，此生有赛月红、赛霞红陪我到老，我就心满意足了。说吧，想让我干什么？"勃勃道："现在急需你组建一支大夏铁鹰敢死队，由你亲自领导、亲自训练。要驻在秦岭山中，谁也不让知道，记住只与我一人联系，驯鹰不能给鹰吃得太饱，否则它就不会自己捕食了。"沙里飞道："这个我懂，用不着啰唆。"

于是沙里飞在长安秘密召集了一些他认为可用之人，包括江湖卖艺的三教九流，流浪的扒手之类。赛月红与赛霞红疑惑道："咱们放着长安城不住要到秦岭山中去住？去训练这些三教九流五行八业的人？"沙里飞道："吃人之饭为人办事，为人之臣听人差遣，不过也正合我意，山中清静，老来归野，避免纷争，远离尘嚣，可安养天年。"于是他们带着这些人，晚上神不知鬼不觉地上了秦岭，在半山腰一个寺院里安了家，又修建了几处住所，训练起了大夏国的铁鹰敢死队，爬山上树、攀崖越涧、刺杀格斗等都练。沙里飞、赛月红和赛霞红本来就是这方面的高手，教学起来，自然轻车熟路、得心应手。

勃勃回到统万城，右丞相右地代道："陛下不要东跑西走了，也该临朝听政了。"勃勃道："不是有你们几位大臣处理政务吗？我觉着也没有什么大事么。"右地代道："有啊，有啊，比如屠格部的元老们要恢复祖制，要你定夺。"勃勃道："祖制，就是按照先祖的规矩办事？现已时过境迁，大夏国已不是屠格和铁弗两部的王国，而是新国家了，那些祖制还能用吗？你说说都有什么祖制？"右地代道："比如继承法，收继婚，世袭制，轻老贵壮，囚不过十日，恢复奴隶制，将敌酋的头砍下来做酒器使用……"勃勃道："这些还敢用吗？"

再说黑野牛组建了一支能在沙漠中作战的百人小分队，弓箭和其他各种兵器齐全，训练有素，将陈仓的部队交给了呼延豹管理，自己便护送默哈罗波的商队向西而去。众人翻山越岭，跋山涉水，过沙漠，从河西走廊向西而去，经过了北凉、后凉，到达了敦煌、哈密又到楼兰，最后到达大宛国。一路还算顺利，沿途小国或部落，只要听到他们是来自大夏国的，还是十分给面子的，主要是听到他们从举世闻名的长安而来，便更是敬仰三分。回来时，商队又将西方的货物驮了五十峰骆驼，这样的贸易两头赚钱，可谓利润丰厚。

默哈罗波派手下将剩下的钻石、雕像、珍珠、琥珀、茶叶、丝绸等运往统万城，黑野牛道："我也要去统万城看看。顺便将带回的大宛汗血宝马献给皇帝陛下。"

　　到了统万城，黑野牛便急着向勃勃分享礼物："陛下我们还带回了几匹大宛国的汗血宝马。"赫连勃勃道："好好，看看去。"勃勃一见，这马果然体型壮硕，体肥毛亮，便赞不绝口："好啊，让与塞上的马杂交培育良种。"勃勃十分向往地向黑野牛道："我做皇帝的走不了，不然的话，我也想到西域各国转转，开开眼界，看看异国风情。"黑野牛道："嗨，走这么一回得半年哩。"勃勃道："嘿，真跑远了，路上安全吗？"黑野牛道："总有些不安全，你知道我做什么出身的，对付他们小菜一碟。"勃勃笑道："对对，我忘了，你原来就是吃这碗饭的，不过现在商队越来越壮大了，不行就要增加兵力护送，你也年龄大了，多选派些年轻人锻炼锻炼也好，要做长期打算。"黑野牛道："我知道，陛下放心吧！"

　　身居高平的太子赫连璝一边训练着他的沙漠特种作战部队，一边在拉拢各方势力，他所重用的人就是那个张三赖。这张三赖人狠，训练起来更狠，因此也得到了赫连璝的赏识。赫连璝找到张三赖道："你知道押运和保护贸易的人是谁？正是你原来的上司黑野牛，他押运货物，那些兵肯定你有认识的，给你个任务，你去和他们悄悄叙叙旧，拉拉关系，将他们的行走路线搞到手。"张三赖也不是笨人："太子你这是要打商队的主意，这太危险了，要是露了馅，得多少人头落地呢？"赫连璝道："哼，你说得太多了吧！你在吃谁的饭？皇帝养的老虎能咬死人，我这个太子城外的狼可也是饿着了。"张三赖一听不禁毛骨悚然，忙道："我去，我去。"于是他化装一番，装扮成乞丐潜进了长安城，暗中筛选着押送队中合适的人选，终于发现一个以前同在一个部队的熟人，便将那人叫进了餐馆。那人道："张三哥，你不是跟了太子吗，咋又混成这般模样了？"张三赖让他小声点，叫来了一桌好酒好菜。两人吃着交谈着，酒足饭饱，张三赖掏出一袋金银道："这点钱兄弟拿着。"那人掂了掂道："这么多，总要我办点什么事吧，俗话说无功不受禄。"张三赖道："也没什么要紧事，就是将商队的护送人数、出发的时间、走哪条路、送些什么货物等信息提供给我就妥了。"那人道:"啊! 这个都是不能让外人知道的,要是泄露了可是杀头之罪。"张三赖道:"你不是在废话吗? 要是能让外人知道,我还找你干吗! 我可是太子的人,这天下可迟早是太子的,这情报你自己想办法给我送来!"那人听后呆若木鸡地坐了好长时间都缓不过神来:皇帝和太子不是一家人吗? 这是咋的了? 这些话给谁也不能说,只有烂在肚子中。张三赖回了高平,对赫连璝道:"人是找下了,他开始也是顾虑挺重的,后来勉强同意了。"赫连璝道:"就这样,只要上了船就由不得他了。"

默哈罗波有了大夏国皇帝的支持与军队的保护,顺利地翻过了帕米尔高原,到达了西域各国,一路贸易,收入丰厚。这次胃口更大了。长安的货栈里堆满了收购来的丝绸、茶叶、蚕丝、铜器、明矾、漆器等。默哈罗波叫来了黑野牛道:"牛,这些货物,可以装一百头骆驼。你的押运兵也得增加些,这样保险。"黑野牛满不在乎地道:"你只管装货,别的甭管,我的这一百多人都是挑选出来的,个个能征善战,吃苦耐劳,以一当十,别说遇到小股劫匪,就是大的,也不怕他。"然而,这些消息经过内部人已传给了张三赖,张三赖又传给了太子,太子赫连璝道:"先放他们一马,这些货物咱们这儿都有,要干等他回来,都是西方的硬货,什么珍珠、钻石、琥珀、玛瑙,搞他的硬货。"张三赖道:"是。"赫连璝道:"到时候干活,地点要选在后凉境内,面蒙黑纱,干活要麻利,不能留下任何蛛丝马迹,不能让他们捉住把柄。"张三赖一一应承。

再说默哈罗波积极地准备着这一次的贸易,又增加了五十匹骆驼,这几天忙得不可开交,将货物都装上了。黑野牛也一切准备就绪。默哈罗波道:"牛,我看能出发了。"黑野牛道:"那你就下令吧!"于是前面五十名护送军,后面五十名,中间是都驮满了货物的百驼队,驼铃叮当,奏出了和谐的曲子,有序地向西门而去,这么多的货物,真是价值连城啊!人人咂舌,赞叹不绝:"这外国人真有钱啊!"

商队出了长安西门向西而去,走完了平坦的秦川,又翻山越岭、跋山涉水进入了河西走廊。漫长的河西走廊终于走完,进入了西凉地界,那可是一片大沙漠。默哈罗波道："牛,这次我们走中路去楼兰国,那里富裕,人口也多,可以销出一部分货物。"黑野牛道："你说走哪就走哪。货物是你的,赚下钱是你的,我的任务是保护你。"默哈罗波两手一摊道:"那也得咱两个配合好,才能完成贸易。那楼兰的姑娘很漂亮,乌黑的头发,长长的睫毛,瘦高的个儿,蓝蓝的眼睛,很迷人的。跳起舞来,转得你头晕眼花,飘起的裙摆像一把撑开的伞,美啊! 会令你这头黑野牛心醉的。"黑野牛道:"光听你说,我心都醉了,可是没银子人家肯跟我来吗?"默哈罗波道:"银子你不要愁,我先替你付了。"俩人说笑着走着,忽然西北角泛起一片乌云,狂风大作,沙尘四起,天昏地暗。呼呼的大风卷起沙尘向人们袭来,默哈罗波大喊:"快护驼队。"黑野牛也跟着喊道:"快下马去护驼队。"于是前后的士兵都围拢起来护着驮着货物的驼队。骆驼们遇到风沙,便自觉地卧在了地上,躲避风沙的吹打。过了一阵风停了,外围的骆驼被风沙掩埋了一尺来厚,人们刨挖着,帮助骆驼站起,又刨挖着被埋的水袋。这时远处似乎有马队疾驰而来,有人喊道:"黑将军你看那是甚?"黑野牛顺手指的方向望去,远处有许多黑影在移动,再过了一阵,黑影逐渐变大了,黑野牛立刻警觉道:"是马队,都赶快上马操家伙,准备迎战。"马队越来越近,荡起的黄尘在身后翻滚。黑野牛大声喊道:"是土匪,孩子们上马,准备迎敌,驼队先不要动。"于是将士们都快速地操起兵器,跳上马背,背对驼队形成了一个保护圈,让敌人无法接近驼队。匪徒们很快到了,可是无法接近货物,只是绕着转圈子。

第五十一章　财宝失劫西凉国

黑野牛吼道："爷爷是大夏国西路军大将黑野牛,哪个敢在此撒野?敢打这货物的主意,不要小命了?"对方都骑着黑马,头上都蒙着黑布,只露两个眼睛也不搭话,时而与护卫交一下手,也不恋战,只是兜圈子。见无法得手,便只听为首的一声口哨,劫匪都撤离了现场,向远处奔去。劫匪一走,默哈罗波道："我的天啊!这么多劫匪,太吓人了。"

黑野牛却毫不在乎地道："这算什么,他们大概听到我黑野牛的名字吓尿了,还没打几下,名号也不敢报,夹着尾巴逃跑了。没事没事,要再来了非让他们撂下几具尸体不可。"人们这才平静下来。默哈罗波担心道："这里四野茫茫,前无城池,后无堡寨,他们如果再叫人来咋办,咱们还是赶快走吧!"于是驼队又起程向西而去。

不几日,他们便看到了沙漠中的绿洲——楼兰,这里水草丰美,树木茂盛,人口稠密,牛羊遍地,别有一番风情。这里没有战争,没有侵略,人们都生活悠闲,他们能歌善舞,热情好客,尤其是客栈的老板,一见默哈罗波便热情地迎了上来,给了默哈罗波一个拥抱："什么风将你吹来了,两年多没见老伙计了。十分地想念,万分地想念。呵呵,生意做大了,现在这些驼队中,就数你的驼队大。这次要多住几天啊!"

篝火晚会上,姑娘们手执羊皮鼓唱着歌跳着舞,人们吃着油炸食品,喝着奶茶或酒。默哈罗波他们逗留了几天,也销了不少的货物,便又向西而去,翻过了帕米尔高原到达西方各国,所带的货物基本销售一空,便赶快又将当地的货物装了运往东方,这次肯定又要赚不少。默哈罗波高兴地道："牛,我看出来了,你看上楼兰的那个姑娘了,咱们这次回去再走楼兰,说不上她会跟你走的。"黑野牛道:"你看吧,我听你的。"于是他们又返回楼兰。在默哈罗波与客栈掌柜的撮合下,那楼兰姑娘终于同意到长安来。一路黑野牛情绪激动,想不到在异国他乡找到了知音,不由得激动不已,大声地唱着情歌小调。

清晨,早起的默哈罗波走到黑野牛帐篷前,头摇得像拨浪鼓叫道:"牛,天大亮了,该起床了,明天晚上我还是离你们俩远些,我看到不了长安就会有小牛犊出生了。"黑野牛道:"去你的吧!怀胎十月,再有一个月就回长安了,能生下小牛犊?"默哈罗波道:"和你开玩笑,反正迟早要下牛犊子,我得喝你的喜酒哩。"黑野牛道:"那还用说,到时候第一个请你。""那我可得备一份厚礼呢!"

又是一天的行程开始了,他们在大漠戈壁中向东行走,忽然有人喊道:"将军,后面好像又有劫匪追了上来。"黑野牛后望去,经验告诉他,那些远方的小黑点就是劫匪的马队。不过他就是劫匪出身,这种战阵见多了,也不怯阵。他通知大家做好准备,切莫惊慌,将驼队收拢围在中间,准备迎战。说话间,那些劫匪已策马前来,将驼队与马队包围住。黑野牛大声吼道:"上次你们没战几下就夹着尾巴跑了,这次是想给你黑爷我撂几具尸体才甘心吗?"对方都蒙着脸也不答话,只是进攻。黑野牛看到敌方攻势凶猛,忙使足力气大吼:"看来不收拾几个,你们不甘心。"说罢故意卖个破绽,后面有一劫匪追来,他用长刀把一扫将一个打下马来,打得半死不活的,还没等他补刀,敌人上来,一刀结果了那人性命,搞得他很是费解,敌人自己会杀自己的伤员,真是少见。双方也战得不可开交,都开始下狠手,尸体在沙漠中摆得横七竖八的。黑野牛越战越勇,已经有五六个做了他的刀下之鬼,劫匪还没有退却的意思。这时劫匪发出两声悠长的口哨声,劫匪们一手战斗,一手从怀中掏出了辣面与石灰的粉末混合物,洒向黑野牛的马和人。一时之间,护卫队人和马的眼睛都受到了伤害,顿时失去了战斗力和反抗力。黑野牛大叫一声:"糟糕,这二百来斤今天撂这沙漠中了,也害了人家姑娘。"他的眼睛也看不见了,被打落马下，胳膊上被砍了一刀，但没有杀他。护商队失去了反抗力，劫匪进入了驼队，踢着默哈罗波和脚客们，将货物卸下，打开货包，将金银细软、珍珠钻石、玛瑙琥珀之类全部拿走。默哈罗波和他的部下手抱着头跪在地上眼睁睁地看着劫匪劫了贵重物品，粗糙的毡毯皮毛被摞得满地，凌乱不堪，一片狼藉。新婚的妻子伏在黑野牛跟前只是"呜呜"地哭泣，马队的兵士死伤过半，劫匪的兵也死伤了不少，可是没有留下一个活口。

劫匪将东西劫得差不多了，领头的用手势示意他们上马。最后一声口哨，向西北方向而去。黑野牛胳膊上受了伤，一个士兵给他敷了药，黑野牛对妻子依古娜尔道："不要哭，没大事，过几天就会好的，这点伤算不了什么。只是可怜我这些好兄弟了，他们再也无法回长安城了，只能面对蓝天白云，长眠在这大漠戈壁之中。"他命令手下人将他们抬在一起摆放好，做了简单的祭奠仪式，将货物整理好驮上继续向东行走。

一路上，黑野牛思索着：谁有这么大胆？谁又有这么多劫匪？这些劫匪蒙着面，一言不发，那作战套路和动作为何十分眼熟？而且他们为何只要金银细软？一连串的问号在他脑海中闪现，尤其是那个领头的，虽不说话，但那身形十分熟悉，像他原来的部下张三赖。不对呀，他可是在太子手下当差，高平离这里两千多里，这里又在西凉地界，这么远，不可能吧。黑野牛觉得可能是自己想多了。

再说劫匪的马队朝西北方向行了一阵，又折向东方疾驰，昼夜兼程，只走沙漠，不走大路，半夜时分，趁着夜深人静，将蒙面布和衣服都埋掉，秘密地进了高平城。

太子在密室会见了张三赖。太子焦急地问道："成功了吗？"张三赖答道："成功了。"太子又追问道："说话了吗，有没有留下活口？"张三赖道："没有，我们完事后，朝西北方向走了一段，迷惑他们。"太子阴冷地笑着："很好，让他们去查啊，到大沙漠去捞针，去找一根草。赶快将货物都放在地下室。明天我去查验。去吧！"张三赖应承着退了出去。

张三赖走后,赫连璜心想:两千多里,没有说话,没有留下一个活口,又都蒙着面,神仙也查不到我太子头上。这下大发了,有了这些硬货,我就可以放开手脚地收买那些大员与将军,到时候,我这块骨头你们谁也别想啃得动。这大夏国可就是我说了算了。天下就是没弈家的了,什么赫连家、石家、符家、贺家、呼延家,能让你们生活在大夏国就不错了。赫连昌、赫连伦,还有那个抢了我母亲凤椅的梁银燕,你们迟早都是我的刀下菜,想怎么剁想怎么吃,都由我说了算。

秋风徐徐,凉爽宜人,红叶遍山,秋菊盛开。太子赫连璜与几位妃子兴致勃勃地上至高平的城墙上眺望远方,欣赏着宜人的秋景,也约来了他的得力干将心腹张三赖。张三赖献着殷勤道:“太子殿下,那次干活我看到了黑野牛好像从楼兰领回了个姑娘,那简直是美若天仙啊。”赫连璜急道:“那你咋不将她掳来,也让我开开眼?”张三赖忙道:“属下不敢,她目睹全过程,领回来不是漏了底,迟早捅出去,不是坏了大事吗?要不我再派十几个人去楼兰买上些回来。让你欣赏。”赫连璜道:“对对,赶快派人去啊!”于是张三赖即刻安排了一个小头目带上银两和十几个人,启程去了楼兰。

且说黑野牛损失了那么几十个弟兄,与默哈罗波狼狈不堪地回到长安,立即将此事告知了皇帝赫连勃勃。勃勃一听大吃一惊,忙从统万城动身奔赴长安。勃勃询问了两人情况,思来想去:蒙着面,不说话,去时接触了一下并未劫货,回来劫了货,杀了人,两千多里,朝西北方向去了,在西凉地界……这不正是此地无银三百两吗?真是逆贼。他终于露出了獠牙,他不但要吃人,而且要吃这么多人。勃勃又追问道:“牛,你刚才说那些战法,挺熟悉?”黑野牛道:“是啊陛下,那打法套路好像都是我教的一样。”勃勃道:“是太……”黑野牛道:“陛下,我不想看到刚才安宁了几年的大夏国再起波澜。”勃勃道:“这事与你无关,这毒瘤不拔,迟早遗祸无穷。要亡国辱祖啊。”

勃勃深深地感到,外敌容易对付,可家贼难防啊。创业不易,守业更难啊！勃勃真的不知该如何处理此事了。他又安慰了黑野牛与默哈罗波几句，便匆匆离开。又去了长安国相府，见到了军师王买德，特别叮嘱道："不管哪个将军、哪个儿子要求多拨款项，一律拒绝，立即派人向我汇报。"王买德道："臣遵旨。"

勃勃一行出了相国府又马不停蹄地进了秦岭，找到了在秦岭山中训练特种兵的沙里飞。沙里飞一见皇帝勃勃，高兴地小声道："来得可真是时候，赛月红刚养了个牛犊子，等人给赐名哩。"勃勃道："先摆了喜酒再赐名。"沙里飞道："好好，喜酒管够。"晚上两人在一起密谈，勃勃道："这些人现在训练得咋样了？"沙里飞道："个个身手矫健，灵活机动，翻个城墙上个房像猫一样，一个对付三五个没问题。"勃勃高兴地道："可以派上用场了。高平方面可能有问题，你带上几个人去查一查。"沙里飞忙道："陛下，高平是太子镇守，这是你们的家务事，外人不便插手。何况太子就是未来的皇帝。"勃勃道："不是让你去查他，上个月，在西凉国境咱们被劫了些货物，还被打死了不少兵士，伤了黑野牛的胳膊，你去查查看是谁干的。"沙里飞道："那我就带人去查。"勃勃道："将查的结果即刻汇报给我。"

第五十二章　高平降服张三赖

再说张三赖派去楼兰的人也秘密回到了高平,带回了十几个楼兰姑娘敬献给了赫连瓒。那些姑娘一字儿排开,亭亭玉立站在那儿。赫连瓒手端酒杯,前后左右地仔细打量了一番,自言自语道:"不错,不错,该是我红运当头了。用不了几年,那统万城的龙椅就该我坐了。"

过了几日,赫连瓒带着抢来的珠宝、玉器和楼兰美女,秘密去了长安,晚上神不知鬼不觉地会见了长安军师王买德,将两个美女及一部分珠宝、钻石给了王买德。王买德推辞道:"太子殿下,这恐怕不妥吧!"太子道:"有何不妥,我是太子,如果是皇帝赐的,你也推辞吗?太子与皇帝只有一步之差,只不过一个在大殿上赐,一个在你家中赐。其实都是一样的。"王买德只好接受,为难地道:"太子啊,前几天皇帝来过了,关于军需下了死命令,不准给任何人多拨一分一厘,凡要求多拨的必须汇报给他。"太子道:"这个我知道了,我也不会为难你,只是咱们两家常多走动些,别互相忘了就行。日后对你我都有好处。"王买德道:"那是那是,以后有什么情况我及时向你汇报。"

赫连瓒又去了山西见叱干阿利,晚上又用同样的手段去拉拢叱干阿利,叱干阿利是个直性子,也是一员悍将,便直言道:"太子啊,这宝石、美女我非常喜欢,这是作为军资呢,还是作为给我个人的赏赐呢?再说你来这里,皇帝知道吗?"赫连瓒道:"皇帝不知道,这是我以太子的名义对你们前线将士的慰问。"叱干阿利道:"那好,两个美女你明天带回去,至于钻石珠宝,明天白天我召集部队,你宣布是慰问犒劳全体将士的如何?"赫连瓒道:"这恐怕不妥吧!"叱干阿利道:"觉着不妥的话,明天悄悄回去,就当这事没有发生过,行吗?"赫连璝忙道:"是,是,叱干伯伯,我听你的。"

赫连璝在叱干阿利处碰了一鼻子灰,又到运城看望了守将贺彪,又要用同样的手段收买贺彪,贺彪问道:"太子殿下,我们叱干主帅收了吗?"赫连璝道:"那老头不识抬举,还说了一堆废话,你贺将军可是劳苦功高,战功卓著,理应接纳。"贺彪笑道:"我们叱干主帅都没收,我贺彪岂敢收受,我这里谢过殿下一片好心和对将士的关怀之情了。在下实不敢收,如果说我们有战功的话,皇帝自会在大殿召集文武百官,给我们加官晋爵、宣旨封赏的。"赫连璝又讨了个没趣。

赫连璝便灰溜溜地去了陈仓,找到呼延豹,呼延豹道:"现在我镇守陈仓,没有战事,军资不足,钱财可以留下,权当我临时借用,日后有钱还你,美女万万不敢收受。我们两家山水相连,唇齿相依,当然得紧密团结、相互照应。"赫连璝道:"将军说得极是,待日后闲暇将特邀将军到高平一游。"呼延豹道:"好好!"

再说无巧不成书,这王买德在长安位高权重,他的那些子弟自然高人一等,有人迷恋酒色,有人迷恋赌博,和那些泼皮无赖、三教九流混在一起。且说王大少爷成了赌棍,经常是输得一塌糊涂,便在家中偷钱,那天正好顺手牵了王买德收受赫连璝的礼品,王买德也没细数,更没记在心上。这大公子便拿到赌坊去赌,到那儿打开荷包一看,不是钱,是些晶莹透亮的小石子,却也认不得,有人说可能是传说中的钻石,很值钱。

有个人卖关子道:"我知道有个人认得,也知道它的价钱。"人们忙伸长了脖子听他的下文。那人卖关子道:"想知道啊?拿一两银子。"王大少爷道:"我出。"于是那人接了银子道:"你去默哈罗波的商行去让看一下不就知道了。"于是这王大少爷便与同伴们去找默哈罗波验货。默哈罗波正伤心地计算着这次的损失,忽然来了几个让他鉴定钻石的人,掏出袋子时,默哈罗波眼睛一亮,这钻石正是自己前段时间被劫了的最珍贵的货物,仔细一瞧那袋子上还有阿拉伯文。毫无疑问,就是自己的货！他强压住内心的激动道："这叫钻石，很值钱，可以在长安买半条街。"王大少爷道："默老板那你要吗？"默哈罗波道："我，我现在没有那么多现钱，买不起。"随从道："这是有名的王大少爷，你都不认识。"默哈罗波道："我只知做生意，社会上的事知道的太少，这长安城姓王的大少爷多了去了。""哼，这可是王军师的大少爷，其他那些王大少爷连名也排不上。"

默哈罗波找到了黑野牛，告诉了实情。黑野牛一听，肺都气炸了，瞪着牛眼道："竟有这事，看我不带兵杀进国相府砍了他们的脑袋当夜壶使唤。他没打过仗，就是带些兵投奔大夏，轻易就当了长安军师，还不满足，还暗地里干这事，我得找他去，看他如何回答！铁证如山，他还想抵赖不成？"默哈罗波道："现在没有证据，钻石人家又拿走了。""那你当时咋不买？"默哈罗波道："你别激动，牛，先将此事报与皇上，他一定有办法的。"

皇帝大吃一惊："什么？丢失的货物在国相的儿子手上，可有证据？"黑野牛道："嗨，还要什么证据？将人一提几棒子下去，证据不就出来了。"勃勃道："现在是有国法的时代，咱不能自家坏了规矩，默哈你真的亲眼看到了？"默哈罗波道："看到了，那袋子上还有阿拉伯文字呢！"勃勃道："你先莫急，只要是你的东西，一定要给你追回来。"黑野牛道："那我那些死难的士兵呢？"皇帝赫连勃勃道："也要还他们一个公道。但得有个过程。这件事你们不要插手，我会办理的。"

皇帝勃勃立即让沙里飞派人监视长安军师王买德，并到高平调查贸易驼队被劫的情况。沙里飞安顿好家，让赛霞红照顾好塞月红，派两名高手潜入长安日夜监视王买德府，自己则带着五个高手潜入高平城。他们都化装后混迹于市井，几天后终于掌握了一些情况，太子跟前的红人吃得香叫得响的都让他们掌握了。

一天，张三赖收到一份在异香楼雅间吃饭的请柬，想着这邀请人自己不认识，不过这也不奇怪，总有些商人和下属官员请他吃饭，巴结他办事,也就照常赴约。上至二楼雅间,菜已备齐,酒已斟满,店小二恭恭敬敬地推开门引导张三赖进去。张三赖进去,已有五人静候,落座后,沙里飞道:"静候张大人多时,我先干一杯为敬!"沙里子脖子一扬,一杯酒下肚。张三赖疑惑道:"几位面生得很,不知在哪高就?"沙里飞不紧不慢道:"什么高就不高就,都是买卖人。"张三赖将几位都仔细打量了一番道:"既是买卖人,找我何事?"沙里飞道:"张大人少安毋躁,来,再饮一杯,您这官府的人有时也插手商界的事。"他喝完酒将酒盅捏得粉碎。张三赖一看心中有些发毛,便道:"我与几位素不相识,往日无怨近日无仇的,有事好说。"沙里飞道:"直说了吧,前一日我朋友在西凉瓜州被人劫了货,还死了不少护送的兵,你可没听说过吧。"张三赖忙道:"没听说,不知道,此事与我无关。"沙里飞笑道:"我没说与你有关,你自己先说与你无关。"张三赖听了这些自是心虚,很不自在:"你们究竟是什么人?都在胡乱说些什么,我听不懂,这可是在高平城,是太子的天下。"沙里飞道:"别慌,太子不是还没登基嘛。"这时张三赖威胁道:"这是在高平,我吼一声,你们连城也出不了。"沙里飞道:"我还不至于到连出城都需要你放行的地步。"另一个道:"还和他废什么话,咱们今晚将他弄出去,生堆篝火,切成片吃烧烤。"沙里飞道:"莫急,晚上再说。"张三赖一听,这些人来路不明又武功高强,也说不上真的将自己弄出城去烤得吃了,连忙道:"这大夏国可是讲法的地方,现在是文明时代,不吃人肉了。"沙里飞笑道:"不吃人肉可以,发了财总不能独吞,总得分几个钱给哥几个,你说哩?"张三赖一听松了口气:"嗨,我原以为你们是统万城那边派来的人,原来是江湖大哥。我是发了点小财,大头都在太子那儿,我只拿了小头。"沙里飞笑道:"高平西关安仁巷你的小相好的那儿也放了不少金银财宝吧!"张三赖一听吓了一跳,惊出了一头冷汗:"这个你们也知道?"沙里飞笑道:"吃这碗饭的,哪能不知道这些,你回去取吧,别要花招,我们不坏你的事。别说你在战场上怎样杀伐征战,在我们跟前都是小菜一碟,随时都可以将你烤了吃的,你去吧!回去取银两,爷就在这里等你。"

其中一个部下道："头儿你不怕他不来,或者带兵来?"沙里飞道："张大人有那么笨吗?"

张三赖忙接话道："一定按你们的意思办,一定一定。"张三赖下了楼,急匆匆回到他的小相好家要取金银财宝,小相好道："你这火急火燎地要财宝,是不是又有人了? 是哪个狐狸精又勾走了你?"急得张三赖道："我的小姑奶奶,真的有急用,一下给你说不清,等回来再给你说好吗?"这时坐在房顶上的铁鹰队员将一颗桃核打入房中,张三赖一看,知道房上有人,便出门观看,铁鹰队员小声道："张大人,别磨蹭了,我们头儿可等得不耐烦了。"张三赖忙道："这就去,这就去。"

张三赖也没敢耍赖,如约将一大包金银亲自提到了异香楼。沙里飞望着那一袋金银财宝道："劫了一百多匹骆驼,就这么点油水?"张三赖无奈地道："劫了那么多,都归太子了,我只私藏了些,都给你们拿来了。"沙里飞道："你竟敢诬陷太子,明明是你亲自干的还嫁祸于人?"张三赖忙道："天地良心,是太子叫我带人干的,东西都归他了。"沙里飞笑道："这么说是太子让你带人干的,你们可都听见了? 张三赖,你已经没退路了,只有如实地将你知道的一切告诉我,如果你想变成狼粪的话就不要说。"张三赖一想,要是自己说出了太子是主谋,太子的人知道也会将自己灭掉;可自己要不说,眼前这些不明身份的人也敢将自己废了。他腿一软便"扑通"一声跪在地上："请各位大人饶我不死,我说我说。"于是他将太子的谋划、时间地点、劫了谁的货,甚至太子给哪些大员大将军行贿的事都一一抖搂出来,最后签了字,画了押。张三赖最后问道："几位爷,我该咋办?"沙里飞道："你还继续做你的高平都统军,有事我们会派人找你,你和平时一样,就当什么事也没发生,照常干你的事。"张三赖忙点头哈腰道："谢几位爷,谢几位爷。"沙里飞道："别谢我们,谢天吧,天要你的命,我们几个谁也救不下;天不要你的命,我们也不会杀你。"张三赖殷勤道："几位爷,天晚了,你们是留宿还是出城? 出城的话我可以帮忙。"沙里飞道："我们出城还需要你帮忙? 我从小进城出城就没走过城门,那些兵长大员的家想去就去。"张三赖道:"爷,好功夫。"沙里飞又补充道:"但爷从来不干伤天害理的事。"

第五十三章　贪赃枉法王买德

沙里飞派了两个人去监视军师王买德,这俩人每天伏在丞相府的房顶上,头几天什么动静也没有,一切正常,第三天晚上情况出来了:王买德的二少爷偷偷溜进了那楼兰姑娘的房里,两人情意正浓,闹出了很大的响动。坏了,被王买德发现了,王买德气急败坏地进门,只见两人赤条条地抱在一起,气不打一处来,吼道:"你这个畜生,给我下来,看我不打死你。"二少爷还嘴道:"你都那么多女人了,人家太子送两个给你,我一个也没有。"气得王买德骂道:"你这欺师灭祖的东西,看我不打坏你的腿。"这时大少爷被吵醒了,起来道:"半夜三更的,吵个啥呀,我赌了一天,早困得不行了,想睡觉也睡不成。"王买德气得胡子发抖:"两个逆子,猪狗不如啊,一点礼义廉耻也不懂,辱祖丧门啊!"大少爷道:"哎呀,什么辱祖丧门的,太子给了你那么多钱,又送了俩西域美女,你分一个给他不得了。我又不要,只是顺手拿了一袋什么钻石,这几天也输得差不多了,也没给你惹什么事,咋能不知礼义廉耻,挨得上吗?"气得王买德道:"唉,你们俩富里生富里长,这份家业迟早要毁在你们手上。"说完他坐在太师椅上长长地出着气。大太太出来道:"深更半夜的和孩子们吵个啥,有事不能明天再说嘛?"王买德气正没处出便道:"你也来凑热闹,你看你养的那两个憨头,净干些不是人的事,迟早要败了这份家业。"大太太也没好气地道:"不是你身上掉下的肉你不心疼,他们憨能怪我吗?憨就不是你的种了?"

这些话都被房上的两个人听得一清二楚,两个人一使暗号,轻得像猫一样从房上跃下,半夜越过城墙,回秦岭老营给沙里飞汇报去了。可是沙里飞已去了统万城给皇帝汇报他们查到的情况，这两人又一路追到了统万城，找见主子沙里飞，汇报了王府的情况。沙里飞急忙去找皇帝赫连勃勃汇报。听了汇报，赫连勃勃心情十分沉重："这事非同小可，人命关天，关系到大夏国的生死存亡，不只是劫货那么简单，也不是一两个官员腐败的事，所以告诉部下嘴都闭紧了，不能透露半点风声，你先回去，尽量不要在统万城待，以免别人认出你们，白天也不要在长安活动。""是，狗日的。"

沙里飞一行离开统万城后，勃勃思索着如何处置这件令人难以接受的太子反叛案。挑破吧，太子就废了，还得连累许多大臣大将；不挑破吧，迟早太子羽翼丰满，大开杀戒，排斥异己，也会血流成河，而且，自己这个皇帝和皇后将难逃一劫。

忽然有人从麻黄梁专程前来汇报：黑疙瘩山的道长爷爷将羽化登仙了。勃勃一听，心中一惊，急忙令部下备马启程，赶赴麻黄梁为道长爷爷送终，这可是他一生的恩师啊。

勃勃进了黑疙瘩山道长爷爷的院子，看到了沙里飞也在这里，便惊诧道："你怎么在这里，不是让你回长安了吗？"沙里飞笑道："这里就是我小时候的家，道长就是我的亲人。"勃勃疑惑道："你也是在这里长大的，我咋没见过你？也没听说过你？"沙里飞道："我不敢欺君，走，让爷爷证明一下，你就信了。"两人进到道长卧室，道长道："勃勃你来了，你是好样的，那时我就没看错你，如今你建立了大夏国，实现了你祖先的夙愿，但是沙里飞的事，我要不说，恐怕以后就无人知道了。

"那年，你父亲领导的匈奴铁弗部驻在黄河北岸的阴山一带，当时的代国内部不断地篡权夺位，今天拉拢明天翻脸，我铁弗部受到了攻击与屠杀，你父亲下令整合兵马，渡过黄河。那时我就是一名千夫长了，沙里飞的父亲也是一名千夫长，他为了抗击敌人掩护我们渡河，带着他的部队与敌人拼杀，将他的妻子和两岁多的儿子，也就是沙里飞托付给我，要我日后保护和照顾他们。沙里飞的母亲在渡河时也不幸身亡，我便背着沙里飞渡过黄河，跟上大部队行军几天，到了麻黄梁。为了养活他，我便借故负伤，留在了此地。过了几年，代来城落成，大部分的兵马都去了代来城。勃勃到了六七岁来麻黄梁时，沙里飞刚去代来城当兵，所以，你俩互相没有见面，也不知道情况，事情就是这样。"

沙里飞道："我在代来城当兵，没几年魏军攻破代来城时，我也跟上大军一路逃到了地斤泽，有时候也偷偷回来，知道了爷爷有你照顾，我也就回来得少了，就在地斤泽练功。后来你父亲见我既年轻武功又好，便收我为贴身侍卫，并将那些贵重的物品交给我，要我亲手交给他的后代。所以才有了在地斤泽你挖出东西后，我以为是外人才拼死争夺的事。"勃勃道："原来是这样，你给大夏立下了不可磨灭的功绩啊！不要名不图利，大夏的子民会感谢你的。"沙里飞道："我之所以帮你，一是看你尊敬爷爷，二是你能替国家着想，能容纳其他各族的人。"

道长终于驾鹤西去了，勃勃与沙里飞以晚辈的身份很好地安葬了这位前辈。两人都伫立在老人的坟前默默地流泪，回忆着童年的辛酸与单纯，以及有限的快乐。虽然他们现在功成名就，却怎么也快乐不起来。国政这副无形而沉重的担子，压得他们焦虑不安，理不出头绪，找不着北。

沙里飞心想：金钱、权力，我都不去想它，为了什么说不清楚，有那两个女人陪伴我到老，此生足矣。

勃勃想：我受姚兴影响，早就知道做皇帝很苦，可偏偏我被推上了皇帝的宝座，想着早些将椅子交出去，可是太子不仁，很可能将国家搞乱，他排除异己更会让许多人头落地，我这刚建立的大夏国也会灰飞烟灭。

勃勃感到这个皇帝当得很为难，忽然想到了国相右地代，他比自己大，也当了多年的部落酋长，也许有好主意，或许知道怎样解决太子的问题。转念又一想，如果右地代问自己太子咋了，做了什么事，仅凭沙里飞的汇报是不够的，他得出去秘密调查一番，掌握第一手情况才行。

于是勃勃带着几名贴身护卫到关中及晋南的各军事要点巡视了一

番。他首先去了陈仓见了呼延豹，问道："最近太子可来过你这里？"呼延豹道："来过，还送了俩美女，是西域楼兰国的，我没要，又送我些金银珠宝，我说作为借的军资，等我宽裕了还他，我还给他打了借条。"勃勃点点头道："你做得对。"随后他又将赫连伦、赫连昌的驻地也巡视了一番，让他们加强训练，以防不测。

接着勃勃又马不停蹄地去了晋南，这时叱干阿利也已将河东南半部的大片肥沃土地控制在手，麾下兵力已接近二十万，成为了名副其实的大帅，介休以南都纳入了大夏国的版图。勃勃连声赞道："好好，叱干大帅辛苦了！"叱干阿利哈哈笑道："你那太子不规矩，晚上来送我两个美女，还有金银珠宝。我说你要是想犒劳我们，就白天在军队大会上奖励，他又不敢，便偷偷跑回去了，娃还年轻，少不更事，情有可原。"勃勃应承道："是啊，他太年轻，沉不住气。"

第五十四章　勃勃长安会军师

勃勃意识到太子赫连瓒已开始给自己拉拢势力、培植党羽了,这事再不能大意了。勃勃感到事态严重,又到了长安亲自去了国相府,见到了王买德,王买德很是不自然。勃勃开门见山:"太子最近到这儿来过了?"王买德道:"啊,是来过,是关于他驻军粮草的事。"勃勃道:"没送你点什么?"王买德道:"没送,只是给两个犬子介绍了两个对象,留在我家,还是西域人。"勃勃打趣道:"好啊,给一人介绍一个,还是西域人?"王买德点点头。勃勃道:"军师啊,你可是大夏栋梁,办事要办公道事,不要将私事和公事搅在一起,你还记得前几年韦大人吃得不合适,拉了一裤子回去不久就归天的事吗?"王买德忙道:"记得记得。"勃勃道:"记得就好,记得就好。"

王买德也是十分精明的人,知道已经露了馅,贪的那些银两够满门抄斩的,更别说与图谋不轨的太子打得火热,要查出来可就完了。唉,开弓没有回头箭,就先这样扛着,迟早太子得势,或许就平安了,说不定还会官升一级。他分析来分析去,考虑到皇帝目前应该还不敢动自己,但样子还是得做做。于是就盘算一番,打算搪塞过去。

王买德急忙回到家,叫来两个儿子道:"你们俩听着,从今儿个起,楼兰的两个姑娘,你俩一人一个领入你们的房中,做你们的妻子。"大少爷道:"你啃剩的骨头让我们啃,我不要。"二少爷道:"你不要我要,都给我,我不嫌。"王买德道:"好好!都给你。"

勃勃回到统万城召见了右丞相右地代,秘密地道:"大哥,太子有反心,还劫了贸易驼队,用劫来的金银财宝和买来的楼兰美女贿赂各文官武将。"右地代一听大吃一惊:"我还以为统万城歌舞升平,塞上风调雨顺,关中阳光灿烂呢,原来潜藏着这么大的危机,有证据吗?"勃勃道:"有证据,我又亲自出去走了一趟,绝对不假。"右地代道:"这下麻烦了。要慎重考虑,自古太子谋反必先培植党羽,一旦挑破又有多少人被株连,我估计他现在只有两万多兵,又远在高平,一时还不敢大动干戈。"勃勃截住话头道:"据我估计,他的兵不止两万,而是四万之多,新近又劫了那么多财宝,还会扩充军队,招兵买马,谁也查不清他有多少兵马,更不会知道他会哪天兴风作浪、大开杀戒呢。"右地代道:"不会有你想的那么严重吧!"勃勃道:"也许比我想的更快更严重呢!他是一只恶狼,一只露着獠牙带着野性的狼。"右地代犹豫了一阵道:"是这样吧,过段时间,按照咱们的族规要在龙庭召开三聚大集会,叼羊赛马,摔跤竞技,让他们都回来,我以大伯的身份与他谈谈,看他动向如何再行定夺。"勃勃道:"只有这样了。"

九月九日统万城祭祖拜龙庭,几个儿子如期而至,每人都带着百骑铁甲护卫威风凛凛回到统万城,一一拜见了父王皇后。赫连璝的神态彰显着他的傲慢与不屑一顾。赫连璝看见赫连昌,讥讽道:"昌弟身居关中东部,土地富饶,生活富足,那可是块宝地,北望黄河,南依秦岭,东视河南,可谓军事要冲,不知兵练得如何,骨殖不会软吧!小时候就是我手下败将,不知现在如何?"赫连昌回敬道:"大哥贵为太子,身居西陲门户要冲,可得给咱大夏国看好西大门,如果有外敌入侵,抵抗不了就'汪'两声,小弟一定赴汤蹈火,浴血拼杀。"赫连璝一听:你将爷爷当成你的看门狗了?他牙咬得恨不得嚼碎了赫连昌,强压住心头怒火,心想:你知道爷有多少兵力吗?八万!这八万精兵,足以荡平整个中原,总有一天,你会和小时候一样跪在我的脚下求饶。

赫连家的子孙拜完先祖,都到统万城中互拜,有的到城外去看竞技与叼羊赛马,有的会亲访友,可谓一次难得的盛会。

右地代以大伯的身份叫来了赫连璝:"太子啊!难得回来一次,走,到大伯家去吧?"赫连璝爽快地答应了。两人坐定,摆上老缸坊酒,互敬互饮,右地代道:"太子啊,在那边生活咋样,还习惯吗?带兵觉得累吗?"赫连璝端起酒杯道:"来,大伯,侄儿敬您一杯。"一仰脖子,灌了个痛快。"咱们最大的特点就是豪爽、大气和仗义,不要遮遮掩掩的,有什么话就直说吧。头掉了才碗大一个疤,怕死就不是马背上的人。"右地代道:"我是问你和你父王的关系与感情。"赫连璝笑道:"噢,你是想知道我与那个大夏国皇帝的关系。说实话,我瞧不起他,他虽然名义上是我的父皇,建立了大夏国,但他是一个胆小鬼,他去别的儿子那里视察,却从来不去我的地盘,既然封我为太子,却让我镇守西陲高平,而不在长安城或统万城,还被别人嘲讽为看门狗。"说着他又灌了一大杯老缸坊酒继续说道:"我虽然饮了酒但不会醉,那统万城大殿的凤椅上坐的应该是我的母亲,而不是那个不知从哪冒出来的银燕。他小时候流浪无家可归,是我母亲和我爷爷收留了他,不然他能有今天?说不定早给人当马做牛成了拦羊老头呢,如今将我妈还放在麻黄梁,他和那个妖狐在朝堂大殿上风光无限地游山玩水、赏月调情。"

右地代忙道:"太子,打住,这些话以后不准对人讲,你是太子,总不希望内乱吧。"太子脸红脖子粗地道:"我肯定不希望内乱,我就不是他赫连家亲生的,我亲生父亲是我妈身边一位姓慕容的百夫长,刚怀上我不久,他刘勃勃在高平的猎场杀死了我的父亲,我妈下令关了他,准备斩他,不知咋又移情别恋,看上了他,又不辞劳苦,追到麻黄梁杀死魏军救了他,他却去了长安伺候姚兴。七年间才回来了几回,这么多孩子,他养活过谁,你看看那些孩子有几个是他亲生的?还厚此薄彼,我估计没几个认他。"右地代忙道:"太子这些话再不敢说了,会惹来祸端的。"赫连璝道:"我不怕,我还有慕容家的血性,让他来杀我呀,我死了又会有多少大臣兵长的人头落地,我那几万将士也不会伸长脖子让他赫连家来剁,我贵为太子,是未来的皇帝和统万城圣主,却被分在西大门看着那些披头散发的西凉、北凉人,给我的兵和给别人的一样多,还不让我扩军,多拨点钱就查账,哼,你不拨我自己取,那商队有的是金银财宝,我伸手就可取来，省得拨来转去，层层克扣，也腾出时间好让他与妖狐花前月下去。"右地代道："这么说商队是你劫的？"赫连璝毫不在乎道："说劫多难听，是取，我是未来的皇帝，皇帝干的事有错吗？取点银子有错吗？杀几个人有错吗？他觉得有错就废了我这个太子，看他有这个胆量没？"右地代一听，吓出一身冷汗，倒不是为太子担心，而是担心这大夏国又会杀声再起，战火连天，到时候自己的部族也会被卷入狼烟中，刚过了几天安稳日子，又不知要飘零到何处？他无奈地长叹一声："唉，这把老骨头还不知要撂到何处被哪个野狼啃掉。"

右地代见到勃勃，汇报了全部情况，只是没敢说赫连璝不是勃勃亲生的事。右地代道："现在咱们倒是骑虎难下了。废了他，必定要找个理由，也要有个罪名；不废他，他就会继续猖狂，继续滋事。这可如何是好？只能派兵在他的东面和北面控制他，一要防止他进攻长安，二要防他杀来统万城，不如将赫连昌从渭南调回来监视他。"勃勃道："这样不妥，昌与他不和，让昌监视他马上会起冲突。不如将陈仓的伦调去，在庆阳驻守，防止他进攻都城。再分出一部分兵力驻守平凉，切断他东进之路，将他控制在高平一带。"右地代道："两处防守驻军兵力不够，如何解决？"勃勃思考了一阵道："从晋南叱干阿利处调两万，这样平凉两万，庆阳两万，他就不敢轻举妄动了。"

于是勃勃急忙从叱干阿利处要来两万兵，一万布置在庆阳，一万布置在平凉，由赫连伦统领。加上赫连伦原有的两万多兵马，总共四万多兵马。

赫连璝回到高平，召来张三赖问道："前几天有几个生人找你了？"张三赖一听，两腿发软，浑身打战，跪在地上，一直求饶："太子饶命，看在我为你鞍前马后的份上，请饶我不死。"赫连璝骂道："没出息的东西，赶快起来，我饶你不死，就算你给他们说了劫取商队之事，他们也不敢把我咋样，知道了又能咋，我给他们都说了，在统万城他们也没敢捉我。我不是好好地回来了？抓紧操练你的部下，说不上这场大战为期不远了。"张三赖道："是，太子殿下。"

第五十五章　夕阳血染统万城

　　勃勃已感到危机迫在眉睫了,悄悄地对皇后说:"皇后啊,我这一生只爱过你一人,但也没给你带来什么欢乐与幸福,这把凤椅你也没坐多久,说不上又要狼烟四起了。我看你还是早点离开统万城为好。"银燕疑惑不解地道:"这统万城歌舞升平,人民安居乐业,你却让我离开。莫非陛下要废了我不成。我可怀有你的孩子啊!"勃勃劝慰道:"外面的事你不知道,不久这大夏国将有一场大的灾难,统万城陷入战火在所难免,无论哪一方胜了,他们都不会善待你,石家、苻家、没弈家都不会放过你。你还是早些离开为好。"银燕道:"我一生也只爱过你一人,再多的敌人我也不怕,死也要与你死在一起,做鬼也要在一起。"勃勃语重心长地道:"别说傻话,保命要紧,保住咱们的孩子,日后他会有出息的,以后为了安全起见,让他不要姓赫连,就随你姓梁吧!走时带走银两珠宝。"说着,他流下了心酸的泪水。梁银燕也默默地依偎在勃勃的怀抱里,期盼着这永安台能带给他们安宁。夕阳笼罩下的统万城一片血色。

　　再说叱干阿利被抽走了两万兵,感到十分困惑:这河东需要兵力,而关中盛世太平,要那两万兵何用?不知皇帝哪根筋不对了。我在前线辛辛苦苦地拼杀,你们在河西坐享清福,还要挖我的墙脚,是谁告我的黑状了?还是我做错了什么事?费解费解。

　　再说北魏,自拓跋珪放走赫连力鞬,至今也有二十年了。如今有拓跋嗣主持朝政,却碰上了悍将叱干阿利在晋南攻势凌厉,加上北方柔然的纠缠,已是自顾不暇,连失国土。

　　424年,北魏第三任皇帝拓跋焘登基主政。这拓跋焘虽然年轻,但聪颖过人,洞察力十分敏锐,又有大臣崔浩辅佐,已是野心勃勃。一日,他忽然得到密报说大夏从晋南撤走了几万部队回国,他与大臣们分析来分析去,最后得出结论:肯定是夏国内部出了问题。于是他派遣出许多密探去河西刺探情报,得到的情报是大夏太子与皇帝不和。拓跋焘暗想:这就是你大夏的死穴与命门了,我扣准了,便可置你于死地。他又派出许多人到大夏国散布谣言,说皇帝准备废太子,让赫连伦即太子位,给大夏国火上浇油,推波助澜,制造事端,一时间搞得大夏国鸡犬不宁。

皇帝勃勃召见沙里飞,让他的部下全力以赴追查此事。沙里飞很快查出了几个散布谣言的人,一审原来是北魏的间谍在大夏国兴风作浪。皇帝勃勃对此事大为恼火,便在统万城召开了由各界人士共计数万人参加的大会,当场就命令割了那些人的舌头,其中就有后来编撰《魏书》的崔浩的兄弟。

而太子赫连璝不认为那些是谣言,心想:你这是掩人耳目,想换我就明说,干吗用这些手段来欺骗我,给赫连伦增加了两万兵力,又布置在平凉与庆阳,这说明是包围和监视我,还怕什么谣言。反正我是慕容家的血统,随你赫连家怎样折腾去。

赫连璝回到高平,召来心腹张三赖密谈:"你说现在如何唱这台戏?"张三赖道:"这不秃子头上的虱子——明摆着,调来赫连伦监视包围你,如果你再增兵,他们很可能对你下手。"赫连璝道:"是啊,不过咱们有险固的高平城,别说他赫连伦有四万兵,没十万兵,别想与我为敌,他也不敢踏入高平半步。哎,那个默哈罗波还继续经商吗?"张三赖道:"商人嘛,不会丢掉赚钱的机会,他们已知道了是咱们干的,但也无法追究,干大事要紧,登了基天都是你的,住那豪华的统万城,天下的金钱财宝、美女佳人你尽情享受,还在乎那点钱。"

赫连璝犹豫道:"可是老东西年龄还不大,身体健壮,我要等到猴年马月才能登基?我过几年就三十岁了,富贵是等不来的!你要不到西域再走一趟,弄上十几个美女,组个歌舞班,安插上个毒手,见机行事。

如果成功,自然由我这个太子继承皇位,谁也没说的。"张三赖道:"这可是捅破天的大事,弄不好有许多人会脑袋搬家。即便弄回来,让谁给皇帝送? 咱们送显然不可能,他必起疑心。还是找一个波斯商人,就说他想在统万城搞商贸,故送来楼兰美女歌伎。可是要收买一个真正敢下手的人可不容易。这可是送命的事,一般人是干不出来的。"

赫连璝道:"无毒不丈夫,等他们进宫后,再将他们的家属接来控制在咱们手中逼他去干,不干也不由他。"

于是,张三赖一行人又去了楼兰国找了十几个歌舞伎,价格自然高,并将这些人的家庭住址都一一记录在案。他又和一个大商人拉上了关系,互相称兄道弟,看似十分亲密。酒过三巡,张三赖道:"兄弟,想不想在大夏国都统万城搞商贸?"那波斯人道:"想啊,只是没关系,无法立足啊!""我有关系。"张三赖喝了口酒继续道,"你将这队楼兰美女送给皇帝,还怕没关系? 不过这队美女我出了三百两银子,你原价买走,以后发达了再给我些银两,我帮你办理此事,你看如何?"波斯商人道:"那太好了,太好了。"于是由张三赖引路,波斯商人将楼兰歌舞队带到了统万城,将歌舞队先交给管商贸的官,这样逐级上交,最后交给了皇帝赫连勃勃,赫连勃勃看到了具有异域风情的歌舞音乐,心情好了许多。

一天,一个歌伎被叫出,说家里来人了要接见。她甚是诧异,这里和家相隔几千里,父母咋能到了统万城? 出来一见,果真是父母亲,她感到既亲切又诧异。父亲告诉她现在家搬去了高平住,太子璝对他们很好,最后互相道了别,回到了高平。实际上赫连璝的手下张三赖完全控制了他们。这家楼兰人开始也没觉得有什么不妥,以为自己是外国人,都会受到人身限制。

过了两个月,张三赖晚上到了那楼兰人的居处,单刀直入地道:"我们花钱费力将你从楼兰弄到高平,是要让你干一件无比光荣的大事。"楼兰人听得云里雾里的,一时丈二和尚——摸不着头脑。张三赖抽出一把寒光袭人的匕首,楼兰人一看又惊又怕,张三赖道:"你不要怕,这把匕首你拿着,等过几天咱们去统万城见你女儿,你暗中交给她,让她瞅机会刺了老皇帝。"楼兰人一听吓得浑身发抖。张三赖道:"抖什么,听着,咱们都是太子的人,老皇帝一死,太子一登基,你女儿就立了大功一件,会被纳为贵妃,那可是荣华富贵一样也不会少,你们可以搬进皇宫里住。享不尽的福,用不完的财宝。你要是说半个'不'字,先割下你的一只耳朵,过两天再割掉另一耳朵。"楼兰人忙道:"让我想想。"张三赖阴狠地道:"没什么想头,不干你们肯定是死,干了说不上还有活路,干成了就富贵万千,威风八面,就是大将军也得让你三分。这事其实很简单,就是将刀秘密交给你女儿,让她见机行事。"

统万城中彩旗招展,歌舞升平,万头攒动,盛世繁华,但总是暗流涌动,阴风骤起。楼兰人终于下了决心,将刀递到了女儿的手中。楼兰人道:"要心软,咱们全家人都得死,只有心硬才可能有活路。"女儿久久地望着父亲。

夕阳西下,草木枯萎,阴风阵阵,统万城中怡心殿照样灯火通明,美酒飘香,轻歌曼舞,音律悦耳,充满欢声笑语,皇帝与皇后梁银燕雅兴正浓,楼兰姑娘单独表演了摘葡萄舞,慢慢接近了皇帝赫连勃勃,轻盈的舞姿,飘飞的裙摆,悦耳的音乐,一切都是那样的美好。瞬间那裙摆下伸出了一把锋利的匕首,直刺赫连勃勃的胸膛。赫连勃勃意识到情况异常,忙站起后退,虽没有被刺中心脏却被刺中了小腹。他大吼一声:"都给我拿下!"这些舞女们随即都被御林军押入了大牢待后发落。宫廷里一时一片混乱,人心惶惶。

被安排在宫中的密探一看行刺没有成功,忙骑了快马混出城去直奔高平,将此次失手的事报给了主子张三赖。赫连璝已知大事不好,事不宜迟,立即发兵攻打驻扎在平凉与庆阳赫连伦的驻军。不几日,庆阳、平凉、高平一带烽火四起,铁骑遍地。赫连伦毕竟不是赫连璝的对手,屡战屡败。

已经受伤的赫连勃勃立即召集各路兵马元帅在统万城议事。异姓的将军大臣们认为这是皇家自己内部的事,都不敢进言献策,只好装作不知情。

　　赫连昌不冷不热地道:"这没什么,弟兄们打架是很正常的,让他们打去,没有什么大惊小怪的,等他们打乏了、困了,我再接着打。"一番话气得赫连勃勃不知如何是好。

第五十六章　千秋大业一杯酒

勃勃又秘密会见了河东主帅叱干阿利,叱干阿利也很为难:"陛下,这是你们皇家内部的事,我这个外姓人不便插手,手心手背都是肉。如果外敌入侵没说的,十几万大军你指哪打哪,可这两位皇子争霸我也不知道帮谁。现在的太子还没废,他还是太子,他即便有错,攻击他也是要受到责难的。"

沙里飞凝望着躺在床上的勃勃,甚是心痛,两人静坐了很久,都默不作声。沙里飞终于开口:"如果是外敌入侵,我义不容辞,粉身碎骨也在所不惜。"赫连勃勃道:"没有如果,只有现实,他们现在还在你死我活地掐,他们是要毁掉这大夏国,让塞上狼烟再起、尸骨遍野啊!"说着,他流下了伤心的泪水。

沙里飞宽慰道:"别伤心了,你也四十四了,我也奔五十了,看看这一百年来,哪个国哪个朝都不安稳,有杀兄的、杀父的、杀妻的,真是五花八门、无奇不有,我们还算幸运。还有那几位将帅掌控着大批部队,一时外敌还不敢轻举妄动,事情恐怕也不会像你想的那么糟糕!"皇帝勃勃道:"你知道你答应过我什么事吗?"沙里飞道:"知道,我没忘记。"勃勃又道:"没忘就好。"沙里飞道:"我恐怕她近期是不肯走的,因为你有伤在身,她是不会离去的。"勃勃辛酸地道:"也真的难为你了,谁叫咱们是生死兄弟呢,还记得咱们在长安时老在酒肆里打架的事吗?那时虽然在姚兴手下,可咱们是无忧无虑的,姚兴做后秦的皇帝,老说他不快乐,当时咱们不理解,现在轮到咱了,也真是忧愁多多啊。咱们要是都是草原上的牧民,在蓝天白云下放牧唱歌,吃肉喝酒,一起看星星月亮,那该多好啊!"

再说河东北魏得到了赫连勃勃身受重伤、卧床不起的消息,又听说赫连璝与赫连伦打得两败俱伤、损兵折将、尸骨遍野。拓跋焘一看时机成熟,便在河东对叱干阿利领导的夏军发起攻势。乌云翻飞,阴雨绵绵,夏军节节败退,兵员不断减少,河西的兵员粮草又供给不上,所征河东兵看到夏军失势,便不断地逃跑。

北魏势力太强,一向剽悍的叱干阿利也仰天长叹:"兵败如山倒。"他不断地向南撤退,介休、霍州、洪同、临汾的军事主阵地都接连被北魏占领,只剩了晋南一隅。

几天连阴雨过后,皇帝赫连勃勃的身体稍有好转。赫连延、赫连定、赫连满、赫连安,还有三个女儿赫连琴、赫连婵、赫连秀都来探望问安。赫连勃勃道:"孩子们,我没什么大碍,还能支撑,今天天放晴了,咱们一家难得团聚,咱们到各处走走。"勃勃在孩子们的陪同下上了永安台,展望着统万城里的亭台楼阁,水榭花池。末了又下了永安台,上到城墙隔墩马面,展望西面草原浩瀚苍茫,万帐连户。

勃勃凝望着,感慨着万民乐业、牛羊成群、驼马遍野,随即又凝视着远方,若有所思。赫连定道:"父皇,恕儿臣直言,你就不能让我大哥与四哥停手吗?"赫连勃勃叹了口气道:"大臣们都不愿插手,说这是咱们的家务事,我又受伤,不好出面,听天由命吧,你们都大了,各自珍惜吧,现在的朔方也不用平了,魏也不用招了,宋也不用朝了。一切都像一场梦,令人难以忘怀的梦。难怪那些长辈们都不愿住在统万城中,而想来的我又不让来,他们认为我偏心冷血。都好自为之吧,我的国,我的城,我的民。只有蓝天白云、大漠草原、山川河流是美好的,俗话说,三十年河东,三十年河西,我才消停了七年啊!"说着,他掉下了几颗硕大的泪珠。他心中清楚,在西面,他的长子赫连璝与四子赫连伦正拼得你死我活,驻军潼关的赫连昌正在坐山观虎斗,准备收渔翁之利。这些楼台阁宇、秀阙云亭、千榭万阁、绮槛雕栏,将来还能姓赫连吗? 也说不上一觉醒来已成一片焦土。

淫雨过后,秋风阵阵,落叶纷飞,衰草枯黄,今镇原县南二十里洪河南岸的方家山一片萧索,一棵大核桃树下,赫连伦骑在一匹白马上,凝望着对面红马背上的赫连璜。赫连伦终于开口:"大哥,多日不见,你却干出了这么多有违天理的事!"赫连璜道:"我不姓赫连,我父亲姓慕容,我爷爷姓没弈,以后我也不称你为四弟了。什么叫天理?你知道你父亲小时候叫什么吗?叫屈子,就是要饭的叫花子,是我妈没弈丽玛救了他,我爷爷扶他起家,统万城建成了,却没有我妈和我爷爷的份。我爷爷死在了麻黄梁,至死也没进皇宫大殿。"赫连伦大声道:"住口,你说你姓慕容,让外人知道,有损大夏国皇家的威严。"赫连璜毫不在意地道:"还讲什么威严,我本为太子,为何将我打发在偏远地方而不在统万城,而将那些右地代、默哈罗波、黑野牛、呼延虎、干买德、叱干阿利奉为上宾。"赫连伦道:"你还劫了默哈罗波的商队,杀了人?"赫连璜道:"是我,我是太子,需要钱扩军,他不给我,我自筹还不行吗?太子,你懂吗?是未来的皇帝,杀几个人还需要理由吗?给你两万兵,给太子也两万兵,公平吗?"赫连伦十分气愤地道:"你这比强盗还强盗,你还派人刺杀父皇?"赫连璜道:"是啊,这奇怪吗?他成天搂着那个妖精花天酒地、寻欢作乐、呼风唤雨,而我妈还守在麻黄梁旧堡的山圪崂中与山雀、野兔为伴。再说了,我都二十七岁了,还不让我登基主政,要我等到留了山羊胡子,头发白了才登基?我不杀他杀谁?你看看咱俩打了二十多天,死了那么多将士,各位大臣装聋作哑,各位将领销声匿迹,视而不见,甚至抱着美人端着酒杯在等着谁死亡的消息,或者还想趁机捞一把。就说你的亲哥哥赫连昌,小时候还护你,可是现在明知道你打不过我也不来支援,还稳稳当当地坐镇潼关渭南一带。还有你所谓的父皇稳坐统万城,轻歌曼舞、饮酒作乐,明知道我犯了事,也不敢来高平问责,我回到了统万城也不敢捉拿我,都是胆小鬼,只等着那个妖精给他下个小狐狸。明知道咱们俩兵戈相向、尸横遍野而不闻不问。你说这还叫什么国?兄弟,你替他们卖命值得吗？"

赫连伦道："大丈夫死不足惜，使命在肩，实难退却。"赫连瓒道："几年未见，今日狭路相逢，必有一伤。你我何不下马，野宴林间，叙叙旧情，再见分晓？"赫连伦道："好，正合我意。"于是两人下马弃兵，令部下在核桃树下摆酒设宴。两人拥抱后相对席地而坐，几杯老缸坊酒下肚，两人面红耳赤。赫连伦道："哥，我再敬你一杯老缸坊酒，还记得咱们小时候在麻黄梁旧堡玩得多开心，打狼追兔子，摘酸毛杏，互相追逐嬉戏，在树上掏雀窝，没弈爷爷总不让你欺负小的，还记得吗？"赫连瓒一杯老缸坊酒下肚："记得记得，有次追兔子你掉硷畔下了，还是我将你背回来的，爷爷还打了我的屁股。"两人笑得眼泪直淌。赫连伦道："来为爷爷打你屁股干杯。"两人又一饮而尽。"有时咱们玩得很远，跑到华龙镇与叱干家的孩子去玩，最多的是去十八寨，那里的人多狗也多，我们骑马在草原上追狼追兔子。那惬意、开心的日子，都历历在目，记忆犹新，让人难以忘怀。"两人喝着、谈着、笑着，日已西斜，残阳如血，洒满山岗，两人都有些醉意，微风吹拂，树叶飘零，一片树叶飘落在赫连伦头上。赫连瓒替赫连伦拿掉道："四弟，树叶砸头乃不祥之兆，今日到此，明日再战。"赫连伦道："大哥，我听你的，我们塞上的皇天后土养的都是阳刚血性汉子，我们杀来斗去，死伤的都是那些无辜的士兵，祸害的都是无辜平民，明天我一定不遗余力与你相战作一了断。你也不要手下留情。""好，一言为定。"兄弟二人相互碰杯，将老缸坊酒一饮而尽。

第二天早上，两家都早早地用过早餐，整备好军马旗鼓，各自拣了一块平展的地方排好阵势。战旗飘舞，军鼓齐鸣，号角吹响，兄弟俩披挂齐全，盔甲崭新，刀枪闪亮，也不搭话，便拍马驰入战阵，互相拼杀起来。大刀翻飞，银枪闪耀，打得难分难解，战马嘶鸣，兵器相撞，火花迸溅。看得双方兵士喝彩不绝，手痒眼馋。

赫连瓒卖一破绽拍马疾走，赫连伦紧追不舍，一枪直戳赫连瓒的后背。但只戳到了马屁股上，马往前一跃嘶鸣一声。赫连瓒脚下用力，脱离马背，一个空中翻身，平稳着地。受了伤的马跑回了本阵。赫连伦也一个纵身脱离马背，挺枪与赫连璝步战。战了数个回合，赫连璝一个力劈华山，赫连伦躲闪不及，忙双手用枪杆相迎，"咔嚓"一声，枪杆断为两截，等于没了武器。

赫连璝扔掉大刀，拔出匕首道："你没了长武器无法再战，我还你刚才弃马之情。"赫连伦也拔出匕首，两人相战。短兵相接，岂敢怠慢，两人奋力拼杀，时而接近，时而分开，两人又扭打在一起。赫连伦将赫连璝摔倒，向仰面朝天的赫连璝扑了下去，顺势匕首也插了下去，但刺空了，赫连璝的匕首却朝上刺进了赫连伦的胸膛，赫连伦一口鲜血喷在地上。赫连璝翻开赫连伦，跪在地上大叫："兄弟啊。"赫连伦口中泛着血沫子："哥，你赢了。""不不，你不会死。"赫连伦道："哥，我要去了，求你三件事：一，无论你是否做皇帝，不要为难我妈和石家的人；二是不要杀我手下的一兵一将；三是我手下战死的将士家属抚恤由你来办理。"说完闭上了眼。赫连璝一声大吼："兄弟啊，你走好。"悲声震得山荡谷回，峰峦震颤，鸟飞兽走。

赫连璝平复了心情，垂泪道："放心吧兄弟，这些我都答应你。"随后他命令部下准备葬礼，用最好的棺木，按照国公的规格，将弟弟安葬于镇原县南、洪河岸边的方家沟。而赫连璝收了赫连伦所剩的两万兵马回了高平。

消息传到统万城，赫连勃勃一句话也没说，凝望着远方的天空和南归的大雁，悲凉地发出一声叹息："花开花落，雁来雁去，一切顺其自然吧！"随后他不断地咳嗽，未愈合的伤口也渗出了血。侍女忙呼来御医给他敷药诊治。

第五十七章　驴头激怒赫连瓒

世上没有不透风的墙,赫连瓒杀了赫连伦的消息终于传到了麻黄梁旧堡人的耳朵里。石云梅一听怒上心头,指着没弈丽玛的鼻子骂道:"母老虎,是你养的杂种杀了我儿赫连伦,我要杀了你为我儿报仇。"没弈丽玛也不甘示弱:"那怨他没本事,有本事杀了我儿赫连瓒,他是太子,你敢吗? 什么杂种,他本来就是慕容家的种,慕容和我在先,可是勃勃无意杀了他,人死不能复生,我只好跟了勃勃,有错吗?"符俊莲道:"我说么,怀胎十月,你不到七个月就生下了瓒,原来未结婚时就怀上了。"石云梅道:"我告诉皇帝去,让他废了这个杂种,还有你这欺君的母老虎。"没弈丽玛道:"你去啊,你只要敢说出去,看皇帝不割了你的舌头才怪呢! 你以为他不知道吗? 本来太子都在皇城,可是却被安在了高平,合理吗? 这不是逼他造反吗?"石云梅道:"你敢说造反,快满门抄斩了。"没弈丽玛道:"我不怕,我不但是他的妻子,还是他的救命恩人。我犯不了死罪,你放心。他将咱们放在麻黄梁,不让进统万城是对的。那是个是非之地,哪有这里自在。"石云梅道:"我说我儿的事,你又扯哪去了。"没弈丽玛道:"他们两个打仗,我有什么办法,如果赫连瓒伤了,我又能咋样,找谁说理报仇去?"石云梅气愤道:"和你个母老虎说不清,别忘了,我儿赫连昌一定会给伦报仇的,这麻黄梁住不成了,我要回十八寨去。"符俊莲道:"你们俩别吵了,吵也没用,但愿我的那两个儿和女儿们就是平民,也不要卷入纷争。"石云梅命令仆人收拾了东西,骑着马离开了麻黄梁旧堡,连夜回了十八寨。

刚走不多时,赫连瓒却秘密地回到了麻黄梁,见到了没弈丽玛。没弈丽玛一见他大发雷霆："你给我跪下,你这个逆子,也真下得了手,伦是你四弟啊,你们从小一起在高平玩,长大后又在麻黄梁一起追狼打狐,爬山上树,你……"照着跪在地上的赫连瓒就是两鞭子,赫连瓒忍着痛道:"你打吧,妈,打够了我连夜接你走,事已至此,你待在麻黄梁太危险了。"没弈丽玛道:"我哪也不去,在这儿住惯了,你二妈石云梅刚和我大吵一架回十八寨了,你父皇我了解,不是小肚鸡肠的人,不会因你而对我下手的,你去吧!好自为之!以后不管咋样,不要伤害石家的任何人。也要善待你手下的那些兵将。""妈,我记住了。"没弈丽玛又道:"还有你三妈,苻俊莲的子女都小,以后要照顾好,也不要仇恨皇后,妈不在乎做不做皇后,你以后少惹事。快回高平吧,再别回来。你做的事,谁都有理由诛你,快滚!"赫连瓒只好离去,回了高平。

　　驻扎在潼关渭南地带的赫连昌得到赫连伦被杀的消息,大为震惊,赫连伦是赫连昌的亲弟弟,他怎能不心痛。本来是想看他们俩打得两败俱伤,兵力衰弱,自己再出手渔利,捞取太子之位,没想到伦战死,残余兵力又被瓒收走,不但没有削弱瓒,还壮大了他的势力。赫连昌心想,一定要打败瓒,不然自己迟早也没好结果。可是自己满打满算只有四万兵力,据安插的密探来报,瓒在高平、庆阳、平凉、镇原的驻军恐怕有七万之多。要靠力量取胜是不可能的,只有智取。可如何智取,倒是个问题。他记起了赫连勃勃的"跑战",跑着跑着,就战胜了敌人,只有用"跑战"才能以少胜多。

　　赫连昌到长安见到了王买德,要求补充粮草。王买德为难地道:"这几个月的已经发放了。"赫连昌道:"特殊时期,特事特办么,我要将部队开赴高平,剿灭反贼,难道不该补足粮草吗?"王买德道:"这事非同小可,没有你父王的命令,我是不敢批的。"赫连昌道:"这么说军师是奉公守法的,到我跟前就胆小了,到那个所谓的太子逆贼跟前胆就肥了。我可是听闻他给你送金银财宝和美女了。"王买德道:"太原公,这可是犯法的事,不敢瞎说。"赫连昌讥讽道:"你还知道犯法?这么说是别人栽赃陷害了？我问你,那两个楼兰美女是哪来的?"王买德急忙道:"那是别人给我儿介绍的妻子,这也有错吗?"赫连昌大笑道:"王伯,我父皇对你可不薄,可不敢说瞎话,叫你儿子过来我问。"王买德的次子被唤了来。赫连昌问道:"你说那两个楼兰美女是你妻子吗?"王买德次子道:"是啊,两个都和我一块睡。"王买德一听没露馅,舒了一口气。紧接着儿子又道:"不过一开始人家送来让和我大一块睡,过了两个月,我大说给我和我哥一人一个,我哥爱赌,不要,都给了我。"王买德一听,脸红一阵紫一阵,骂儿子道:"你这无教养的犬子,给我滚远点。"赫连昌笑得前俯后仰的,接着又道:"王大人,这又不犯什么法,在我爷爷刘卫辰时的法律,如果父辈亡故,儿子是可以继承非生母的,何况你只使用了两月就送给儿子,活着就能够割爱,也真是高尚啊。不过可能不仅如此,也是怕那钻石的事招来黑野牛来找你的麻烦,才这么做的吧！我没说错的话,送你的钻石可是默哈罗波的。我父王没顾得上追究这事,给你留足了面子。而你给逆贼赫连璝多拨的银两,使他扩充超编了一倍多的兵力,助长了他的狂妄气焰,酿成我弟被杀的恶果。这粮草兵费你拨还是不拨?"王买德脸色泛白,额头冒汗,双手抖个不停。

　　赫连昌道:"你别怕,谁都会有错,王叔,我父皇还在,有些事我还不便插手。只要我父亲做皇帝,你就还坐你的椅子,做你的官,享你的福。"王买德忙道:"谢太原公,照你的意思办,照你的意思办。"王买德即刻批了军资。

　　赫连昌回到帅府,召集副将们研究了作战方案,看着地图道:"此战关乎生死存亡,硬拼肯定没有胜算,现在人家兵力比咱多好几万;咱们跋涉劳顿,人家可是坐地虎。咱要制定一个详细的方案,每个环节都不能失误,咱们打不了胜仗打败仗!"参军道:"打败仗? 这败仗怎么打?"赫连昌道:"打败仗,就是打一下就跑,而不是乱跑,要按照制定的路线跑。"众人才恍然大悟。赫连昌道:"咱也不能光跑啊,要让这逆贼一起跟上跑,等到他跑到咱们的口袋里,再捉了他,就成功了。"大家齐声赞道:"好,一定服从主帅安排,奋力相战。"

赫连昌共有四万兵马,挑选了两万,其中一万步兵,一万铁骑,向高平进发。赫连璝正沉浸在胜利的喜悦之中,筹备如何兵发统万城,登上皇位,听得赫连昌带兵前来讨战,问有多少兵马,听说只有两万,便哈哈大笑:"两万,鸡蛋碰石头,还不够我塞牙缝的。再来两万才有和我较量的资格。小时候我就没将他放在眼中,他这不是来送死吗?"

话说赫连昌只将一万铁骑轻装简从开到了高平城下,一万多步兵开进了延州城东南的延川县一山沟中。

赫连璝命令城门大开,站在城门楼上等待赫连昌的到来。赫连璝见到赫连昌便道:"兄弟,日子过穷了,就这点兵马也来讨战,我的城门都开着,进来啊,想杀谁就杀谁,晚上想进来也行,我绝不关城门。要不然我再等几天,你再调些兵马来,咱们好交手。"赫连昌道:"我知道你兵强马壮,所以只带了铁骑,打得过就打,打不过就跑。你说我打不过你,那是小时候的事,现在单挑可说不准。"赫连璝道:"好好,我奉陪,你远道而来,休息几天再战,你可以劫我的营,城门晚上也开着,我绝对不劫你的营,好好休息去吧。"

高平的战鼓终于擂响,双方在城外场地开摆了战场,战鼓紧擂,号角齐鸣。赫连昌拍马挺枪,出阵叫战:"赫连璝逆贼出来受死。"赫连璝也驰入战阵:"赫连昌,一大清早黑老鸹站在树梢上叫唤得找死来了。"赫连昌道:"是给你送葬来了。"赫连璝道:"我不是赫连家的人,是慕容后代,用不着你来当孝子。"赫连昌哈哈大笑:"这我知道,纸火我都替你准备好了。"赫连昌随即令部下将两个驴皮模型拿了上来,放在阵中间。赫连璝问道:"这是什么?"赫连昌道:"自己睁眼看看不就知道了。"那两个驴皮模型掉了个转,上面赫然写道"慕容",另一个驴上写着"没弈",接着又拿出一个驴头,上写着"太子"。赫连昌又道:"那个写着'慕容'的是公驴,写'没弈'的是母的,这个写'太子'的就是驴头太子,看清了吗?"一时惹得两面军阵里哈哈大笑,气得赫连璝一时说不上话,一声大吼,拍马舞刀砍来。赫连昌拍马挥枪来战。赫连昌吼道:"给慕容没弈驴头太子送葬。"手下用干草点着了模型,一时间火焰升腾,驴皮在火中燃烧,气得赫连璝眼前发黑,毫无章法地砍向赫连昌。赫连昌也毫无惧色,兵器相搏,战马奔驰,黄尘漫天。赫连昌道:"驴头太子,我已将你烧了你还不死,与我相战?"气得赫连璝道:"你,你今天休想从我的刀下逃生!咱俩再大战三十回合。"赫连昌道:"你是鬼不用吃饭,我是人,需要吃饭,明日再战不迟。我来时就给你说过,能战则战,战不过我就逃。"赫连璝道:"你往哪逃,逃到哪我追到哪,非亲手剁了你不可。"赫连璝刀下生风,步步紧逼,一刀平砍过来,赫连昌身子一低,盔缨被砍飞。好悬啊,差点脑袋搬家。赫连璝哈哈大笑:"我砍你如同砍个兔子一样,你还不下马投降?"

第五十八章　野牛力战赫连璝

赫连昌一看火候已到，大吼道："快撤退。"于是兵士们弃鼓抛旗，调转马头，往东逃去。赫连昌对副将大吼道："你们快回关中保老营，我从延州东渡黄河去找叱干大帅帮忙，灭了反贼。赫连璝听得真切："你还想逃？"他命令部下穷追不舍。张三赖忙叫住赫连璝："太子殿下，穷寇勿追啊！"赫连璝骂道："他都败成这样了，还勿追。我说过他逃不掉，给我调集一万铁骑，随后跟我来。"他说着话，一直追击赫连昌而去。赫连昌停停打打，再向东逃。赫连璝紧追不舍，从庆阳追到延州，从延州追到甘谷驿，出了甘谷驿有两条路，朝东向南的一条去延长，向北的一条过文安驿再向东便是延川。

部下来报，去延长的路上发现了马蹄印，还有赫连昌的头盔。赫连璝欣喜若狂地道："这就叫丢盔弃甲。"又有部下来报，说北面的路顺河道向东也有马蹄印。赫连璝道："哼哼，兔崽子，高平时只剩下了五千人马，现在又分开，只有两千多，你还想过黄河去找那个老叱干帮忙。明天我就擒了你。只有这条死路，谅你插翅也难到乾坤湾。要飞过黄河去？即便你过了河，我也要追上你。"

部下给赫连璝建议道："这里地形复杂，还是谨慎为好。"赫连璝道："现在他是丧家之犬，两千多兵就是设伏又能怎样。何况一路上有许多可以设伏的地方，也未见他的一兵一卒。"说得也对，从高平到庆阳，再到延州，可以设伏的山川沟岔太多了，也未见赫连昌设伏。所以赫连璝判断赫连昌真的是要逃向河东，去求救于叱干阿利，他也就不遗余力地追，有时甚至都能看见赫连昌的队尾。

　　赫连璝率军正在大川里追着,忽然间前面部下来报说敌军拐进了南山中一条小路,赫连璝毫不犹豫地道:"继续追,别让他逃了。"这条沟叫安沟,出了安沟便是向南去丹州的道路,这安沟既窄又险,两面崖石高悬,令人十分胆寒。部下道:"太子,这沟太窄,太险了,你看这……"赫连璝气愤道:"什么险不险,你没见他们刚过去,地上的马粪还冒气哩,他们只顾逃命,哪有时间设伏,不要扰乱军心,全力以赴追!"于是马队都大胆地依次进入安沟。几千人摆了一条几里路长的蜿蜒的长蛇阵。这沟又深又险,抬头望只是一线天。等部队都进入了山沟里,山上面的檑木抛石便纷纷落下,堵住了退路。兵士们慌了手脚,有的一看情况不好,掉转马头想往回跑,一时乱作一团。这时山上的树木、石块、柴火捆子纷纷向沟下滚来,被砸死、烧死、踩死的不计其数。赫连璝大喊:"不要乱,继续前行。"可前行谈何容易,路被燃烧着的柴堆、横着的树干、滚落的石块、死伤的马匹兵员阻塞着,山上还继续往下抛着石头。赫连昌向山上喊:"集中一处截断后面的兵马,放这驴头太子的一千兵马出沟。"上面集中抛于一处,堆积了一丈多高,严严实实的,谁也别想过去。大家只好茫然地待在原地。

　　前面的赫连璝冲出了危险地段,到了平原,却不见了赫连昌,身后只有一千兵马,甚是胆寒。赫连昌突然冒了出来:"哈哈,现在公平了,你一千多人,我也一千多人,势均力敌,好好战一下如何?"赫连璝道:"你不是要过黄河吗,这里离乾坤湾不远了,我放你一马。"赫连昌道:"你只有和我相战的资格,没有放与不放的资本。"说着两人又亮开场子战了一气。赫连昌似乎只有招架之功,没有还手之力,便拨转马头向另一条小川奔去。赫连璝命令追击:这回一定要生擒这小子。赫连璝追了一气,追到延川县稍道乡杜甫川,猛看见黑野牛提一杆大枪拦住去路。赫连璝惊诧道:"黑野牛你咋在这儿?"

　　黑野牛气愤道:"没大没小,不是好鸟。""我是太子赫连璝,反了你了?"黑野牛道:"我和你父几十年的交情,称兄道弟,情同手足,打下的大夏国几乎毁在你手中,你劫道西凉国,刺杀皇帝,该当何罪?"赫连璝理直气壮道:"你一个光杆将军,竟敢插手皇家的事,不要命了?"黑野牛道:"我们上一辈人弃家舍命,血染沙场、尸骨蔽野才打下这江山。就拿我来说,一直出生入死,浴血沙场,连妻子也没娶,刚在楼兰娶回来一个妻子,道路上却差点被你派的劫匪杀了,狼心狗肺的东西。""是我干的又怎样,还留了一条你的小命,不然你早在大漠里成了一副白骨架。"黑野牛一听,大吼一声:"你拿命来。"赫连璝急忙舞刀相迎,没战几个回合,赫连璝被一枪打于马下。赫连昌急叫:"黑叔叔且慢动手,我来矣。"赫连昌飞马驰来,一枪扎在赫连璝脖颈,拔出长枪,血如泉涌,太子一命呜呼。赫连昌抽出佩剑,向天长叹:"大哥,对不住了。"一剑砍了脑袋,令部下包裹了,将尸身安葬于杜甫川。后来有人给太子修了土冢,又盖了寺庙,名曰"白浮图寺"。

黑野牛对赫连昌道:"事不宜迟,赶快将此事传于各军将领,就说太子谋反被诛。为了收拢军心,将头提至高平,收复大军。"他们先到了安沟,赫连昌站在高处道:"这就是太子璝的人头,看见了吗,日后我就是太子,不久就是皇帝,现在我命令你们,搬开路障,退回延州驻守,以后各将听我号令,官复原职。反抗者诛,首恶者诛。"兵士们哪敢不听。赫连昌与黑野牛又急忙赶往高平,去收复驻军。

平凉和庆阳的一见赫连昌提着赫连璝的人头,立马服软,更旗易帜,拥立新主。可是到了高平却是另一番景象,城门紧闭,城上兵士剑拔弩张,防守十分严密。守城主将是张三赖,鼓动将士道:"赫连昌一向狡诈,手里的头是假的,说不上咱们的主子赫连璝去统万城受禅去了,坚决不向赫连昌投降。"这可让赫连昌犯了难,攻城吧,伤亡惨重,不攻吧,城里有三四万兵力控制在罪大恶极的张三赖手里。第二天还是这样僵持着。这时张三赖还坐在城楼上,吼道:"要攻城攻吧,不攻城速速离去,要是太子璝回来,你们可就走不了啦。"赫连昌将赫连璝的头拿出来道:"你们主子的头颅在此,这不是回来了。"这时城楼上的一个下级军官道:"将军,我看那头就是太子的。"张三赖道:"是吗?我咋看不清呢。"另一个军官道:"我看也像,咱们还是投降吧。"张三赖道:"你们两个过来。"张三赖将两人引至城楼边缘道:"来人,将这两人摞下城去。"此时谁敢抗命,几个人一拥而上将两人抬起摞下城去,摔得口吐鲜血,立即身亡,之后再无一人敢言投降的事。黑野牛大吼道:"张三赖,你个丧尽天良的东西,等我捉了你,非剥了你的皮不可。我在西凉被劫,我感觉那人的身形打法就是你,今天一细看,果然是你。"张三赖道:"老将军,我是跟上你升官的,我承认,但后来又跟了太子,没法啊,士各为其主,所以只伤了你一条胳膊,给你留了一命。还有我那师娘,不也没伤她吗?"黑野牛道:"这么说我还得承你的情、领你的意呢!"张三赖道:"那倒不必,我的意思是你老人家还是回长安抱着师娘生娃去,别掺和这里的是非。"

黑野牛气愤道:"那时我咋没一刀砍了你,让你这样助纣为虐,祸害夏国,我不亲手砍了你能回长安吗?"张三赖道:"光说不练,你倒是上来砍啊,在下面咋砍我的脑袋?"气得黑野牛道:"你个不知死活的东西。"

这时,从城楼的大梁上飞下两个黑衣蒙面人,将宝剑担在张三赖的脖颈处,轻声道:"别动。"另一个迅速用绳子缠了张三赖的脖子。张三赖被这突如其来的一幕吓懵了。黑衣人命令其他人道:"你们都是追随者,有过无恶,罪不至死,快打开城门,归顺昌太子,保卫大夏。"这时城楼下已有人开城门。城里的兵士都放下了武器,迎接大军进城。黑野牛快速地跑上城楼,只见张三赖被绑得跪在地上,却不见了两个黑衣大侠,他一把提住张三赖的后衣领道:"你这罪大恶极之人,还想活吗?你给大夏立过功,可是跟了太子之后又干了多少伤天害理危害大夏的事?"而张三赖毫无惧色地道:"大罪小罪还不是一样?砍了脑袋才碗大一块疤,二十年后又是一条好汉,再说士各为其主,将你放在我这儿还不是一样,再说了,如果太子璜回来登上皇位,那站着的就是我,我也可以说别人罪大恶极。师父砍我时将刀磨快。"一番歪理气得黑野牛无话可说:"押下去,打入死因牢,等待发落。"

赫连昌走到将军府，令各部将领速速前来训话，让犯错的及时反省，暂时安排新将领，整顿军马，派人将赫连瑱的家眷保护起来，任何人不得惊扰侵害。

第二天，赫连昌宣布，他要进统万城获封太子位，高平将军将由其弟赫连定任职，因赫连定未到位，先由黑野牛将军代管。他安排好高平事务，便向统万城进发，并将张三赖装进囚车，押往统万城。

话说赫连昌诛了太子赫连瑱，其他的弟兄们已无法与他争雄抗衡，便只带了两万铁甲精骑，向统万城进发。到了西门，门哨不让进，并说上级有令，让他们驻扎在城外。

赫连昌道："你们当值的是哪位？让他过来。"当值的战战兢兢地到了跟前。赫连昌道："你认得我是谁吗？"当值的摇摇头。赫连昌道："明天的太子，后天的皇帝，知道吗？眼睛大点。"说话时用剑敲着那当值的头盔，并喝令道："让全体哨兵来这集合。"十几人站了一排。赫连昌道："不想死的话，就拿着兵器站进我的队伍里去。"一甩头，他的队伍中出来十几个补了哨兵。这样四个城门的守卫都换成了他的人。他又直奔御林军驻地，叫来御林军统军："知道我是谁吗？""不知道。"赫连昌道："明天的太子，后天的皇帝。"说话间一剑将统军砍了，血液四处喷溅。赫连昌道："不认识？这下都认识了吗？我是未来的皇帝，大夏国都是我的，知道吗？"有的御林军已吓得瘫软，心想这新太子爷真他妈不是人。昌随即又命令原御林军到城外去驻扎，御林军也换成了赫连昌的人。

第五十九章　太子登基统万城

　　第二天,赫连昌大大咧咧地去拜见父皇赫连勃勃:"儿臣拜见父皇,我给您带来了最珍贵的礼物。"赫连勃勃道:"是何礼物? 呈上来。"一个用红布包裹的小箱子由侍从呈在赫连勃勃的面前。解开红布,打开箱子,竟是一颗瞪着眼睛的人头,惊得侍人一声惊叫,瘫软在地。赫连勃勃先是一惊,随后哈哈大笑,道:"不是还有一颗吗?"赫连昌道:"那颗已经埋在了镇原的洪河畔。"接着又道:"我只砍了这一颗逆贼的头,是他扰乱了大夏的安宁。父皇何时封我为太子? 我还带回了罪魁祸首张三赖,如何处置?"赫连勃勃道:"这两天皇后临产,封太子和处置张三赖的事,往后缓缓吧。"赫连昌道:"我说咋不见那个妖后出来,原来是给您下崽子了!"

　　勃勃一听昌没大没小的,便吼道:"来人,给我将他轰出殿外。"可是进来的却是生面孔,御林军也换成了赫连昌的人。御林军道:"陛下轰谁出去?"勃勃瞅了一阵觉得不对劲,便摆了摆手:"罢了,出去吧! 让我静一静。"他的伤口和心同样在渗血,连丧两子,三子昌又逼他退位,自己已知时日不多,便道:"我已时日不多,太子是你,皇帝是你,大夏国都是你的,你要好自为之。"赫连昌道:"不急,我慢慢等,当务之急是要清除前太子余党,不然说不上从哪又飞出一刀。我先回麻黄梁看我妈是否愿意来统万城当皇太后。"

　　勃勃怒道:"你现在还不是皇帝,你妈也没资格当皇太后。"赫连昌道:"您别激动,宣布不宣布都无所谓,从北京到延州,到高平,再到长安、渭南都是我的兵马,只有我说了算,谁敢不听就当太子余党给办了。"勃勃道："你又想办了谁?"赫连昌道："首先得办了高平的张三赖,其次是暗中资助过太子的王买德,他多发军资,使太子扩军,野心增大,才有了目空一切劫商队、刺皇上的行为,您说对吗?"

赫连昌回到了麻黄梁,听说了母亲与没弈丽玛大吵一架回了十八寨的事。他顺便看了大妈没弈丽玛："大妈,我说一件事,您别伤心,我杀了太子,他杀死我弟伦,便也扯平了。我记得我们小时候,你对我们都好,可是太子做的事实在是罪有应得,劫商队、刺父皇、杀四弟,我不得不向他问罪了。"没弈丽玛只是低头沉默不语。

赫连昌又奔去十八寨见了母亲石云梅,母子抱头痛哭："妈,我为弟弟报仇了,真的,我将赫连璝的头割下献给了父皇。"石云梅道："小时候你们在一起快快乐乐的,即便有些冲突,谁也记不了两天又好了,可是如今,今天你杀他,明天他杀你,冤冤相报何时了?"赫连昌擦了眼泪道："妈,我接您到统万城去做皇太后。"石云梅长出一口气:"我哪也不去,在这草原上住着舒坦,这几十年担惊受怕的,怕这个出事,怕那个出事,好不容易建国了,安稳了,可偏偏出这些事。唉,你如果出息了,也要照顾好你大妈和没弈家的人,再不能往他们心上捅刀子了。还有你刚说让我做皇太后,你父王封你了?"赫连昌道："那不迟早的事么。"石云梅道:"没封你也敢这么说,那可是欺君罔上、砍头灭门的事。"赫连昌道:"他砍谁的头? 整个统万城的部队都是我的人,由我说了算。"石云梅道:"那些大臣将军能服你?"赫连昌道:"现在各处的部队大部分都掌握在我手里,谁敢不听?"石云梅道:"儿啊,可不要乱杀人。"赫连昌道:"妈,我记住了。"

但该杀的人还是要杀,像王买德这样的人非杀不可。于是赫连昌又回到高平,问黑野牛道:"黑伯,您说王买德这样的人该杀吗?"黑野牛道:"该杀,早该杀了。"赫连昌道:"好,那您回长安将他押到统万城和张三赖一块儿处置。"黑野牛领命去了长安。

河东的叱干阿利也战事不利,北魏加大了攻击力度,叱干阿利节节败退，十七八万的部队现只剩下四万多，狼狈地退回了河西，将晋南扔给了魏军，任由他们占领了潼关、华州、渭南一线，勃勃似乎也不闻不问。

黑野牛早想收拾王买德了，直接带人抄了王买德的家，王买德道："我何罪之有，竟敢对我下手，总得给个理由吧？"黑野牛道："你与太子密谋反叛朝廷。"王买德知道太子已死，死无对证，便道："这得有证据啊！"黑野牛道："证据到时会有的。"话虽这么说，但他心里也犯嘀咕，得给人家拿出证据啊。家里也没抄出多余的金银财宝，太子已死，也挖不出什么证据。这可是个大人物，不比一个小兵那么简单。

正在犯愁时，一支飞镖打在门上，飞镖上扎着一封信，展开一看，是一幅地图，画了路线，还有一个圆点，有些地名，他似乎也看不懂，便拿上去找默哈罗波，默哈罗波看了一阵道："牛，这是一张藏宝图，明天带上兵到秦岭山上去找。他们果然按照地图找到了鹰嘴崖上的一个山洞，那里放着二十几箱的财宝。黑野牛道："这就是王买德的罪证。第二天，黑野牛将其中的一个物件拿上去见关在大牢的王买德，王买德一见那物件便瘫软在地，知道一切都完了。

黑野牛骂道："你这个人面兽心的家伙，功劳不大却身居高位，精于算计，蒙骗皇帝，提前抱了太子的大腿，等太子登基，你就是一人之下，万人之上，没想到你也短命吧？要不是你助长了太子的嚣张气焰，太子哪敢劫取商队，导致皇子内讧，死伤惨重。这些事你到了皇帝那儿自己解释去吧！咱们同朝为官，我也救不了你。"于是他用囚车装了王买德，一路向北，将王买德押向了统万城。赫连昌也到了统万城，听了黑野牛的汇报，十分气愤。王买德，还有那个张三赖，两人罪行累累，不严惩不足以平民愤。赫连昌便将这两人的罪恶行径汇报给赫连勃勃。

赫连勃勃道："我一直看他精干聪慧，没想到啊，你看着处理吧，过不了多久这把皇帝的龙椅该你坐了。我也不行了，要不然我亲手宰了这两个畜生。"赫连昌道："我替你亲手宰他两个，你出去看看就行了。"赫连昌又道："有件事我想问问，按照咱们的族规，父丧，子可继承其庶母，是吗?"赫连勃勃气得直咳嗽:"我还没死你就在打皇后的主意,这规矩早在你爷那辈就废了。何况咱们现在大部分都在汉区,咱们早已与汉民融合。这种老风俗现在看来就是乱伦丧德,大逆不道,切记不可再用!"赫连昌道:"不用就不用,谁稀罕那个狐狸精,还什么梁银燕!"

赫连勃勃长吁短叹一番:"迟不如早,过几天择一个日子,将皇位传给你,我也放心了。"赫连昌道:"那天我要屠了这两畜生。"勃勃道:"这样不吉利。你将大臣将帅们都召集回来让他们参加庆典,我也好见见他们。"赫连昌道:"我这就去宣他们进京,我看没什么不吉利,该赦的赦,该斩的斩,杀一儆百,看他们谁以后还敢违法乱纪,扰乱朝纲,作奸犯科!"勃勃道:"那就这样吧。"

于是赫连昌操办,以皇帝的名义召回各地大臣将军回统万城开大会。各地大臣将军急忙启程,回到统万城,看望了皇帝赫连勃勃。

盛会那天,天气晴朗,微风吹拂,彩旗飘扬,鼓声喧天,万头攒动,热闹非凡。赫连勃勃龙袍崭新,皇冠光彩熠熠,昭告天下,将皇位传给三子昌,给新皇举行了盛大的登基仪式。新皇宣布了年号为"承光",颁布了大赦令,也宣布了唯有两人不能赦免,那就是王买德和张三赖。这就是是非分明,赏罚有据。人们感到这新皇帝也不错,便山呼万岁,一切按部就班,正常运行。

当天夜里赫连勃勃就去世了,带着遗憾离开了人世。

赫连昌找来了各位大臣,右地代道:"我兄弟是个好皇帝,是有先见之明的,知道他要去了,安排好了后事,有了新主,不然的话又要起纷争,又要残害多少无辜的性命。"送葬的队伍浩浩荡荡,将灵柩送至了麻黄梁,埋在其父老坟附近。后来他几位妻子没弈丽玛、石云梅、苻俊莲都住在了他的坟墓附近。

第六十章　叱咤风云千秋梦

拓跋焘得到勃勃去世的消息，长长地出了口气："他只要去了，我就无所畏惧。大夏，今年晚了，明年秋季一定拿下你，将你的版图划进魏国。你可是只吃人的老虎，我父亲拓跋嗣理国之时，三万大军刚过河两天，便被吃掉，令人胆寒啊！这下好了，我可以大胆地进军河西，完成统一大业了。"

赫连昌做了皇帝，让老将们都退了下来颐养天年。叱干阿利回到了麻黄梁华龙镇的家，河南公赫连满接替了长安主帅，赫连定为高平主帅，主管西部、庆阳、平凉等地，赫连延（阳平公）主政延州，赫连安（中山公）主政陈仓。呼延虎、呼延豹都退隐回了十八寨休养。不过黑野牛请求继续与默哈罗波搞国际贸易。赫连昌道："我大力支持你们继续开拓贸易之路，将国外的先进思想与生产经验、物种带回大夏国，我要开辟一个新的、辉煌的大夏国，承接日月之辉，开辟万世之业，所以年号才定为'承光'。"老缸坊酒的醇香再一次飘散在统万城的上空。

还有一支特殊神秘的部队，就是沙里飞所训练的江湖高手，他们隐居在秦岭山中，谁也不知道。沙里飞一听先皇驾崩，悲泪横流，心灰意冷，解散了他的各位弟兄，与赛月红、赛霞红回到了麻黄梁黑疙瘩山黑龙观。他常常拿了祭品独自去赫连勃勃的墓地，久久地坐在那里，掉着眼泪："狗日的，咋就走了，兄弟你还正值壮年，你是一个军事奇才，治理国家也不在话下，都是那不争气的太子搞衰了国家。唉，我给你拿来了老缸坊酒和猪头肉，吃吧喝吧！狗日的，你还记得咱们在长安时喝酒打架，算计姚兴皇帝吗？你将他玩得团团转，可咋就无法对付一个太子。你的英名雄风霸气、机智勇敢无人能比，堪称雄才大略。我沙里飞不服谁，就服你，就愿意跟上你干，你交代的事我都给你完成了，没交代的也给你完成了。还有一件大事没有完成，就是皇后和小皇子的事，我一定遵照你的意愿给你办好。"

赫连昌登基之后，还将梁银燕留在宫中，但梁银燕要求出宫，赫连昌道："你贵为皇太后，不能出宫，再说你又给我们赫连家添了一丁，也算有功之人。现在皇子才刚出生，你出宫又能到哪去？"

处在麻黄梁黑疙瘩山的沙里飞心中总是不安，自己答应了先皇赫连勃勃一定要将皇后梁银燕接出宫去，送到一个安全地方。可是梁太后深居内宫，戒备森严，如何能接出去？他为此一直心神不安，绞尽脑汁。

赛月红道："你这两天咋了？魂不守舍的样子。"沙里飞道："我答应过先皇，一定要将梁太后接出宫去，安置在一个隐蔽的地方，可是他们母子身处深宫，如何能救得出？白天肯定不行。晚上就要干掉内宫的两重哨兵还有城门的哨兵，打开城门，救她出城。还要在城外备好马匹，将她转至荒无人烟的地方才行。"赛霞红道："这样的话，人手就不够，得到长安再找咱们的人帮忙。"沙里飞道："只能这样。"沙里飞来到长安找到了原来的那些部下。部下道："将军有活干了？"沙里飞道："嗯。"于是他领着七八个部下回到了塞上，在现在的横山找到了一个不住人的深沟，修了住处，一切都准备就绪。

一天下午，他们都潜进了统万城，在城门附近安排了三个人。沙里飞带着其他人深入内宫，赛霞红在城外备了几匹马。二更时分，沙里飞潜入内宫，收拾了两重哨兵，见到梁太后，梁银燕惊讶道："沙里飞，你深更半夜的，潜入内宫做甚？先皇可对你不薄。"沙里飞小声道："嘘，这是先皇临终遗嘱，让我将你接出宫去。"银燕自言自语道："原来如此。"她即刻起身，背了小皇子，跟着沙里飞，出了皇宫朝东向大城门走去。隐蔽在附近的部下收拾了哨兵，开了城门。等候在城外的赛霞红一看成功将太后救出，赶快将马牵了过来，于是几人骑上马离开统万城，向事先选好的地点奔去。沙地走完了,到了山区,沙里飞道:"现在停下来,你们将马骑上向西走,我们到这儿就行了。"部下们道:"是,将军,我们听你的。"众人翻上马,向西而去,就剩了沙里飞和赛霞红招呼着梁银燕向沟下走去。梁银燕问道:"为何将我弄到这连路也没有的荒无人烟的沟里?"沙里飞道:"这是先皇的嘱咐,总有他的道理,没弈家、石家、苻家都对你虎视眈眈,你们保命要紧。"是啊,这里的生活将很艰苦,但总比丢掉自己和孩子的性命强啊。

第二天,赫连昌听说皇太后不见了,卫兵们也死了好几个,东城门的哨兵也死了,便命令按马蹄印去追,追了几十里混入了大道。他得到的报告是马蹄印向西去了。赫连昌道:"去就去吧!大概回北凉了,算她命大。"

再说皇后梁银燕在此沟中过了几年,听说北魏灭了赫连家族,虽然这孩子是赫连勃勃的种,但不敢姓赫连了,只好跟了母亲姓梁。

一百五十多年后,隋朝又出了一个鹰扬郎将梁师都。617 年杀郡丞康世宗,称大丞相,称帝朔方(统万城),628 年被唐军所灭。当然这都是后话。

公元 427 年的春天,北魏皇帝命手下大将奚斥从晋南渡过黄河,直逼大夏南都长安。这时的长安守将为赫连勃勃第五子赫连定,他只是个二十多岁的娃娃,既不会排兵布阵,又无作战经验。在奚斥的凌厉攻势下只有退却与自保。奚斥不费吹灰之力拿下了潼关与渭南等地,杀了赫连满,直逼长安。这位平原公赫连定只好紧闭城门自保,等待救援。等来的却是周边州郡被北魏占领的消息。他心中直骂赫连昌:你这狼心狗肺的东西,为何要将我放在这里,明知敌军围城也不来救援,是想让我殉国吗?

军情传至统万城,皇帝赫连昌正在听歌赏舞酒宴,老缸坊酒将他灌得满脸通红,一拍案几怒道:"看这个赫连满回来我不办了他。"情报人员道:"他当时就被北魏杀了,回不来了。""啊!满被人杀了。那我还有延州、耀州、陇塞、北塞,北魏拓跋焘你就来吧!"

这年十一月,拓跋焘令士兵在黄河上拧草结冰,竟然成功从君子津渡踏冰过河,轻骑二万逼近统万城。但高大坚固的统万城无法攻克,便下令在周边大肆抢掠,损夏境万余家而还。

427年,拓跋焘率轻骑三万至统万城,以少数人马在统万城周围诱战,魏帝令退军示弱,另遣五千骑西掠居民。夏主得知魏军粮尽且步兵未至,乃急率兵骑三万出击,魏帝拓跋焘假装败退,与夏军绕圈,让敌人疲惫,时遇风雨飞沙蔽天,魏军逆风不利作战。魏帝将兵分成两路绕到夏军身后攻击,大败夏军。赫连昌一看大势已去,便引残部逃往上邽,魏军入统万城。

与魏军相持于长安的赫连定听闻统万城已破,也弃城逃至上邽。魏帝率军东还,以拓跋素为征南大将军,并着其与执金吾桓贷、莫云留镇统万城。

428年二月,魏军兵发上邽,赫连昌奋力抵抗,但终因马失前蹄被擒。赫连定收拾残部逃往平凉称帝,改年号为"胜光"。赫连定侦知统万城只有万余人留守,便定于五月准备收复统万城,他算计自己有三万多兵,一准取下统万城。当部队开至侯尼城时,在一寺庙中抽得一下下签,赫连定又将部队带回了平凉。

430年九月,拓跋焘处理好国内事务前往统万城,十一月拓跋焘袭击平凉。赫连定率军逃往西面的北凉。吐谷浑可汗慕容慕闻知赫连定西进要进入自己的地盘,便派慕容慕利延统兵三万,乘夏军渡河一半截击,赫连定被擒。

432年三月,吐谷浑可汗慕容慕将赫连定献给北魏。

431年以后,塞上高平、长安等完全被北魏占领了。一个五六十岁白发老太婆游走在塞上的各个州城,手挂一根拐杖,像是乞丐,又不是乞丐。她总是搜集和救济着流浪的儿童。她到了平凉,救了三个儿童,轻声道:"你们是昌的后代,跟我走吧。"她又来到了高平,在街上转悠,孩子们说饿，要吃饭，老太婆道："好，奶奶给你们买饭吃。"进到饭馆，饭馆里还有两个小乞丐，老太婆问："孩子，你叫什么？"那两个孩子道："我叫慕杰。""我叫慕雄。"老太婆掉着眼泪道："孩子你们受罪了，我正找你们哩。"她赶快买了饭，让孩子们吃饱，最后领了几个孩子去了延川的白浮图寺，去祭奠赫连璝。孩子们道："这是谁的墓啊？"老太婆道："这是你父亲赫连璝的墓。"孩子们道："可我们姓慕啊。"老太婆道："你们两个姓慕就姓慕吧。"他们三个是昌的儿子，应该姓赫连。唉，这姓赫连以后会招惹是非，就姓赫吧！孩子们望着老太太道："你是谁啊！"老太太道："我是你们的奶奶没弈丽玛。咱们回塞上去拦羊，那里有水有草，有山川，可以平平安安地生活。"于是没弈丽玛将这些孩子都带到了麻黄梁旧堡。她高兴地道："孩子们到家了，咱们就住这地方生活，等你们长大了，奶奶给你们娶媳妇，生孩子。"

黑龙潭道观中也有一个二十几岁的小伙子，刚穿上了道袍，那就是赫连安。

后 记

从秦朝起,我国西北部就活跃着一个叱咤风云、彪悍强健的马背民族——匈奴。它雄霸西北七百多年,汉代时分成了南北两部。魏晋时南匈奴铁弗部在鄂尔多斯草原南缘崛起,统治了河套、宁夏、甘肃、关中、晋南,但政权又很快灭亡,烟消云散。

高高矗立在无定河畔大漠南缘的统万城,历经一千六百年的风雨沧桑仍然雄立,诉说着这个民族叱咤风云地崛起,又悲壮惨烈地消亡在黄河"几"字湾的沧桑故事!

以此书纪念统万城落成一千六百年,祭奠消失在高原的民族——匈奴。

高仲岗

2018 年 6 月 2 日